D1924802

Doris Leupold, Jan. 93

Über dieses Buch Alle denkbaren Greuel, die Kriege mit sich bringen, sind in der Belagerungsgeschichte ›Zehn Tage in Yangtschou‹ beschrieben: Brandschatzung, Plünderung, Vergewaltigung und tausendfacher Tod in der Zivilbevölkerung. Wie anders, unter der Bedrohung entfalten die Eingeschlossenen die abstößigen Seiten ihrer Charaktere: Bestechlichkeit, Brutalität, Verrat, Rücksichtslosigkeit bis zum Tode – Überlebenskampf. Am Ende der Titelnovelle, die vom Einfall der Mandschuren ins Reich der Mitte handelt, wünscht der Autor: »Spätgeborene, die, wie ich hoffe, in einem Zeitalter des Friedens leben und die Freuden des Daseins unbeschwert genießen werden, mögen, wenn sie nicht zur Selbstprüfung bereit sind, sondern zu Gewalt und Totschlag neigen, heilsam erschrecken, wenn sie dies lesen!« Seit 1644 hat sich in dieser Hinsicht nichts zum Besseren gewendet. Für China brachten die folgenden Jahrhunderte das Ende der Kaiser-Dynastien. Wie zu allen Endzeiten blühten während der Ts'ing-Periode (bis 1911) Künste und Wissenschaften. Aus den in diesem Band vereinigten Novellen lassen sich kulturhistorisch wertvolle Beschreibungen des chinesischen Alltagslebens herauslesen – wie der Chinese sich selbst und die Welt, in der er lebte, gesehen hat.
Alle Texte dieses zweiten Bandes ›Chinesische Novellen aus zwei Jahrtausenden‹ erscheinen hiermit erstmals auf Deutsch.

Der Autor Friedrich K. Engler, 1934 in Schöneck/Westpreußen geboren, absolvierte eine Bäckerlehre und machte anschließend das Abitur; Studium der Sinologie in Freiburg/Br.; Besuch der Volksrepublik China; seit 1979 lebt er als Übersetzer und Herausgeber von chinesischer Literatur in München. Bisher hat er sieben Romane und drei Novellen-Bände ins Deutsche übertragen.
In seiner Übersetzung sind im Fischer Taschenbuch Programm lieferbar: ›Dschu-lin Yä-schi. Ein erotischer Roman aus der Ming-Zeit‹ (Bd. 2477) und von Li Ju-tschen ›Im Land der Frauen‹ (Bd. 2478).

Zehn Tage in Yang-tschou

Chinesische Novellen aus zwei Jahrtausenden

Herausgegeben, übersetzt,
mit Erklärungen und einem Nachwort
versehen von
Friedrich K. Engler

Fischer Taschenbuch Verlag

Originalausgabe
Veröffentlicht im Fischer Taschenbuch Verlag GmbH
Frankfurt am Main, April 1986

© Fischer Taschenbuch Verlag, Frankfurt am Main 1986
Umschlaggestaltung: Jan Buchholz / Reni Hinsch
Gesamtherstellung: Clausen & Bosse, Leck
Printed in Germany
980-ISBN-3-596-25898-7

Inhalt

Ts'ing-Dynastie

(1644-1911 n. Chr.)

SCHA TSCHANG-PAI

Die Wiedergeburt des alten Gelehrten

Während der Regierungsära ›Liberale Herrschaft (1488 bis 1505 n. Chr.) lebte in der Nähe von Fu-tschou, der Hauptstadt der Provinz Fu-kien, ein alter Gelehrter von umfassendem Wissen, der in der Literatur wohlbewandert war. Doch trotz wiederholter Versuche war es ihm nie gelungen, die Prüfungen zum Lizenziaten zu bestehen. Und weil er ein unpraktischer, wirklichkeitsfremder Mensch war, sank er von Jahr zu Jahr tiefer ins Elend. Er hatte nur einen einzigen Sohn, der jedoch nicht zum Bücherstudium taugte, sondern sich seinen Lebensunterhalt als Tagelöhner verdiente.

Mit siebzig Jahren starb der alte Gelehrte, niedergedrückt von Kummer und Enttäuschung. Kurz vor seinem Tode hatte er alle seine Manuskripte zusammengesucht und ein Gedicht als Epilog dazugeschrieben. Dann hatte er sie seiner Frau gegeben und ihr aufgetragen, sie gut zu verwahren.

Als er starb, war die Familie derart verarmt, daß sie nicht einmal den Toten zur letzten Ruhe ankleiden konnte. Seine Schüler, vier oder fünf an der Zahl, veranstalteten deshalb untereinander eine Geldsammlung. Einer von ihnen, ein reicher, junger Mann von aufrechter Gesinnung, war über den Tod des alten Gelehrten so sehr erschüttert, daß er, zusammen mit den anderen Schülern das Trauerseil haltend, dem Sarg bis zum Grabe folgte. Später ließ er der Familie von Zeit zu Zeit eine milde Gabe zukommen.

Ein halbes Menschenalter später, unter der Herrschaft des Kaisers Schi-tsung (1522–1567 n. Chr.), machte in

Kiang-nan ein junger Mann von sich reden. Er kam aus einer angesehenen Beamtenfamilie und war so begabt, daß er mit fünfzehn die Lizenziatsprüfungen als Zweitbester bestand und mit sechzehn bei den Palastprüfungen den Sieg davontrug. Es vergingen keine fünf Jahre, da brachte er es bis zum Oberexaminator der Provinz Fu-kien und Mitglied der berühmten Pinselwald-Akademie.[1] Bei den Prüfungen zeichnete er sich durch große Sorgfalt und strenge Unparteilichkeit aus; und seine eigenen Essays waren Meisterwerke der literarischen Komposition und wurden in der ganzen Provinz eifrig studiert.

Am fünfzehnten Tag des neunten Monats, dem Geburtstag des Oberexaminators, gab es vom Provinzgouverneur und Oberrichter bis hinab zum einfachen Prüfungsbeamten keinen hauptstädtischen Beamten, der nicht zur Geburtstagsfeier erschienen wäre. Es war eine erlesene und gebildete Gesellschaft, die sich da versammelte. Sie bestand aus den vornehmsten und gebildetsten Männern der ganzen Provinz, denn der Ehrengast war schließlich nicht nur Oberexaminator, sondern auch Mitglied der berühmten Pinselwald-Akademie. Man trank ohne Unterlaß auf sein Wohl, und nicht wenige der Anwesenden beneideten ihn um seine Stellung. Er erschien ihnen wie ein Halbgott, nicht weil er das Geburtstagskind und der Held des Tages war, sondern weil er es schon so früh im Leben so weit gebracht hatte.

Ermüdet von der Festlichkeit und trunken vom Wein, dem er fortwährend hatte zusprechen müssen, zog er sich gegen Abend auf sein Hausboot zurück. Den Bootsleuten gab er Anweisung, keine Gratulanten vorzulassen. Dann schloß der die Kabine und schlief seinen Rausch aus. Als er aufwachte, war es bereits Mitternacht. Der Mond schien so hell durch das mit Seidengaze überspannte Fenster, daß man hätte meinen können, draußen sei es heller Tag. Als sein Blick über das steile Flußufer schweifte, verspürte er auf einmal Lust zu einem Spaziergang. Er legte ein einfaches Akademikergewand an, setzte eine schwarze Seidenflor-Kappe auf und rief dem kleinen Dienerburschen zu, ihm zu folgen.

Nachdem er an Land gestiegen war, wanderte er unter dem helleuchtenden Mond gemächlichen Schrittes einige kleine Meilen weit am Flußufer entlang. Die Berge und die Flüsse, die Haine und die Teiche, die er sah, kamen ihm irgendwie vertraut vor, wie wenn er sie früher schon auf seiner Wanderschaft besucht hätte, und dieser Gedanke löste in ihm ziemliches Erstaunen aus. Auf einmal drang kummervolles Weinen an sein Ohr, und als er es hörte, wurde ihm weh ums Herz. Er ging der Stimme nach und kam zu einer Ansammlung von kleinen, armseligen Hütten. Das Weinen kam aus einer binsengedeckten Hütte, die nicht einmal von einer Einzäunung umgeben war. Er befahl dem Dienerburschen, die Türe aufzustoßen und nachzuschauen, was dort drinnen vor sich gehe.

Drinnen erblickte er beim Schein einer Papierlaterne eine weißhaarige Greisin von achtzig Jahren, die vor der Seelentafel ihres verstorbenen Gatten kniete. Das Totenopfer bestand lediglich aus wilden Gräsern und Reisbrei. Sie weinte und rief dazu klagende Worte. Der Oberexaminator begrüßte sie mit einer Verbeugung und erkundigte sich nach der Ursache ihres Kummers. Die alte Frau wischte sich die Tränen aus dem Gesicht und dankte ihm gerührt. Dann rückte sie ein zerschlissenes Strickbett zurecht und forderte den Oberexaminator zum Sitzen auf. Immer noch weinend, erzählte sie ihm die Ursache ihres Kummers: »Meine Absicht war, das Totenopfer für meinen verstorbenen Gatten bei Tageslicht zu bringen. Doch mein Sohn, der zu einer entfernt wohnenden Familie ging, hat sich verspätet und ist bis jetzt nicht zurückgekehrt. Ich sah mich deshalb gezwungen, das Totenopfer noch in dieser Nacht zu bringen. Doch trotz allen Bemühungen gelang es mir nicht, ein wenig Wein für das Trankopfer aufzutreiben. Das hat mich so schmerzlich bewegt. Denn ich weiß sehr wohl, daß es gegen die gute Sitte verstößt, des Nachts zu weinen.«

»Wer war Euer werter Gatte?« fragte der Oberexaminator. »Wie viele Jahre ist er schon tot? Wenn es Euch an Wein gefehlt hat, warum habt Ihr das Totenopfer dann nicht auf den morgigen Tag verschoben?«

»Mein Gatte war ein alter Gelehrter, zwar reich an Talent, doch ohne Glück in dieser Welt. Er starb in dem und dem Jahr der Regierungsära ›Liberale Herrschaft‹, und heute ist sein Todestag. Trotz der bitteren Armut liebten wir einander sehr. Ich brachte es einfach nicht über mich, das Totenopfer auf den morgigen Tag zu verschieben.«

Als der Oberexaminator dies hörte, war er höchst erstaunt darüber, daß der Todestag des alten Gelehrten und sein Geburtstag zusammenfielen, und zwar mit einem zeitlichen Abstand von genau einundzwanzig Jahren. Die alte Frau sah zwar bleich und abgehärmt aus, doch ihre gewählte Ausdrucksweise bezeugte ihre Herkunft aus einer Gelehrtenfamilie. Erstaunt und von Mitleid bewegt, fragte er daraufhin: »Da Euer werter Gatte ein hervorragender Gelehrter war, hat er gewiß zahlreiche Schriften hinterlassen. Dürfte ich sie wohl bekommen und Einblick in sie nehmen?«

Als die alte Frau das hörte, nickte sie weinend und es schien, als ob sie über etwas nachsinne. Dann erzählte sie dem Oberexaminator die folgende Geschichte: »Ich, das Weib, diente meinem verstorbenen Gatten fünfzig Jahre lang. Ich kann bezeugen, mit welchem Fleiß und mit welcher Hingabe er sich den Studien widmete, ganz gleich ob es brütend heißer Sommer oder eisig kalter Winter war. Selbst wenn sich im Krug kein einziges Körnchen Reis mehr befand und in der Küche kein Scheit Feuerholz mehr war, ließ er sich dadurch nicht anfechten. Seine gesamten Schriften umfassen Tausende von Manuskripten, und dazu kommen noch seine Essays, die er gesondert in einem Band zusammengefaßt hat. Als er bereits über die Sechzig

Der Oberexaminator wandert am Flußufer entlang

hinaus war, nahm er dieses Werk oft in die Hand und las darin. Dabei seufzte er und heiße Tränen liefen ihm über das Gesicht. Aus Angst, der Kummer könnte seine bereits angegriffene Gesundheit verschlechtern, nahm ich ihm den Band jedesmal fort und versteckte ihn in einer Bücherkiste, so daß er ihn nicht in die Hand bekam. Einen Monat vor seinem Tod zündete er plötzlich ein Feuer an und schwor, diesen Band zu verbrennen. Dann aber rollte er ihn auf, streichelte ihn immer wieder und brachte es schließlich doch nicht fertig, seinen Entschluß in die Tat umzusetzen. ›Ich kann das Ergebnis meiner harten, lebenslangen Arbeit nicht dem Feuer überantworten‹, sagte er zu mir. ›Dieser Band soll mich als Totengabe ins Grab begleiten.‹ Und er schluchzte und seufzte lange Zeit. Doch in der Nacht vor seinem Hinscheiden verlangte er ihn noch einmal zu sehen, und als ich ihn brachte, schrieb er auf der letzten Seite ein Gedicht als Epilog dazu. ›Verwahre ihn gut‹, sagte er zu mir, ›denn eines Tages wird jemand kommen, der ihn zu würdigen weiß.‹ Und lachend fuhr er fort: ›Der Inhalt dieses Werkes ist für profane Augen zu tiefgründig. Wenn ich nicht selbst aus dem Jenseits zurückkehre – wer verstünde es dann wohl, seine Geheimnisse zu würdigen? Ich schäme mich nicht, daß ich in dieser Existenz ein solch erbärmliches Leben führen mußte. Denn nach dem Tod wird mir die Belohnung für mein unermüdliches Ausharren zuteil werden. Schon von der nächsten Generation an wird unser Clan zu großem Ansehen kommen und so die Existenz aller armen und erfolglosen Gelehrten rechtfertigen.‹ Dies waren seine letzten Worte, und mit einem Auflachen verschied er. Wie ich schon sagte, liegt das jetzt an die zwanzig Jahre zurück. Doch außer einigen Studenten, die sich Kopien des Werkes anfertigten, hat sich niemand sonst darum gekümmert.«

Als der Oberexaminator diese Geschichte vernahm, verlangte er das Buch dringend zu sehen. Die alte Frau brachte es ihm und schlug es auf. Gleich der erste Aufsatz entsprach vom Anfang bis zum Ende Wort für Wort dem, den er selbst bei der Lizenziatsprüfung verfaßt hatte. Über die Maßen erstaunt, las er aufmerksam weiter und fand darin alle Essays, die er bei den nachfolgenden Prüfungen geschrieben hatte, ja selbst Essays über jene Themen, die er erst kürzlich den Prüflingen gestellt hatte, waren darin enthalten. Auf der letzten Seite aber stand das Gedicht, das der alte Gelehrte kurz vor seinem Tode verfaßt hatte. Es lautete:

»In dieser armseligen Hütte habe ich siebzig Jahre
meines Lebens vergeblich vertan.
Wenn ich aus dem Jenseits zurückkehre, werde ich
nicht mehr derselbe alte Gelehrte sein.
Du wirst erfüllen, was mir versagt blieb
Und in den hinterlassenen Schriften den Beweis
unserer Identität finden.«

Während der Oberexaminator dieses las, schien es ihm, als würde er plötzlich aus einem tiefen Traum erwachen. Er nickte wiederholt vor sich hin und seufzte laut. Dann blickte er empor und betrachtete das schadhafte Dach und die brüchigen Mauern der Hütte. Er hatte das sichere Gefühl, daß dies hier sein Zuhause sei, und er fragte die alte Frau, wo sich das Bett ihres verstorbenen Gatten befinde. Mit der Laterne in der Hand führte sie ihn in den Nebenraum und zeigte es ihm. Es stand in einer Ecke und darauf lagen eine moderne Bettmatte und eine schäbige Decke, beides von einer dicken Staubschicht bedeckt. Die Schlafstelle der alten Frau befand sich daneben auf einer Strohschütte. Als der Oberexaminator diesem Elend gegenüberstand, seufzte er tief und Tränen liefen ihm über das Gesicht.

Die alte Frau wunderte sich gleichfalls und fragte: »Mein Herr, wart Ihr vielleicht auch ein Schüler meines verstorbenen Gatten, daß Ihr beim Anblick dieses Elends die Tränen hinunterschluckt?«

»Nein, das nicht. Ich bin derjenige, von dem Euer werter Gatte sagte, daß er in anderer Gestalt zurückkehren werde. War es nicht vom Himmel bestimmt, daß der Weg mich in dieser Nacht hierher führte?«

Die alte Frau starrte ihn eine ganze Weile entgeistert an und sagte dann: »Als mein Gatte starb, brach es mir fast das Herz. Weil er aber von seiner Rückkehr gesprochen hatte, biß ich der Leiche heimlich ins Bein. Dann stach ich mir in den Finger und färbte die Stelle mit meinem Blut. Das sollte später das geheime Erkennungsmerkmal sein. Solltet Ihr, mein Herr, ein solches Mal an Eurem Körper haben?«

Wortlos zog der Oberexaminator einen seiner Schuhe aus und nachdem er das Bein entblößt hatte, zeigte er ihr die Stelle. Dort war eine Bißnarbe deutlich zu erkennen und sie zeigte die Farbe dunkelroten Blutes. Als die alte Frau sie sah, weinte sie laut auf. Auch der Oberexaminator war tieftraurig. Trotzdem versuchte er sie zu trösten und sagte zu ihr: »Alte Dame, Ihr braucht Euch nicht mehr zu grämen. Euer werter Gatte hat während seines ganzen Lebens mit beispielloser Hingabe studiert. Da ihm selbst im Alter keine Anerkennung zuteil wurde, erwartete er den Lohn für seine Mühen durch mich. Mein Erfolg und mein früher Ruhm sind nichts anderes als die Frucht seiner Arbeit. Wenn ich deshalb meine Leistungen, die ja nur seine Verdienste sind, nicht als die seinen anerkennen würde, dann wäre mein Erfolg tatsächlich eine seltsame Fügung des Schicksals. Deshalb werde ich die Familie, in der ich in meiner letzten Existenz lebte, verherrlichen, um seinen letzten Wunsch zu erfüllen und alle alten und erfolglosen Gelehrten in ihrem Tun zu bestärken. Außerdem werde ich von jetzt an für Euren Lebensunterhalt Sorge tragen.«

Die alte Frau hörte zu weinen auf und dankte ihm. Als

der Oberexaminator fragte, wohin ihr Sohn gegangen sei, antwortete sie: »Seit dem Tode meines Gatten haben wir beide oft mit großen Schwierigkeiten zu kämpfen gehabt. Glücklicherweise haben uns von Zeit zu Zeit einige seiner ehemaligen Schüler besucht. Sie brachten kleine Geschenke mit und immer, wenn sein Todestag sich jährte, ein Totenopfer. Heute ist einer von ihnen Lizenziat geworden und fand deshalb keine Zeit, uns persönlich zu besuchen. Ich schickte deshalb meinen Sohn zu ihm hin. Doch ich weiß nicht, warum er bis jetzt noch nicht zurückgekehrt ist.«

Als der Oberexaminator sich nach dem Namen des erfolgreichen Kandidaten erkundigte, erfuhr er, daß es ausgerechnet jener war, den er selbst als Besten der diesjährigen Prüfung ausgezeichnet hatte. Auch die restlichen vier oder fünf Schüler des alten Gelehrten gehörten zu denen, die die Prüfung erfolgreich bestanden hatten. Und das stimmte den Oberexaminator froh.

Als es im Osten hell zu werden begann, kehrte auch der Sohn zurück. Mit seinen wirren, ungekämmten Haaren und in seinem einfachen Baumwollkittel unterschied er sich in nichts von einem gewöhnlichen Bauern. Ihm folgte ein Graukopf, der Geld, Reiswein und andere Dinge mehr trug.

Nachdem die alte Frau ihren Sohn dem Oberexaminator vorgestellt hatte, erkundigte dieser sich, warum er so spät zurückgekehrt sei. Der Sohn antwortete, daß der frischgebackene Lizenziat zusammen mit den anderen erfolgreichen Kandidaten fortgegangen sei, um dem Oberexaminator zum Geburtstag zu gratulieren, doch sie hätten ihn weder in seinem Amtssitz noch auf dem Hausboot angetroffen.

Der Oberexaminator schaute den Graukopf an und fragte: »Ist der da ein Diener des Lizenziaten?« Als der Sohn dies bejahte, wandte der Oberexaminator sich an den Graukopf und sagte zu ihm: »Kehre zu deinem Herrn zurück und sage ihm, daß er sofort hierher kommen soll!« Der Graukopf verschwand auf der Stelle.

Inzwischen hatte die alte Frau ihrem Sohn von dem wunderbaren Ereignis erzählt. Er stand eine Weile fassungslos da, dann wollte er den Oberexaminator mit einem Kotau begrüßen. Der aber verwehrte es ihm und sagte: »Das geht nicht an. Ich bin nicht dein Vater, sondern war es nur in der früheren Existenz.«

Wenig später erschienen auch die frischgebackenen Lizenziaten. Als sie aus dem Munde des Oberexaminators die wunderbare Geschichte vernahmen, da warfen sie sich vor ihm nieder und riefen wie aus einem Munde: »Unser berühmter Meister und Lehrer in zwei Existenzen! Einen solchen Fall hat es vom Altertum bis heute nicht gegeben!«

Dann erschienen der Landrat und kurz darauf auch der Präfekt und die übrigen hohen Beamten. Als sie die Geschichte hörten, da gab es keinen unter ihnen, der nicht in höchstem Maße erstaunt gewesen wäre und das Ereignis ein Wunder genannt hätte.

Inzwischen war es vollends Tag geworden. Der Oberexaminator brachte am Grabe des alten Gelehrten ein Opfer und pflanzte zur Erinnerung an dieses denkwürdige Ereignis ein Bäumchen. Daraufhin wurden Einladungen an alle Verwandten und Freunde der Familie verschickt, und die Gäste wurden beim Festmahl mit Geschenken bedacht. Die, die sich zuvor um die alte Frau gekümmert hatten, erhielten das Doppelte.

Später kaufte der Oberexaminator für die alte Frau und deren Sohn ein geräumiges Haus nebst ausreichendem Feldbesitz. Er dingte ihnen auch einige Mägde, so daß sie fortan ein anständiges Leben führen konnten und keine Not mehr litten. Zur gleichen Zeit wurden sie von allen Beamten, vom Provinzgouverneur abwärts, mit reichen Geschenken bedacht. Weil die Familie nun wohlhabend war, heiratete der Sohn. Die Kunde von diesem seltsamen

Ereignis verbreitete sich in der ganzen Provinz und manch armer und glückloser Gelehrte fühlte sich durch sie auf wunderbare Weise in seinem Tun bestärkt. Bald darauf zwangen den Oberexaminator dienstliche Pflichten zur Rückkehr in die Hauptstadt. Doch hin und wieder besuchte er die Stätte, wo er in seiner früheren Existenz gelebt hatte.

Der frühere Tagelöhner aber wurde der glückliche Vater von fünf Söhnen und ebenso vielen Töchtern. Alle Söhne verlegten sich auf das Studieren und drei von ihnen brachten es bis zum Doktor. Generation auf Generation zeichnete sich in der Ämterlaufbahn aus; die Familie blühte wie nie zuvor und zählte zu den vornehmsten und berühmtesten der ganzen Provinz.

YEN SSE-AN

Zwei Betrugsfälle

Gegen Ende der Regierung ›Zehntausendfacher Zeitenlauf‹ (1573–1619 n. Chr.) war Kaiser Schen-tsung alt und müde geworden und hatte keine Lust mehr, sich mit den Staatsgeschäften abzugeben. Er hielt weder Audienzen ab noch las er die an den Thron gerichteten Denkschriften und Memoranden. Bei den männlichen Angehörigen der Kaiserfamilie ging es deshalb drunter und drüber; und in den Regierungskreisen wurde viel Unsinn geschwatzt. Unter den Prinzen gab es einige, die bei jeder Gelegenheit dem Wein zusprachen und ›unter Blumen und Weiden‹ nächtigten.

Damals versuchten die Mädchen aus dem Vergnügungsviertel einander durch vorteilhaftes Aussehen zu übertrumpfen, und weil es in den besseren Kreisen so Mode war, brachten sie ihren ganzen Besitz beim Spiel durch. Später taten sie sich zu Cliquen zusammen und bildeten Ausschüsse, die sich speziell mit Schwindelunternehmen befaßten. Ein Mädchen, das an Schönheit alle anderen übertraf, wurde als Lockvogel ausgewählt. Sie war diejenige, ›die das verwöhnte Kind schlägt‹. Die männlichen Mitverschworenen hießen Streithelfer‹ und die weiblichen ›verbindende Hände‹. Dazu wurden aber nur solche Personen ausgewählt, die besonders schlau und gerissen waren. Sie halfen den Plan in die Tat umzusetzen und wurden später ihren Verdiensten entsprechend am Gewinn beteiligt. Die, die den Lockvogel spielte, bekam alleine ein Drittel. Diese Banden gingen sehr geschickt vor und verstanden es, die Leute auf hundert Arten zu täuschen, so daß man ihnen vor Gericht nichts nachweisen konnte.

Damals genoß die kaiserliche Nebenfrau Tscheng die Gunst des Herrschers, und ihr älterer Bruder Kuo-ts'in stritt sich, gestützt auf die Macht und den Einfluß der kaiserlichen Verwandtschaft, in der Hauptstadt lärmend mit den Beamten herum. Die weiblichen Angehörigen der Singmädchen-Familien[1] gingen in seinem Hause aus und ein. Und weil sie alle Familienmitglieder bestens kannten, wollten sie ihre Kunst dort einmal ausprobieren. Aus Furcht vor der kaiserlichen Verwandtschaft wagten sie es dann doch nicht.

Einige Jahre zuvor hatte in der Hauptstadt ein Minister für öffentliche Arbeiten namens Sü Schan gelebt. Er war in Yang-tschou beheimatet gewesen und hatte in seinen späten Jahren nochmals geheiratet. Nach Jahresfrist hatte die Frau ihm ein Knäblein geboren, das er sehr liebte. Die Familie des Ministers war schwerreich; sie besaß in der Heimat ausgedehnte Ländereien, die der Minister seinem ältesten Sohn aus erster Ehe hinterließ. Seinem Jüngsten dagegen hinterließ er die Mietshäuser in der Hauptstadt nebst den Altertümern und sonstigen Kostbarkeiten. Als er starb, blieben die Mutter und ihr Sohn in der Hauptstadt zurück.

Das Studierzimmer des Sohnes befand sich in einem kleinen Wohnturm, durch dessen oberstes Fenster man in den Innenhof des Nachbarhauses hinabblicken konnte. Nun traf es sich, daß dort in jenen Tagen eine alte Frau namens Tsch'en einzog. Wenig später besuchte sie auch die Familie Sü, und Mutter und Sohn plauderten eine Weile mit ihr.

»Ich habe auch einen Sohn«, erzählte die alte Frau Tsch'en. »Er ist Student an der Kaiserlichen Akademie[2] und ein Kenner von Altertümern. Zur Zeit wohnt er als Gast bei der Familie Tscheng, den kaiserlichen Anverwandten. Sie haben ein solches Vertrauen zu ihm, daß sie ihn anders als die übrigen Gäste behandeln. Auch ich verkehre dort. Die erste Dame des Hauses heißt Soundso und hat eine Tochter mit Namen Sai-ku. Obwohl das Mädchen bereits achtzehn Lenze zählt, ist es noch immer unverlobt. Die erste Dame sagte kürzlich, daß als Gemahl für ihre Tochter nur der Sohn eines hohen Beamten in Frage käme. Er müsse gut aussehen, Talent besitzen und ein Amt haben. Nur dann ließe sich über die Heirat reden. Der junge Herr da«, und sie deutete lächelnd auf den jungen Sü, »wäre sicherlich nach ihrem Geschmack. Darf ich mich vielleicht als Heiratsvermittlerin anbieten?«

Frau Sü meinte, daß die Verbindung mit einer so großmächtigen Familie wohl nicht das richtige für sie sei und lehnte dankend ab.

Wenige Tage später machte der Sohn der alten Frau seinen Antrittsbesuch. Er hieß Yü und war ein stattlicher junger Mann, der angenehm zu plaudern verstand. Der junge Sü war sofort von ihm eingenommen, und weil er wußte, daß sein Besucher ein Kenner von Altertümern war, holte er seine Kostbarkeiten aus ihren Verstecken hervor und zeigte sie ihm der Reihe nach. Der junge Tsch'en war derart erstaunt, daß er bei ihrem Anblick Mund und Nase aufsperrte.

»Ihr habt wirklich einzigartige Schätze«, sagte er, nachdem er sich von seinem Staunen erholt hatte. Derartiges besitzt im ganzen Reich nur noch der Yung-yang-Palast. Vor allem das Jadelöwen-Paar mit den Ringen im Maul ist eine große Rarität, die man heute nur noch selten findet. Selbst die Tscheng-Familie besitzt nichts, das so wertvoll wäre.«

»Welches sind die größten Kostbarkeiten, die jene Familie besitzt?« fragte der junge Sü.

»Die kaiserliche Nebenfrau hat Sai-ku im Laufe der Jahre verschiedene Dinge geschenkt, darunter auch einige Kostbarkeiten von fast überirdischer Schönheit. Sie besitzt zum Beispiel ein Stück Jade, das so groß wie ein Hühnerei ist und ›Handwärmer‹ genannt wird. Wenn man es bei kaltem Wetter in die Hände nimmt, spürt man nach einiger Zeit eine solche Wärme, daß die Handflächen fast zu schwitzen beginnen. Dann ist da ein Räucheröfchen, ›Selbstduftend‹ genannt. Es besteht aus irgendeiner besonderen Holzart und ist in der Mitte leer. Wenn man sich mit ihm ins Bett legt und es fest an den Körper drückt, dann steigt der Wohlgeruch wolkenartig auf und treibt in Schwaden unter der Bettdecke umher. Eine andere Kostbarkeit ist ein Armreif aus weißer Jade mit kunstvoll eingelegten Goldintarsien, die Blumen und Vögel darstellen. Doch ihre Formen lassen sich nur schwer beschreiben. Dann ist da noch eine Haarnadel mit einem blaugrünen Stein, der in der Dunkelheit grüne Strahlen aussendet. Der Rest sind Perlen, Ohrringe, Zeremonialgewänder und sonstiger Schmuck. Doch diese Dinge sind nicht so selten, daß man sie nicht auch kaufen könnte.«

Daraufhin erkundigte der junge Sü sich nach Sai-ku.

»Sie ist die Haustochter der Familie Tscheng und der erklärte Liebling ihrer Großmutter. Jene pflegt zu sagen, sie sei von einer so wunderbaren Schönheit, wie man sie sonst nur unter den Göttern und Unsterblichen findet, nicht aber unter den Menschen. Auch die Mutter ist ihr sehr zugetan. Schon an die hundertmal sind ihr von verschiedenen Familien Heiratsangebote gemacht worden, doch sie hat sie stets abgewiesen.«

Der junge Sü glaubte diesen Worten, und eine große Unruhe kam über ihn. Wie gern wäre er dem Mädchen einmal begegnet!

Am Abend des Mittherbst-Festes stiegen er und seine Mutter den Wohnturm hinauf, um sich am helleuchtenden Mond zu ergötzen. Plötzlich vernahmen sie von draußen her ein Gewirr von zarten Frauenstimmen; und als sie sich neugierig über die Fensterbrüstung beugten und in den Innenhof der Familie Tsch'en hinabspähten, sahen sie dort viele herrlich herausgeputzte Frauen stehen. Sie alle bildeten einen Kreis um ein schönes Mädchen, das klein und zierlich vor der Treppe stand. Sie hatte ein wundervolles ›Jadegesicht‹, auf das gerade der volle Schein des Mondes fiel. Ihr Perlen- und Eisvogelfeder-Schmuck glitzerte und ihr schwarzes, hinten zu einem Knoten zusammengebundenes Haar glänzte wie Lack. Die alte Frau Tsch'en schien vor Freude außer sich zu sein. Sie griff nach der Hand des schönen Mädchens, geleitete es zu einem Sitz und sagte: »Setzt Euch ein Weilchen hin und ergötzt Euch an dem schönen, helleuchtenden Mond.« Dann blickte sie zum Himmel empor, deutete lächelnd auf den Mond und scherzte: »Die Mondgötting Tsch'ang-o[3] ist heute abend ganz unerwartet in meine kalte Hütte hinabgestiegen.«

Wenig später erschien eine Dienerin mit Tee. Das schöne Mädchen nippte nur ein wenig an der Tasse, dann stand es auf und schickte sich zum Fortgehen an. Die alte Frau Tsch'en griff nach ihrer Hand und wollte sie zurückhalten, doch die Schöne sprach mit leiser Stimme ein oder zwei Worte, welche die Mutter und ihr Sohn droben auf dem Lauscherposten nicht verstehen konnten. Die Alte ließ ihre Hand sogleich los und, auf jeder Seite von einer Kammerfrau gestützt, verließ sie sodann, gefolgt von einem Schwarm von weiblichen Bediensteten, den Hof. Frau Sü und ihr Sohn hatten die ganze Zeit unentwegt hinabgestarrt, doch sie wußten nicht, aus welcher vornehmen Familie das schöne Mädchen stammte.

Am nächsten Morgen erschien die alte Frau Tsch'en und wollte sich eine rote Geschenkschachtel ausborgen. Ganz von selbst erzählte sie, daß gestern abend plötzlich eine hochstehende Dame bei ihr zu Besuch erschienen sei. In der Eile sei es ihr nicht möglich gewesen, sie geziemend zu bewirten. Deshalb wolle sie nun das Versäumte durch ein Geschenk von mehreren Sorten von erlesenen Früchten wettmachen.

»Ihr meint doch sicherlich die junge Dame, die gestern abend bei Euch im Hof saß, nicht wahr?« fragte Frau Sü.

Die Alte heuchelte plötzliches Erschrecken. »Woher

wißt Ihr denn das, Mutter?« fragte sie verblüfft zurück. Und sie gab sich den Anschein, als ob sie darüber nachdenken würde. Auf einmal klatschte sie in die Hände und rief lächelnd: »Jetzt weiß ich's! Ihr habt uns vom Wohnturm aus zugeschaut.«

»Ganz richtig«, antwortete Frau Sü.

»Nun, ich will daraus kein Geheimnis machen. Die junge Dame, die mich besuchte, war tatsächlich Sai-ku. Gestern abend war sie im Tempel der ›Großen Freude‹ und hat dort Weihrauch verbrannt. Und als sie auf dem Rückweg an meiner kalten Hütte vorüberkam, besuchte sie mich.«

»Ist sie schon verlobt?« wollte Frau Sü wissen.

»Noch nicht, aber das habe ich Euch ja schon erzählt. Sie wäre eine treffliche Partnerin für Euer ›befehlendes Herrchen‹.«

»Nun, ich könnte es ja einmal versuchen und bei ihrer Familie vorsprechen. Aber die vielen, vielen Ausgaben! Ich fürchte, daß unser Geld da nicht ausreicht.«

»Ho-tsai! Bei Eurem großen Vermögen, Mutter, braucht Ihr doch nur einmal kräftig in die Hände zu spukken – und schon ist die Sache erledigt! Bei normalen Hochzeiten wohlhabender Bürgerfamilien sind Aufwendungen von einigen hundert Unzen Silber schon das Äußerste. Bei der Heirat mit einer Anverwandten der kaiserlichen Familie kann man nicht gerade über die Mauer springen und sich das Mädchen holen. Die Summe, die Ihr in diesem Fall für die Namensbefragung[4] aufwenden müßt, macht soundsoviel aus, die Summe für die Brautgeschenke soundsoviel und die Hochzeit selbst kostet Euch soundsoviel. Zwei- bis dreitausend Unzen Silber reichen da völlig aus. Ihr könnt die Summe ja in Raten zahlen; es ist durchaus nicht notwendig, daß Ihr alles auf einmal hergebt und Euch dadurch Eurer ganzen Barschaft beraubt. Wenn die ›Neue‹ in Euer Haus einzieht, bringt sie Kisten und Koffer voller Silber und Gold mit in die Ehe. Das bedeutet, daß Ihr für verhältnismäßig geringe Ausgaben einen großen Gewinn einstreicht. Wie könnt Ihr nur so knauserig sein und diese kleinen Ausgaben scheuen? Die Macht dieser Familie ist nicht geringer als die des Yung-yang-Palastes. Ihr müßt auch daran denken, daß der junge Herr bald sein erstes Amt antreten wird. Wenn er sich dann die Kraft seines Schwiegervaters ausleiht und dessen geheimnisvolle Hilfe wirken läßt, dann wird er imstande sein, über fünf Pferde zu springen und auf den obersten Platz zu gelangen. Goldene Rangabzeichen und das Adelspatent sind ihm dann gewiß. Glaubt mir, ein solches Glück ist nicht alltäglich. Nur wegen der gutnachbarlichen Beziehungen, nicht in der Hoffnung auf eine dicke Belohnung, will ich versuchen, diese treffliche Verbindung zu knüpfen. Dennoch glaube ich, daß der junge Herr, wenn er erst einmal am Ziel seiner Wünsche ist, sich der Mühen der alten Frau erinnern wird. Ich bin es schon zufrieden, wenn er sich dazu herabläßt, später gnädig nach meinem Sohn zu schauen.«

Der junge Mann hatte ihren Worten hingebungsvoll gelauscht, und seine Mutter war derart gerührt, daß sie die Alte auf der Stelle mit der Heiratsangelegenheit betraute.

Am nächsten Tag – es ging schon auf den Abend zu – erschien die Alte ganz unverhofft. Ihr Gesicht war vom Wein gerötet und trunken schwankte sie hin und her. Scherzend griff sie nach der Hand des jungen Sü, stampfte mit dem Fuß auf und rief mit lauter Stimme: »Rasch, verbeugt Euch zum Dank vor mir! Rasch, verbeugt Euch zum Dank vor mir!«

Frau Sü kam ihr entgegen und fragte, was das alles zu bedeuten habe. »Die Angelegenheit ist perfekt«, lallte sie. »Doch die Dame Tscheng möchte den jungen Herrn einmal sehen. Ich habe deshalb den ersten Tag des kommenden Monats mit ihr ausgemacht. An diesem Tag werde ich sie zu einer Spazierfahrt in das Kloster der keuschen Frauen begleiten. Dort soll sich ihr dann der zukünftige Schwiegersohn vorstellen. Bestimmt wird er ihr gefallen.«

Frau Sü und ihr Sohn waren überglücklich, als sie das hörten.

Am ersten Tag des neuen Monats legte der junge Sü seine besten Kleider an. Dann bestieg er sein Pferd und ritt, gefolgt von einigen Knechten, davon. Als er zum Tor des Klosters kam, hockten dort eine ganze Anzahl von Grauköpfen auf der Torschwelle. Sie blieben sitzen und standen nicht auf, um ihn zu begrüßen. Der junge Sü wollte an ihnen vorbeigehen, doch der Zuruf von einem der Grauköpfe brachte ihn zum Stehen. »Die T'ai-t'ai ist anwesend«, fuhr jener ihn an. »Welcher Student erkühnt sich, hier mir nichts, dir nichts eindringen zu wollen?«

Der junge Sü erklärte, was ihn hergeführt habe. »Das muß in der Tat drinnen gemeldet werden«, sagte der Graukopf und schickte einen Dienerknaben hinein.

Wenig später kam die alte Frau Tsch'en heraus. »Wir haben hier schon lange auf Euch gewartet«, raunzte sie den jungen Sü an. »Weshalb habt Ihr euch verspätet?«

Sie griff sofort nach seiner Hand und führte ihn in die Gästehalle, wo sie ihm zu warten befahl. Wenig später erschien eine Zofe und sagte zu ihr, sie solle den jungen Herrn hereinführen. Er betrat die hintere Halle und blieb vor der Estrade stehen. Auf der anderen Seite des Vorhangs gewahrte er eine schöne Frau. Sie trug ein kurzes, perlenverziertes Jäckchen und einen langen, bestickten Rock. Ihr Gesichtsausdruck war ernst und würdevoll wie der einer Göttin. Er verbeugte sich vor ihr mit zusammengelegten Handflächen, und hinter dem Vorhang wurde sein Gruß erwidert. Anschließend brachte die Alte ihn wieder in die Gästehalle zurück, wo sie ihn einige Zeit mit Tee bewirtete. Schließlich erschienen zwei gutaussehende Zofen und jede hielt eine Goldfäden-Schachtel in der Hand. »Dies schickt die große Dame dem jungen Herrn«, sagten sie zu der Alten und reichten ihr die Schachteln.

Der junge Sü verneigte sich dankend vor den beiden Schachteln, dann befahl er den ihn begleitenden Knechten, sie an sich zu nehmen, und verließ eiligen Schrittes das Kloster. Als er durch das Tor schritt, standen die Grauköpfe auf beiden Seiten in respektvoller Haltung Spalier und verbeugten sich vor ihm. Und sie hockten sich auch nicht gleich wieder hin, als er mit stolzgeschwellter Brust sein Pferd bestieg und davonritt.

Als er wieder daheim war, wollte er, von großer Neugier geplagt, sehen, was man ihm geschenkt hatte. Er öffnete die Schachteln und blickte hinein. Drinnen lagen vergoldete Fächer, Duftbeutelchen, wie man sie am Gürtel zu tragen pflegt, und andere Dinge mehr, alle in Form und Prägung des Palaststils. Er glaubte deshalb, daß die kaiserliche Nebenfrau diese Dinge ihrer Familie geschenkt habe und die wiederum ihren geschätzten Schwiegersohn damit auszeichnen wolle. Dieser Gedanke machte ihn ganz närrisch und er wählte sogleich im Kalender einen nicht allzu fernen ›Glückstag‹ für die Hochzeit aus. Dann lud er die alte Frau Tsch'en und ihren Sohn ein und bewirtete beide mit einem opulenten Festmahl. Nachher trug er ihnen auf, zum Tscheng-Palast zu gehen und über die Brautgeschenke zu verhandeln. Die alte Frau tat es. Nach einigem Hin und Her wurde die Brautgabe auf zweitausend Unzen Silber und vierhundert Längen farbiger Brokatseide festgesetzt. Die Schwiegereltern sollten darüber hinaus etliche Kostbarkeiten und Antiquitäten zum Geschenk erhalten und ebenso die beiden Onkel der Braut. Frau Sü und ihr Sohn wollten nur das Jadelöwen-Paar zurückbehalten und setzten es deshalb nicht auf die Geschenkliste. Als der junge Tsch'en es bemerkte, machte er ein bedenkliches Gesicht und sagte: »Diese beiden Dinge allein würden ausreichen, um die helle Freude der kaiserlichen Anverwandten hervorzurufen. Wenn auch der Rest genug an Kostbarkeiten enthält, wird man sie doch als gewöhnliche Dinge betrachten. Wenn Ihr es nicht versteht, die Herzen

Eurer Schwiegereltern zu erfreuen, wird es, so fürchte ich, Schwierigkeiten geben.«

»Dies«, widersprach der junge Sü, »ist eine Kostbarkeit der hundert Menschenalter. Die Ringe bestehen aus Blut-Craquelé, und die Farbe der beiden Jadelöwen ist durch das Alter ein wenig nachgedunkelt. Ich vermute, daß einst ein begnadeter Künstler sie aus dem Stein geschnitten hat. Diese Kostbarkeit wird in unserer Familie schon seit Generationen aufbewahrt. Außer euch selbst weiß kein Außenstehender davon; nur mein älterer Bruder hat sie einmal gesehen. Was soll ich also tun? Die Mutter will sie nicht hergeben.«

»Mutter, Euer Rat ist nicht gut«, warf die alte Frau Tsch'en lächelnd ein. »Sai-ku besitzt alle Altertümer, die im Tscheng-Palast vorhanden sind. Ihr braucht mir nachher nur ein Wort zu sagen und sie wird alles, auch die Brautgeschenke, in ihrer Aussteuer mitbringen. Dann gehört es wieder Euch.«

Frau Sü ließ sich, wenn auch widerwillig, überreden. Gleich darauf wurden die Brautgeschenke von nahezu hundert Männern abgeholt. Die Musik spielte, und der ganze Weg war beleuchtet. Bevor sie fortging, sagte die alte Frau Tsch'en: »Gestern haben die kasierlichen Anverwandten mich benachrichtigt. Sie haben den Palast verlassen und sind in eine Villa am oberen Osttor gezogen. Man darf sie dort nicht durch Besuche belästigen.«

Am nächsten Tag erschien die Alte und forderte ihren Lohn als Heiratsvermittlerin. Der junge Sü wollte ihr zuerst achtzig Unzen Silber geben, doch das erschien ihr zuwenig und sie nahm es nicht an. Erst als er vier Längen Seide und ein Paar kostbare Haarnadeln hinzufügte, war sie einverstanden.

Ein paar Tage später erschien sie abermals und erzählte in geschwätzigem Ton, die kaiserlichen Anverwandten seien bereits dabei, die Aussteuer für Sai-ku zusammenzustellen. Sie hätten Leute in die verschiedenen Provinzen geschickt, um dort allerlei Dinge einzukaufen: Filz aus der Provinz Schen-si, Eisvogelfedern in Kuang-tung, Perlen in Liao-tung, dazu Seidendamaste und Satinstoffe in Sutschou und Hang-tschou, wohin ihr eigener Sohn soeben mit tausend Unzen Silber abgereist sei. Entzückt klatschte sie in die Hände und schwätzte in einem fort, so daß Mutter und Sohn ganz verwirrt waren.

Doch nachdem ein voller Monat verstrichen war, hörte und sah man nichts mehr von ihr. Mutter und Sohn spähten in den Nachbarhof hinab, doch der Hof lag einsam und verlassen da. Das wunderte sie sehr, und noch am gleichen Tag schickten sie einen Diener in den Tscheng-Palast, damit er sich dort erkundige. Doch im Palast kannte man weder einen Akademiestudenten namens Tsch'en, noch war der Name seiner Mutter unter den Klienten verzeichnet. Und als der Diener zum oberen Osttor kam, fand er die Türen der Villa versiegelt vor. Er fragte die Nachbarn und die erzählten ihm, das Haus gehöre einem Staatssekretär namens Wang. Er wohne entweder anderswo, oder er habe irgendwo eingeheiratet. Das Haus sei in der Zwischenzeit vermietet gewesen. Als der Diener zurückkehrte und dies seinen Herrschaften meldete, waren Mutter und Sohn außer sich vor Zorn und Entrüstung. Sie schauten einander an und weinten.

Einige Tage später kam plötzlich ein Brief des älteren Bruders aus dem Süden. Darin hieß es: »Vor ein paar Tagen ist ein Herr Tsch'en zu mir gekommen. Von ihm erfuhr ich, daß Du, mein jüngerer Bruder, Dich um ein Amt bewerben willst und dazu von mir fünfhundert Unzen Silber brauchst. Weil Du die unbegründete Furcht hegtest, ich könnte Deine Bitte ablehnen, hast Du mir als Beweis das Jadelöwen-Paar mit den Ringen im Maul geschickt, das unser Vater Dir hinterlassen hat. Ich habe Deinem Wunsch entsprochen und mich bemüht, die erforderliche Summe an dem und dem Tag zusammenzubringen. Diese habe ich zusammen mit dem Jadelöwen-Paar Herrn

Tsch'en übergeben, der damit sogleich nach dem Norden zurückgereist ist. Ich nehme an, daß Du beides inzwischen erhalten hast. Trotzdem möchte ich Dich darauf hinweisen, daß Du eine solche Kostbarkeit wie das Jadelöwen-Paar nicht leichtfertig fremden Händen anvertrauen solltest.«

Als der junge Sü den Brief gelesen hatte, war er außer sich vor Zorn und Beschämung. »Was für ein großer Irrtum ist mir da unterlaufen!« sagte seine Mutter seufzend, als sie davon erfuhr. »Welch ein Schaden wurde uns zugefügt! Jetzt ist auch noch dein älterer Bruder ihren Tricks zum Opfer gefallen! Niemals hätte ich gedacht, daß ein altes, häßliches Weib eine solch abgefeimte Betrügerin sein kann!«

Daraufhin kratzte sie tausend Unzen Silber zusammen und versuchte, indem sie sich das Amt ihres verstorbenen Mannes zunutze machte, ihrem Sohn ein Amt zu kaufen. Wenig später erhielt er in einem bestimmten Regierungsbezirk den Posten des Zivilkommissars. Und ohne von der Sache ein Aufhebens zu machen, reiste er sofort ab.

Später kam der Riesenbetrug durch die Indiskretion einiger Singmädchen-Familien doch heraus. Das Haupt der Verschwörung war die vierte Lo gewesen, die auch einer solchen Familie angehörte. Jene, die als Sai-ku aufgetreten war, hieß Lo Klein-Phönix und zählte zu den bekanntesten Kurtisanen der Hauptstadt. Die angebliche Dame Tscheng war ihre Schwägerin, die zweite Lo gewesen. Die alte Frau Tsch'en, deren Sohn, die Grauköpfe und die Dienerinnen hatten alle zu den ›Streithelfern‹ und ›verbindenden Händen‹ gehört.

Als während der Regierungsära ›Erhabener Segen‹ (1628–1644 n. Chr.) einige Kaiserliche Zensoren gerüchteweise von diesem Riesenbetrug erfuhren, ersuchten sie den Kaiser in einer Eingabe, Razzien bei den Singmädchen-Familien der Hauptstadt durchzuführen. Daraufhin zerstreuten sich die Teilnehmer in alle Provinzen des

Reiches. Die meisten von ihnen flüchteten nach Yangtschou.

Zu jener Zeit lebte dort ein Mann aus Hui-tschou mit dem Namen Li Si-yüan. Er war bei einem reichen Kaufmann namens Tschao Tschang-k'i als Geschäftsführer einer staatlich lizensierten Pfandleihe[5] angestellt. Die beiden waren miteinander verschwägert, und weil Li sich stets ehrlich und aufrichtig gezeigt hatte, besaß er das volle Vertrauen seines Herrn. Dieser gab ihm eines Tages den Auftrag, zu den Salinen zu reisen. Er sollte dort die einzelnen Filialen inspizieren und sowohl die Produktion wie auch den Verkauf des Salzes überwachen. Seine jährlichen Einkünfte auf diesem Posten waren besonders beträchtlich. Li stand damals bereits in mittleren Jahren, war aber noch immer Junggeselle und führte deshalb keinen eigenen Haushalt. Nachdem er mehr als fünfhundert Unzen Silber gespart hatte, kaufte er sich für hundert Unzen ein Haus, in dem er sich, sooft es nur anging, von seiner verantwortungsvollen Tätigkeit entspannte.

In diesem Jahr traf es sich, daß die Salzgärten am Meeresufer ein Mehrfaches an Ertrag als in gewöhnlichen Jahren einbrachten; und in den Salinen häufte sich das Salz zu wahren Bergen an. Si-yüan und seine Kollegen machten viel Silber flüssig, kauften das Salz zu einem Spottpreis und lagerten es in der Hoffnung auf beträchtliche Gewinne ein. Der Zufall wollte es, daß die Ernte im nächsten Jahr nahezu ausfiel. Fast über Nacht schnellten die Salzpreise in die Höhe und der Gewinn aus dem Verkauf des gehorteten Salzes betrug ein Vielfaches des ursprünglichen Einkaufspreises. Auf diese Weise schwollen Si-yüans Ersparnisse sogleich auf tausend Unzen Silber an. Er selbst glaubte, daß er von dieser Summe bis an sein Lebensende zehren könnte, ohne sie aufzubrauchen, und er fühlte sich wie ein Fisch in einem Graben, dessen Wasser über das Ufer getreten ist.

Eines Tages wollte er seinen Kollegen Wu besuchen und

Salzgewinnung

machte sich in aller Frühe auf den Weg. Als er dort ankam, sah er vor dem westlichen Nachbarhaus eine Frau stehen, die Wäsche wusch. Ihr schwarzes Haar glich den sich ballenden Wolken und ihre entblößten Arme leuchteten so weiß wie Schnee. Ein knöchellanges Gewand, unter dessen Saum ein paar winzig kleine Schühchen hervorlugten, umhüllte ihre zarte Gestalt. Sie stand über den Waschtrog gebeugt da, und Si-yüan betrachtete sie verstohlen von hinten, ohne ihr Gesicht sehen zu können.

Als er in das Haus seines Kollegen eintrat und erfuhr, daß jener fortgegangen sei, verabschiedete er sich sogleich wieder. Gerade in dem Augenblick, als er wieder auf die Straße hinaustrat, richtete die Frau sich auf. Und das Sonnenlicht spielte auf ihrem Gesicht. Sie hatte ein Paar wunderschöne Augen, dazu zartgeschwungene Augenbrauen und Wangen, die dem gefrorenen Tau auf der Hibiskusblüte im ersten Morgensonnenschein glichen. Der Anblick ihrer aparten Schönheit ließ sein Herz sogleich höher schlagen.

Als er wieder daheim war, kam sein Kollege Wu zufällig vorbei. Sie saßen geraume Zeit beisammen und unterhielten sich über dies und jenes. Auf einmal fragte Si-yüan seinen Gast: »Älterer Bruder, soviel ich weiß, hast du bis jetzt keine Nachbarn im Westen gehabt. Was ist das für eine Familie, die jetzt neben dir wohnt?«

»Ich weiß nicht, woher diese Frau stammt. Als ich vorgestern von den Salinen zurückkehrte, erzählten mir die Kinder, daß wir eine neue Nachbarin haben und ihr Name die zweite Feng sei. Sie erschien mit ihrem Sohn zur Begrüßung und erzählte, sie komme aus Peking. Ihr Mann sei gestorben und jetzt stehe sie allein und ohne Stütze da. Sie habe in Wei-yang bei Verwandten Zuflucht finden wollen, doch die seien ohne eine Spur zu hinterlassen fortgezogen. Ihr sei deshalb nichts anderes übriggeblieben, als mit ihrem Sohn und ihrem ›trockenen Vater‹[6] hierher zu kommen und ein Haus zu mieten. Als sie erfuhr, daß ich ein tüchtiger Geschäftsmann bin, wollte sie, daß ihr Sohn bei mir in die Lehre gehe, damit er sich seinen Lebensunterhalt selbst verdiene. Wenn dies aber nicht möglich sei, dann wüßte ich vielleicht einen Kollegen, der ihn als Sohn adoptieren würde. Sie hoffe, daß ich ihr in der Not helfe und ihren Sohn weiterempfehle. Älterer Bruder«, fuhr Wu in scherzendem Ton fort, »du hast doch keinen Sohn. Wie wär's, wenn du den Jungen adoptieren würdest?«

»Ein Kind übereilt zu adoptieren schafft später unter Umständen großes Ungemach. Aber ich könnte ihn vielleicht als Koch anstellen. Damit wäre das Problem der armen Witwe gelöst.«

Wu verstand, was er damit sagen wollte. Er stand auf, gab ihm im Scherz einen Klaps auf die Schulter und sagte in gespielter Entrüstung: »Schamloser alter Kerl! Also deshalb willst du den Jungen ins Haus nehmen! Doch solange du mir kein Angebot machst, werde auch ich nichts zu der Frau sagen.« Dann ging er fort.

An einem der folgenden Tage ging die zweite Feng abermals zu Wus Familie und bat, man möge doch ihrem Sohn eine Stelle besorgen. Wus Kinder erzählten ihr, daß sich dort und dort eine günstige Gelegenheit biete, doch taten sie es nur, um die Verzweifelte zu trösten. Die zweite Feng eilte sofort nach Hause, richtete Wein und schmackhafte Speisen her und sagte zu ihrem ›trockenen Vater‹, er solle ihren Sohn sofort zu Si-yüan bringen. Jener glaubte, dies sei auf Veranlassung seines Kollegen geschehen und brachte es nicht über sich, die Gefühle der Frau brüsk zu verletzen. Er setzte sich auf einen Stuhl und empfing die Begrüßung des Adoptivsohnes, wie das Zeremoniell es vorschreibt.

Das Brüderchen war damals fünfzehn Jahre alt. Er kochte fortan das Essen, er holte das Wasser vom Brunnen und hielt das Haus sauber. Von früh bis spät zeigte er die größte Aufmerksamkeit. Er lag vor Si-yüan fast auf den Knien und gehorchte jedem seiner Befehle. Dieser empfand deshalb schon nach kurzer Zeit eine große Zuneigung für den Jungen, und schließlich nahm er ihn auch zu den Salinen mit. Als Wu es merkte, glaubte er, daß sein Kollege sich des Jungen aus eigenem Antrieb angenommen habe und stellte weiter keine Fragen. Später kehrte Si-yüan wieder nach Yang-tschou zurück und gab dem Jungen Urlaub, damit er seine Mutter besuchen konnte.

Nach einigen Tagen erschien er wieder, und zwar in Begleitung des ›trockenen Vaters‹. Si-yüan lud ihn zum Sitzen ein, und es hatte den Anschein, als ob jener ihm etwas sagen wolle, sich aber nicht getraue. »Sicherlich hast du etwas auf dem Herzen«, meinte Si-yüan nach einer Weile. »Sprich nur frei heraus!«

»Ach, da ist eine unschickliche Angelegenheit, mit der ich den Herrn belästigen muß«, haspelte jener hervor. »Doch wenn Ihr meinem Plan zustimmt, bleiben beide Seiten vor Schaden bewahrt, wenn nicht, dann verlieren wir beide daran.« Und er tischte ihm die folgende Lüge auf: »Meine Familie lebt in Peking und ein Neffe von mir ist beim Ritenministerium angestellt. Weil meine Tochter damals ganz allein stand, wollte sie mich unbedingt als männlichen Begleiter mit auf die Reise nehmen. Was blieb mir anderes übrig, als mich ihrem Wunsch zu fügen? Nun hat mein Neffe mir innerhalb eines Monats zwei Eilbriefe geschickt und drängt mich in einem fort zur Rückkehr. Jetzt aber ist der einzige Sohn meiner Tochter Euer Erbe geworden und sie steht ganz allein da. Ach, ich weiß mit Bestimmtheit, daß sie das einsame Leben nicht ertragen wird! Doch wenn ich zu ihrem Sohn sage, daß er zu seiner Mutter zurückkehren soll, dann würde ich damit gewiß Eure Gefühle verletzen. Beides wäre kein Ausweg. Nach meiner bescheidenen Ansicht wäre es am besten, wenn Ihr meine Tochter zur Frau nehmen würdet. Sie könnte Euch den Haushalt führen, und Mutter und Sohn wären wieder vereint. Glaubt mir, mit meiner Tochter macht Ihr keine schlechte Partie! Dies ist mein Angebot, und ich hoffe, daß Ihr als kluger Mann es Euch reiflich überlegen werdet.«

»Ich finde den Vorschlag ausgezeichnet!« rief Si-yüan hocherfreut. »Doch wer soll die Heirat vermitteln?«

»Natürlich meine Wenigkeit!« antwortete der Alte und schlug sich mit der flachen Hand auf die Brust. Er verlangte Pinsel und Tuschreibestein und schrieb mit eigener Hand die vier zyklischen Zeichenpaare seiner Tochter nieder, die für die Stunde, den Tag, den Monat und das Geburtsjahr standen. Feierlich reichte er das Schriftstück Si-yüan, und der nahm es entgegen, als ob es ein kostbares Stück Jade wäre. Noch am gleichen Tag begleitete er ihn in die Wohnung der zweiten Feng, wo die Hochzeit ohne großes Zeremoniell stattfand. Am nächsten Morgen reiste der Alte ab.

Si-yüan war von der Schönheit der zweiten Feng wie verzaubert, und seine Sinne waren so verwirrt, daß er wie geistesabwesend erschien. Als er die inneren Gemächer des Hauses zum ersten Male betrat, bemerkte er, daß alle Gegenstände, Tische und Matten, Schüsseln und Becher blitzblank waren und an ihrem Platz standen. Es gab auch hübsch bestickte Vorhänge und brokatseidene Bettdekken. Aus einem Räucheröfchen stiegen Schwaden feinsten Weihrauchs auf und wanden sich kräuselnd zur Decke. Es war ihm zumute, als ob er sich in den himmlischen Gefilden befinde. Von Stund an hafteten die beiden wie Lack und Leim aneinander, und Si-yüan vergaß alles um sich herum. Sein Arbeitgeber, Herr Tschao, drängte ihn wiederholt, die Salinen zu inspizieren, doch in seinem Freudentaumels schenkte er den Aufforderungen keine Beachtung.

Die zweite Feng gab sich ganz als Dame. Sie schmeichelte ihm auf alle möglichen Arten, rügte aber immer öfter seine Untätigkeit. »Ich habe sagen gehört«, sprach sie eines Tages zu ihm, »daß der Mann seine Frau zu ernähren hat und nicht die Frau ihren Mann. Wenn du dich deiner Armut schämst, warum wohnst du dann bei mir?«

»Keine Angst«, versuchte er sie zu beruhigen. »Ich habe achthundert Unzen Silber gespart und das Geld gewinnbringend in der Pfandleihe meines Herrn angelegt. Dort bringt es zwar keinen großen Gewinn, doch die Zinsen allein reichen für unseren Lebensunterhalt aus.«

Die zweite Feng runzelte die Stirne und tat so, als ob sie scharf nachdenken würde. »Ooh!« entfuhr es ihr plötzlich, und mit ausgestrecktem Finger sagte sie zu ihm: »Was bist du doch für ein dummer Kerl! Du legst das viele Geld dort an, ohne auch nur einen Fetzen Papier als Quittung zu besitzen! Dein Herr ist schon betagt. Was, wenn er eines Tages ganz plötzlich stirbt? Dann wirst du deine Forderungen bei den Erben schwerlich durchsetzen können! Damals, als du auf diesen dummen Gedanken kamst, hattest du weder ein Haus noch eine Familie. Jetzt aber trägst du die Verantwortung für uns! Du solltest das Geld schnellstens zurückfordern und dafür irgendwelche Waren kaufen, die im Preis billig sind. Wenn du wartest, bis die Preise gestiegen sind, kannst du einen großen Gewinn einstreichen. Was hat es für einen Wert, sich bei anderen durchzuschmarotzen? Warum sein Geld bei fremden Leuten verdienen?«

Insgeheim gab Si-yüan ihr recht. Er ging sofort zu Herrn Tschao und forderte seine Einlagen zurück. Jener war alt an Jahren und besaß eine tüchtige Portion Lebenserfahrung. »Du solltest es dir reiflich überlegen«, sagte er zu ihm, »bevor du deine ganzen Ersparnisse fortträgst. Die Zinsen einer Pfandleihe sind zwar nicht hoch, man geht dabei aber auch kein Risiko ein. Wenn du dein Geld anderswo anlegst, dann mag zwar der Gewinn groß sein, du mußt aber ständig auf der Hut sein, daß du es nicht eines Tages ganz unverhofft verlierst. Glaube ja nicht, daß das nicht stimmt!«

Si-yüan wollte es nicht einleuchten. Er nahm das Geld mit nach Hause und erklärte der zweiten Feng, daß er sich damit am Salzhandel beteiligen wolle.

»Das ist ein guter Gedanke«, entgegnete sie. »Doch zuvor solltest du einen Blick auf die allgemeine Marktlage werfen. Falls sich irgendwo ein großer Gewinn machen läßt, ist es nachher noch immer früh genug, wenn du zurückkommst und das Geld holst. Falls kein Gewinn zu machen ist, brauchst du es nicht wieder zurückzubringen.«

Si-yüan gab ihr abermals recht. Und da Herr Tschao ihn bereits wiederholt zur Eile gemahnt hatte, setzte er den Tag seiner Abreise fest. Die zweite Feng aber gab ihm noch einen ihrer ›guten‹ Ratschläge: »Wenn du in der Pfandleihe deines Herrn zweihundert Unzen Silber borgst, dann hast du tausend. Sobald du den großen Gewinn gemacht hast, kannst du das Geld wieder zurückzahlen.«

Si-yüan befolgte auch diesen Rat und lieh sich zweihundert Unzen Silber, die er gleichfalls der zweiten Feng übergab. »Paß nur gut auf das Geld auf«, schärfte er ihr ein.

»Früher«, antwortete sie lächelnd, »warst du leichtsinnig beim Anlegen deines Geldes, und jetzt willst du auf einmal ein Geheimnis daraus machen. Was dir gehört, gehört auch mir. Trotzdem machst du dir Sorgen. Das ist falsch. Dein Haus hat hundert Unzen Silber gekostet. Jetzt steht es leer und bringt keinen Nutzen. Verkaufe es und gib mir das Geld. Ich werde dann dafür dieses Haus hier kaufen und lasse es auf deinen Namen überschreiben. Ich bin noch keine vierzig. Falls ich schwanger werde und einen Sohn bekomme, dann laß uns an diesem Ort in harmonischer Ehe zusammen alt werden.«

Si-yüan befolgte auch diesen Rat und freute sich, daß er eine so verständige und weitblickende Frau hatte. Kurz vor der Abreise fragte sie ihn, wann er zurückkehren werde. »Ich bin schon lange nicht mehr in den Salinen gewesen«, antwortete er. »Die Arbeit dort hat sich angehäuft. Bis zu meiner Rückkehr werden wohl zwei Monate vergehen, wenigstens aber einer.«

»Wie lange das ist«, seufzte sie. »Das Wetter wird nun allmählich warm und ihr beide werdet daher bald leichte Kleidung benötigen. Schicke deshalb den Jungen nach einiger Zeit zurück. Er soll auch gleich die schmutzige Wäsche mitbringen, damit ich sie waschen kann.«

Si-yüan war von ihrer Fürsorge gerührt. Gleich darauf reiste er ab. Nachdem er einige Tage in den Salinen gearbeitet hatte, schickte er den Jungen zurück. Er trug ihm auf, in fünf oder sechs Tagen unbedingt zurückzukommen, doch die Zeit verstrich, und der Junge ließ sich nicht blicken. Nach zwanzig Tagen kam ihm die Sache seltsam vor. Er ließ alles stehen und liegen und reiste überstürzt ab. Doch als er daheim ankam, fand er die Wohnung leer vor. Nicht ein einziges Möbelstück war zurückgeblieben. Er lief sofort zum Hausbesitzer und erkundigte sich. »Ich hatte«, sagte jener, »mit der Frau vereinbart, daß die Miete monatlich entrichtet wird. Sie wohnte drei Monate lang in dem Haus und hat die fällige Summe bezahlt. Als sie fort wollte, habe ich sie gehen lassen. Woher soll ich wissen, wohin sie gegangen ist?«

Da war es ihm klar, daß sie das Haus nicht gekauft, sondern ihn schamlos betrogen hatte. Tiefverzweifelt ging er zu seinem Kollegen Wu und erzählte ihm alles. Dann eilte er zu seinem Arbeitgeber und berichtete ihm von dem Betrug. Er verlangte, daß jener seine Leute nach allen Himmelsrichtungen ausschicken solle, um die Betrüger aufzuspüren. Jener aber schüttelte nur traurig den Kopf und meinte: »Was würde das schon nützen? Wie kann man Leute aufspüren, die so raffiniert vorgehen. Schade nur um die achthundert Unzen Silber!«

Si-yüan fühlte sich tiefbeschämt, denn Herr Tschao wußte bereits von dem geborgten Geld. Er wußte, daß Si-yüan es veruntreut hatte und daß keine Aussicht bestand, es bei ihm einzutreiben. So entließ er ihn mit einigen guten Worten aus seinem Dienst.

Nun hatte er keine Bleibe mehr und war bettelarm. Sooft er die Leute von Betrügereien reden hörte, schlug er sich auf die Brust und stampfte zornig mit den Füßen. Vor lauter Zerknirschung war er dem Weinen nahe. Als jemand erfuhr, wie übel man ihm mitgespielt hatte, sagte er: »Das war die betrügerische zweite Lo aus Peking. Sie hat sich fälschlich als zweite Feng ausgegeben.«

Eines Tages ging er am Donnerteich spazieren. Dort erblickte er zufällig auf einem der Blumenboote einige vornehme junge Herren in der Gesellschaft einer Anzahl hübscher Singmädchen, und alle sprachen fröhlich dem Wein zu. Unter ihnen befand sich auch die zweite Feng. Da wußte er, daß sie noch in Yang-tschou wohnte und sich wieder ihrem alten Gewerbe zugewandt hatte. Als sie ihn bemerkte, winkte sie ihn in einem günstigen Augenblick herbei und sagte im Flüsterton: »Herr, daß ich Euch damals so gemein behandelte, war in Wirklichkeit die Schuld des alten Li, meines ›trockenen Vaters‹. Er hat die ganze Sache ausgeheckt und mein vorteilhaftes Aussehen als

Köder benutzt. Dabei gab dieser Schuft mir nachher nur hundert Unzen Silber! Glaubt bitte nicht, daß ich eine schlechte Person bin! Ich erwarte Euch morgen in der ›Straße des aufgehäuften Glücks‹ im Hause der alten Frau Wang. Dort werde ich Euch alles erklären und versuchen, den Schaden nach Möglichkeit gutzumachen.« Gleichzeitig zog sie aus der Ärmeltasche fünf oder sechs Unzen Bruchsilber hervor und gab sie ihm. Dann winkte sie ihm zu, daß er fortgehen solle.

Als Si-yüan am nächsten Morgen in die ›Straße des aufgehäuften Glücks‹ kam, sah er, daß der Stadtmagistrat das Tor zum Haus der Wang-Familie hatte versiegeln lassen. Er erkundigte sich bei den Nachbarn und erfuhr von ihnen, daß die alte Wang und Klein-Phönix schon vor geraumer Zeit aus der Stadt ausgewiesen worden waren. Da erkannte er, daß man ihn ein zweites Mal betrogen hatte. Tief erbittert kehrte er in seine Heimatstadt Hui-tschou zurück, und man sagt, er sei dort ein Mönch geworden.

In jenen Tagen lebte in einem Dorf westlich von Yangtschou ein Gärtner, der nur der alte Kiang genannt wurde. Er hauste in einer einräumigen, binsengedeckten Hütte, deren Wände bereits vom Alter brüchig waren. In jener unruhigen Zeit verdiente er mit seinem Gemüse nicht genug, um davon leben zu können. Wenn er Hunger hatte – und dies kam oft vor –, dann grub er am Flußufer Täschelkraut aus und füllte damit seinen Magen. Obwohl er aus Holzmangel manchmal mehrere Tage lang kein Feuer anzünden konnte, verrichtete er seine Arbeit stets mit Fleiß. Er war damals schon über die Fünfzig hinaus, aber noch immer stark und robust. Unverdrossen schwang er auf dem Feld seine Hacke und ließ sich weder durch Hitze noch durch Kälte anfechten.

Im Jahre I-yu (1645 n. Chr.) drangen die Mandschu-Truppen nach Süden vor. Als bekannt wurde, daß sie bereits vor Wei-yang standen, flohen alle seine Nachbarn mit ihren Frauen und Kindern. Weil er selbst weder Frau noch

Kinder hatte, schloß er sich ihnen nicht an, sondern blieb in seiner elenden Hütte zurück. »Lebensmittel habe ich sowieso keine«, dachte er. »Da macht es keinen Unterschied aus, ob ich fliehe oder nicht. Der Tod ist mir so oder so gewiß.«

Dann erschienen die Mandschu-Truppen und schlossen Yang-tschou ein. Einer ihrer Militärgouverneure schlug sein Standlager in den westlichen Vorstädten auf. Einer seiner Offiziere – diese hießen Pei-kia, Rüstungsträger – zog wenige Tage später mit seinen Soldaten plündernd durch die umliegenden Dörfer. Dabei fiel ihm auch der alte Kiang in die Hände, und er brachte ihn in das Lager des Militärgouverneurs. Als dieser den zerfetzten Regenumhang aus Gras sah, der seinen Körper bedeckte, fragte er ihn, ob er ein Bauer sei. Doch der alte Kiang war vor Furcht wie gelähmt und brachte kein Wort hervor. Daraufhin befahl der Militärgouverneur, man solle ihm die Haare am Vorderkopf abschneiden und auf mandschurische Art frisieren. Dann teilte er ihn als Wasserträger ein.

Aus Angst um sein Leben arbeitete der alte Kiang mit aller Kraft. Er wagte es nicht, auch nur einen Augenblick auszuruhen. Wenn er genug Wasser getragen hatte, dann hackte er Holz und bereitete den Mannschaften das Essen. Oder er führte die Pferde zur Schwemme und säuberte das Lager vom Unrat. Dabei verrichtete er jede Arbeit ordentlich, so daß die Offiziere ihre helle Freude an ihm hatten. »Ich habe gehört«, sagte einer von ihnen, »daß die Leute hier im Süden sinnlich, faul und dem Vergnügen zugetan sein sollen. Jeden Tag essen sie weichgekochtes Fleisch, trinken bitteren Tee und schlafen, bis die Sonne drei Ruten hoch am Himmel steht. – Was ist der alte Kiang doch für ein aufrichtiger und arbeitswilliger Mensch!«

Später trug er das Wasser auch zum Standlager des Militärgouverneurs, und der dortige Stallmeister befahl ihm, Gras für die Pferde zu schneiden. Als der Militärgouverneur eines Tages die Pferde inspizierte und das Gras sah, fragte er, wer es geschnitten habe.

»Das hat der alte Kiang geschnitten«, meldete der Stallmeister.

»Das ist vortreffliche Arbeit!« lobte der Militärgouverneur. »In den Sommermonaten sitzen Blutegel in den Stengeln des Wassergrases, doch wenn man sie abschneidet, bleiben die Pferde gesund. Wir Mandschuren sind im Norden aufgewachsen und kennen deshalb das Wassergras des Südens nicht. In den Sommermonaten ist es nicht ratsam, es samt den Stengeln an die Pferde zu verfüttern.« Dann gab er dem alten Kiang einen Infanterieausweis und unterstellte ihn dem ganz blauen Banner.[7]

Wenige Tage später wurde Yang-tschou erobert, und alle Einwohner der Stadt wurden massakriert.[8] Die alten und häßlichen Frauen verfielen allesamt dem Schwert und nur die jungen und schönen blieben am Leben. Sie wurden den Offizieren geschenkt, die sich beim Kampf besonders ausgezeichnet hatten. Ein Teil des Heeres hatte inzwischen den Yang-tse bereits überschritten, und keiner durfte eine Frau mitnehmen. Den verdienten Offizieren wurde für den Frauenverkauf eine Frist von drei Tagen gesetzt. Weil die Käufer die Frauen aussuchten und nicht für alle die gleichen Preise zahlen wollten, steckten die Offiziere sie in große Säcke und banden diese oben zu. Die Soldaten mußten sie zur Hauptverkehrsstraße tragen, und es wurden Zettel angeheftet mit der Bitte, rasch zu kaufen. Als Käufer kamen fast nur Leute aus dem Norden in Frage, die als Garnisonssoldaten in Yang-tschou zurückbleiben sollten, denn von den früheren Bewohnern der Stadt war, soweit sie nicht schon vorher die Flucht ergriffen hatten, kaum einer mehr am Leben.

Einem der Offiziere glückte es nicht, in der gesetzten Frist seine Frau im Sack zu verkaufen. Er geriet darüber in einen solchen Zorn, daß er den Sack in den Fluß werfen wollte, doch seine Kameraden hielten ihn mit Gewalt zurück. »Wem soll ich sie denn geben?« fragte der Aufgebrachte.

»Der Südbarbar[9] Kiang hat hart für uns gearbeitet«, sagte einer. »Er hat keine Frau. Wie wär's, wenn du sie ihm schenken würdest?«

»Ausgezeichnet!« riefen die anderen im Chor. Und sie schrien nach dem alten Kiang. »Weil du keine Nachtgefährtin hast«, sagte einer der Offiziere zu ihm, »erlauben wir dir, den Sack hier fortzutragen.«

Der alte Kiang war darüber so verwundert, daß er nicht wußte, was er antworten sollte. »Nachtgefährtin – was ist das für ein Ding«, stammelte er verwirrt.

»Wir schenken dir eine Lao-po, eine Alte!« riefen die Offiziere erheitert. Der alte Kiang aber empfand große Furcht. Er ließ den Kopf auf die Erde sinken und flehte leise: »Ach, ach, mein ganzes Leben lang habe ich mich kaum selbst ernähren können. Ich wage es nicht, dem Befehl zu gehorchen.«

»Diese Südbarbaren sind wirklich ausgemachte Schurken!« rief der Offizier zornig. »Umsonst will ich dir eine Ware geben, die hundert Unzen Silber wert ist – und was tust du? Du lehnst das Geschenk heuchlerisch ab! Wo gibt es einen Mann, der keine Frau haben möchte? Wie kannst du es wagen, mich anzuschwindeln?«

Schon wollte er seinen Säbel ziehen und dem alten Kiang den Kopf abschlagen, da sprang einer von seinen Kameraden flink hinzu und hielt ihn von hinten fest. Die anderen hoben den Sack hoch, legten ihn auf den Rücken des knienden alten Kiang und befahlen ihm laut schimpfend, er solle auf der Stelle verschwinden. Was blieb ihm anderes übrig, als den Sack zu seiner Hütte zu tragen? Als er dort ankam, war er noch immer so aufgeregt, daß er geraume Zeit nicht wußte, wo er ihn abstellen sollte. Da fiel ihm plötzlich ein, daß die Frau im Sack Fürchterliches hatte erdulden müssen. Auf dem ganzen Weg hatte sie keinen Laut von sich gegeben. Sie schien ohnmächtig zu sein – oder war sie bereits tot? Das Herz des alten Kiang floß vor Mitleid über, als ihm diese Gedanken durch den Kopf gingen.

Nachdem er den Sack abgestellt und aufgebunden hatte, warf er einen Blick hinein. Drinnen befand sich wirklich eine schöne Frau; doch sie war entweder ohnmächtig oder gar bereits tot. Hastig umarmte er sie und zog sie hoch. Er bettete sie behutsam auf ein morsches Brett, dann stülpte er den Krug um und fand darin gerade noch eine Handvoll Reis. Er sammelte trockene Binsen und kochte einen dünnen Reisbrei, den er ihr nach und nach einflößte, ohne daß sie aus ihrer Ohnmacht erwacht wäre. Nachher ging er wieder in das große Lager zurück und verrichtete dort seine Arbeit. Als die Soldaten ihn erblickten, sagten sie im Scherz: »Ein Bräutigam sollte ein fröhliches Gesicht machen. Warum freust du dich nicht?«

»Ach, ihr Herren«, antwortete der alte Kiang niedergeschlagen, »mir ist es ja doch beschieden, eines Tages vor Hunger im Straßengraben zu sterben. Wie kann ich mich da noch mit einer Frau herumschleppen? Sobald sie aus ihrer Ohnmacht erwacht ist, suche ich ihre Verwandten und bringe sie zurück.«

Durch seine Ehrlichkeit vom Mitleid gerührt, schenkten die Soldaten ihm aus ihrem Beutegut Vorhänge, Dekken und Matten. Außerdem gaben sie ihm noch je einen Viertelscheffel Reis und schwarze Bohnen. Er bedankte sich bei ihnen und kehrte mit den Sachen in seine Hütte zurück. Als er sah, daß die Frau sich rührte, fiel ihm ein Stein vom Herzen. Er kochte abermals einen Reisbrei, dann richtete er den Oberkörper der Frau auf und fütterte sie wie ein kleines Kind. Nachher suchte er ein Nachtgeschirr und stellte es in ihre Nähe. Am folgenden Morgen fütterte er sie abermals. Zu dieser Zeit befanden sich die Truppen des großen Lagers bereits auf dem Marsch, und weil ihn dort keine Arbeit mehr erwartete, schulterte er die Hacke und ging aufs Feld hinaus, um Gemüse zu säen.

Als er von der Arbeit zurückkehrte, hatte die Frau sich gerade aufgerichtet. Sie hockte auf dem morschen Brett und stützte sich mit beiden Händen. »Wo bin ich?« fragte sie mit matter Stimme, als sie den alten Kiang erblickte.

»In einem kleinen Dorf vor der Weststadt«, antwortete er.

»Wie... wie bin ich hierhergekommen?«

»Die Mandschu-Soldaten haben mir befohlen, dich fortzutragen.«

»Wieviel hast du dafür bezahlt?«

»Ach, ich bin ein armer Mann und habe kein Geld.«

»Wie das? Ohne Geld?« fragte sie nachdenklich.

Er erzählte ihr, wie es geschehen war. Kaum hatte er ausgesprochen, da sank sie vor Erschöpfung ohnmächtig zur Seite. Zwei Tage lang beobachtete er sie, und allmählich erlangte sie das Bewußtsein wieder. Er kochte Essen, das er ihr zusammen mit dem Gemüse von seinem eigenen Feld anbot. »Dieses Dorf«, sagte er, »ist nur eine knappe kleine Meile von der Stadt entfernt.« Die Frau begriff natürlich, was er damit andeuten wollte. »Hast du noch einen Mann?« fragte er nach einer Weile.

»Ich bin die Gemahlin des Präfekten von Yang-tschou«, antwortete sie.

Der alte Kiang erschrak ganz gewaltig. »Was, Ihr seid die Gattin eines Beamten?« entfuhr es ihm. Er stampfte mit dem Fuß auf. »Was tun? Der Präfekt hat Selbstmord begangen.«

»Nein, ich bin die Gemahlin seines Vorgängers.«

»So? Dann lebt er sicher noch und man kann ihn vielleicht benachrichtigen.«

Die Frau schluchzte kummervoll. »Vorigen Monat ist er nach Nan-king abgereist, weil er dort ein neues Amt übernehmen sollte. Mitten auf dem Strom überfielen Räuber sein Boot und töteten ihn.«

»Dann ist die Dame also alleine und hat keine Verwandten mehr?«

Weinend berichtete sie ihm, daß alle Verwandten des Präfekten in der Provinz Schen-si ums Leben gekommen seien.

»Nun, dann habt Ihr sicherlich noch Eltern oder Geschwister, die Euch Zuflucht gewähren können. Wenn es so ist, will ich mich gerne nach ihnen erkundigen.«

»Ich hatte nur eine Adoptivmutter«, schluchzte die Frau. »Sie ist nach der Eroberung der Stadt von den Soldaten ermordet worden.« Und sie weinte, von tiefem Schmerz bewegt, ohne aufzuhören. Auch dem alten Kiang flossen Tränen über das Gesicht. »Gebietet Eurem Kummer Einhalt«, versuchte er sie zu trösten. »Es wird sich schon noch ein Ausweg finden. Im Krug ist noch Reis für einen halben Monat. Wir können ruhig abwarten.«

»Ich bin von deiner großen Güte gerührt. Aber du bist so schrecklich arm. Ich kann doch nicht immerfort bei dir essen. Was soll ich nur machen?«

»Die unruhigen Zeiten sind jetzt vorbei. Später wird es nicht schwer sein, sich den Lebensunterhalt zu verdienen.«

Die Frau nickte nur. Als sie in den folgenden Tagen erkannte, was für ein aufrichtiger und ehrlicher Mensch der alte Kiang war, da beschloß sie, sich ihm für das ganze Leben anzuvertrauen. Sie rief ihn zu sich und fragte: »Ist es dir möglich, in die Stadt zu kommen?«

»Aber gewiß. Als ich kürzlich dort war, sah ich, daß nur an einigen Orten mandschurische Soldaten stationiert sind. Sonst ist alles menschenleer. Es war dort sehr still und ich entdeckte nirgendwo einen lebenden Menschen. Dafür lagen überall auf und neben den Straßen Leichen umher.«

»Kannst du es vermeiden, daß die Soldaten dich am Tor durchsuchen?«

»Oh, die Wachsoldaten kenne ich gut! Und zudem besitze ich einen Ausweis von der Infanterie des ganz blauen Banners. Die Soldaten werden mich gewiß nicht anhalten.«

»Wirklich, da ist eine Sache, die ich dir gerne anvertrauen möchte«, sagte die Frau hocherfreut. »In der Weststadt liegt der Ahnentempel des Herrn Tung. Links davon, neben der Torschwelle des dritten Hauses, ist ein großer, verdeckter Abwasserkanal. In ihm sind zwei kleine Holzkisten versteckt. Geh sofort hin und bringe sie mir her!«

»Jawohl!« antwortete der alte Kiang dienstfertig und ging davon. Die Frau aber rief ihn zurück und sagte: »Niemand darf die beiden kleinen Kisten sehen. Was, wenn die Wachsoldaten sie erspähen?«

»Kein Problem. Ich stelle sie in die beiden Tragkörbe und lege oben kreuz und quer Brennholz darüber. So wird es gehen.«

Nach einer Weile kehrte er zurück und stöhnte: »Puh, sind die kleinen Kisten aber schwer. Was ist denn da drin?«

»Silber«, antwortete die Frau.

Nachdem er die Schlösser entzweigeschlagen hatte, stellte er fest, daß die beiden kleinen Kisten ungefähr tausend Unzen Silber enthielten.

»Ich habe«, sagte die Frau daraufhin, »noch an einem anderen Ort etwas versteckt. Das vierte Haus in der ›Straße des aufgehäuften Glücks‹ – kennst du es? – ist ziemlich klein und niedrig und am Tor ist ein Doppelring angebracht. Wenn du durch dieses Tor und ein zweites dahinterstehendes gegangen bist, kommst du zum östlichen Anbau, in dem sich die Küche befindet. Hinter der Küche liegt ein großer Aschenhaufen, und in der Asche sind zwei große Pakete mit Silber versteckt. Sie liegen dort schon seit mehr als vier Jahren, und ich weiß nicht, ob jemand sie inzwischen gefunden hat.«

»Als ich kürzlich an diesem Haus vorüberging, sah ich vor dem Tor Bogen und Schwerter stehen. Dort haben mandschurische Soldaten ihr Quartier bezogen.«

»Versuch es trotzdem.«

Er schulterte die beiden Tragekörbe und machte sich auf

den Weg. Als er dort ankam und unschlüssig vor dem Tor auf und ab ging, erschien plötzlich ein Mandschu-Soldat. Eiligen Schrittes kam er auf ihn zugelaufen, schlug ihm die Hand kameradschaftlich auf die Schulter und fragte: »Alter Südbarbar, was führt denn dich hierher?«

Kiang, der ihn von früher kannte, antwortete, er suche Dünger, um sein Feld zu düngen.

»Ausgezeichnet! Hier im Haus liegt hinter der Küche ein großer Aschenhaufen. Schaffe ihn uns fort.«

Der Soldat führte den alten Kiang zum Aschenhaufen, deutete darauf und sagte: »Hoffentlich trägst du die ganze Asche fort!«

Dann ging er weg. Der alte Kiang aber wühlte so lange in der Asche herum, bis er die beiden Pakete gefunden hatte. Sie waren dick mit Tuch umwickelt und mit Bindfäden verschnürt. Als er sie anhob, merkte er, daß sie noch schwerer als die beiden kleinen Kisten waren. Er legte sie zuunterst in die beiden Tragkörbe und schüttete Asche obendrauf. Als die Frau die beiden Pakete sah, freute sie sich sehr, und am nächsten Morgen sagte sie zu ihm: »Du hast in dieser Angelegenheit großen Mut gezeigt. Nördlich von der Jadegürtel-Brücke steht ein großes Haus. Weißt du, welches ich meine?«

»Ich kenne das Haus. Früher hat dort ein Beamter gewohnt, und bis vor wenigen Tagen war es das Quartier eines Mandschu-Generals. Jetzt ist der General weiter nach Süden gezogen und das Haus steht wieder leer.«

»Auf dem Grundstück steht ein Bretterschuppen und darunter, auf der linken Seite, ist ein Silberversteck. Ich erinnere mich, daß das betreffende Brett nicht festgenagelt ist. Wenn du es hochhebst, kannst du das Silber sehen.«

»Was aber, wenn die Mandschu-Soldaten das Silber bereits entdeckt und fortgenommen haben?«

»Ich verlange, daß du auf jeden Fall hingehst und nachschaust«, beharrte sie. »Sicherlich wirst du das Silber finden.«

Da schulterte er abermals seine Tragkörbe und ging in die Stadt. Als er das besagte Grundstück nördlich von der Jadegürtel-Brücke betreten hatte, fand er dort wirklich einen Bretterschuppen, doch die Soldaten hatten ihn bereits zur Hälfte zerstört. Nur auf der linken Seite, dort, wo das Silberversteck sein sollte, war noch alles heil. Er stemmte das nicht angenagelte Brett hoch und warf einen Blick in die Höhlung darunter. Sie war voll von Silber. Es lag barrenweise in mehreren Schichten übereinander und füllte das ganze Loch aus. Er legte einen Teil davon in die beiden Tragekörbe und bedeckte es sorgfältig mit Mist. Dann stapfte er schwerbeladen davon. Er mußte viermal gehen, bis er den ganzen Schatz ausgeräumt hatte. Das fiel schließlich auch den Wachsoldaten auf. »Alter Südbarbar!« riefen sie ihm zu. »Wieviel mußt du wohl an deinem Gemüse verdienen, daß du so schwer arbeitest?«

»Ich bin ein armer Mann«, antwortete er, schwer unter der Silberlast keuchend. »Wenn ich nicht arbeite, kann ich auch nicht leben.«

So trug er unbemerkt das ganze Silber heim. Nachher grub er an dem Platz, wo die Frau schlief, ein Loch in die Erde und versteckte es dort. Dann wandte er sich ihr freudestrahlend zu und sagte: »Die Leute, die vor der Belagerung aus der Stadt geflohen sind, kehren jetzt in hellen Scharen in ihre Häuser zurück. Einige Kaufleute haben bereits wieder ihre Läden geöffnet. Die Lage hat sich allgemein beruhigt, und die Verwandten, die noch am Leben sind, finden langsam wieder zusammen. Ich werde versuchen, die Verwandten der T'ai-t'ai ausfindig zu machen. Wenn Euch das Glück hold ist, könnt Ihr mit dem vielen Silber zu ihnen zurückkehren. Für das Herbeischaffen verlange ich nichts. Ich bin stark und kann noch arbeiten.«

»Wohin soll ich denn gehen?« fragte sie. »Ich will für immer bei dir bleiben und deine Frau sein.«

Der alte Kiang erschrak gewaltig und lehnte das Angebot ab: »Ich, ein hungriger Mann in einer Binsenhütte, darf es überhaupt nicht wagen, daran zu denken.«

Daraufhin erzählte sie ihm ihre Geschichte: »In Wirklichkeit stamme ich aus einer Pekinger Singmädchen-Familie. Mein Name ist Lo Klein-Phönix. Ach, wie schäme ich mich heute, daß ich in einem ›grünen Wohnturm‹[10] aufwuchs und keine unbefleckte Frau bin! Als mein Kopfhaar eben die Stirne bedeckte, zwang man mich bereits, mit meinem vorteilhaften Aussehen zu kokettieren und vornehme Herren zum Lustgenuß zu reizen. Dann starb meine gute Mutter und ich kam unter die Fuchtel eines eifersüchtigen und grausamen Weibes. Später empfand ein gewisser Herr Hung mit mir Mitleid und verliebte sich in mich. Er brachte mich hierher nach Yang-tschou, in seine Vaterstadt, und mietete mir außerhalb seines Hauses, links neben dem Ahnentempel des Herrn Tung, eine Wohnung. Als seine Frau von unserem Verhältnis erfuhr, kam sie mit einer Rotte grausamer Weiber herbeigeeilt. Sie packte mich, und ich wurde halbtot geprügelt. Dann schleppten sie mich in einen kleinen Wohnturm. Das erbitterte mich so sehr, daß ich Selbstmord begehen wollte, doch man wußte es zu verhindern. Nachher übernahm mich die alte Wang in der ›Straße des aufgehäuften Glücks‹, und ich arbeitete für sie als Singmädchen. Sie war zum Glück eine gütige Frau und hatte Mitleid mit mir. So lebte ich mehrere Jahre lang in Ruhe und Frieden, bis uns plötzlich einige böse, junge Männer nachstellten. Sie verklagten uns vor dem Richter, und wir wurden verprügelt und aus der Stadt ausgewiesen. Dann reiste ich mit der alten Frau Wang nach Norden in die Provinz Schan-tung. Dort trafen wir ganz zufällig einen Präfekten. Er war beim Kaiser zur Audienz gewesen und wollte nach dem Süden zurückkehren. Weil seine erste Frau gestorben war, heiratete er mich, und ich durfte ihm drei Jahre lang im Schlafzimmer aufwarten. Als seine Amtszeit abgelaufen war, zogen wir in das Haus an der Jadegürtel-Brücke. Ein Jahr später erhielt ich die

Nachricht, daß er auf dem Yang-tse von Piraten ermordet worden war. Dann erschienen die Mandschuren und brachten meine Pflegemutter um. Ich selbst mußte mich mit Eisvogelfedern schmücken und meine Augenbrauen schwärzen. Mit Gewalt schleppte man mich in eine Filzjurte, und die Kerle befriedigten allesamt ihre Lust an mir. Dann fesselte man mich, ich wurde in einen Sack gesteckt und wie eine Ware am Straßenrand abgestellt. Drei Tage und drei Nächte lang war ich den Unbilden der Witterung ausgesetzt, ich hungerte und dürstete, doch es war niemand da, der mir geholfen hätte. Ich dachte schon, der Tod sei mir gewiß – wie konnte ich in dieser Lage hoffen, am Leben zu bleiben? Wer hat mich gerettet, wer hat mir zu essen gegeben? Du. Schon immer habe ich mich nach einem stillen Glück gesehnt, und ich glaube auch, daß unsere Begegnung vom Himmel bestimmt war. Wohin soll ich gehen? Du bist von jetzt an meine einzige Stütze.«

Kaum hatte sie das gesagt, da wurde ihr so weh ums Herz, daß es ihr die Stimme verschlug und sie hemmungslos zu weinen begann. Der alte Kiang war von Mitleid gerührt, und von diesem Tag an teilte er mit ihr Kissen und Matte, auch wenn ihn dies in der ersten Zeit recht verwirrte.

Zu dieser Zeit konnte man bereits wieder zwischen dem Süden und dem Norden hin- und herreisen, doch gab es nur wenige Kaufleute, die solches wagten. Die Folge war, daß die Produkte, welche die einzelnen Landesteile hervorbrachten, sich an Ort und Stelle massenhaft anhäuften und nicht verkauft werden konnten. Als der alte Kiang davon hörte, beriet er sich mit seiner Frau, und nachdem sie einen Entschluß gefaßt hatten, ließ er an die hundert Grashütten als Lagerschuppen bauen. Dann reiste er mit tausend Unzen Silber nach dem Norden. Überall kaufte er die Landesprodukte billig ein und kehrte damit nach Yang-tschou zurück, wo er die Waren in den Grashütten einlagerte.

Auf diese Weise machte er in wenigen Jahren einen Gewinn von einigen zehntausend Unzen Silber. Er baute seiner Frau ein großes Haus mit geschnitztem und bemaltem Balkenwerk; er umgab sie mit allen möglichen Kostbarkeiten und umhegte und umpflegte sie, indem er ihr jeden Wunsch von den Augen ablas. Sie führte ihm eine Nebenfrau zu, und als jene einen Sohn gebar, zog sie ihn wie ihr eigenes Kind auf. Der alte Kiang starb schließlich, Klein-Phönix aber wurde über sechzig Jahre alt und verbrachte ihren Lebensabend in Reichtum und Überfluß. Wo und wie die zweite Lo starb, ist nicht bekannt.

Der Verteidigungskommissar Schi Ko-fa

WANG SIN-TSCH'U

Zehn Tage in Yang-tschou

Nachdem der Verteidigungskommissar Schi Ko-fa[1] die Stellung am Po-yang-Fluß verloren hatte, floh er Hals über Kopf nach Yang-tschou zurück. Dies geschah am vierzehnten Tag des vierten Monats im Sommer des Jahres ki-yu (1645 n. Chr.). Die Stadttore wurden geschlossen, und der Feind wurde abgewehrt. Bis zum 24. war die Mauer noch nicht zerstört.

In den Häusern am Mauerring waren überall Soldaten stationiert. Ich bewohnte ein Haus im Osten der Neustadt, wo ein gewisser Yang die Verteidigung leitete. Er hatte seine Offiziere und Soldaten ringsherum einquartiert wie man die Steine auf das Schachbrett zu stellen pflegt. In meinem Haus waren zwei Soldaten einquartiert, und in den Nachbarhäusern links und rechts ebenfalls. Nichts im Hause blieb ihnen verborgen; überall trampelten sie herum. Wir gaben ihnen jeden Tag mehr als tausend Kupfermünzen. Doch weil das so nicht weitergehen konnte, blieb uns nichts anderes übrig, als uns untereinander zu beraten. Wir kamen überein, dem Anführer ein Festmahl zu geben. Bei dieser Gelegenheit heuchelte ich noch mehr Ergebenheit. Das Fest gelang, und wir wurden allmählich miteinander warm. Der Anführer freute sich und befahl den Soldaten, sich etwas zu entfernen. Er vertraute uns an, daß er die Musik liebe und gut auf der Ballon-Gitarre spielen könne. Er trug sich auch mit dem Gedanken, eine stadtbekannte Kurtisane zu kaufen, um sich mit ihr in seinen dienstfreien Stunden zu vergnügen. An diesem Abend lud er mich zum Trinken ein und war fest entschlossen, sich zu vergnügen. Auf einmal erschien der

Verteidigungskommissar mit einem Zettel in der Hand. Yang warf einen Blick darauf und erbleichte. Beide verließen uns und bestiegen rasch die Stadtmauer. Auch die übrigen Anwesenden zerstreuten sich.

Am nächsten Morgen erschien eine Bekanntmachung des Verteidigungskommissars, in der es hieß: »Keiner, der dem Feind noch Widerstand leistet, soll das Volk für seine Taten mitverantwortlich machen.« Alle, die davon hörten, waren zu Tränen gerührt. Dann wurde die Nachricht verbreitet, unsere Truppen hätten in einem kleinen Gefecht gesiegt. Da sah man, wie alle wieder die Köpfe hoben, die sie bereits hatten hängen lassen.

Am Nachmittag erfuhr ich, daß der Feind bereits in die Stadt eingedrungen sei. Darum verließ ich eilig das Haus und erkundigte mich bei allen Leuten, die ich unterwegs traf, nach dem Stand der Dinge. Jemand sagte zu mir, Huang Te-kung, der Graf von Ts'ing-nan sei mit Verstärkungen eingetroffen. Ich wußte nicht, was ich davon halten sollte und schaute mich um. Ich sah, daß die Wachsoldaten auf der Mauer noch immer ihre mustergültige Ordnung wahrten. Doch als ich wieder auf den Marktplatz kam, riefen und brüllten die Leute dort wild herum. Barfüßig und mit aufgelösten Haaren kamen sie angelaufen, sie keuchten lauthals und machten einen verstörten Eindruck. Doch als ich sie nach der Ursache fragte, konnte mir niemand eine vernünftige Antwort geben.

Plötzlich erschienen von Norden her einige Dutzend Reiter. Von Angst gehetzt und ohne jede Ordnung brausten sie an uns vorüber nach Süden zu. Mittendrin erkannte ich den Verteidigungskommissar. Wie ich später hörte, war er zuerst in die Oststadt (Neustadt) geflohen. Weil aber die Feinde sich dort bereits genähert hatten, war es ihm nicht möglich gewesen, aus der Stadt zu entkommen. Erst jetzt, als ich den Verteidigungskommissar erblickte, hatte ich die Gewißheit, daß der Feind in die Stadt eingedrungen war.[2]

Plötzlich kam aus entgegengesetzter Richtung, nämlich von Süden, ein Reiter in langsamer Gangart daher. Zwei einfache Soldaten voran, sie hielten die Zügel des Pferdes, während der Reiter, den Kopf in den Nacken geworfen, lauthals jammerte und klagte. Sie entfernten sich in nördlicher Richtung. Noch heute habe ich das Bild vor Augen und bedauere nur, daß ich den Namen des Reiters nicht erfuhr.

Nachdem die seltsame Gruppe sich ein Stück weit entfernt hatte, sah ich, wie die Soldaten auf der Mauer in Bewegung gerieten. Kopflos durcheinander laufend, versuchten sie von der Mauer zu fliehen. Sie waren ihre Helme und Speere fort; es gab verletzte Köpfe und gebrochene Beine. Im Handumdrehen waren die Mauer und die Wachtürme leer.

In der Neustadt ist die Stadtmauer so schmal, daß der Verteidigungskommissar auf ihr keine Geschütze hatte aufstellen können. Man hatte deshalb Bohlen ausgelegt, die vorne auf dem Wehrgang auflagen und nach hinten zu bis zu den ersten Bürgerhäusern reichten. Zu diesem Zeitpunkt waren aber die Arbeiten noch nicht fertiggestellt. Als nun die ersten feindlichen Soldaten mit Bogen in den Händen auf der Mauer erschienen und dann mit gezogenen Säbeln auf den Wehrgang sprangen, da drängten sich die Wachsoldaten zusammen, weil ihnen der Weg zum Mauerabstieg abgeschnitten war. Alle flohen, und wo eine Bohle lag, da krochen sie auf Händen und Füßen hinüber zu den Bürgerhäusern. Die Bohlen waren aber noch nicht befestigt, und sobald jemand den Fuß daraufsetzte, fiel er herunter. Wie fallende Blätter stürzten die Männer in die Tiefe; und von zehn starben wohl acht oder neun.

Die anderen erreichten die Dächer der Bürgerhäuser, und unter ihren Tritten zerbrachen die Dachziegel. Es hörte sich an wie ein Kampf mit Lanzen und Schwertern, als ob große Hagelschloßen herabprasseln würden. Überall klirrte und krachte es ohne Unterlaß. Die Leute, die sich in den Häusern befanden, kamen erschrocken herausgestürzt. Sie wußten nicht, was sie tun sollten, denn die Soldaten stiegen von oben her in ihre Häuser ein und ließen sich vom Dachgebälk in die Hallen, Wohnräume und Schlafzimmer hinab, wo sie, an allen Gliedern zitternd, nach einem Versteck suchten. Die Hausbesitzer konnten sie durch lautes Schreien nicht davon abhalten. Sie verschlossen Tor und Tür und hielten, in Erwartung schrecklicher Ereignisse, verängstigt den Atem an.

Ich eilte heim. Der hintere Teil der Halle meines Hauses liegt nach der Stadtmauer zu. Als ich durch einen Spalt im Fenster hinausspähte, sah ich auf der Stadtmauer Soldaten nach Süden und nach Westen ziehen. Sie marschierten trotz des starken Regens, der zu dieser Zeit fiel, dicht aufgeschlossen und in guter Ordnung. Ich nahm daher an, daß wir es mit einem disziplinierten Gegner zu tun haben würden; und dieser Gedanke beruhigte mich ein wenig.

Plötzlich wurde an das vordere Tor geklopft, ich hörte draußen erregte Stimmen. Ich öffnete und stellte fest, daß es die Nachbarn waren. Sie erzählten, sie seien überein gekommen, den Feind mit einem Tisch mit brennendem Räucherwerk zu empfangen. Damit wollten sie zeigen, daß sie keinen Widerstand leisten würden. Ich wußte zwar, daß es nutzlos sein werde, doch ich brachte es nicht über mich, den allgemeinen Beschluß mit einem Schulterzucken abzutun und pflichtete ihnen bei.

Daraufhin wechselte ich die Kleider und zog einen Rock von anderer Farbe an. Dann führte ich die Nachbarn auf die Straße hinaus. Wir warteten geraume Zeit auf die ersten feindlichen Soldaten, doch es kamen keine. Da ging ich ins Haus zurück und spähte wieder durch das hintere Fenster der Halle auf die Stadtmauer hinaus. Noch immer waren dort Soldaten zu sehen. Doch die Disziplin in den Abteilungen, die ich jetzt sah, schien mir etwas lockerer zu sein; bald marschierten sie, und bald blieben sie stehen. Auf einmal sah ich zwischen den Marschierenden vereinzelt Frauen, und alle waren, soweit ich das erkennen konnte, nach der Art von Yang-tschou gekleidet und geputzt. Da fuhr mir zum ersten Male ein tüchtiger Schreck in die Glieder. Ich ging zu meiner Frau und sagte zu ihr: »Der Feind ist in die Stadt eingedrungen. Sollte dir etwas Unerwartetes zustoßen, dann mußt du die Entscheidung für dich alleine treffen.«

»Ja«, antwortete sie und fügte hinzu: »Wir haben einiges Gold. Nimm es an dich und verstecke es irgendwo. Und laß uns nicht hoffen, noch länger auf dieser Welt zu leben.«

Weinend reichte sie mir das Gold, Barren um Barren. Im gleichen Augenblick kam einer von den Nachbarn herein und rief aufgeregt: »Sie sind da! Sie sind da!« Er rannte gleich wieder hinaus, und ich lief hinter ihm her. Auf der Straße sah ich von Norden her mehrere Reiter auf uns zukommen, die, ihre Pferde zügelnd, sich uns langsam näherten. Und jedesmal, wenn sie an einem der devot grüßenden Männer vorüberritten, beugten sie sich hinab. Mir schien es, als ob sie dem Betreffenden etwas sagen würden.

Zu dieser Zeit hatte der Verkehr auf der Straße vollständig aufgehört, und ein jeder war nur noch auf sich selbst angewiesen. So ist es zu verstehen, daß wir, obwohl sich diese Szenen ganz nah abspielten, nicht erfuhren, was sie zu bedeuten hatten. Erst als die Reiter etwas näher gekommen waren, erkannte ich, warum sie sich aus dem Sattel beugten. Sie forderten von jeder Familie Gold und Silber, doch stellten sie keine übertriebenen Forderungen. Wenn sie etwas erhielten, und war es auch nur eine Kleinigkeit, dann verlangten sie nichts mehr. Kam jemand ihrem Wunsche nicht nach, dann legten sie zwar drohend die Hand an den Säbelgriff und schauten ihn finster an, doch sie taten nichts zuleide. Mein Haus war das nächste. Ein Reiter deutete ausgerechnet auf mich und rief seinem Hintermann zu: »Fordere von diesem Blaugerockten etwas für mich!«

Der Angesprochene hatte sein Pferd kaum zum Stehen gebracht, da war ich bereits mit fliegenden Schritten davongerannt. Er ließ von mir ab und ritt weiter. »Wie kommt es nur«, wunderte ich mich, »daß er ausgerechnet von mir etwas wollte? In diesem groben Gewand sehe ich doch wie ein Bauer aus.«

Dann kam mein jüngerer Bruder und gleich darauf auch der älteste. Wir diskutierten gemeinsam über das folgende Problem: Hier in der Gegend wohnen überall reiche Kaufleute. Was sollen wir tun, wenn die Soldaten auch uns für reiche Kaufleute halten?

Wir faßten den Beschluß, in aller Eile auf Nebenwegen zum Hause meines zweitältesten Bruders zu fliehen. Sein Haus liegt hinter den Gräbern der Ho-Familie; dort wohnen nur arme Leute. Ich vertraute meine Frau der Obhut meiner beiden Brüder an, und sie liefen mit ihr durch den strömenden Regen davon. Ich blieb zunächst allein im Haus zurück, denn ich wollte sehen, wie sich die Lage entwickeln würde. Dann kam plötzlich mein ältester Bruder zurück und sagte: »Auf der Hauptstraße ist Blut geflossen. Laß mich bei dir bleiben. Wenn wir zusammen sterben, wird mich der Tod nicht reuen.«

Ich dachte: »Wenn ich schon sterben muß, dann will ich dies im Hause meines zweitältesten Bruders tun, mitten unter meinen Verwandten.« Ich sagte dies meinem ältesten Bruder, und er war damit einverstanden. Da nahm ich die Seelentafeln meiner Ahnen an mich, und wir gingen zum Hause meines zweitältesten Bruders. Dorthin hatten sich auch mehrere andere Verwandte geflüchtet, so daß wir insgesamt zehn Personen waren. Außer uns drei Brüdern waren dies die Frau meines ältesten Bruders, ein Neffe, meine eigene Frau mit unserem kleinen Sohn, dazu zwei Schwestern meiner Frau und ein Schwager.

Inzwischen war es allmählich dunkel geworden. Das Geschrei derer, die von den Mandschuren attackiert wurden, konnte man bereits draußen vor dem Tor hören, und es kam immer näher. Deshalb stiegen wir auf das Dach und versteckten uns einstweilen dort. Der Regen war inzwischen noch stärker geworden, und mehrere von uns drängten sich unter einer Filzdecke zusammen. Doch auch sie behielten keinen trockenen Faden am Leib. Das Schmerzgeheul vor dem Tor füllte das Ohr mit Entsetzen und ließ die Seele erschaudern.

Wir blieben liegen, bis es ringsherum still geworden war. Erst dann wagten wir es, in die Traufe hinabzuklettern und ins Haus zu gehen. Im Herd wurde ein Feuer angezündet, und die Frauen kochten Essen. Unterdessen sahen wir Männer, wie an allen Ecken und Enden der Stadt Brände aufflammten, alleine in unserer Nähe an mehr als zehn Stellen. Wie viele es in der Ferne waren, ließ sich nicht feststellen. Der rote Feuerschein spiegelte sich am nachtschwarzen Himmel wie Wetterleuchten, und ohne Unterlaß krachte es. Dazwischen war immer wieder ganz schwach schrilles Schreien zu hören, und ein klagender Wind strich heulend durch die Luft. Die Szene war so schauerlich, daß sie sich mit Worten kaum beschreiben läßt.

Als das Essen gekocht war, und die dampfenden Schalen vor uns auf dem Tisch standen, schauten wir uns erschreckt und kummervoll an. Wir weinten so sehr, daß keiner von uns einen Bissen hinunterbrachte. Außerdem waren wir ratlos und außerstande, einen Entschluß zu fassen. Meine Frau nahm das Päckchen mit dem Gold, öffnete es und teilte seinen Inhalt in vier Teile. Jeder von uns vier Brüdern nahm seinen Anteil und verbarg ihn, so gut es eben ging, in den Haaren, den Schuhen, den Kleidern und den Gürteln. Meine Frau suchte auch für jeden von uns einen zerrissenen Mantel und ein abgetragenes Paar Schuhe heraus, und wir zogen die Sachen an. Dann warteten wir – denn an Schlaf dachte niemand von uns – mit schreckgeweiteten Augen auf den neuen Tag.

Kurz nachdem der nächste Morgen – es war der 26. Tag

des vierten Monats – angebrochen war, flauten die Feuersbrünste etwas ab. Der Himmel wurde langsam hell, und wir stiegen wieder auf das Dach, um uns dort zu verstekken. Plötzlich kletterte am östlichen Seitenanbau ein Mann an der Mauer hoch. Er wurde, wie wir sahen, von einem Soldaten verfolgt, der, mit dem Säbel in der Hand, wie der Wind hinter ihm hergerannt kam. Dabei entdeckte er uns. Er brach die Verfolgung sofort ab und kam im Laufschritt auf mich zu. Von Furcht gepackt, ließ ich mich vom Dach herabgleiten und suchte nach einem neuen Versteck. Zuerst tat es mir mein ältester Bruder nach, dann auch die beiden anderen.

Wir vier liefen wohl hundert Schritte weit und blieben dann stehen. So wurde ich von meiner Frau und von meinem kleinen Sohn getrennt und wußte nicht, ob sie noch lebten oder schon tot waren. Inzwischen waren noch mehr Soldaten erschienen. Sie vermuteten, daß sich noch viele andere Leute versteckt hielten und dachten sich einen gemeinen Trick aus. Sie gaben vor, irgendwelche Vollmachten zu besitzen, um das Volk zu beruhigen, und verkündeten laut, niemand solle bestraft oder an Leib und Gut geschädigt werden. Da kamen die Leute, die sich bis dahin versteckt gehalten hatten, in hellen Scharen zum Vorschein und schlossen sich ihnen an. Es waren wohl an die fünfzig bis sechzig Personen, die Hälfte davon Frauen.

»Wir vier«, sagte mein ältester Bruder, »sind ganz auf uns selbst gestellt. Vielleicht treffen wir später auf grausame Soldaten, denen wir nicht entrinnen können. Es erscheint mir daher am besten, wenn wir uns den anderen anschließen. Aus einer so großen Menge können wir leicht fliehen. Und sollte uns ein Unglück zustoßen, dann werde ich es nicht bereuen, wenn wir gemeinsam sterben.«

Unsere Sinne waren durch die vorangegangenen Erlebnisse bereits derart verwirrt, daß wir keinen Überblick mehr hatten und auch nicht wußten, was wir tun sollten, um unser Leben zu retten. Darum stimmten wir ihm zu und schlossen uns den anderen an. Drei mandschurische Soldaten waren die Anführer der Menge. Sie durchsuchten meine Brüder und nahmen ihnen alles Gold ab. Mich dagegen ließen sie ungeschoren.

Auf einmal kam eine Schar Frauen daher, und eine aus ihrer Mitte rief meinen Namen. Ich schaute hin und erkannte die zwei Nebenfrauen meines Freundes Tschu Schu-hiung und hielt sie rasch an. Ihre langen Haare waren aufgelöst, und ihre Kleider waren derart zerfetzt, daß das bloße Fleisch an mehreren Stellen hervorschaute. Ihre Füße steckten bis zu den Waden im Schlamm. Eine von ihnen hielt noch ein kleines Mädchen auf den Armen. Ein Soldat, der auf uns aufmerksam geworden war, gab dem Kind einen Schlag mit der Peitsche. Dann riß er es aus den Armen der Mutter und warf es in den Schlamm.

Gleich darauf wurden wir vorwärts getrieben. Der erste Soldat führte den Zug mit erhobenem Säbel an, der zweite trieb hinten mit quergehaltener Hellebarde die Nachzügler an, der dritte hielt sich in der Mitte des Zuges auf. Er lief bald nach links und bald nach rechts, um zu verhindern, daß sich jemand von uns entfernte. Auf diese Weise wurden wir wie eine Herde Kühe oder Schafe vorwärts getrieben. Wer auch nur ein wenig zurückblieb, bekam entweder die Peitsche zu spüren oder wurde gleich auf der Stelle totgeschlagen. Alle Frauen waren mit einem langen Seil, das sich um ihre Hälse wand, wie Perlen auf einer Schnur zusammengebunden. Bei fast jedem Schritt strauchelten sie, und ihre Kleider waren von oben bis unten mit Schlamm beschmiert. Am Weg lagen überall Kinderleichen umher. Sie waren von den Hufen der Pferde oder von den Füßen der Leute halb in den Schlamm hineingetreten worden, so daß ihre Eingeweide und ihr Hirn den Schlamm gefärbt hatten. Und von überall her war lautes Weinen zu hören. In jedem Graben und in jedem Teich, an denen der Weg uns vorüberführte, lagen die Leichen haufenweise kreuz und quer übereinander. Ihr Blut war in das

Wasser geflossen und hatte dessen bräunlich grüne Farbe buntschillernd verfärbt.

Wir kamen zu dem Haus, in dem früher die Amtswohnung des Polizeipräfekten Ying gewesen war, und traten durch das hintere Tor ein. Der Gebäudekomplex war sehr weiträumig, doch überall lagen Leichenhaufen umher. Bei ihrem Anblick kam mir der düstere Gedanke, daß auch ich an diesem Ort sterben würde.

Durch die ineinander verschachtelten Höfe erreichten wir das vordere Tor, das auf die Straße hinausführte. Dann betraten wir das Haus, das einem Kaufmann aus dem Westen mit Namen K'iao Tscheng-wang gehörte. Dort hatten die drei Soldaten ihre Räuberhöhle. Als wir durch das Tor traten, hatte ein Soldat bereits mehrere junge Frauen gepackt und zu einem Kasten hingeschleift, der voll mit bunten Seidenstoffen war. Dort sollten sie ihre Auswahl treffen. Beim Anblick seiner drei Spießgesellen lachte der Soldat laut auf. Wir Männer wurden in den hinteren Hof getrieben, während man die Frauen in einem Nebengebäude zurückhielt. In dem Raum standen zwei rechteckige Tische, an ihnen saßen drei Näherinnen. Eine Frau in mittlerem Alter, die aus Yang-tschou gebürtig war, schnitt die Kleider zu. Ihr Gesicht war dick mit Schminke überkleistert. Sie trug ein neues Kleid, das vor Sauberkeit glänzte und sonstigen Putz. Sie kommandierte die Näherinnen herum, redete und lachte laut und machte ein fröhliches und zufriedenes Gesicht. Wenn ihr etwas von dem geraubten Gut gefiel, bat sie die Soldaten, es nehmen zu dürfen. Außerdem kokettierte sie mit ihnen auf eine geradezu unanständige Art und hielt das nicht für schamlos. Solche Frauen waren auch der Grund, weshalb die Soldaten Reden wie diese im Munde führten: »Als wir Korea mit Krieg überzogen,[3] haben wir mehrere zehntausend Frauen gefangen genommen. Trotzdem verlor nicht eine ihre Unschuld. Wie kommt es nur, daß die Frauen in China, diesem altehrwürdigen Land, so schamlos sind? O Weh! Das ist der Grund, weshalb hier Wirren herrschen!«

Die drei Soldaten begannen den Frauen die tropfnassen Kleider auszuziehen, zuerst die äußeren und dann die inneren, bis sie schließlich nackt vor ihnen standen. Gleichzeitig mußte die Frau, die die Kleider zuschnitt, an ihnen Maß nehmen und ihnen neue Kleider aushändigen. Die Frauen, die man zuerst maßlos eingeschüchtert hatte und dann bis auf die Haut auszog, wären am liebsten vor Scham gestorben. Da bedurfte es keiner Aufforderung mehr: Sie zogen die neuen Kleider ganz von selbst an. Dann nötigten die Soldaten sie, Wein zu trinken und Fleisch zu essen. Sie stellten alles mögliche mit ihnen an und schienen überhaupt keine Scham zu kennen. Plötzlich sprang ein Soldat mit dem Säbel in der Hand auf und brüllte nach hinten hinaus: »Kommt her, ihr Wilden! Tretet vor!«

Mehrere Männer waren bereits gefesselt, darunter auch mein ältester Bruder. Der zweitälteste sprach zu mir: »Jetzt ist es so weit. Was soll ich da noch sagen?«

Rasch ergriff er meine Hand, und der jüngere Bruder tat es ihm nach. Wir, die Todeskandidaten, zählten mehr als fünfzig Männer. Wir hatten bereits mit dem Leben abgeschlossen, deshalb wagte auch keiner, sich zu rühren, geschweige denn Widerstand zu leisten. Mein ältester Bruder ging aus der Halle hinaus, und ich folgte ihm. Draußen sahen wir, wie die einen abgeschlachtet wurden, während die anderen in einer Reihe standen und ergeben auf ihr Schicksal warteten. Mein erster Gedanke war, mich gleichfalls fesseln zu lassen. Doch plötzlich überkam mich eine innere Erregung, es war mir zumute, als würde mir göttlicher Beistand zuteil. Ich schlich mich davon bis in die hintere Halle, ohne daß einer der Männer es gemerkt hätte. Dahinter war ein Raum, in dem sich einige alte Frauen befanden. Weil ich mich bei ihnen nicht verstecken konnte, eilte ich weiter. Ich kam in den hinteren Teil des

Grundstücks, und zwar auf einen Hof, der voll von Kamelen und Pferden war. Ich erkannte, daß ich nicht aufrecht zwischen den dicht gedrängt stehenden Tieren hindurch kommen würde, und dieser Gedanke ließ mein Herz schneller schlagen.

Ich bückte mich und kroch unter den Bäuchen der Kamele und Pferde hindurch. Das gelang mir bei einer ganzen Anzahl von Tieren, schließlich kam ich am anderen Ende ins Freie. Dann irrte ich durch mehrere Häuser, fand aber nirgendwo einen Ausgang. Nur seitwärts gab es einen Nebenweg, der zum hinteren Tor führte. Der Weg dorthin führte durch eine Pforte, doch diese war mit langen eisernen Nägeln vernagelt. Da es mir aussichtslos erschien, sie mit den bloßen Händen aufzubrechen, lief ich wieder nach vorne zurück. Als ich aber hörte, wie in der vorderen Halle die Männer massakriert wurden, da erschrak ich noch mehr und war vollkommen ratlos. Ich schaute mich um und entdeckte links eine Küche, in der sich vier Männer befanden. Man hatte sie offenbar irgendwo aufgegriffen und als Köche angestellt. Ich bat sie, mich einzulassen und mir zu erlauben, auf das Feuer aufzupassen und Wasser vom Brunnen zu holen. Denn, so dachte ich, wenn ich Glück habe, komme ich vielleicht auf diese Weise mit dem Leben davon. Die Männer aber ließen mich nicht hinein und leisteten mir hartnäckigen Widerstand. »Wir vier wurden für diese Arbeit angestellt«, riefen sie mir zu. »Wenn noch ein Fünfter dazukommt, werden die Soldaten bestimmt mißtrauisch. Sie werden glauben, daß wir sie betrügen wollen. Und dann kommt gewiß Unglück über uns.«

Ich flehte und jammerte in einem fort, doch das machte sie nur noch zorniger. Als sie mich packen und hinauswerfen wollten, sah ich ein, daß hier nichts zu hoffen war und ging von selbst weg. Das Herz schlug mir bis zum Hals hinauf. Da entdeckte ich neben der Treppe ein Podest, auf dem ein großer, irdener Bottich stand. Von seinem oberen

Rand war es nicht mehr weit bis zum Dach. Ich stieg auf das Podest und streckte die Arme aus. Mit beiden Händen umklammerte ich den oberen Rand des Bottichs und versuchte mich hochzuziehen. Doch dieser war leer und wäre dabei fast umgekippt.

Mir blieb nichts anderes übrig, als den Versuch aufzugeben. Ich sprang vom Podest herunter und lief zum Nebenweg zurück. Mit beiden Händen packte ich einen Nagel und versuchte, ihn durch Hin- und Herrütteln zu lockern. Das tat ich wohl an die hundert Mal, ohne daß er sich auch nur ein bißchen bewegt hätte. Was also sollte ich machen? Wenn ich mit einem Stein auf den Nagel schlug, dann war der Lärm weit zu hören, und ich mußte fürchten, entdeckt zu werden. Da blieb mir nichts anderes übrig, als wieder mit dem Rütteln zu beginnen. Dabei riß ich mir die Finger blutig.

Auf einmal bewegte sich der Nagel. Noch ein kräftiger Ruck – und ich hatte ihn in der Hand. Hastig wollte ich nun den Vorlegebalken hochstemmen. Doch der bestand aus Eibischholz. Es hatte sich während des langanhaltenden Regens voll Wasser gesogen, war aufgequollen und blockierte die Pforte mehr, als der Nagel es getan hatte. Ich arbeitete fieberhaft und drückte von unten her kräftig mit der Schulter dagegen, doch es half nichts: Der Vorlegebalken kam nicht aus der Halterung heraus. Als ich noch mehr drückte, zerbrachen plötzlich die Angeln, die Pforte kippte um, und zur gleichen Zeit stürzte auch ein Teil der bereits brüchig gewordenen Mauer ein. Der Lärm klang wie Donnergrollen. Aufgeregt sprang ich über die Trümmer hinweg und wußte nicht, woher ich die Kraft dazu nahm. Mit fliegenden Schritten rannte ich durch das hintere Tor hinaus – und befand mich am Fuße der Stadtmauer. Auf ihr herrschte gerade starker Verkehr, es waren viele Reiter und Fußsoldaten zu sehen.

Da mir diese Fluchtrichtung versperrt war, ging ich durch das Tor zurück und betrat eines der Häuser durch die Hintertüre. Dort gab es zwar genug Verstecke, doch alle waren bereits von Leuten besetzt, die mich, den Fremden, bestimmt nicht geduldet hätten. So lief ich von vorn bis hinten durch das ganze Haus und schaute anschließend auch noch in fünf andere hinein, doch überall war es dasselbe. Schließlich kam ich zum großen Stadtbezirks-Tor, das auf die Hauptstraße hinausführte. Dort gingen ohne Unterlaß Soldaten in beiden Richtungen vorüber. Den Zivilisten erschien dieser Ort gefährlich; darum mieden sie ihn. Ich stürzte in die Torwächterstube hinein und fand dort ein Himmelbett. Ich kletterte an einem der Pfosten hinauf, bestieg den Baldachin und ringelte mich auf ihm zusammen. Kaum hatte mein keuchender Atem sich beruhigt, da hörte ich durch die Wand hindurch das laute Wehgeschrei meines jüngsten Bruders. Ich hörte auch, wie ein Säbel knirschend durch Fleisch und Knochen schnitt. Dasselbe Geräusch wiederholte sich noch zweimal, dann war es still. Wenig später hörte ich die flehende Stimme meines zweitältesten Bruders: »Zu Hause habe ich Gold in der Erde vergraben. Bitte, laß es mich holen!«

Ein Hieb – und wieder war es still. Ich war vor Entsetzen außer mir. Das Herz brannte mir wie siedendes Öl in der Brust, aus meinen Augen floß keine Träne mehr, und die Eingeweide schienen sich zu Knoten zu verschlingen und brechen zu wollen. Fast hätte ich die Selbstbeherrschung verloren und laut aufgeschrien.

Gleich darauf kam ein Soldat mit einer Frau im Arm herein. Er wollte sich mit ihr ins Bett legen, doch die Frau sträubte sich dagegen und sagte: »Hier können wir nicht bleiben. Dieser Ort liegt zu nahe beim Markt.«

Fast wäre es um mich geschehen gewesen, und die beiden hätten mich entdeckt. Doch nach einer kleinen Weile ging der Soldat mit der Frau im Arm wieder fort. Ich aber schaute mich auf der Stelle nach einem neuen Versteck um. Der Dachboden war vom Zimmer durch Matten abgetrennt. Natürlich konnten sie das Gewicht eines Menschen nicht tragen. Doch wenn ich mich aufrichtete, konnte ich mit den Händen die Dachbalken erreichen. Ich zog mich mit beiden Händen Stück um Stück am Dachgebälk hoch, und als ich oben war, stellte ich mich auf den Kamelbalken. Nach unten zu war ich durch die Matten abgeschirmt, und oben herrschte lackschwarze Finsternis. Wieder kam ein Soldat herein und stocherte mit seiner Hellebarde oben herum. Als er nichts fand, glaubte er wohl, es sei niemand da und ging wieder weg.

Von da an kam kein Soldat mehr in meine Nähe. Zur gleichen Zeit wurden drunten Menschen erschlagen – ich weiß nicht, wie viele es waren. Jedesmal, wenn auf der Straße einige Reiter vorüberritten, folgte ihnen das Jammergeschrei aus den Kehlen einiger Dutzend Männer und Frauen nach. Obwohl es an diesem Tag nicht regnete, schien auch die Sonne nicht. Darum wußte ich nicht – denn ich hatte das Zeitgefühl vollständig verloren –, ob es früh oder spät am Tag war.

Geraume Zeit verstrich. Obwohl keine Reiter mehr auf der Straße vorüberritten, hörte ich doch links und rechts das Jammern und Weinen der Leute. Ich dachte daran, daß zwei von uns vier Brüdern nun tot waren. Und von meinem ältesten Bruder wußte ich nicht, ob er noch unter den Lebenden weilte. Wo meine Frau und mein kleiner Sohn waren, wußte ich ebenfalls nicht, doch ich wollte nach ihnen suchen. Vielleicht würde ich sie noch einmal wiedersehen. Ich legte mich bäuchlings auf den Dachbalken und ließ mich langsam hinuntergleiten.

Als ich unten war, ging ich vorsichtig auf die Straße hinaus und sah dort die Erschlagenen. Sie lagen kreuz und quer, auf- und nebeneinander, wie auf einem Schlachtfeld. Es war bereits so dunkel, daß ich keinen von ihnen erkennen konnte. Ich beugte mich hinab und rief sie leise an, doch ich bekam keine Antwort. Da sah ich, wie aus einiger Entfernung, und zwar von Süden her, eine Gruppe mit Fackeln näherkam. Rasch sprang ich auf und wich ihnen aus. Ich ging am Fuße der Stadtmauer entlang. Dort lagen ganze Haufen von Erschlagenen, so daß ich nur mit Mühe vorwärts kam. Mehrmals stolperte ich über sie und fiel hin, stand aber immer wieder auf. Und jedesmal, wenn ich über etwas erschrak, ließ ich mich auf die Erde fallen und blieb wie ein Toter liegen. Nach geraumer Zeit kam ich auf einen kleinen Weg. Ich ging von Westen in nördlicher Richtung und erreichte schließlich das Haus meines ältesten Bruders. Die Türe war verschlossen, und ich wagte nicht anzuklopfen. Auf einmal hörte ich eine Frauenstimme und erkannte an ihr meine Schwägerin. Ich klopfte leise an und – man stelle sich mein Erstaunen vor! – meine eigene Frau fragte, wer draußen sei. Ich antwortete und wurde sofort eingelassen. Mein ältester Bruder war bereits vor mir zurückgekehrt, und auch mein kleiner Sohn war da. Beim Wiedersehen weinten wir beiden Brüder. Trotzdem wagte ich nicht, meinem ältesten Bruder vom Tod der beiden anderen zu erzählen. Als meine Schwägerin sich nach ihnen erkundigte, antwortete ich ausweichend und fragte dann meine Frau, wie es ihr gelungen sei, den Soldaten zu entkommen.

»Als der Soldat uns verfolgte, und du als erster flohst«, erzählte sie, »taten es dir alle anderen nach, und ich blieb allein zurück. Da nahm ich Peng-ör auf den Arm und ließ mich ebenfalls vom Dach herunterfallen. Ich kam mit dem Leben davon und blieb unverletzt. Meine jüngere Schwester dagegen kam unglücklich auf und verstauchte sich den Fuß. Sie blieb neben mir liegen, bis ein Soldat erschien und uns beiden in ein Haus half. In einem der Zimmer befanden sich mehrere Dutzend Männer und Frauen, die wie die Fische beim Fischhändler an den Hälsen mit einem Seil zusammengebunden waren. Der Soldat übergab mich den Frauen und sagte: ›Bewacht sie! Laßt sie nicht entwischen!‹. Dann lief er mit dem Säbel in der Hand hinaus. Ein anderer Soldat kam herein und schleppte meine jüngere Schwester fort. Als lange Zeit kein Soldat mehr erschien, täuschte ich die Frauen und lief hinaus. Draußen traf ich die alte Frau Hung, die mich hierher brachte. So entkam ich, glücklicherweise.«

Die alte Frau Hung ist eine Verwandte der Frau meines zweitältesten Bruders. Als meine Frau mich danach fragte, wie es mir ergangen sei, erzählte ich es ihr, und wir beide weinten geraume Zeit. Dann brachte die alte Frau Hung den tags zuvor gekochten Reis und ermunterte uns zum Essen. Wir aber schluckten in einem fort und brachten keinen Bissen hinunter.

Draußen flammten wieder in allen vier Himmelsrichtungen Feuer auf, und es waren doppelt so viele wie in der vorangegangenen Nacht. Ich schlich zur Türe hinaus und sah mich draußen um. Auf dem freien Feld lagen die Leichen kreuz und quer, auf- und nebeneinander. Einige Körper röchelten noch, und es schien, daß sie noch lebten. Aus der Ferne, wo sich die Gräber der Ho-Familie befanden, tönte aus den dichten Schatten der Bäume ein Chor klagender Stimmen herüber. Bald rief ein Vater nach seinem Sohn, bald suchte ein Mann nach seiner Frau. Auch zwischen dem Feldweg und dem Bach waren überall weinende und klagende Stimmen zu hören. Das Ganze war so grauenvoll, daß ich es nicht länger ertragen konnte und ins Haus zurückging. Ich kam zur rechten Zeit, denn meine Frau wollte gerade aus dem Leben scheiden. Ich redete die ganze Nacht auf sie ein und machte kein Auge zu. Dann wurde der Himmel im Osten hell.

Der 27. Tag. Ich fragte meine Frau, ob sie ein geeignetes Versteck wisse, und sie bejahte meine Frage. Auf Umwegen führte sie mich bis hinter einen Sarg. Alte Dachpfannen und Ausschußziegel lagen dort herum. Gewiß hatte schon lange kein Mensch mehr diesen Ort betreten. Ich hockte mich in das wildwuchernde Unkraut. Unseren kleinen Sohn legte ich auf den Sarg und deckte ihn mit einer Matte zu. Meine Frau versteckte sich vor dem Sarg und ich dahinter. Hob ich den Kopf, dann war er zu sehen, streckte ich die Füße aus, dann kamen meine Fersen zum Vorschein. Ich atmete nur ganz flach, zog mit den Händen die Füße an den Leib und rollte mich zusammen. Ich hatte mich gerade ein wenig beruhigt, da hörte ich abermals, wie das Mordgeschrei näherkam. Ringsumher war das Klirren von Säbeln zu hören. Jammerrufe wurden laut, und im Chor flehten bald einige Dutzend, bald mehr als huntert Menschen um ihr Leben. Wenn sich den Südländern ein Soldat näherte, dann ließen sie, ganz gleich wie viele sie auch waren, die Köpfe hängen. Ja, sie warfen sich bäuchlings zu Boden und streckten ihren Hals hin, um einen Säbelhieb zu empfangen. Kein einziger wagte zu fliehen. Ein Haufen Männer und Frauen brüllte und heulte zur gleichen Zeit, und ihr Klagegeschrei ließ den Boden erzittern. Doch genug davon.

Bis zum Nachmittag häuften sich die Leichen zu wahren Bergen an, doch das Rauben und Morden erreichte jetzt erst seinen Höhepunkt. Als es Abend geworden war, kamen wir und die anderen Überlebenden zögernd und nach allen Seiten Ausschau haltend aus unseren Verstekken hervor. Peng-ör lag fest schlafend auf dem Sarg. Den ganzen Tag über hatte er weder geweint noch gesprochen und auch zu essen hatte er nichts verlangt. Nur hatte er manchmal trinken wollen. Ich war dann jedesmal mit einem Tonscherben zum Graben gekrochen, hatte Wasser geschöpft und es ihm gebracht. Sobald sein Durst gelöscht war, war er jedesmal wieder eingeschlafen. Ich weckte ihn auf, nahm ihn auf den Arm und wir gingen zusammen fort. Auch die alte Frau Hung erschien, und aus ihrem Munde erfuhren wir, daß meine Schwägerin ein zweites Mal fortgeschleppt worden war.

Wir waren hungrig, denn wir hatten nun schon seit Tagen nichts mehr gegessen. Wir suchten nach einem Rest Reis, doch wir fanden nichts mehr. Alles war leergeplündert. Ich legte mich zu meinem ältesten Bruder, und die Köpfe auf die Arme gebettet – denn schlafen konnten wir auch jetzt nicht – ertrugen wir das nagende Gefühl des Hungers bis zum Anbruch des neuen Tages. In dieser Nacht machte meine Frau einen zweiten Selbstmordversuch, und fast wäre er ihr auch geglückt. Ich aber vertraute auf die Hilfe der alten Frau Hung, die sie vor dem Ärgsten bewahren würde.

Am nächsten Morgen – es war der 28. Tag – sagte ich zu meinem ältesten Bruder: »Keiner von uns weiß, wer heute sterben muß. Du hast bis jetzt Glück gehabt und bist nicht zu Schaden gekommen. Deshalb bitte ich dich, Peng-örs Leben in deine Obhut zu nehmen.«

Obwohl ihm die Tränen über das Gesicht liefen, versuchte er mich zu trösten. Dann nahm er Abschied und lief fort zu seinem Versteck. Die alte Frau Hung sagte zu meiner Frau: »Gestern versteckte ich mich in einem Sarg und blieb den ganzen Tag über stocksteif wie eine Leiche liegen. Auch du und dein Mann solltet heute ein anderes Versteck aufsuchen.«

Doch meine Frau wollte nicht. Wir liefen also wieder zu unserem Sarg und versteckten uns dahinter. Eine Weile später sah ich aus meiner Froschperspektive mehrere Füße daherkommen. Es waren Soldaten. Sie zertrümmerten einen Sarg und holten die alte Frau Hung heraus. Um sie zum Sprechen zu bringen, gaben sie ihr wohl an die huntert Schläge. Sie aber verriet keinen von uns, wofür wir ihr alle dankbar waren.

Bald erschienen noch mehr Soldaten, doch an unserem Versteck gingen sie vorüber. Plötzlich kam ein Dutzend Soldaten mit lautem Gebrüll angelaufen. Sie sahen sehr bösartig aus. Auf einmal kam ein Mann auf meinen Sarg zu. Mit einem langen Stock stocherte er im Unkraut umher und stieß dabei gegen meine Füße. Ich erschrak und fuhr hoch. Dieser Mann, der die Soldaten hergeführt hatte, stammte aus Yang-tschou. Ich kannte ihn vom Sehen, doch sein Name war mir inzwischen entfallen. Ich flehte ihn um Mitleid an, doch er verlangte Gold und ließ erst von mir ab, nachdem ich ihm welches gegeben hatte. »Deine Frau kommt billig davon«, meinte er und sagte zu den Soldaten, sie sollten uns verschonen. Daraufhin zerstreuten sie sich.

Der Schreck saß mir noch in den Gliedern, als plötzlich ein junger Mann in einem roten Rock schnurstracks auf uns zukam. In der Hand hielt er einen langen Säbel, den er gegen mich zückte. Als ich ihm Gold gegeben hatte, wollte er auch noch meine Frau haben. Sie aber war im neunten Monat schwanger, lag wie eine Tote auf der Erde und rührte sich nicht. »Meine Frau«, versuchte ich ihn umzustimmen, »ist seit Monaten schwanger. Gestern fiel sie vom Dach, und ihre Leibesfrucht verdarb. Sie kann nicht gebären – wie soll sie da aufstehen können?«

Der Rotgerockte aber blieb mißtrauisch. Er öffnete meiner Frau die Hosen und warf einen prüfenden Blick hinein. Meine Frau hatte zuvor als Vorsichtsmaßnahme den Schritt ihrer Hose mit Blut beschmiert. Als der Rotgerockte das sah, wollte er nichts mehr von ihr wissen und ließ von uns ab. Inzwischen hatte ein anderer Soldat eine junge Frau, ein Mädchen und ein Kind aufgegriffen. Das Kind rief nach seiner Mutter und verlangte zu essen. Da wurde der Soldat zornig. Er gab ihm einen Schlag mit seinem Säbel, daß das zarte Gehirn zerbarst und das Kind tot auf die Erde fiel. Dann ging er mit der Frau und dem Mädchen im Arm fort. »Dieser Platz«, sagte ich zu meiner Frau, »ist den Soldaten schon gut bekannt. Hier können wir nicht länger bleiben. Wir sollten ein anderes, besseres Versteck aufsuchen.«

Doch meine Frau sträubte sich. Sie wollte nach all den vorangegangenen, schrecklichen Erlebnissen nur noch eins: Selbstmord begehen. Auch ich – ich will es nicht leugnen – hatte zu dieser Zeit den Kopf verloren und war nicht mehr Herr meiner selbst. Darum gab ich ihrem Ansinnen nach. Wir krochen aus unserem Versteck hervor, gingen in eines der Häuser, und nachdem wir zwei Stricke gefunden hatten, hängten wir uns nebeneinander am Dachbalken auf. Doch die Stricke waren morsch; sie rissen, und wir fielen vornüber zu Boden. Wir waren noch nicht aufgestanden, als ein Haufen Soldaten zum Tor hineindrängte. Sie stürmten in die Halle hinein und nahmen sich nicht die Zeit, um seitwärts den Weg abzuschneiden. Wir stürzten durch ein anderes Tor hinaus und liefen in einen Schuppen, in dem sich Bauernfrauen versteckt hielten. Meine Frau durfte bleiben, mich dagegen wiesen sie hinaus. Ich rannte in südlicher Richtung zu einem anderen Schuppen hin, in dem das Heu bis unter das Dach aufgeschichtet war. Ich kletterte hinauf und wühlte mich hinein. Dann deckte ich das Loch über meinem Kopf mit einzelnen Heubüscheln zu. »Jetzt«, dachte ich und atmete erleichtert auf, »kann nicht mehr viel passieren.« Doch es sollte ganz anders kommen. Denn kurz darauf erschienen einige Soldaten. Einer von ihnen stieg auf das Heu hinauf und stocherte mit seiner Lanze darin herum. Als ich es sah, fuhr ich aus meinem Loch hoch und bat ihn, mein Leben zu schonen. Außerdem gab ich ihm Gold. Da ließ er von mir ab und suchte nach weiteren Opfern. Er fand noch einige Männer. Wer ihm etwas gab, wurde verschont. Die anderen tötete er.

Nachdem die Soldaten fortgegangen waren, verschwanden wieder einige Männer im Heu. Ich tat es ihnen nach und stellte fest, daß drunten mehrere Tische standen, die rings von Heu umgeben waren. Der auf diese Weise entstandene Hohlraum bot wohl zwanzig Männern Platz. Ich tauchte hinab und drängte mich mit Gewalt zwischen sie. Denn es erschien mir das Beste, was ich im Augenblick tun konnte.

Und wieder kam es ganz anders. Denn unter dem Druck der Menge brach unverhofft die morsche Lehmmauer, und in Hüfthöhe entstand ein Loch, durch das man von außen hineinschauen konnte. Die Soldaten draußen hatten es bereits bemerkt. Sie kamen angerannt und stießen mit ihren langen Lanzen rücksichtslos hinein. Von denen, die sich vorne befanden, blieb kein einziger unverwundet; alle wurden schwer verletzt. Auch ich wurde am Oberschenkel getroffen. Die, die sich vorne am Loch befanden, fielen den Soldaten ohne Ausnahme in die Hände. Die Hinteren dagegen, darunter auch ich, ließen sich vornüber fallen und krochen aus dem Heu heraus.

Ich ging zu dem Schuppen zurück, in dem sich meine Frau versteckt hielt. Sie und die anderen Frauen lagen bäuchlings auf übereinander geschichtetem Brennholz. Ihre Körper waren blutverkrustet, Kot klebte in ihren Haaren, und ihre Gesichter waren mit Asche beschmiert. Sie sahen wie Dämonen aus der Hölle aus und waren nur noch an ihren Stimmen zu erkennen. Ich bat die Frauen, in das Heu hineinkriechen zu dürfen. Sie erlaubten es; und nachdem ich mich in das Heu hineingewühlt hatte, legten einige von ihnen sich obendrauf. Ich bekam auf einmal keine Luft mehr; trotzdem wagte ich es nicht, mich zu rühren. Fast wäre ich erstickt, da reichten die Frauen mir ein Stück Bambusrohr. Rasch nahm ich das eine Ende in den Mund und stieß das andere nach oben durch das Heu. So konnte ich wenigstens atmen.

Wieder waren vor dem Tor Soldaten zu hören. Mit den bloßen Händen brachten sie zwei Männer um. Die Art und Weise, wie es geschah, war so außergewöhnlich, daß der Pinsel sich sträubt, es aufzuzeichnen. Die Frauen, die über mir auf dem Heu lagen, zitterten vor Angst. Als die Soldaten in das Haus eindrangen, hörte ich lautes Jammergeschrei. Dann rannten sie mit langen Schritten davon und kamen nicht mehr zurück. Es begann dunkel zu werden. Die Frauen standen auf, und auch ich kroch aus dem Heu heraus. Wie Regenwasser lief mir der Schweiß am Körper herab.

Als es vollends Nacht geworden war, gingen meine Frau und ich zum Haus der Familie Hung. Die alte Frau Hung und ihr Mann waren bereits da. Dann erschien auch mein ältester Bruder. Er erzählte, man habe ihn aufgegriffen und als Lastenträger angestellt. Dafür habe er am Abend bei der Entlassung tausend Kupfermünzen und einen Befehlswimpel erhalten. Auf den Straßen lägen die Leichen kreuz und quer zu wahren Bergen aufgehäuft, und die Rinnsteine seien voller Blut. Er habe auch gehört, im Stadtbezirk Tschang-yang wohne im Haus der Familie Li ein General mit Namen Wang. Er gebe den in Not Geratenen täglich einige zehntausend Kupfermünzen; und wenn seine Soldaten Leute töteten, überrede er sie, davon abzulassen. Viele würden ihm ihr Leben verdanken.

Nachdem wir uns vor Kummer müde geweint hatten, schliefen wir ein. Der nächste Tag war der 29., der fünfte Tag seit der Eroberung der Stadt. Meine Frau und ich hatten bisher Glück gehabt. Doch würde es uns auch weiter hold sein? Schon kursierten wilde Gerüchte, und man sprach davon, daß der Feind die ganze Stadt ›auswaschen‹ wolle. In dieser verzweifelten Lage gab es Leute, die dem Tod trotzten und sich an Stricken von der Stadtmauer herabließen. Den meisten gelang auch die Flucht. Ein alter, aus der Stadt herausführender Kanal wurde gleichfalls als Fluchtweg benutzt. Er war schon seit langem verstopft, so daß kein Wasser mehr in ihm floß und man in seinem Bett wie auf ebener Erde gehen konnte. Doch selbst dort war man seines Lebens nicht mehr sicher. Gesindel, das zuvor aus der Stadt geflohen war und sich zu Banden zusammengerottet hatte, drang, von der Gier nach Beute getrieben, nachts in den Kanal ein und durchsuchte alle Leute, die hinaus wollten, nach Gold und nach Silber. Niemand wagte dagegen aufzubegehren. Wir glaubten, wir würden die Gefahren nicht überstehen, denen wir uns bei einer Flucht aussetzten. Außerdem wollte mein ältester Bruder nicht ohne mich gehen. Wir zögerten deshalb bis in den Morgen hinein und gaben dann den Gedanken an Flucht auf.

Mir und meiner Frau war es inzwischen klar geworden,

daß wir unser altes Versteck nicht mehr aufsuchen konnten. Weil meine Frau schwanger und damit unbeholfen war, war sie den Soldaten wiederholt in die Hände gefallen. Deshalb beschloß ich, es diesmal alleine zu versuchen. Ich versteckte mich im Schilfgras am Ufer eines Teiches, während meine Frau sich mit dem jammernden Peng-ör weiter oben hinlegte. Es erschienen mehrere Soldaten und beraubten alle, die sie fanden. Sie gaben sich aber auch mit kleinen Geschenken zufrieden und gingen wieder fort. Anschließend tauchte ein wölfisch grausamer Soldat mit einer Rattenkopf-Physiognomie und scharfen Falkenaugen auf. Er sah sehr böse aus, und sein Kommen verriet nichts Gutes. Er entdeckte meine Frau und wollte sie fortschleppen, sie aber weigerte sich hartnäckig. Er hörte nicht auf und versuchte trotzdem, sie zum Aufstehen zu bewegen. Sie aber wälzte sich auf der Erde umher und wäre eher gestorben als aufgestanden. Wutentbrannt hob er seinen Säbel hoch und schlug mit der stumpfen Seite der Klinge wild auf den Rükken meiner Frau, bis das Blut ihre Kleider rot färbte. Meine Frau hatte mich vorher gewarnt: »Sollte mir ein Unglück zustoßen, dann werde ich bestimmt sterben. Trete nicht für mich ein, weil du mein Mann bist und flehe die Soldaten auch nicht um Mitleid an.«

Ich hielt mich deshalb im Schilfgras verborgen und tat so, als hätte ich nichts gesehen. Ich glaubte schon, meine Frau würde sterben, doch der Unmensch ließ noch immer nicht von ihr ab. Er wand sich ihr langes Haar mehrmals um den Unterarm und schleifte sie mit sich fort. Dabei fluchte er zornig und schlug grausam auf sie ein. Er schleifte sie wohl eine Bogenschußweite vom Feldrain bis zum Weg hin und von dort in Schlangenlinien auf die Hauptstraße. Bei fast jedem Schritt, den er machte, versetzte er ihr einen Schlag. Auf einmal kamen mehrere Reiter vorbei, und einer von ihnen sprach zu dem Soldaten einige Worte auf Mandschurisch. Der ließ daraufhin meine Frau los und ging weg. Sie kam auf allen Vieren zu mir angekrochen und weinte eine ganze Weile sehr. Als ich sie dann untersuchte, stellte ich fest, daß sie am ganzen Körper keine unverletzte Stelle mehr hatte.

Plötzlich flammten auf allen Seiten Brände empor, und die vielen Schuppen vor und hinter den Gräbern der Ho-Familie gingen allesamt in Flammen auf. Im Nu verwandelten sie sich in Asche. Die Feuersbrunst verschonte keinen Grashalm, und die wenigen, die den Soldaten bisher entkommen waren, wurden, als die Flammen nah und näher kamen, aus ihren Verstecken hervorgetrieben. Alle wurden getötet; von hundert Personen entkam keine einzige. Manche Leute verbrannten auch in ihren Häusern.

Es gab zu dieser Stunde an diesem Ort keinen Platz, wo man sich vor dem Wüten des Feuers und dem Wüten der Soldaten hätte verbergen können. Wer kein Gold hatte, starb, wer noch etwas hatte, ebenfalls. Denn es gab keine andere Möglichkeit, dem Massaker zu entrinnen, als das eigene Versteck zu verlassen und sich neben die Leichen am Wegrand zu werfen. Denn die Lebenden und die Toten waren vom Aussehen her kaum zu unterscheiden. Ich, meine Frau und mein kleiner Sohn krochen hinter einen Grabhügel. Wir waren von oben bis unten mit Schlamm beschmiert und glichen kaum mehr menschlichen Wesen.

Die Feuersbrunst wurde noch stärker, als die stattlichen Bäume zwischen den Gräbern in Brand gerieten. Sie leuchteten wie Blitze, und ihr Holz krachte, als würden Berge einstürzen. Zornig heulte ein Sturm durch die Lüfte, und am Himmel stand eine blaßrote Sonne, trübe und ohne Glanz. Der Anblick, der sich meinem Auge bot, erinnerte an buddhistische Höllenvisionen, und es schien mir, als würden zahllose Teufel tausende von armen Seelen verfolgen und töten. Ich war vor Entsetzen außer mir. Vorübergehend schwanden mir die Sinne, und als ich aufwachte, wußte ich zuerst nicht, ob ich noch in der Welt der Lebenden weilte oder schon tot war.

Auf einmal hörte ich lautes Fußgetrappel. Ich fühlte

mich so elend, daß das Herz mir in der Brust flatterte. Als ich mich umdrehte und zu dem an der Mauer entlangführenden Weg hinüberschaute, sah ich, wie ein Soldat meinen ältesten Bruder packte. Mein ältester Bruder besaß große Kräfte und es gelang ihm, sich von seinem Verfolger loszureißen. Doch der Soldat – es war derselbe, der auch meine Frau mißhandelt hatte – rannte hinter ihm her. Die beiden verschwanden, und das Herz schlug mir bis zum Hals hinauf.

Auf einmal kam mein ältester Bruder nackt und mit aufgelösten Haaren angelaufen, dicht gefolgt von dem Soldaten. Als er mich erblickte, blieb er stehen und forderte Gold von mir, um sein Leben zu retten. Ich besaß nur noch einen einzigen Barren und diesen gab ich dem Soldaten. Er nahm ihn zwar, doch sein Zorn war noch immer so groß, daß er trotzdem den Säbel hob und auf meinen ältesten Bruder einschlug. Der wand und krümmte sich schmerzgepeinigt auf der Erde, und das Blut floß über seinen ganzen Körper. Mein kleiner Sohn versuchte den Soldaten wegzuziehen; er weinte und bat ihn, seinen Onkel zu verschonen. Der Soldat aber ließ sich nicht erweichen. Er wischte seinen bluttriefenden Säbel an dem Kinderkleidchen ab und schlug dann erneut auf meinen ältesten Bruder ein, der schon mehr tot als lebendig war. Auf einmal drehte der Soldat sich um, packte mich an den Haaren und verlangte noch mehr Gold von mir. Dabei schlug er mir mit der stumpfen Seite der Klinge mehrmals über den Rücken. Ich antwortete: »Wenn du Gold von mir verlangst, dann will ich lieber sterben als dir welches geben, denn ich habe keins mehr. Andere Dinge kannst du von mir haben.«

Der Soldat war einverstanden. Damit ich ihm nicht entwische, hielt er mich den ganzen Weg bis zum Hause der Familie Hung an den Haaren fest. Dort waren die Kleider und die anderen Sachen meiner Frau in zwei großen, irdenen Krügen versteckt. Ich stürzte sie um, leerte den Inhalt auf der Treppe aus und sagte zu dem Soldaten, er könne alles nehmen. Er nahm allen Gold- und Perlenschmuck und wählte unter den Kleidern die besten aus. Als er an der Mütze meines kleinen Sohnes ein silbernes Schlüsselchen entdeckte, schnitt er auch das noch mit seinem Säbel ab. Bevor er ging, schaute er mich an und sagte: »Ich werde dich nicht töten. Das werden andere besorgen.«

Da wußte ich, daß das Gerücht, die Mandschuren würden die ganze Bevölkerung der Stadt liquidieren, kein bloßes Gerede war. Ich glaubte, daß auch ich würde sterben müssen. Meine Frau war mit Peng-ör inzwischen nachgekommen. Wir ließen das Kind im Haus zurück und eilten hinaus, um nach meinem ältesten Bruder zu schauen. Als ich ihn untersuchte, stellte ich fest, daß er am Vorder- und am Hinterkopf Verletzungen aufwies und daß die Schnittwunden bis zu einem Zoll tief waren. Noch schlimmer aber sah seine Brust aus. Wir trugen ihn in das Haus der Familie Hung. Doch als wir ihn fragten, wo es ihm weh tue, da konnte er es uns nicht sagen. Er wußte nur, daß die Schmerzen plötzlich nachließen und dann wieder heftiger wurden. Nachdem wir ihn ins Bett gelegt hatten, liefen ich und meine Frau wieder zu den Gräbern hin und versteckten uns dort. Die Nachbarn lagen im dichten Unkraut, und auf einmal hörte ich, wie jemand rief: »Morgen wird die Restbevölkerung der Stadt liquidiert, und zwar bis zum letzten Mann! Laßt eure Frauen zurück und flieht mit mir!«

Meine Frau wollte mich zur Flucht überreden. Wie aber hätte ich meinen ältesten Bruder, der sich in Lebensgefahr befand, alleine lassen können? Das war bestimmt unklug von mir. Denn Gold, auf das ich bisher in der Not vertraut hatte, besaß ich jetzt nicht mehr. Als ich darüber nachdachte und mir bewußt wurde, was das bedeutete, da glaubte ich, gleichfalls sterben zu müssen. Der Schmerz raubte mir die Besinnung, und es dauerte ziemlich lange, bis ich wieder zu mir kam.

Als ich mich umschaute, sah ich, daß die Brände allmählich erloschen. In der Ferne dröhnten drei Kanonenschüsse, und die hin- und herlaufenden Soldaten wurden immer weniger. Meine Frau saß mit Peng-ör auf dem Schoß in einer Mistgrube. Auch die alte Frau Hung war gekommen und die beiden Frauen standen einander bei. Einige Soldaten hatten fünf Frauen aufgegriffen, darunter auch zwei alte, die bitterlich weinten. Die beiden jungen Frauen dagegen lächelten fröhlich und selbstzufrieden. Von hinten kamen zwei andere Soldaten angelaufen und wollten die beiden jungen Frauen rauben. Zwischen den beiden Gruppen kam es zu einem Handgemenge. Ein Soldat der ersten Gruppe versuchte die Angreifer in mandschurischer Sprache zu überreden, die Frauen gehen zu lassen. Plötzlich lud sich ein Soldat eine von den jungen Frauen auf den Rücken, schleppte sie unter einen Baum und vergewaltigte sie dort. Auch die beiden anderen Frauen wurden geschändet, während die beiden Alten weinend um Schonung baten. Die drei Frauen dagegen zeigten keine Scham, obwohl sie von einem Dutzend Männer abwechselnd geritten wurden. Eine von ihnen war am Schluß so erschöpft, daß sie nicht mehr aufstehen konnte. Ich erkannte sie: Es war eine Schwiegertochter aus der Familie K'iao, die sich zuvor ihren Lebensunterhalt auf ähnliche Weise erworben hatte. Trotz des Ekels, den mir der Anblick einflößte, mußte ich doch tief seufzen.

Plötzlich sah ich einen Mann im roten Rock und mit umgegürtetem Schwert. Er trug eine mandschurische Kappe und schwarze Lederstiefel. Er war noch keine dreißig Jahre alt, hatte ein offenes, freundliches Gesicht und sah edel und gebildet aus. Er wurde von einem Mann mit kühnen Gesichtszügen begleitet, der über seinem gelben Rock einen Brustpanzer trug. Hinter ihnen folgten mehrere Bürger aus Yang-tschou. Der junge Mann im roten Rock blieb vor mir stehen, schaute mich prüfend an und sprach: »Ich sehe wohl, daß du kein Mann aus dem Volke bist. Sag die Wahrheit: wer bist du?«

Ich dachte daran, daß es arme Gelehrte gegeben hatte, die den Soldaten zwar in die Hände gefallen, aber verschont geblieben waren. Andere dagegen hatte man auf der Stelle getötet. Deshalb wagte ich es nicht, ihm die Wahrheit zu sagen, sondern erzählte eine glaubwürdig klingende Geschichte. Erst als er auf die Frauen deutete und fragte, wer sie seien, sagte ich, was ich von ihnen wußte. »Morgen«, antwortete er, »wird unser Prinz den Befehl geben, die Säbel ruhen zu lassen. Ihr werdet euer Leben behalten.« Und er befahl seinem Gefolge, uns Kleider und einen Barren Gold zu geben. »Wie lange habt ihr nichts mehr gegessen?«, fragte er dann.

»Fünf Tage«, antwortete ich. Da befahl er uns, ihm zu folgen. Ich und meine Frau waren teils von seiner Aufrichtigkeit überzeugt, teils zweifelten wir daran. Trotzdem wagten wir es nicht, seinem Befehl zu trotzen. Er führte uns in ein Haus, in dem Lebensmittel reichlich vorhanden waren, darunter Fisch und Reis in großen Mengen. Zu einer Frau sagte er, sie solle uns gut bedienen. Dann nahm er von mir Abschied und ging fort.

Inzwischen war es Abend geworden. Von den anderen erfuhr ich, daß die Soldaten auch meinen Schwager fortgeschleppt hatten, und niemand wußte, ob er noch lebte oder schon tot war. Meine Frau grämte sich deswegen sehr, denn er war ja ihr Bruder. Nach einer kleinen Weile erschien eine alte Frau und brachte uns Essen, das aus Fisch und Reis bestand. Da es nicht weit bis zum Hause der Familie Hung war, nahm ich das Essen und brachte es meinem ältesten Bruder. Er konnte aber nicht schlucken und hörte schon nach wenigen Bissen auf. Nachher säuberte ich seine Haare und wischte ihm das Blut ab. Mir war dabei zumute, als würde sich ein Dolch in mein Herz hineinbohren. Am Abend hörte ich, man habe den Soldaten befohlen, die Säbel ruhen zu lassen. Das beruhigte die Gemüter der Menschen ein wenig.

Der nächste Tag war der erste des fünften Monats. In

der Öffentlichkeit spielten sich zwar keine solch schrecklichen Szenen mehr ab wie in den Tagen vorher, doch das Rauben und Morden ging weiter. Die Häuser der reichen Familien waren inzwischen restlos ausgeplündert. Knaben und Mädchen, die älter als zehn Jahre waren, wurden ihren Eltern geraubt, und man erfuhr zunächst nicht, wo sie geblieben waren.

Am folgenden Tag hieß es, daß die wichtigsten Ämter in der Stadt wieder mit Beamten besetzt seien und mit Hilfe von ›Volksberuhigungstafeln‹ wurde überall bekannt gemacht, daß sich niemand mehr zu fürchten brauche. An die buddhistischen Mönche in den Klöstern und Tempeln erging der Befehl, die Leichenhaufen zu verbrennen. Viele Frauen und Mädchen hatten sich während der schrecklichen Tage bei ihnen versteckt gehalten und manche waren vor Angst oder an Hunger gestorben. Die Zahl der verbrannten Leichen belief sich schließlich, wie aus den Listen hervorgeht, auf mehr als achthunderttausend. Dabei waren die, die in die Flüsse und Brunnen gesprungen waren oder in ihren Häusern verbrannt waren, ebensowenig mitgezählt wie jene, die als Gefangene verschleppt worden waren.

Der dritte Tag des fünften Monats. Es wurde bekannt gemacht, daß man den Bedürftigen Unterstützung gewähre. Daraufhin ging auch ich, begleitet von der alten Frau Hung, zum ›Hasenscharten-Tor‹, um Reis zu empfangen. Es war derselbe Reis, den der Verteidigungskommissar als Proviant für seine Truppen hatte einlagern lassen. In kurzer Zeit rissen etliche tausend Traglasten ein gewaltiges Loch in den Berg. Alle Träger, die ich hin- und hergehen sah, waren von den Ereignissen der letzten Tage gezeichnet. Ihre Gliedmaßen waren verletzt oder gebrochen, ihre Gesichter durch kaum verschorfte Wunden entstellt. Sie gingen wie Traumwandler umher. Als der Reis dann verteilt wurde, drängten alle ungestüm herbei. Nicht einmal mehr Freunde und Verwandte nahmen aufeinander

Rücksicht. Die Starken gingen mit ihren Rationen fort und kamen wieder zurück. Die Alten, die Schwachen und die Verletzten dagegen bekamen den ganzen Tag über nicht ein Körnchen Reis.

Der vierte Tag war klar und wolkenlos, die Sonne brannte vom Himmel herunter und trocknete die feuchte Erde so rasch, daß sie dampfte. Leichengestank hing in der Luft und erschwerte das Atmen. Wohin man auch schaute, überall wurden Leichen verbrannt. Der aufsteigende Rauch ballte sich in der Luft zu einem dichten Nebel zusammen, und selbst aus einer Entfernung von einigen Dutzend kleinen Meilen konnte man den penetranten Gestank noch riechen. An diesem Tag verbrannte ich Baumwolle und Menschenknochen zu Asche, um damit die Wunden meines ältesten Bruders zu heilen. Bei ihrem Anblick liefen mir die Tränen über das Gesicht und ich brachte vor Schmerz kein Wort hervor.

Am fünften Tag kamen auch alle jene Leute wieder zum Vorschein, die sich bis dahin in unauffindbaren Verstekken verborgen gehalten hatten. Wenn sie anderen Leuten begegneten, dann weinten sie und brachten vor Rührung kein Wort hervor. Obwohl wir fünf nun etwas Ruhe gefunden hatten, wagten wir es trotzdem nicht, im Haus zu bleiben. Jeden Morgen nach dem Frühstück liefen wir wieder hinaus, um uns irgendwo auf den Feldern zu verstecken.

An jedem Tag streiften Dutzende von Gruppen auf der Suche nach Nahrung umher. Sie trugen zwar keine Hellebarden wie die Soldaten, dafür aber war jeder von ihnen mit einem Knüppel bewaffnet. Sie terrorisierten die Überlebenden und brachten sie um den letzten Besitz. Viele Leute starben unter ihren Knüppelhieben. An diesem Tag brachen die schweren Wunden am Körper meines ältesten Bruders auf, und er starb. Was für eine Qual! Welch unsagbarer Schmerz! Ich erinnerte mich, daß wir, als die schwere Zeit begonnen hatte, in der engeren Verwandtschaft acht Personen gewesen waren. Davon lebten jetzt nur noch drei.

Was ich in diesen Tagen erlebt und mit eigenen Augen gesehen habe, das habe ich auf diesen Seiten flüchtig aufgezeichnet. Dagegen habe ich alles, was mir von anderen Orten als Gerücht zugetragen wurde, unerwähnt gelassen. Spätergeborene, die, wie ich hoffe, in einem Zeitalter des Friedens leben und die Freuden des Daseins unbeschwert genießen werden, mögen, wenn sie nicht zur Selbstprüfung bereit sind, sondern zu Gewalt und Totschlag neigen, heilsam erschrecken, wenn sie dies lesen!

WU WEI-YE

Der Geschichtenerzähler

Der Geschichtenerzähler Liu King-t'ing[1] – sein wirklicher Name war Ts'ao – stammte aus T'ai-tschou in der Präfektur Yang-tschou. Mit fünfzehn Jahren war er ein rüder Tunichtgut, nach dem bereits die Polizei fahndete. Er floh in das benachbarte Hün-i, und als er dort ankam, war er ziemlich erschöpft. Alles, was er mit sich führte, war ein Band mit alten Erzählungen. Er wußte damals noch wenig über den Beruf des Geschichtenerzählers. Doch da er ihnen schon oft zugehört hatte, verstand er wenigstens soviel davon, daß er vorgeben konnte, einer zu sein. Als er auf den Marktplatz von Hün-i kam, stellte er sich dort einfach hin und fing an, eine Geschichte zu erzählen. Schon bald hatten sich viele Zuhörer um ihn versammelt und lauschten seinen Worten. Er war aber auch ein leidenschaftlicher Spieler, der alles Geld, das er tagsüber einnahm, noch am gleichen Abend verspielte. Das tat er so lange, bis ein alter Mann ihn zwang, von seinem täglichen Verdienst hundert Kupferlinge zurückzulegen. Davon lebte er dann.

Nachdem er auf diese Weise längere Zeit in der Stadt gelebt hatte, spazierte er eines Tages am Yang-tse-Ufer entlang und ruhte sich unter einem großen Weidenbaum aus. In melancholischer Stimmung ließ er seine Hände über die Rinde gleiten und träumte vor sich hin. Er schaute seine Begleiter an und rief plötzlich: »Ha! Von heute an nenne ich mich Liu (Weide)!«

Zwanzig Jahre später lebte in Nan-king, der ›Stadt der goldenen Gräber‹, ein gewisser Herr Liu, der den Leuten als glänzender Unterhalter bekannt war. Er war stets sorgfältig gekleidet und lebte in einem Haus, vor dessen Tor oft dichtgedrängt eine Menge Wagen auf ihre drinnen weilenden Herren warteten. In welche Gesellschaft er auch kam: überall staunten die Leute über ihn. Einige erkannten sogar in ihm den jungen Mann wieder, der sich einst in Hün-i unter dem großen Weidenbaum ausgeruht hatte.

Unter seinen Zeitgenossen hatte er drei berühmte Kollegen: Tschang Ts'iao und Tschen Sse aus Kuang-ling und Wu I aus Su-tschou. Doch er überragte sie alle. Als jemand ihn fragte, wer sein Lehrer gewesen sei, antwortete er: »Ich hatte keinen richtigen Lehrer, sondern habe nur zeitweilig von einem mit den Wolken wandernden Scholaren Belehrung empfangen.«

Dieser Scholar pflegte zu sagen, daß das Geschichtenerzählen zwar eine der geringeren Künste sei. Trotzdem müsse der, der sie ausübe, zuvor die menschliche Natur kennengelernt und die lokalen Bräuche erforscht haben; er müsse imstande sein, die vielfältigen Formen des Lebens zu beschreiben und deshalb sei ein solcher fast schon ein Gelehrter. Wer sich bemühe, diese Kunst zu erfassen, müsse sich stets gewisse Grundsätze vor Augen halten: Er müsse in seinen Ausführungen das Allgemeine anstreben, zugleich aber auch die Details betonen. Um in der Erzählung eine kritische Situation wirkungsvoll zur Geltung zu bringen, müsse er markige und kurze Ausdrücke gebrauchen; indem er selbst eine ruhige und entspannte Haltung einnehme, sei er imstande, bei seinen Zuhörern eine friedfertige Stimmung hervorzurufen. Wolle er dagegen einen tiefen und nachhaltigen Eindruck hinterlassen, dann müsse er mitten in der Geschichte aufhören. Um bei seinen Zuhörern einen klaren Eindruck zu hinterlassen, müsse er in seinen Schlußfolgerungen logisch sein. Daraus gehe hervor, daß ein Geschichtenerzähler hochintelligent sein müsse, weil er es sonst im Leben nie zu etwas bringe.

Nachdem Liu sich diese Ausführungen angehört hatte, ging er heim und fing an, sich in den Anfängen der Kunst des Geschichtenerzählens zu üben. Er trieb Atemgymnastik und widmete seine Aufmerksamkeit der richtigen Wortwahl, er studierte den Klang seiner eigenen Stimme und versuchte den Charakter von Menschen und Dingen zu analysieren. Nachdem er auf diese Weise einen vollen Monat an sich gearbeitet und über alles gründlich nachgedacht hatte, ging er zu dem mit den Wolken wandernden Scholaren und führte ihm vor, was er inzwischen gelernt hatte. »Du hast erst die Anfangsgründe der Erzählkunst begriffen«, antwortete jener. »Wer dir zuhört, der mag wohl belustigt kichern, doch das läßt sich ohne große Mühe erreichen.«

Einen Monat später besuchte Liu ihn abermals. Nachdem er sein Können demonstriert hatte, sagte der Scholar sichtlich zufrieden: »Jetzt ist deine Kunst fast schon vollkommen. Von jetzt an werden deine Zuhörer in würdevoller Haltung dasitzen, und sie werden erblassen, wenn du zu einer kritischen Situation in der Erzählung kommst. Während ihnen die Zungen am Gaumen kleben, werden ihnen gleichzeitig die Haare zu Berge stehen.«

Als der Scholar ihn am Ende des dritten Monats sah, war er über seinen Fortschritt tief erstaunt und rief begeistert: »Jetzt hast du es erreicht! Die Art, wie du umherblickst, die Gesten, die du mit den Händen machst, und selbst die Bewegungen der Füße: Das alles stimmt jetzt mit deinem Auftreten überein. Bevor du noch mit dem Erzählen beginnst, ist bereits die richtige Atmosphäre geschaffen, sei es die der Trauer oder die der Freude. Das aber bedeutet letztlich die Vollendung der Erzählkunst.«

Von da an hielten seine Zuhörer, noch bevor er mit dem Erzählen begann, den imaginären Hintergrund der Geschichte bereits im Geiste fest,[2] und wenn er aufhörte, blieben sie gespannt und regungslos, tief in ihre Gedanken versunken sitzen. »Selbst wenn du jetzt im ganzen Reiche umherziehst«, sagte daraufhin der Scholar zu ihm,« wird niemand deine Kunst kritisieren können.«

Der Geschichtenerzähler

Dann nahm Liu von ihm Abschied. Zuerst ging er nach Yang-tschou und Hang-tschou, dann nach Su-tschou, wo er am längsten weilte. Später besuchte er auch Nan-king. Überall schloß er mit den angesehenen und hervorragenden Leuten Bekanntschaft, und alle fühlten sich zu ihm hingezogen. Sein Auftreten war so, daß er sich dazu herabließ, selbst zu den Niedrigen höflich zu sein, während er andererseits auch in der Gesellschaft illustrer Persönlichkeiten stolz und schweigsam sein konnte. Wenn er sich in einer Gesellschaft mit den Leuten unterhielt, dann pflegte er zu Beginn selten zu scherzen, vielmehr gab er wohlbekannte historische Begebenheiten zum Besten. Darüber plauderte er leichthin in wohlgesetzten Worten, bis die ganze Gesellschaft in Stimmung kam und alle lachten. Aus diesem Grund schätzten ihn die hohen Herren so sehr, denn er verstand es, die Leute mit seiner Kunst in Bann zu schlagen.

Zu jener Zeit waren viele Würdenträger vor den Banditen[3] nach Süden geflohen, und in Nan-king hielten sich allein an die zehntausend Familien auf. Der damalige Kriegsminister Fan, dessen Gastfreundschaft gegenüber Gelehrten bekannt war, sowie Premierminister Ho Wen-jui, pflegten Liu oft als ihren hochgeschätzten Gast einzuladen. »Als noch Friede im Reich herrschte«, pflegten die anderen Gäste bei solchen Gelegenheiten zu Liu zu sagen, »und Ihr uns oft wundersame Geschichten von mutigen Banditen und großen Helden erzähltet, da lachten wir beim Zuhören, denn wir glaubten, daß es solche Männer bestimmt nicht gebe und Ihr sie erfunden haben müßtet. Ach, wer hätte es sich damals wohl träumen lassen, daß wir in dieser erbärmlichen Zeit solche Männer mit eigenen Augen sehen würden?« Liu war stets bedrückt, wenn er solche Worte hörte.

Damals pflegte er zusammen mit zwei Kollegen vor dem Publikum aufzutreten. Sie hießen Tschang und Tschen und waren beide aus Su-tschou gebürtig. Wenn

Liu beim Erzählen eine Pause einlegte, dann sangen die beiden passende Balladen. Zuweilen fingen sie erst dann mit der Vorstellung an, wenn sie einige Becher Wein getrunken hatten. Dadurch erzeugten sie bei ihren Zuhörern eine melancholische Stimmung, und die Leute aus dem Norden, die das miterlebten, weinten ohne Ausnahme.

Wenig später ereignete sich der Fall mit den Deserteuren des Generals Tso.[4] Tso war ein erfolgreicher Söldnerführer, und der Kaiser hatte ihn für seine Leistungen mit dem Rang eines Grafen von Nan-ning geadelt. Als seine Truppen meuternd nach Süden zogen, bekam er den Befehl, sie in der Provinz Hu-pei zu stationieren. Er schlug sein Hauptquartier in der Provinz An-hui auf und wartete, daß seine auseinandergelaufenen Scharen sich wieder zusammenfinden würden. In dieser Provinz hatte General Tu, einer von Lius alten Freunden, den militärischen Oberbefehl. General Tso, ein dem Wein und der Musik ergebener, einfacher Mann, wünschte sich damals die Dienste eines talentierten Gefolgsmannes zu sichern. Als General Tu davon hörte, empfahl er ihm Liu als den geeigneten Mann.

Etwa um die gleiche Zeit geschah es, daß die beiden Generale sich wegen irgendwelcher militärischen Fragen zerstritten, und ein jeder vertrat die Ansicht, daß nur Liu die Mißverständnisse ausräumen könne. General Tso, der ihn für den größten Friedensstifter im ganzen Reiche hielt, lud ihn zu sich ein, doch wollte er ihn zuerst auf die Probe stellen. Er befahl daher seiner Leibwache, die Gäste mit gezogenen Schwertern zu empfangen und zu ihren Sitzen zu geleiten. Als jene die Soldaten mit ihren grimmigen Gesichtern erblickten, wurden die meisten von ihnen nervös und verloren ihre Haltung. Einzig Liu blieb ruhig und nonchalant wie immer. Nachdem er den General begrüßt hatte, rief er mit lauter Stimme nach Wein, dann riß er Witze und erzählte humorvolle Anekdoten, kurz, er benahm sich, als ob er der einzige Gast von Bedeutung an der Tafel wäre. Dies machte auf den General einen solchen

Liu King-t'ing vor General Tso

Eindruck, daß er lebhaft bedauerte, ihn nicht schon früher im Leben getroffen zu haben.

Nachdem Liu mehrere Tage in der Gesellschaft des Generals verbracht hatte, bemerkte er, daß jener oft mit traurigem Gesicht, tief in Gedanken versunken, vor sich hinstarrte. Schließlich bedachte er ihn mit einem langen Blick und fragte, ob er seinen Kummer wohl ahne. »Vielleicht«, antwortete Liu, »seid Ihr deshalb so betrübt, weil Eure Soldaten zur An-hui-Armee übergelaufen sind. Ich kann mir denken, daß Ihr Euch Sorgen macht, weil General Tu die Sache nicht in Ordnung bringt.«

»Ihr habt recht«, antwortete der General und seufzte.

»Es ist nur natürlich, daß General Tu in der Sache nichts unternimmt, bevor Ihr ihn nicht dazu aufgefordert habt. Wenn Ihr mir die nötigen Vollmachten gebt, will ich die Sache für Euch gern regeln.«

Mit einem Handschreiben versehen ritt Liu in das Militärlager des Generals Tu und erklärte ihm die Angelegenheit. Nachdem jener einige Deserteure hatte hinrichten lassen, ging die Sache in Ordnung.

General Tso hatte in seinem Stab eine ganze Anzahl von konfuzianischen Gelehrten, deren Aufgabe es war, den Schriftverkehr zu unterhalten. Doch der Stil der von ihnen verfaßten Briefe, Proklamationen und Memoranden ließ oft zu wünschen übrig. Obwohl Liu den halbklassischen Schriftstil nicht beherrschte, diktierte er für jedes Schriftstück eine Anzahl verschiedener Versionen, von denen eine stets die Billigung des Generals fand.

General Tso war als armer Waisenknabe aufgewachsen und kannte nicht einmal den Namen seiner Mutter. Seine militärische Laufbahn hatte er als einfacher Soldat in der Kaiserlichen Armee begonnen. Nachdem er Karriere gemacht hatte, hatte er das Ritenministerium ersucht, seinen Eltern posthume Ehrentitel zu verleihen. Da er aber nicht einmal ihre Namen kannte, war seine Bitte abschlägig beantwortet worden. Er hatte deshalb schon in mancher

Nacht heimliche Tränen geweint. Und wieder war es Liu, der Rat wußte. »Habt Ihr«, sagte er, »denn noch nie davon gehört, daß der ›Sohn des Himmels‹ verdienten Untertanen den eigenen Geschlechtsnamen verleiht? In den Geschichten, die ich zu erzählen pflegte, kommen solche Fälle vor. Sie sind durchaus nicht erfunden.«

Der General freute sich sehr und ließ sogleich eine Bittschrift an den Kaiser aufsetzen. Weil er ein einfacher, ungebildeter Soldat war, glaubte er, daß Liu sich im Altertum und in der Neuzeit auskenne und in allen Fragen des guten Benehmens Bescheid wisse.

Zu Lius alten Bekannten gehörte auch Marschall Yüan. Er hatte kurz vorher ein Kommando in General Tsos Nachbarschaft übernommen, war ihm aber durchaus nicht freundlich gesinnt. Als Liu nach dem Süden zurückkehrte, fragte er seinen Dienstherrn, was er dem Marschall ausrichten solle, falls er mit ihm zusammentreffe. General Tso gab ihm nichts Schriftliches mit, sagte aber, Liu solle erklären, er, General Tso, hoffe, Yüan werde seinen Groll aufgeben und im Interesse des Vaterlandes mit ihm zusammenarbeiten.

Nachdem Liu dem Marschall diese Botschaft überbracht hatte, gelang es ihm auch, ihn zu einer freundlich gehaltenen Antwort zu bewegen. Da aber traf die Nachricht ein, daß General Tso die gemeinsame Grenze befestige. Als Liu davon hörte, stampfte er mit dem Fuß auf und rief: »Das wird sicherlich Marschall Yüans Mißtrauen aufs neue erregen!« Und die nachfolgenden Ereignisse zeigten, daß seine Befürchtungen nicht unbegründet waren.

Nachdem General Tso gestorben war, kehrte Liu von Wu-tschang nach Nan-king zurück. Er wurde von den Vornehmen bei Hofe mit Ehren und Schmeicheleien empfangen, doch er bewahrte sein ruhiges und bescheidenes Wesen und benahm sich seinen alten Freunden gegenüber nicht anders als vorher. Als sich die Meuterei am Großen

Strom ereignete, verlor er seinen ganzen Besitz, der sich noch im Militärlager befand, darunter Ersparnisse im Wert von tausend Unzen Silber. Obwohl er nun wieder so arm wie vorher war, ließ er sich dadurch nicht anfechten, sondern bewahrte seine heitere Seelenruhe. Als jemand ihn deswegen fragte, gab er ihm die folgende Antwort: »Als ich meine Laufbahn als Geschichtenerzähler auf dem Marktplatz von Hün-i begann, schlief ich selbst in eisigkalten Winternächten auf nur einer einzigen Binsenmatte. Meine Hütte war ohne Türe und meine Schuhe ohne Hakken. Wenn ich in Schnee und Regen umherging, fühlte ich mich so erbärmlich,daß ich nicht einmal im Traum daran gedacht hätte, daß ich es im Leben weit bringen würde. Jetzt bin ich zwar wieder ein armer Mann, doch ich habe noch immer genug, um davon zu leben und überdies meinen Beruf. Warum also sollte ich mich über meine Armut grämen?«

Dann ging er nach Su-tschou und jedesmal, wenn er einige Becher Wein getrunken hatte, erzählte er den Leuten Geschichten über General Tso. Zuweilen wurde er dabei von einer solchen Rührung übermannt, daß er zu schluchzen begann. Er hatte lange Zeit unter den Soldaten gelebt und kannte sich in allen militärischen Angelegenheiten aus. Weil er in der neuen Zeit keine Möglichkeit mehr sah, seine ehrgeizigen Pläne zu verwirklichen, ließ er seinen Gefühlen bei der Ausübung seines Berufes freien Lauf. Und je älter er wurde, desto unwiderstehlicher wurde er.

LU TSE-YÜN

Der Schiedsspruch

Gegen Ende der Ming-Zeit lebte ein Student mit dem Pseudonym Pao-wu Scheng, Herr Kostbarer Stern. Wie er wirklich hieß, weiß heute niemand mehr. Als die Mandschu-Truppen im ersten Jahr der Regierungsära ›Folgsame Herrschaft‹ (1645 n. Chr.) Kin-hua im Sturme eroberten, verlor er auf der Flucht seine Frau aus den Augen. Während er sich unter einem Leichenhaufen versteckte und auf diese Weise mit dem Leben davonkam, wurde seine Frau, die auf der Suche nach ihrem Mann verzweifelt durch die engen, ihr unbekannten Gassen irrte, von den Mandschuren ergriffen und davongeschleppt.

Kurz darauf wurde die gleiche Truppenabteilung nach Sung-kiang in die Provinz Kiang-su verlegt und übernahm dort den Garnisonsdienst. Als Herr Pao-wu davon erfuhr, machte er sich nach Sung-kiang auf, um seine Frau zu suchen. Doch als er dort ankam, fand er sie nicht und besaß zu allem Unglück auch kein Geld mehr. Während er, in Trübsal versunken, vor dem Tor eines Gasthofes hockte, seinen Tränen freien Lauf ließ und ohne Unterlaß seufzte und wehklagte, kam plötzlich der Wirt heraus. Als er sein vergrämtes Gesicht sah, schaute er ihn mitleidig an und erkundigte sich nach der Ursache seines Kummers. Herr Pao-wu erzählte ihm seine Geschichte. Der Wirt überlegte einen Augenblick und fragte ihn dann, ob er schreiben und lesen könne.

»Natürlich kann ich das«, antwortete Herr Pao-wu.

»Und wie steht's mit dem Rechnen?«

»Auch darin kenne ich mich aus.«

»Gut, dann kannst du einstweilen in meinem Gasthof

bleiben und mir ein wenig an die Hand gehen. So hast du die beste Gelegenheit, nach deiner Frau zu suchen. Wie ist's? Bist du einverstanden?«

Herr Pao-wu, der bis dahin nicht einmal gewußt hatte, wo er die nächste Nacht verbringen sollte, sagte erfreut zu und pries sich im stillen glücklich. Von da an half er dem Wirt jeden Tag in der Gaststube, und da er ein fleißiger und anstelliger Arbeiter war, besorgte er den Betrieb schon bald ganz allein. Trotzdem blühte das Geschäft, und die Einnahmen verdoppelten sich. Als der Wirt es merkte, hoffte er sehr, daß Herr Pao-wu seine Frau nicht finden würde. Denn er selbst hatte eine Tochter im heiratsfähigen Alter, und sie wollte er dem Tüchtigen einmal zur Frau geben. Doch vorläufig erwähnte er dies mit keinem Wort.

Eines Tages kam in aller Frühe ein Fremder in die Gaststube gestürmt. Er schien es eilig zu haben, denn nachdem er das Frühstück verzehrt und bezahlt hatte, verschwand er wieder so schnell, wie er gekommen war. Wenig später entdeckte Herr Pao-wu, daß er einen Leinenbeutel auf dem Tisch zurückgelassen hatte, und als er ihn öffnete, sah er, daß er fünfzig Unzen Silber enthielt. Er lief auf die Straße hinaus und hielt nach dem Fremden Ausschau, doch der war längst verschwunden. Nachdem er dem Wirt von seinem Fund erzählt hatte, nahm er den Beutel in Verwahrung. Dann wartete er, daß der Fremde zurückkäme und sein Geld abholte.

Es war bereits Mittag geworden, als derselbe Mann abermals erschien. Schweißtriefend kam er in die Gaststube gestürzt und suchte den Boden unter dem Tisch ab, an dem er am Morgen gesessen hatte. Als er nichts fand, machte er ein bestürztes Gesicht. »Suchst du vielleicht etwas?«, fragte Herr Pao-wu.

»Allerdings. Vor ein paar Stunden habe ich hier auf dem Tisch meinen Geldbeutel liegen gelassen.«

»Wieviel Geld war darin?«

»Fünfzig Unzen Feinsilber.«

»Und was wolltest du damit anfangen?«

»Ich bin noch unverheiratet. Als ich vor einigen Tagen hörte, daß im Soldatenlager Frauen feilgeboten werden, beschloß ich, mir eine zu kaufen. Ich habe das Geld zwar ohne große Mühe verdient, doch jetzt ist es fort. Was soll ich nur machen?«

»Beruhige dich, dein Geld ist nicht verlorengegangen. Ich habe es aufbewahrt und werde es dir gleich zurückgeben.« Dann holte Herr Pao-wu den Beutel aus der Schublade und reichte ihn dem Fremden. Der bedankte sich überschwenglich und verließ die Gaststube.

Vier oder fünf Tage später erschien er abermals und brachte zwei Einladungskarten zu seiner Hochzeit. »Du«, sagte er zu Herrn Pao-wu, »hast mir das bereits verloren geglaubte Geld zurückgegeben, so daß ich mir eine Frau kaufen konnte. In ein paar Tagen wird die Hochzeit sein. Man könnte sagen, daß du es gewesen bist, der sie mir geschenkt hat. Deshalb lade ich dich und den Herrn Wirt zu einem Becher ›Freudenwein‹ ein.«

Mit diesen Worten wollte er ihm die beiden Einladungskarten in die Hand drücken, doch Herr Pao-wu lehnte das freundliche Angebot entschieden ab. Ihm erschien es unziemlich, an einer Hochzeit teilzunehmen, solange er seine Frau nicht wiedergefunden hatte. Erst als der Wirt ihm mit Drängen und Überreden zusetzte, nahm er die Einladung an.

An dem im Kalender ausgewählten ›Glückstag‹ machte er sich zur Familie des Bräutigams auf, und er freute sich, als er in ihnen grundehrliche Menschen kennenlernte. Leider war er zu früh erschienen, denn die Braut war noch nicht eingetroffen. Deshalb entschloß er sich dazu, einen kleinen Spaziergang am Flußufer zu machen.

Während er gemächlichen Schrittes auf dem kleinen Pfad entlangging, sah er in der Ferne ein Boot, das, von raschen Ruderschlägen getrieben, schnell näherkam. Im

Herr Pao-wu erkennt in der Braut seine eigene Frau

Bug saß eine junge Frau im Hochzeitsgewand, der die Tränen unaufhörlich über das Gesicht liefen.

Als Herr Bao-wu hinter sich den Ruf »Die Braut kommt!« vernahm, warf er der jungen Frau in dem vorübergleitenden Boot aus reiner Neugier einen Blick zu. Er glaubte, das Blut müsse ihm in den Adern erstarren – denn die da im Boot saß, das war seine eigene Frau. Im gleichen Augenblick hatte auch sie den Kopf gehoben und ihn voll angeblickt. Auch sie glaubte, in dem einsamen Wanderer am Flußufer ihren eigenen Mann zu erkennen und von schmerzlicher Erinnerung überwältigt, ließ sie sich laut aufweinend in das Boot fallen, während Herr Pao-wu zur gleichen Zeit wie ein gefällter Baum zu Boden fiel.

Wenig später legte das Boot am Laufsteg vor dem Männertor an, und man bat die Braut höflich, ans Ufer zu steigen. Sie aber blieb weinend im Boot liegen und machte keinen Versuch, sich aufzurichten. Auf die Fragen der Gäste, die sich bestürzt nach der Ursache ihres Kummers erkundigten, antwortete sie schluchzend: »Eben sah ich am Flußufer einen Mann, der meinem früheren Gatten aufs Haar glich und die Erinnerung an ihn hat mich zu Tode betrübt.«

Als die Gäste wissen wollten, wie dieser Mann ausgesehen habe, beschrieb sie sein Aussehen und seine Kleidung. Da wußten alle, daß es nur Herr Pao-wu gewesen sein konnte und der Bräutigam lief auf der Stelle fort, um ihn zu suchen. Als er ihn regungslos im Gras liegen fand, wunderte er sich über sein seltsames Verhalten. Er versuchte ihn auszufragen, doch jener gab ihm keine Antwort. Erst als er wiederholt in ihn drang, würgte er mit tränenerstickter Stimme hervor: »Ich sah eben eine Frau ...« Und der Rest war verzweifeltes Schluchzen.

Nachdem der Bräutigam den am Boden Liegenden eine Weile unschlüssig betrachtet hatte, kam ihm plötzlich die Erleuchtung. »Jetzt ist mir alles klar!«, rief er erregt. »Meine Neue ist deine frühere Frau. Als ich mein Geld damals in der Gaststube liegen ließ, wäre es dir ein leichtes gewesen, es beiseite zu schaffen. Indem du es mir aber zurückgabst, hast du gleichzeitig auch deine Frau losgekauft. Das war ganz offensichtlich der Wille des Himmels, der sich meiner bedient hat, um euch Zwei wieder zusammenzuführen. Gebiete deinem Kummer Einhalt. Ich werde es nicht wagen, weiter auf meinem Recht zu bestehen.«

Herr Pao-wu, der sich im Zustand der tiefsten Verzweiflung befand, wußte nicht, wie ihm geschah, als er diese Worte hörte. Nachher bat der Bräutigam den Wirt, ein klärendes Wort in dieser Angelegenheit zu sprechen und dieser entschied folgendermaßen: »Als Herr Pao-wu das Geld zurückgab, bewies er, daß er ein Ehrenmann ist. Daß der Bräutigam jetzt freiwillig auf die Braut verzichtet, ist eine Tat, die nicht geringeres Lob verdient. Es wäre aber unbillig, wenn einer von den beiden dabei verlieren würde. Ich habe eine kleine, noch unverlobte Tochter, und diese will ich dem selbstlosen Mann in die Ehe geben, um seinen Verlust wettzumachen.«

Alle Anwesenden fanden diesen Schiedsspruch gerecht und forderten beide Seiten auf, ihn anzuerkennen. Was aber den Wirt betraf, so lobte man seine weise Entscheidung.

SCHAO TSCH'ANG-HENG

Biographie eines Patrioten

Der Polizeimeister Yen hieß mit Rufnamen Ying-yüan und mit Höflichkeitsnamen Li-t'ing. Seine Vorfahren waren Leute aus der Provinz Tsche-kiang. Vor vier Generationen war einer seiner Ahnen Major in der Brokatkleid-Garde geworden. Und seitdem hatte die Familie ihren Wohnsitz in dem bei Pe-king gelegenen T'ung-tschou. Ying-yüan, der also aus T'ung-tschou gebürtig war, begann seine Amtslaufbahn als Schreiber und wurde später Subalternbeamter der kaiserlichen Schatz- und Kornkammern in Nan-king. Dort erhielt er im vierzehnten Jahre der Regierungsära ›Erhabener Segen‹ (1642 n. Chr.) seine Ernennung zum Distrikt-Polizeimeister von Kiang-yin.

Er war gerade dort angekommen, als eine Seeräuber-Flotille von hundert Booten sich die Flut zunutzemachte und mit geblähten Segeln flußaufwärts vordrang, um die Stadt anzugreifen. Zu dieser Zeit weilte der Landrat gerade als Stellvertreter in der Nachbarstadt; seine Unterbeamten waren überaus ängstliche und nervöse Leute. Weil sich das Volk in dieser kritischen Situation ohne Führer sah, liefen die Männer und Frauen davon und verbargen sich. Als Ying-yüan die heillose Verwirrung sah, gürtete er Schwert und Bogentasche um und kam heraus. Er sprang aufs Pferd, ritt auf den Marktplatz und rief mit lauter Stimme: »Ihr braven Männer, folgt mir! Wir werden die Räuber töten und unsere Stadt beschützen!«

In kurzer Zeit hatten sich viele Männer, etwa tausend an der Zahl, um ihn versammelt, doch alle waren unbewaffnet. Ying-yüan ritt zu einem Bambus-Geschäft und rief:

»Die Sache eilt! Jeder nehme einen Bambusstock. Für die Unkosten werde ich später aufkommen.«

Dann marschierte er mit seiner Truppe zum Flußufer hinunter und ließ sie in wohlgeordneten Reihen Aufstellung nehmen. Die langen ›Lanzen‹ standen so dicht wie ein Wald, die ›Krieger‹ so fest wie eine Mauer. Aus der Ferne mochte es die Piraten wohl täuschen. Ying-yüan ritt hin und her und schoß, und jeder seiner Schüsse war ein Treffer. Nachdem er auf diese Weise drei Piraten getötet hatte, sank den anderen der Mut. Sie zogen die Segel wieder hoch und segelten davon.

Nachdem der Provinzgouverneur dem Kaiser einen Bericht über diese kühne Tat hatte zugehen lassen, wurde er – zusätzlich zu seinem Amt – zum Hauptmann der Brokatkleid-Garde befördert. Außerdem erhielt er das Privileg, bei seinen Ausritten einen gelben Ehrenschirm und ein Banner mitzuführen und sich von Vor- und Nachreitern begleiten zu lassen. Da dies eine ganz besondere Auszeichnung war, stand er bei den Bewohnern der Stadt hinfort in hohem Ansehen.

Nach geraumer Zeit erhielt er seine Ernennung zum Rechnungsführer im Kreise Yung-te in der Provinz Kuang-tung, und sein Nachfolger im Amt wurde ein gewisser Tschen Ming-süan. Wegen der Krankheit seiner Mutter reiste Ying-yüan nicht gleich ab, und so ereilte ihn dort die Nachricht vom Selbstmord des Kaisers und Untergang der Dynastie. Daraufhin zog er mit seiner ganzen Familie in das östlich von Kiang-yin gelegene Scha-schan.

Als der Mandschu-Prinz Dorgon im fünften Monat des darauffolgenden Jahres mit einem großen Heer den Yangtse überschritt, fiel Nan-king, die Hauptstadt der Südlichen Ming, die Würdenträger flohen und der Kaiser Hung-kuang wurde unterwegs gefangen.[1] Daraufhin detachierte der Mandschu-Prinz die mandschurischen Prinzen und seine Generäle, um sich der größeren und kleineren Städte im Südosten zu bemächtigen. Deren lokale Beamte ergaben sich entweder beim Herannahen der Feinde oder sie flohen. Einige schlossen die Tore und leisteten Widerstand, doch sie wurden schon beim ersten Sturmangriff erobert, manche bereits nach Stunden, manche erst nach einigen Tagen. Innerhalb eines Monats fielen mehr als hundert große und berühmte Städte in die Hände der Sieger. Doch das kleine Kiang-yin wehrte sich, bevor es fiel, über achtzig Tage lang erbittert. Dieses Ausharren aber verdankte es in erster Linie den Kriegslisten seines ehemaligen Polizeimeisters.

Es begann damit, daß die Mandschu-Regierung in Peking ein Edikt erließ, das allen Chinesen unter Strafandrohung befahl, sich den Vorderkopf zu rasieren und die Haare des Hinterkopfs zu einem Zopf zu flechten. Als dies in Kiang-yin bekannt wurde, hing der Bakkalaureus Hü Yung-te am ersten Tag des sechsten Monats ein Bildnis des Gründers der Ming-Dynastie im Konfuzius-Tempel auf und rief seine Mitbürger zusammen. Bitterlich weinend verneigten sie sich vor dem Bild und bekundeten feierlich ihre Entschlossenheit, den Barbaren Widerstand zu leisten. Gleich den Ameisen strömten an die zehntausend Menschen zusammen und alle wollten Tschen Ming-süan zum Kommandanten der Stadtverteidigung wählen. Dieser aber lehnte das Angebot ab und sagte: »Ich bin nicht so mutig, wie Herr Yen. Zu dieser wichtigen Angelegenheit muß man ihn herholen.«

Noch in der gleichen Nacht ritt er mit einer Abordnung von Bürgern nach Schan-schan hinaus und lud Ying-yüan ein, in die Stadt zu kommen. Dieser zögerte keinen Augenblick, er war sofort dazu bereit und brach noch vor dem Morgengrauen mit seinem ganzen Haushalt – mehr als vierzig Personen – nach Kiang-yin auf. Die Garnison der Stadt zählte weniger als tausend Soldaten, und in ihren Mauern lebten ungefähr zehntausend Familien. Proviant für eine längere Belagerung hatte man jedoch bisher nicht auftreiben können.

Als Ying-yüan dort ankam, erteilte er sogleich schriftlich seine Befehle. Er ordnete die unverzügliche Ausbesserung der Stadtmauern und ihrer Bastionen an und befahl, daß jeder Hauhalt einen Mann zur Mauerwache abzustellen habe. Die übrigen sollten die Kämpfer täglich mit Essen versorgen. Was an Schießpulver, Musketen, Kanonen und anderen Feuerwaffen vorhanden war, ließ er auf die einzelnen Mauerabschnitte und Bastionen verteilen. Dann forderte er die reichen Familien der Stadt auf, Geld zur Verteidigung beizusteuern, oder als Ersatz dafür Reis, Bohnen, Leinwand, Seide und andere Bedarfsartikel zu liefern. Tscheng Pi, ein ehemaliger Student der Kaiserlichen Akademie, stellte sogleich fünfundzwanzigtausend Unzen Silber zur Verfügung und die anderen eiferten ihm nach Kräften nach.

Dank der vielen freiwilligen Spenden war die Stadt bald zur Verteidigung gerüstet. Man verfügte über dreihundert Fässer mit Pulver, an Blei- und Eisenkugeln waren zwölfhundert Zentner vorhanden, dazu hundert Kanonen, tausend Musketen und Geld im Werte von mehreren Millionen Schnüren. Außerdem gab es große Vorräte an Wein, Salz, Eisen, Stroh und Getreide. Ying-yüan entwarf hierauf den Verteidigungsplan und wies allen Offizieren und Mannschaften ihre Mauerabschnitte zu. Major Huang übernahm das Osttor, ein Hauptmann das Südtor, Tschen Ming-süan das Westtor und Ying-yüan selbst das Nordtor. Außerdem kontrollierte er ständig die drei anderen Tore. So weit waren die Vorbereitungen gediehen, als der Feind erschien und die Stadt einschloß.

Die Belagerungsarmee zählte ungefähr hunderttausend Mann und verteilte sich auf mehr als hundert kleine Lager, die zusammen ein tiefgestaffeltes Zernierungssystem bildeten. Beim ersten Angriff traten die Feinde bis dicht an die Mauer heran, richteten auf ein Kommando ihre Bogen empor und schossen in die Luft. Wie ein Hagelschauer prasselten die Pfeile auf die dichtgedrängt hinter den

Brustwehren stehenden Verteidiger herab und verwundeten eine ganze Anzahl von ihnen. Diese rächten sich sofort, indem sie mit Pfeilen und Kugeln zurückschossen. Und weil sie auf der hohen Mauer eine bessere und sichere Position hatten als ihre drunten stehenden Feinde, töteten und verwundeten sie viele von ihnen.

Nachdem der erste Angriff abgeschlagen war, brachten die Belagerer eine Anzahl großkalibriger Geschütze in Stellung und schossen damit Breschen in die Stadtmauer, die Ying-yüan jedoch sofort durch schwere, mit dicken Eisenbändern zusammengebundene Bohlen verschließen ließ. Auch Särge[3], die man zuvor mit Sand gefüllt hatte, dienten dem gleichen Zweck. Als der Feind eines Tages seine ganze Feuerkraft auf das Nordtor konzentrierte, und die Mauer dort klafterweit in Trümmer schoß, befahl Ying-yüan, jeder abkömmliche Mann solle sofort mit einem großen Stein dort hingehen, damit man hinter den Trümmern eine neue Mauer bauen könne. Als der Morgen heraufdämmerte, war auch dieses Werk getan.

Bei einer anderen Gelegenheit drohten den Verteidigern die Pfeile auszugehen. Da verfiel Ying-yüan auf die folgende Kriegslist: Er befahl, eine große Anzahl von Strohpuppen herzustellen, die ließ er in einer mondlosen Nacht auf die Stadtmauer stellen, jede mit einer Stocklaterne daneben. Die Soldaten aber verbargen sich hinter den Brustwehren, schlugen die Trommeln und brüllten ohne Unterlaß, so daß es den Feinden schien, als ob sie einen Ausfall machen wollten. Sie wurden von großer Furcht befallen und ihr General gab den Befehl, den zu erwartenden Ausfall mit einem Pfeilregen zuvorzukommen. Nachdem die Sonne aufgegangen war, steckten unzählige Pfeile in den Strohpuppen und der empfindliche Mangel war augenblicklich behoben.

Als in einer anderen Nacht ein günstiger Wind wehte, befahl Ying-yüan den tapfersten und erfahrensten Soldaten, sich an Seilen von der Stadtmauer herabzulassen und in die feindlichen Lager einzudringen. Es gelang ihnen, einige davon in Brand zu stecken, und beim Feind brach eine große Panik aus. Einige tausend wurden zu Tode getrampelt oder töteten einander in der Dunkelheit gegenseitig. Gleich am nächsten Morgen verlegte der Feind die Lager drei kleine Meilen weit von der Stadt weg.

Eines Tages kam General Liu Liang-tso mit seiner Leibwache zur Stadtmauer geritten. »Herr Yen ist ein alter Freund[4] von mir«, rief er den droben stehenden Wachen zu. »Sagt ihm, daß ich, General Liu, mit ihm sprechen will.«

Ying-yüan erschien sofort. Dieser General Liu war einer von den vier Generalen gewesen, die der Thronprätendent Hung-kuang im Jahr zuvor mit der Grenzwacht am Jang-tse-kiang betraut hatte, und er war für seine Leistungen mit dem Rang eines Grafen von Kuang-tschang geadelt worden. Doch nachdem die Mandschuren den Yang-tse überschritten hatten, war er mit seinen Truppen zu ihnen übergelaufen und in allen seinen Ämtern und Würden bestätigt worden. »Der Thronprätendent ist gefangen«, rief er mit lauter Stimme, »und im Süden gibt es keinen Ming-Herrscher mehr. Wenn du dich mir ergibst, bleibt auch dir dein Rang erhalten.«

»Ich«, rief Ying-yüan zurück, »bin nur ein einfacher Polizeimeister der Ming-Dynastie, doch ich weiß Recht von Unrecht zu unterscheiden. Du dagegen warst früher ein großer General und für die Verteidigung des Reiches verantwortlich. Doch du hast dich dem Feind ergeben und mit ihm gemeinsame Sache gemacht. Wie kannst du Schurke es wagen, vor die Patrioten dieser Stadt zu treten, ohne daß dir die Schamröte ins Gesicht steigt?«

Als Liu diese Worte vernahm, ließ er den Kopf sinken und ritt schweigend in sein Lager zurück.

Ying-yüan war ein großer, kräftiger Mann von ungewöhnlich dunkler Gesichtsfarbe und mit einem kleinen Bärtchen unter dem Kinn. Er besaß einen strengen, unnachgiebigen Charakter und hielt unter den Soldaten strenge Disziplin. Wer sich eines Vergehens schuldig machte, wurde auf der Stelle ausgepeitscht. Er sah seinen Leuten nichts nach, andererseits war er aber auch gerecht. Er verachtete Geld und Besitz, und wo immer ein Soldat sich durch eine Heldentat auszeichnete, durfte er seiner Belohnung gewiß sein. Er kümmerte sich persönlich um die Verwundeten; und wenn einer von den Soldaten im Kampfe fiel, trug er für das Begräbnis und das Totenopfer wie bei der Beerdigung eines teuren Verwandten Sorge. Wenn er mit einem von ihnen sprach, nannte er ihn stets ›guter Bruder‹; nie redete er den Betreffenden mit seinem Rufnamen an.

Tschen Ming-süan dagegen war ein Mann von großer Freigiebigkeit und Güte, die er vor allem den Soldaten gegenüber zeigte. Wenn er einen Rundgang auf der Mauer machte, tröstete er sie und bemitleidete ihr hartes Schicksal. Dabei vergoß er manchmal Tränen der Rührung und des Schmerzes. Die Strenge und die Gerechtigkeit des einen und die Güte und Selbstlosigkeit des anderen gewannen alle Herzen, und die Soldaten waren deshalb, trotz der fast übermenschlichen Anstrengungen die der Kampf fast täglich von ihnen forderte, nach wie vor gewillt, die Stadt bis zum letzten Mann zu verteidigen.

Einige Tage vor dem erwähnten Gespräch war ein Mandschu-Prinz mit Verstärkung eingetroffen. Seine Truppen hatten zuvor Su-tschou, Sung-kiang und einige andere Städte erobert. Im Troß führte er zwei hohe Ming-Offiziere mit, die sich ihm ergeben hatten. Er zwang sie, mit gefesselten Händen vor der Stadtmauer hinzuknien und Ying-yüan zur Übergabe zu überreden. Während sie ihren Auftrag herunterstammelten, liefen ihnen die Tränen über die Gesichter. »Ihr feigen, schamlosen Kerle«, schrie Ying-yüan wütend von der Mauer herab, »wißt ihr nicht, daß die Ehre es dem Soldaten gebietet, sich nach der

Sturmangriff auf die Stadt

Gefangennahme den Tod zu geben? Hört auf mit eurem Geschwätz und verschwindet!«

Daraufhin schickte der Prinz einen Parlamentär. Er ließ Ying-yüan sagen, daß er die Belagerung der Stadt sofort aufheben werde, wenn er sich dazu bereit erkläre, die vier Hauptanstifter des Widerstandes hinzurichten und ihre

Köpfe an den vier Toren aufzuhängen. »Eher würde ich mich selbst töten als eine solche Schuftigkeit begehen«, schrie Ying-yüan erbost. Und er ließ dem Prinzen sagen, er solle sich zum Teufel scheren.

Am Mittherbst-Fest[5] ließ Ying-yüan Geld und Lebensmittel unter die Soldaten und das Volk verteilen, damit alle den Tag feierlich begehen konnten. Die ganze Bevölkerung stieg auf die Stadtmauer und aß und trank dort nach Herzenslust. Zur Feier des Tages verfaßte Hü Yung-te, der das Feuer des Widerstandes entfacht hatte, ein Lied. Es wurde von allen, die eine gute Stimme hatten, in langsam-ergriffenem Ton vorgetragen. Die ganze Nacht hindurch hörten die Belagerer das Lied, untermalt vom Schmettern der Trompeten und dem Gerassel der Kochtöpfe[6], aus der Stadt herüberschallen.

Da erkannte auch der Mandschu-Prinz, daß man in Kiang-yin an keine Übergabe dachte und er beschloß, die Angriffe mit vermehrter Wucht fortzusetzen. Es wurden Sturmleitern herangeschafft und eine Todesbrigade eisengepanzerter Männer bekam den Befehl, die Mauer an einigen geeigneten Stellen zu erklimmen. Doch kaum waren die ersten oben, als sich ihnen die Verteidiger mit unvergleichlichem Mut entgegenwarfen. Mit ihren scharfen Schwertern zerhieben sie die Helme und Rüstungen, und das Geklirr der Waffen übertönte die Schreie der Verwundeten und Sterbenden.

Nachdem der Angriff abgeschlagen war, setzte die Kannonade erneut ein. Sie dauerte Tag und Nacht ohne Unterbrechung[7] an und ließ die Erde im Umkreis von hundert kleinen Meilen erbeben. In der Stadt aber mehrte sich die Zahl der Verwundeten und Toten, und schon bald gab es keine Straße mehr, aus der nicht das Weinen und Wehklagen der Hinterbliebenen zu hören gewesen wäre. Nur Ying-yüan blieb von den Ereignissen scheinbar unberührt. Mit unerschütterlicher Ruhe stieg er wie vorher tagtäglich auf die Mauer und machte seinen Rundgang.

Eines Morgens ging ein heftiger Sturzregen nieder, der erst gegen Mittag aufhörte. Die Mandschuren hatten vor der westlichen Stadtmauer Dämme errichtet und auf ihnen ihre Kanonen in Stellung gebracht. Als die Kannonade wieder begann, fiel plötzlich ein Teil der Stadtmauer in sich zusammen. Die Mandschuren bemerkten es sofort und drangen durch Pulverrauch, Regen und Staub in die Stadt ein. In aller Eile scharte Ying-yüan ungefähr hundert todesmutige Männer um sich, mit denen er dem Feind bei mehreren Überfällen große Verluste zufügte. Doch was halfen Tapferkeit und Heldenmut in dieser aussichtslosen Lage? Die Übermacht der Feinde wurde immer erdrükkender, und schließlich beschloß der dezimierte Haufen auszubrechen. Doch als sie zum nächsten Stadttor kamen, fanden sie es verriegelt und verrammelt vor. Ying-yüan wußte, was ihm bevorstand, wenn er dem Feind in die Hände fiel. In seiner Verzweiflung stürzte er sich in einen Teich, doch dessen Wasser war so flach, daß er darin nicht ertrinken konnte.

Am Tag zuvor hatte der Verräter Liu seinen Soldaten eingeschärft, Ying-yüan auf alle Fälle lebend zu fangen, und er hatte dafür eine hohe Belohnung ausgesetzt. So erfüllte sich sein Schicksal. Als man ihn vor Liu brachte, saß der gerade in der Halle des buddhistischen Tempels ›Himmlische Klarheit‹. Bei seinem Erscheinen sprang er auf und kam ihm mit Tränen in den Augen entgegen. Ying-yüan lachte verächtlich und rief: »Was gibt es da zu flennen? Da es so für mich steht – wohlan, ich bin bereit, für das Vaterland zu sterben.«

Später brachten die Soldaten ihn zum Mandschu-Prinzen. Dort blieb er aufrecht stehen und weigerte sich, sich hinzuknien, bis einer von den Soldaten ihn mit seiner Lanze ins Schienbein stach und er mit gebrochenem Bein zu Boden stürzte. Gegen Abend wurde er in die ›Meditationshalle der schwebenden Wolken‹ geschleift und die in der Nähe wohnenden Mönche hörten, wie er ohne Unterlaß schrie, man solle ihn töten. Auf einmal wurde es dann still.

Die Belagerung der Stadt währte insgesamt einundachtzig Tage. Daran nahmen auf seiten der Belagerer rund zweihundertfünfzigtausend Soldaten teil, von denen siebenundsechzigtausend fielen. In den Straßenkämpfen büßten weitere siebentausend ihr Leben ein. In der Stadt aber kam die ganze Bevölkerung um, zwischen sechzig- bis siebzigtausend Menschen. Überall auf den Straßen und in den Häusern lagen die Leichen umher, doch nicht ein einziger hatte sich freiwillig ergeben. Es wird berichtet, daß Tschen Ming-süan den Straßenkampf befahl, als die Stadt fiel. Obgleich er selbst schwer verwundet war, hielt er das Schwert fest in der Hand und erwartete den Tod stehend, mit dem Rücken an die Mauer gelehnt. Manche Leute erzählen aber auch, er sei zuletzt mit seiner ganzen Familie in eines der brennenden Häuser gesprungen und habe dort den Tod gefunden.

KUEI TSCHUANG

Die Geschichte von Huang, dem pietätvollen Sohn[1]

Huang, der pietätvolle Sohn, war ein Nachkomme des Zensors Huang Yüe, der während der Regierungsära ›Grundlegung der Bildung‹ (1399–1402 n. Chr.) sein Leben in Ausübung seiner Pflichten ließ. Alle seine Vorfahren waren bekannte Persönlichkeiten. Hernach zog die Familie von Pe-king in die westliche Vorstadt von Sutschou. Im Jahre kuei-mo (1642 n. Chr.) wurde der Vater des pietätvollen Sohnes zum Landrat von Tayao in der Provinz Yün-nan gewählt. Er reiste mit seinem ganzen Haushalt und mit seinem jüngsten Sohn ab, während der pietätvolle Sohn daheim zurückblieb.

Einige Jahre später – die beiden Hauptstädte waren bereits gefallen und die Provinzen Fu-kien und Tsche-kiang hatte man nicht gegen die mandschurischen Invasoren verteidigen können – geschah es, daß das Reich der Ming in Südwest-China neu errichtet wurde. Am Yang-tse-kiang, in Hu-nan, in Kuang-tung und Kuang-si wurde jahrelang gekämpft, und das Reisen war vollends unmöglich geworden. Aus Yün-nan, das weit weg in einer öden Grenzregion lag, kamen keine Briefe mehr. Am Morgen und am Abend sehnte sich der pietätvolle Sohn nach seinen Eltern, Tag und Nacht schaute er nach Südwesten und weinte vor Sorge, bis seine Augen ganz verquollen waren.

Eines Morgens raffte er sich auf und faßte den Entschluß, die zehntausend kleinen Meilen allein zu reisen und nach den Eltern zu suchen. Die Freunde sagten zu ihm, unterwegs gebe es Schwierigkeiten, denn dort werde Krieg geführt. Wie könne er die Eltern erreichen, wenn er jetzt fortgehe? Sie versuchten ihn von seinem Vorhaben abzubringen, doch er ließ sich nicht zurückhalten. Er besuchte die Gräber seiner Ahnen, nahm von ihnen Abschied und brach auf. Dabei schwor er, daß er nicht zurückkehren werde, falls er Vater und Mutter nicht wiedersehe. Das geschah am ersten Tag im zwölften Monat des Jahres sin-mao (1651 n. Chr.).

Unterwegs hatte er mit Eis und Schnee, mit Wind und Regen zu kämpfen. Er sank in den Schlamm ein, er durchwatete tiefe, eisigkalte Bäche und stieg über steile Gebirgszüge. Die Hände, in denen er ständig den aufgespannten Schirm hielt, taten ihm nach einiger Zeit so weh, daß er sie nicht mehr hochheben konnte. Seine Füße waren geschwollen und voller Blasen, so daß er die Schmerzen kaum noch ertragen konnte. Manchmal bekam er rot aufgeschwollene Blutblasen an den Füßen. Dann stach er sie auf, und wenn das Blut herausgeflossen war, marschierte er weiter. Sein Körper war von den Strapazen sehr erschöpft, und oft lag er lang ausgestreckt am Wegrand. Wenn die Vorübergehenden ihn so liegen sahen und erfuhren, was ihn zu dieser Reise veranlaßt hatte, dann gab es keinen, der nicht vor lauter Rührung tief geseufzt hätte. Weil er aber so sehr erschöpft und der vor ihm liegende Weg noch weit war, weil außerdem Soldaten die Wege versperrten und es in der Bergwildnis viele Tiger gab, war er nahe daran, schlapp zu machen und sein Vorhaben aufzugeben. Da er aber inzwischen wußte, daß seine Eltern noch lebten, achtete er seines Lebens nicht und sagte zu sich selbst: »Als ich die Heimat verließ, wußte ich, daß es so kommen würde. Wenn mir auch Schwierigkeiten und Gefahren drohen, wage ich es nicht, mein Vorhaben nicht auszuführen.«

In der letzten Dekade des zweiten Monats im Jahre jentsch'en (1652 n. Chr.) passierte er die Präfekturstadt Schao-yang in der Provinz Hu-nan und erreichte weiter im Süden das in den letzten Jahren zwischen den Truppen der Ming und der Mandschu hart umkämpfte Städtchen Wu-kang. Dort ruhte er sich fünf Tage lang aus und pflegte seine Füße. Dann marschierte er weiter nach Westen und kam durch die Präfekturstadt King-tschou. Er folgte dem Yüan-Fluß aufwärts, indem er in den tiefen Schluchten am Ufer entlang marschierte, bis er bei Tschao-tschou den Boden der Provinz Kuei-tschou betrat.

Seit dem Jahre ting-hai (1647 n. Chr.) hatten die Mandschu-Truppen den Osten der Provinz Kuei-tschou von Hu-nan aus angegriffen, und die Szu-tsch'uan-Truppen waren in den Norden vorgestoßen. Links und rechts hatten zwei Generäle dem Feind Widerstand geleistet und die Provinz mehrere Jahre lang verbissen verteidigt, bis im Jahre ki-tsch'ou (1649 n. Chr.) die Truppen aus Ssetsch'uan geschlagen worden waren. Deshalb traf der pietätvolle Sohn auf diesem Gebiet überall nur Zerstörungen an; kaum etwas war verschont geblieben. Von der Poststelle Hung-kiang aus westwärts bis zur Poststelle Tschao-tschou sah er überall Welse, die an den Uferbänken wühlten. Er hatte nicht nur schwere, schlüpfrige Steilwände und unkrautüberwucherte Täler zu überwinden, sondern fand auch in den Dörfern und Städten keine lebende Menschenseele, sondern nur Gräber. Wie Unkraut lagen die bleichenden Knochen der Toten umher.

Ein paar Tagesreisen weiter kam er wieder unter Menschen. Und zwar lebten in diesem Landstrich sowohl Chinesen als auch Eingeborene von den Stämmen der Miao und der Lao[2], die einen drunten in den schwülen Tälern, die anderen droben auf den kühlen Bergen. Schon vor zwei Jahren hatten die Eingeborenen sich erhoben und die chinesische Oberherrschaft abgeschüttelt. Die pflügenden Bauern, die der pietätvolle Sohn unterwegs antraf, hielten, um sich vor Überfällen zu schützen, alle Lanzen in den Händen und trugen Armbrüste und Bolzen auf dem Rükken. Im Schilf an den Ufern der kleinen Flüsse fand er im Sand oft Tatzenabdrücke von Tigern. Wenn er daran vorüberging, dann zitterte er derart, daß er fast die Selbstbeherrschung verlor.

Hinter dem Flüßchen P'ing war ein Paß; und daneben befand sich das Hauptquartier eines militärischen Führers, welches sehr streng von den Soldaten bewacht wurde. Als sie den peitätvollen Sohn dort fingen, argwöhnten sie, er könnte wegen seiner kurzen Haare, und weil er im Wu-Dialekt sprach, ein Spion sein, und sie schleppten ihn vor ihren Oberbefehlshaber. Weinend erzählte ihm der pietätvolle Sohn seine Geschichte und wurde freigelassen. Keiner der höheren und niederen Beamten, die er auf seinem weiteren Marsch traf, versäumte es, ihn zu verhören. Die Landschaft, die er von dort an durchzog, die Beamten und das Volk, denen er unterwegs begegnete, erschienen ihm ganz anders, sozusagen unchinesisch. Die Bräuche von Kiang-nan hatten vor sechs bis sieben Jahren eine große Umwälzung erfahren. Als er nun auf einmal das hier erblickte, schien es ihm, als befände er sich in einem fremden Land.

Vom P'ing-Flüßchen marschierte er weiter nach Südwesten und fand auf seinem Weg einen hohen Berg hinter dem anderen, dazu von Holzbrücken überspannte Flüsse, die sich tief in das karstige Kalkgestein eingefressen hatten und dunkel und gefährlich wie Geisterhöhlen waren. Als er sich P'ing-yüeh näherte, nahmen die Berge ein noch gefährlicheres Aussehen an. Auf beiden Seiten des Weges lagen Siedlungen von Barbaren; und die Landesbewohner, die er traf, sagten zu ihm: »Früher kamen die Miao beständig von den Bergen herunter und fügten den Reisenden Schaden zu. Jetzt hat man alle zehn kleine Meilen einen Wachposten errichtet. Doch die dort stationierten Soldaten werden häufig von den Tigern gefressen.« [3]

Als der pietätvolle Sohn diese Worte hörte, bekam er es mit der Angst zu tun und fürchtete ständig, ein solches Unglück könnte auch ihm zustoßen. Von P'ing-yüe aus erreichte er schließlich die in einem Tal gelegene und rings von Bergen umgebene Provinzhauptstadt Kuei-yang, deren Mauern einen Umfang von nur wenigen kleinen Meilen hatten. Dort traf er einen aus der Provinz An-hui gebürtigen Mann namens Tsch'eng, der etwas über seinen Vater wußte und es ihm erzählte. So erfuhr der pietätvolle Sohn, daß sein Vater nicht zu Schaden gekommen war und seinen Abschied aus dem Amt schon vor fünf Jahren genommen hatte.

In Kuei-yang residierte zu dieser Zeit ein hoher Würdenträger der Ming-Partei mit Namen Sun Ko-wang.[4] Auf seinen Befehl hin war in der Stadt die kaiserliche Residenz mit hochragenden Gebäuden neu errichtet worden. Die Leibwache des Würdenträgers nahm sich sehr stattlich aus, und Elefanten und Pferde verstopften die Straßen. Die Zivil- und Militärbeamten standen in Habacht-Stellung da. Tsch'eng führte den pietätvollen Sohn zum Würdenträger und erzählte ihm seine Geschichte. Am nächsten Tag erhielt er einen Passierschein und wurde fortgeschickt. Er nahm den Marsch wieder auf. Unterwegs traf er immer wieder Soldaten, die in wilden Haufen auf ihn zugerannt kamen und seinen Passierschein prüften. Einer von ihnen schlug den Schirm kaputt, den er in der Hand hielt, so daß er hinfort keinen Schutz mehr gegen den Regen hatte.

Hinter Pu-t'ing kam er zum Kuan-so-Gebirgszug. Die Paßstraße, die die Provinz mit dem angrenzenden Yünnan verbindet, war sehr steil und abschüssig. Er kam bis zur halben Bergeshöhe hinauf, dort keuchte er lauthals, die Kräfte verließen ihn und er fiel vornüber auf die Erde. Zum Glück war ein alter, halbverfallener Tempel in der Nähe, der irgendeinem pflichtgetreuen Manne geweiht war. Dort lebte ein alter Mönch, der ihm Tee zu trinken gab. Nach geraumer Zeit stand er gekräftigt wieder auf und überquerte den Paß in westlicher Richtung.

Als er an den Fuß des Gebirges kam, sah er, daß überall an den Berghängen Zelte aufgeschlagen waren. Fußsoldaten und Reiter liefen und galoppierten kreuz und quer, Fahnen verdunkelten den Himmel und Kanonenschüsse, die wie Donnerschläge dröhnten, erschütterten Berg und Tal. Der pietätvolle Sohn wollte sich zurückziehen, da erschien plötzlich ein Reiter, packte ihn und schleifte ihn zum Verhör ins Lager. Nachdem man seinen Passierschein geprüft hatte, tröstete man ihn mit freundlichen Worten und setzte ihm ein Essen vor. Als der pietätvolle Sohn fragte, wo er sich hier befinde, sagte man zu ihm: »Das hier ist das vordere Westbefriedigungs-Lager. Wenn du einige kleine Meilen weiter gehst, kommst du zum hinteren Lager, in dem es so zugeht wie hier.«

Obwohl der pietätvolle Sohn von dem militärischen Treiben vorübergehend wie benommen war, hatte er doch unterwegs bereits reichlich Gelegenheit gehabt, sich daran zu gewöhnen. Aber nun wußte er, daß er den Eltern nicht mehr fern war, schließlich war seine Freude größer als seine Furcht. Er überschritt den P'an-Fluß und passierte die Südgarnison Pu-an. Einige Tagesmärsche weiter südlich liegt der frühere Ort An-lung, der jetzt zum Rang einer Präfekturstadt erhoben worden war. Auf diesem rings von steilen Bergen und tiefeingeschnittenen Flüssen umgebenen Platz hatte vor Monatsfrist Yung-li, der letzte Thronprätendent der Ming, seine Zuflucht gesucht. Er hauste dort mit nur fünfzig Begleitern fern von allem kaiserlichen Glanz in einigen ärmlichen, schilfgedeckten Hütten.

Doch von dort, wo der pietätvolle Sohn sich gerade befand, führte kein Weg nach An-lung, und so betrat er die Provinz Yün-nan im Militärbezirk P'ing-i. Dort traf er den früheren Landrat von Yang-tsung, den aus der Provinz Tsche-kiang stammenden Herrn Kien Schi-su. Von ihm erfuhr er nähere Einzelheiten über seinen Vater, unter anderem die, daß er jetzt in Weißsalzbrunn lebte, einem kleinen Ort bei Ta-yao. Er setzte über den Pappelsee und erreichte von dort die Provinzhauptstadt Yün-nan-fu.

Als die Leute aus Kiang-nan, die damals nach Yün-nan verschlagen worden waren, von seiner Ankunft erfuhren, kamen alle zusammengelaufen, wie die Leute vom Land der Pfirsichblütenquelle, als sie den alten Fischer trafen. Ein jeder wollte ihn als ersten ausfragen und seine Ohren wurden von dem Lärm, den sie machten, richtig betäubt.

Dann marschierte der pietätvolle Sohn weiter nach Westen, zuerst am Nordufer des Tien-Sees entlang, dann durch den Blauhuhn-Paß. Er passierte die Städte An-ning, Tsch'u-hiung und Yao-an. Dort gab der Präfekt ihm einen Polizisten mit, der ihn nach Weißsalzbrunn brachte. Das war am ersten Tag des fünften Monats. Der pietätvolle Sohn hatte inzwischen ausgerechnet, daß er insgesamt einhundertfünfundneunzig Tage lang unterwegs gewesen war und von Su-tschou bis hierher ungefähr zehntausend kleine Meilen zurückgelegt hatte.

Als er sich dem Hause seines Vaters näherte, sah ihn eine Magd schon von weitem kommen. Die starrte ihn lange Zeit an, dann lief sie hinein und rief: »Der junge Herr aus Su-tschou ist gekommen!«

Herr Huang glaubte es nicht. Er wollte der Sache gerade auf den Grund gehen, als der pietätvolle Sohn die Halle betrat. Er begrüßte seine Eltern, die den Gruß mit staunender Freude erwiderten. Dann fielen sie einander in die Arme und weinten. Zehn Jahre lang war der pietätvolle Sohn von ihnen getrennt gewesen. Sein jüngerer Bruder, der die Eltern nach Yün-nan begleitet hatte, kam gerade von draußen, mit einer Last Brennholz auf dem Rücken, zurück. Zweifelnd stand er vor der Türe und erkundigte sich. Der Vater rief ihn herein, und da die beiden Brüder sich von Angesicht kannten, begrüßten sie einander unter Tränen. Als der pietätvolle Sohn fragte, wo der Knecht und der Dienerbursche geblieben seien, sagte man ihm, daß sie nicht mehr am Leben seien. Er schaute sich in der Berghütte um, in der sie lebten und stellte fest, daß es dort außer den Bücherkästen keine Wertsachen gab. »Im Winter des Jahres ping-hü (1646 n. Chr.)«, sagte der Vater zum pietätvollen Sohn, »reichte ich meine Entlassung beim Provinzgouverneur ein. Doch als die Bestätigung im nächsten Frühjahr eintraf, gab es im Westteil von Yün-nan Unruhen; die Wege waren versperrt und man konnte nicht mehr reisen. Ich schwor, nie wieder in den Staatsdienst zu treten. Seitdem sind mehrere Jahre vergangen; und weil wir von der Heimat abgeschnitten sind, träumte ich nicht mehr von der Rückkehr. In diesem Frühjahr fand ich in Lan-ling auf dem Tisch eines Freundes das Hü-ts'ang-schu des Li Tscho-wu. Darin steht die Geschichte von Wang Yüan, der seine Eltern suchte. Ich seufzte und sagte, daß es in unserer Zeit solche Menschen gewiß nicht mehr gebe. Nie hätte ich gedacht, daß du dich zu einer solchen Tat aufraffen könntest.«

Der Vater war damals bereits vierundsechzig Jahre alt. Nach einiger Zeit begann der pietätvolle Sohn mit den Eltern Rückkehrpläne zu erörtern. Der Vater sagte: »Ich bin alt, doch ich denke oft an die Heimat. Doch einer solchen Reise stehen ernstliche Hindernisse entgegen. Was kann man da machen?«

»Da es mir möglich war, herzukommen«, antwortete der pietätvolle Sohn, »warum sollte dann nicht auch die Rückkehr möglich sein? Das Schwierige ist nur, daß wir kein Reisegeld haben.«

»Wenn wir wirklich heimreisen können, dann stellt das Reisegeld kein Problem dar. Im Herbst des Jahres ki-yu (1645 n. Chr.) fanden in Yün-nan noch Lizenziatsprüfungen statt und ich bereitete acht Schüler darauf vor. Die muß ich behelligen.«

In der ersten Dekade des folgenden Monats suchte der pietätvolle Sohn, mit Briefen des Vaters, die ehemaligen Schüler auf. Dann brach er zu einer kleinen Reise nach Westen auf, um die Schönheiten Yün-nans kennenzulernen. Als er durch die Präfekturstadt Tsch'u-hiung kam, ereignete sich dort ein Erdbeben, das die Brustwehren auf den Mauern zum Einsturz brachte. Fast wäre auch der pietätvolle Sohn dabei ums Leben gekommen. In Nan-an zwang ihn eine Augenkrankheit, zehn Tage lang in der Herberge zu bleiben. Dann zog er weiter nach Nordwesten, passierte Pin-tschou und kam am Hahnenfuß-Berg vorbei, der deshalb so heißt, weil er dem Hahnenfuß mit seinen drei Krallen ähnelt. Er folgte dem tief in das Bergmassiv eingeschnittenen Goldsandstrom eine Strecke weit, stieg dann zur Stadt Ho-king empor und suchte sich von dort aus westwärts den Weg zum Bergsee von Schwertergau. In diesem Landstrich lebten die Chinesen und die Barbaren zusammen und alle trugen Schafspelze und Filzjacken. In ihren Gürteln steckten kurze Krummsäbel, die sie nicht einmal im Hause ablegten. Wer sie so sah, konnte es mit der Angst zu tun bekommen.

Auf dem Rückweg passierte der pietätvolle Sohn Tengtschou und Ta-li. Aus der Ferne sah er den Tien-tsang-Berg mit seinen neunzehn schneebedeckten Gipfeln majestätisch aufragen und zog, die märchenhafte Schönheit dieser Landschaft genießend, nach Südosten am Ufer des Ör-hai entlang, der an Umfang einem Meer glich. Die Wasser des Sees waren von hellgrüner Farbe. Zu dieser Zeit war gerade ein großer Sommerregen niedergegangen und die Wasser schwollen an. Er marschierte mehrere kleine Meilen am Ufer entlang, bis die Wellen ihm um die Knie plätscherten. Schließlich erreichte er weiter im Osten Mi-tien und übernachtete in einer Herberge. Als er hörte, daß grausame Soldaten die Stadt plünderten, floh er um Mitternacht in ein unbewohntes Tal, in dem nur Papageien und Affen hausten. Ihre Laute waren die ganze Nacht hindurch aus den Bäumen zu hören. Am Morgen suchte er sich einen Weg aus dem Berglabyrinth und kehrte von dort nach Weißsalzbrunn zurück. Das war gegen Ende des neunten Monats. Wieder war er vier Monate lang unterwegs gewesen und hatte auf dem Hin- und Rückweg mehr als dreitausend kleine Meilen hinter sich gebracht.

Von den ehemaligen Schülern seines Vaters waren nur drei erschienen. Sie hatten zwar alle Geldgeschenke mitgebracht, doch für die Reisekosten reichte das Geld noch immer nicht. Der Vater wußte Rat: »Es gibt noch einige Schüler von mir in Schwarzsalzbrunn«, sagte er, »die wir auf dem Heimweg besuchen können.«

»Wenn es so ist«, entgegnete der pietätvolle Sohn,« dann steht der Abreise nichts im Wege.«

Er begab sich zur Präfektur und reichte dort ein Dokument ein, in dem er seinen Willen zur Rückkehr bekundete, denn er wollte ein Beglaubigungsschreiben mit auf die Reise nehmen. Der Präfekt jedoch war über seine Absichten entsetzt und gab ihm das Gewünschte nicht. Auch die Freunde der Familie sagten zum pietätvollen Sohn und zu seinem Vater: »In einem Zeitalter der Wirren ist es angemessen, dort zu bleiben, wohin man verschlagen wurde. Wozu bedarf es da der Heimat?«

Sie versuchten sie mit Entschiedenheit von ihrem Vorhaben abzubringen, doch es gelang ihnen nicht. Nach einiger Zeit hatte der pietätvolle Sohn einen leichten Korbwagen fertig, in dem die Eltern die Reise mitmachen sollten. Er selbst und sein jüngerer Bruder wollten hinterher gehen und den Wagen schieben. Am vierten Tag des zehnten Monats brachen sie auf. In der Präfekturstadt Yao-an hielten sie an und verbrachten dort die Zeit der Wintersonnenwende. Dann reisten sie weiter.

Als sie nach Schwarzsalzbrunn kamen, verhielt es sich wirklich so, wie sie gehofft hatten. Sie erhielten von den dortigen Schülern des Vaters Geldgeschenke, so daß es ihnen nun nicht mehr an Reisegeld fehlte. Sie reisten weiter zur Provinzhauptstadt. Dort hatte man gerade Nachrichten aus Kuei-tschou und Hu-pei erhalten, aus denen hervorging, daß im Norden und im Süden noch immer heftig und ohne Unterlaß gekämpft werde. Der Vater saß deswegen mehrere Tage lang in heller Aufregung im Gasthof. Weil sie dort bis über die Neujahrsfeiertage bleiben wollten, ging der pietätvolle Sohn zum Hauptquartier des Generals und erbat sich einen Passierschein, den er auch erhielt.

Am elften Tag des ersten Monats im Jahre kuei-chi (1653 n. Chr.) brachen sie von der Provinzhauptstadt auf. Unterwegs kamen ihnen Reisende entgegen. Sie erzählten, in Kuei-tschou habe es mehr als vierzig Tage lang geschneit; der Schnee reiche den Pferden bis über die Bäuche und die Bäume trügen alle Eiszapfen wie Schwerter oder Lanzen. Sie waren deshalb besorgt, doch auf dem Weitermarsch stellte sich ihnen kein ernsthaftes Hindernis entgegen. Als sie sich dem Gebiet der Provinz Kuei-tschou näherten, fanden sie vereisten Schnee und treibenden Pulverschnee vor. Es war trüb, ein scharfer Wind blies und bittere Kälte setzte den Menschen zu. Doch der aufgehäufte Schnee nahm langsam ab, denn er flog vom Winde getrieben hierhin und dorthin. Wie in einem Dampfkessel bedeckte ein giftiger Nebel den Himmel.

Als sie ungefähr hundert kleine Meilen vor der Provinzhauptstadt Kuei-yang P'ing-pa erreichten, trafen sie auf Kavallerie und einen Troß. Dahinter kamen gefangene Frauen, die nach Hunderten und Tausenden zählten. Die einen ritten auf Esel, die anderen stützten sich auf Stöcke oder halfen einander gegenseitig weiter. Ohne Unterbrechung zog der Elendszug an ihnen vorüber. Als sie sie fragten, sagten sie, daß sie aus Kuang-si kämen.

Als sie weiterzogen, trafen sie auf mehrere tausend geschlagene Soldaten, die einen Elefanten vor sich hertrieben. Sie marschierten nicht in Reih und Glied, sondern kamen ihnen in aufgelösten Haufen entgegen, und manche torkelten vor Erschöpfung. Das Phänomen erklärt sich wie folgt: Vor ein paar Tagen hatte die Ming-Partei bei Kuei-lin in der Provinz Kuang-si einen Sieg errungen und war bei Pao-ning in der Provinz Ssu-tsch'uan geschlagen worden. Die Beute der siegreichen Soldaten wurde nach Kuei-yang zurückgeschafft, und zur gleichen Zeit eilten auch die geschlagenen Soldaten dorthin zurück. So kam es, daß der pietätvolle Sohn unterwegs sowohl mit den einen wie auch mit den anderen zusammentraf.

Von Weißsalzbrunn bis nach P'ing-pa hatte der pietätvolle Sohn stets die Wege benutzt, auf denen er hergekommen war. Jetzt, auf dem Rückweg, reiste er nicht mehr allein, sondern hatte sich um seine Familienangehörigen zu kümmern. Weil er fürchtete, in Kuei-yang ein Hindernis vorzufinden, machte er von der Poststation Lungtschang aus einen Umweg in nördlicher Richtung auf Tsun-i zu. Kein menschlicher Laut war in dieser Gegend zu vernehmen, kein Rauch und kein Feuer zu sehen. Sie fanden nur gelbes Schilf und weiße Knochen. Nachts hörten sie die weinenden Stimmen der Geister und das Gebrüll der Tiger und Leoparden. Wenn solch eine Bestie plötzlich vor ihnen auftauchte, dann waren sie oft starr vor Entsetzen.

Von Ssu-tschou aus erreichten sie in südlicher Richtung K'ing-liang. Dort kamen sie wieder auf den alten Weg zurück und gelangten in das Gebiet der Provinz Hu-nan. Auch dieses war von in die Flucht geschlagenen Truppen verwüstet worden, denn vor einigen Monaten waren die Truppen aus Yün-nan erneut geschlagen worden. Auf vielen Umwegen erreichten sie die Präfekturstadt Sin-hua. Erst dort waren sie den Gefahren entronnen. Der pietätvolle Sohn änderte die Kleidung des Vaters und frisierte sein Haar auf mandschurische Art. Zwei Tage später kamen sie in das Marktstädtchen Lan-t'ien am Lien-Fluß. Dort endete ihr Fußmarsch und sie reisten auf dem Wasserweg weiter.

Als sie über den Tung-t'ing-See segelten, gerieten sie noch einmal in Gefahr. Mitten auf dem See wurden sie vom Sturm überrascht, die Wellen gingen hoch, das Steuerruder zerbrach und das vordere Segeltau riß. Mehrmals drohte das Boot zu kentern, doch schließlich trieb es mit Wind und Wellen auf die Stadt Yo-tschou zu.

Am achtzehnten Tag des sechsten Monats kamen sie in Su-tschou an. Der pietätvolle Sohn war insgesamt fünfhundertfünfunddreißig Tage unterwegs gewesen und hatte ungefähr fünfundzwanzigtausend kleine Meilen zurückgelegt. Er war durch sieben Provinz-Hauptstädte und zweiunddreißig Präfekturstädte gekommen. Die berühmten Stätten aus alter Zeit, die er auf seiner Reise besuchte, die seltenen Bäume, Steine, Vögel und Tiere, die er fand, der Wechsel der Jahreszeiten, des Klimas, der Menschen und ihrer Sitten, lassen sich hier nicht ausführlich beschreiben.

Auf dem Rückweg hatten sie täglich einige Dutzend kleine Meilen zurückgelegt, und manchmal waren es auch hundert gewesen. Die beiden alten Leute saßen die ganze Zeit über auf ihrem Karren und taten so, als ob auch sie von den Anstrengungen erschöpft wären. Der pietätvolle Sohn war stets zu Fuß gegangen. Jedesmal, wenn sie in einer Herberge Halt machten, hatte er Eßwaren gekauft und sich am Herd zu schaffen gemacht. Er hatte den Eltern heiße Bäder bereitet und ihnen das Bettzeug hergerichtet. Am nächsten Morgen war er in aller Frühe aufgestanden, hatte das Frühstück bereitet und die Sachen gepackt. Er tat dies alles alleine und fand deshalb auf dem Rückweg auch nicht eine Viertelstunde Ruhe.

DER MEISTER VOM ÖSTLICHEN PAVILLON

Der Bauchredner

In Yang-tschou lebte einst ein stadtbekannter Bauchredner mit Namen Kuo Mao-ör. Sein Sohn war ein ausgezeichneter Schauspieler. Beide standen bei den reichen und vornehmen Familien der Stadt in hohem Ansehen und gaben bei ihnen von Zeit zu Zeit Privatvorstellungen.

Als ich im Jahre Keng-schen (1680 n. Chr.) in Yang-tschou weilte, brachte eines Tages einer meiner Freunde Mao-ör zu mir in die Wohnung. Als wir gegen Abend vom reichlich genossenen Wein schon ziemlich angeheitert waren, stand er auf und bat mich, eine Probe seiner Kunst zum Besten geben zu dürfen. Ich stimmte seiner Bitte mit Freuden zu. Daraufhin stellte er zur Linken des Tisches einen Wandschirm auf, hinter dem er sich, im Halbdunkel verborgen, niederließ.

Wir beide, mein Freund und ich, lauschten eine ganze Weile mit gespannter Aufmerksamkeit, doch es geschah nichts. Auf einmal hörten wir, wie zwei Männer einander unterwegs begegneten. Nachdem sie einander begrüßt hatten, unterhielten sie sich über das Wetter. Dabei konnten wir deutlich die Stimme eines älteren und eines jüngeren Mannes unterscheiden. Der Ältere überredete den Jüngeren, ihm ins Haus zu folgen, wo sie dann bei angeregter Unterhaltung eifrig pokulierten.

Nach einiger Zeit lehnte der Jüngere, unter dem Vorwand, er sei bereits völlig betrunken, weiteren Wein ab, doch der Ältere nötigte ihm noch einige Becher auf. Schließlich erhoben die beiden sich auf ihren schon bedenklich wackeligen Beinen und wankten zur Türe. Auf der Schwelle verabschiedeten sie sich langatmig voneinander, dann ließ der Ältere die Türe mit einem lauten Knall zufallen. Der junge Mann aber machte sich auf den Heimweg, und man konnte recht deutlich seine unsicheren Schritte hören. Nachdem er ungefähr zwei kleine Meilen zurückgelegt hatte, fiel er in seinem trunkenen Zustand bewußtlos zu Boden.

Plötzlich kam ein anderer Mann daher. Nachdem er in der Dunkelheit über den am Boden Liegenden gestolpert war, richtete er ihn auf. Dabei stellte sich heraus, daß sie einander kannten. Der Neuankömmling half dem jungen Mann weiter. Als sie das Straßentor geschlossen fanden, riefen beide mit lauter Stimme nach dem Wächter. Zuerst begann, durch den Lärm aufgeschreckt, ein einzelner Hund zu bellen, doch bald schon kläffte eine ganze Meute. Die einen waren alt, die anderen noch jung, und während die einen in der Nähe bellten, kläfften die anderen in der Ferne.

Nachdem die beiden geraume Zeit hatten warten müssen, kam endlich der Wächter angeschlurft und öffnete ihnen das Straßentor. Doch als der Betrunkene und sein Begleiter an eine Türe pochten, mußten sie alsbald feststellen, daß es die falsche war. Von drinnen ertönte die Stimme eines Mannes, der im Kiang-su-Dialekt laut und vernehmlich über die nächtliche Ruhestörung fluchte. Dadurch wurden wieder andere Hunde aufgeschreckt und auch sie begannen laut zu bellen.

Als die beiden schließlich zu dem Haus kamen, in dem die Familie des jungen Mannes lebte, war die Stimme einer jungen Frau zu hören, die ihnen die Haustüre öffnete. Gleich darauf verabschiedete sich der Begleiter von dem Betrunkenen mit einigen guten Ratschlägen. Dann half die junge Frau ihm, ins Bett zu steigen. Offenbar hatte der übermäßige Weingenuß ihn erst recht durstig gemacht, denn er verlangte sofort nach Tee. Die junge Frau ging tatsächlich in die Küche und brühte eine Kanne voll auf. Doch als sie nach einer Weile mit dem Tee ins Schlafzimmer kam, schlief der Betrunkene bereits und schnarchte so laut, daß es schier wie Donnergrollen klang. Die junge Frau war darüber so erbost, daß sie ihm die Pest an den Hals wünschte. Doch nachdem sie eine Weile gescholten und gebrummt hatte, legte auch sie sich ins Bett und war im Handumdrehen eingeschlafen. Gleich darauf konnte man hören, wie die beiden um die Wette schnarchten.

Als um Mitternacht eine Kuh im Stall zu muhen anfing, schrak der junge Mann aus dem Schlaf auf. Er richtete sich langsam auf, beugte sich über den Bettrand und erbrach sich. Dann rief er, noch immer ganz benommen, nach Tee. Doch als die junge Frau im Schlaf etwas vor sich hinmurmelte, legte er sich wieder hin.

Gleich darauf richtete die junge Frau sich auf und fing an, im Dunkeln nach ihren Schuhen zu suchen. Als sie in den Auswurf ihres Mannes hineinlangte und die über und über beschmierten Schuhe fand, stieß sie laute und lästerliche Flüche aus. Dann stand sie auf, suchte sich ein anderes Paar und verließ das Schlafzimmer.

Um die gleiche Zeit begannen bereits die ersten Hähne zu krähen; und ein jeder tat dies auf seine eigene Art, genau wie die Hunde. Wenig später kam der Vater des jungen Mannes über den Hof geschlurft und rief seinem Sohn zu, er solle aufstehen. »Es wird langsam hell«, fügte er hinzu. »Zeit für uns, das Schwein zu schlachten.« Da wußten wir, daß beide von Beruf Fleischer waren.

Nachdem der Sohn aufgestanden war, ging er in den Stall, um die Schweine zu füttern. Als er ihnen das Fressen in den Trog schüttete, hörten wir, wie sie sich laut quiekend darum stritten und es dann laut schmatzend hinunterwürgten. Der Vater machte indessen das Wasser heiß. Wir hörten, wie er das Feuer anzündete, wie er das Wasser herbeischleppte und in den Kessel goß. Dann band der Sohn eines von den Schweinen an den Vorderläufen zusammen und schleppte es zur Schlachtbank, wo es aus Leibeskräften schrie und quiekte. Wir hörten, wie das Messer geschliffen und das Schwein geschlachtet wurde. Selbst das Herausspritzen des Blutes und das Ausweiden der Innereien waren deutlich zu hören. Nachdem die Arbeit getan war, sagte der Vater zu seinem Sohn: »Es ist Tag geworden. Laß' uns mit dem Verkauf beginnen.«

Sie legten das Fleisch auf den Ladentisch, und nach und nach stellten sich auch die ersten Käufer ein. Geräuschvoll zählten sie ihr Geld ab und verlangten Fleisch von den verschiedenen Körperteilen des Schweines: die einen vom Kopf, die anderen vom Bauch, während die dritten einfach nur Fleisch wollten. Gerade in dem Augenblick, als das Stimmengewirr hinter dem Wandschirm am lautesten zu hören war, trat plötzlich lautlose Stille ein. Kuo Maoör's Vorstellung war zu Ende.

SÜ YAO

Eine Liebestragödie

T'ai-hen Scheng, Herr Sorgenvoll, war das Pseudonym eines Nachfahren der berühmten Li-Familie aus Tung-hai. Wir beide, er und ich, waren unzertrennliche Freunde, wie der Körper und sein Schatten. Auch in seelisch-geistiger Hinsicht standen wir einander sehr nahe, so daß ich mit allen seinen privaten Angelegenheiten aufs Beste vertraut bin.

Herr Li, der Vater meines Freundes, genoß in der ganzen Provinz einen ausgezeichneten Ruf und wurde von Reich und Arm geachtet. Sein Sohn erbte von ihm den Hang zur Gelehrsamkeit, durch den sich die Familie schon seit Generationen ausgezeichnet hatte. In literarischen Kreisen wurde sein Talent allgemein bewundert und geschätzt. Obwohl er einen reichen Geist besaß und durch männlichen Charme und Weltgewandtheit bestach, war seinem Charakter doch jene vornehme Zurückhaltung und Bescheidenheit zu eigen, die ein Kennzeichen des wahrhaft geistigen Menschen ist. Im übrigen führte er das Leben eines Ehrenmannes, der niemals gegen die Gebote von Sitte und Moral verstößt und es für unter seiner Würde hält, sich sinnlichen Vergnügungen hinzugeben.

Seine ihm von den Eltern angetraute Frau war nicht nur eine wirkliche Dame, sondern auch schön und tugendhaft; und aus tiefer gegenseitiger Zuneigung liebten und achteten sie einander. So gingen etliche Jahre dahin, bis sie eines Tages, für ihn völlig unerwartet, den Wunsch nach Scheidung äußerte. »Wie du weißt«, sagte sie, »liebe ich die Ruhe und Einsamkeit über alles. Daher bin ich allmählich der weltlichen Pflichten müde geworden. Alle meine

Träume und Wünsche, die ich einst im Mädchengemach hegte, haben sich außerdem erfüllt, denn wir leben seit Jahren in einer glücklichen Ehe und haben zudem Kinder. Ich will deshalb versuchen, eine zweite Frau für dich zu finden, die einmal meinen Platz in der Familie einnehmen soll. Ich selbst möchte endlich mein frommes Gelübde erfüllen und die Jahre, die mir zu leben noch vergönnt sind, als Nonne in Gebet und Meditation verbringen und mir durch strenges Fasten und das Sticken frommer Buddhabilder himmlischen Lohn erwerben. Deshalb will ich auch meine Rechte als deine Ehefrau nicht länger in Anspruch nehmen und hinfort darauf verzichten, mir die Brauen zu pinseln.« Dies sagte sie in ernstem Ton, denn sie war fest dazu entschlossen, dem weltlichen Leben zu entsagen.

»Meine Teure«, antwortete er,« wir beide führen eine harmonische Ehe und ich habe stets gehofft, daß es bis an das Ende unserer Tage so bleiben werde. Wie könnte ich es ertragen, dich als gebrechliche weißhaarige Greisin einsam zu wissen? Doch wenn es dein ernsthafter Wunsch ist, eine Nonne zu werden, dann darf ich dir nicht länger im Wege stehen und nur auf mein eigenes Wohl bedacht sein. Aber selbst wenn du versuchen würdest, eine zweite Frau für mich zu finden, dann müßte sie doch genauso tugendhaft, genauso schön und talentiert sein wie du. Ich fürchte nur, daß das Schicksal es mir, einem mittelmäßigen Studenten, nicht bestimmt hat, ein zweites Mal einen solchen Schatz zu finden. Deshalb kann auch dein Wunsch, so selbstlos er auch ist, nie in Erfüllung gehen.«

Nun lebte im Hause meines Freundes eine Amme, die die Kinder der Familie betreute. Ihr Mann – er stammte aus T'ai-yüan in der Provinz Schen-si – hatte sie der Armut wegen aus dem Haus gegeben. Aus dieser Verbindung war nur eine einzige Tochter hervorgegangen. Als ihr Mann gestorben war, hatte die Amme das Mädchen einer ihr befreundeten Familie als Pflegetochter anvertraut.

Diese Familie war in der ganzen Gegend als herrisch und anmaßend bekannt, und von der Frau des Hauses erzählte man sich, daß sie zur Gewalttätigkeit neige. Sie behandelte das Mädchen wie eine Sklavin und quälte es ohne jeden ersichtlichen Grund. Als die Amme davon erfuhr, ergrimmte sie das sehr. Zornentbrannt ging sie hin, um mit dem Weib zu rechten. »Ist das eine Art, eine Pflegetochter zu behandeln!« schrie sie aufgebracht. »Hiermit kündige ich dir meine Freundschaft auf! Ich will nichts mehr mit dir zu tun haben!«

Sie nahm ihre Tochter gleich mit, und jenes Weib war froh, sie endlich aus dem Hause zu haben, denn sie hatte das Mädchen nie leiden können.

So kam das Mädchen – es war damals sechzehn Jahre alt – in das Haus der Familie Li. Obwohl sie in ihrem Zustand schrecklich erschöpft und elend aussah, besaß sie doch ein anziehendes Äußeres und jenen sanften Charme, der auf Männerherzen betörend wirkt. Als Frau Li sie sah, floß ihr Herz vor Mitleid über. Sie bereitete ihr mit eigener Hand ein mit Duftessenzen angereichertes Bad und versah sie mit frischer Wäsche. Schon nach wenigen Tagen fand sie einen solchen Gefallen an ihr, daß sie sie in allen Nadel- und Hausarbeiten unterwies, und ihre Schülerin zeigte sich so anstellig, daß sie alles sofort begriff.

Dies geschah im Winter des Jahres wu-tschen. Herr Li, der ein wenig später von einer Prüfungsreise zurückkehrte, war über den häuslichen Zuwachs nicht wenig überrascht, und er fragte seine Frau, woher das Mädchen komme. Nachdem sie ihm dessen Geschichte erzählt hatte, sagte sie: »Du wirst dich wohl noch daran erinnern, daß ich davon sprach, dir eine zweite Frau zu suchen. Da mir bekannt ist, welche hohen Ansprüche du stellst, fiel mir die Wahl nicht leicht. Nun aber hat der gütige Himmel sich meiner erbarmt und mir dieses aufgeweckte, hübsche und sittsame Mädchen ins Haus geschickt. Was würdest du sagen, wenn ich dir vorschlüge, sie zu heiraten?«

Doppelseite: Frau Li und das Mädchen

Als Herr Li dies hörte, war er zuerst etwas verwirrt. Er lächelte schwach und erwiderte, ohne davon überzeugt zu sein, daß er alles tun wolle, was sie von ihm verlange.

Sogar die Mutter meines Freundes, die alte Frau Li, war von dem Charakter und der Tugend des Mädchens so beeindruckt, daß sie heimlich die Amme zu sich kommen ließ und sich mit ihr unter vier Augen über Heiratspläne beriet. Doch Herr Li reiste kurz darauf wieder zu einer Prüfung ab, und als wenig später sein Vater starb, ließ man die Angelegenheit einstweilen auf sich beruhen.[1] Ein halbes Jahr später fand Frau Li die Gelegenheit, mit dem Mädchen unter vier Augen zu sprechen. »Ich habe inzwischen erkannt«, sagte sie zu ihr, »daß du nicht nur alle Eigenschaften einer tüchtigen Hausfrau besitzt, sondern auch mit mannigfaltigen Tugenden begabt bist, die den Wert deines vorteilhaften Aussehens noch erhöhen. Ich meine, daß du jeder wohlerzogenen jungen Dame aus gutem Hause ebenbürtig bist, und darum solltest du nicht die Frau irgendeines einfachen Mannes werden. Mein Gatte besitzt Talent, Bildung und gutes Aussehen; er wäre wohl der Richtige für dich. Von Herzen gern möchte ich euch beide mit dem roten Seidenfaden der Ehe zusammenbinden, und wenn ihr erst Mann und Frau seid, will ich dich als meine jüngere Schwester betrachten. Ich hoffe, daß du dir diese Angelegenheit gründlich überlegen wirst.«

Das Mädchen stand eine Weile sinnend da. Dann, als ihm die Tränen über das Gesicht liefen, fiel es vor Frau Li auf die Knie und sagte: »Arm und heimatlos bin ich zu Euch gekommen, doch Ihr habt mich freundlich aufgenommen und mich Unwürdige wie Eure eigene Tochter behandelt, so daß ich stets darüber nachsinne, wie ich Euch die Güte, die Ihr mir erwiesen habt, vergelten könnte. Um Eure Weisungen auszuführen, würde ich mit Freuden mein Glück, ja selbst mein Leben opfern, doch Eurem Wunsch kann ich nicht leichthin zustimmen. Denn nie ist man sich der Gefühle der Anderen sicher; es kann immer zu einem Wechsel der Gesinnung kommen und Freundschaft kann sich in Gleichgültigkeit oder Haß verwandeln. Es wäre auch möglich, daß zwischen mir und dem Herrn keine tiefere, in ein früheres Leben zurückreichende Bindung besteht. In diesem Fall würde unser Eheleben ein ständiges Auf und Ab sein. Ich weiß Eure gütige Absicht zwar zu schätzen, doch möchte ich in diesem Zusammenhang auch an die Berühmtheit Eurer Familie erinnern. Zudem hat Euer Gatte seine Sohnespflichten noch nicht ganz erfüllt. Er sollte vielmehr versuchen, dem Namen der Ahnen durch ehrgeiziges Streben größeren Glanz zu verleihen. Deshalb sollte er sich nicht unüberlegt in eine Liebesromanze stürzen, die seinem Ruf als Gelehrten nur abträglich sein kann. Überdies ist seine Mutter alt und gebrechlich, und die Erhaltung ihrer Gesundheit erfordert seine ganze Hingabe. Würde er wohl weise und richtig handeln, wenn er mich Unwürdige zur Frau nähme und darüber seine Sohnespflichten vergäße?«

»Zweitens«, fuhr sie fort, »verbinden Euch und Euren Gatten zärtliche Bande der Liebe und der Zuneigung. Wenn dies alles durch mein plumpes Eindringen zerstört würde und es zwischen euch zu Zank und Mißhelligkeiten käme, dann könnte ich mir die Schuld nie verzeihen.

Drittens aber ist die Trauerzeit des Herrn noch nicht abgelaufen. Wenn er mich jetzt heiraten würde, dann stünde das Ansehen der ganzen Familie auf dem Spiel. Deshalb will ich mit Eurer gütigen Erlaubnis bis zum Ende der Trauerzeit Jungfrau bleiben. Wenn die alte Dame dann ihre Zustimmung gibt, mag die Hochzeit stattfinden. Wenn wir dagegen schon jetzt unseren Gefühlen freien Lauf lassen würden, kämen wir nur bei den Leuten ins Gerede. Für mich selbst wäre das nicht weiter schlimm, doch wie würden die Leute wohl über Euren Gatten denken, der bei allem, was er tut, auf seinen guten Ruf bedacht sein muß? Wenn Ihr meine Absichten billigt, Herrin, werdet Ihr später nichts zu bereuen haben.«

»Ganz wie ich es mir dachte«, antwortete Frau Li mit einem zufriedenen Lächeln auf den Lippen. »Du bist ein Mädchen, das niemals voreilig handelt. Es sei so, wie du sagst. Ich werde mich deinen Wünschen fügen.«

Als sie ihrem Gatten später erzählte, was ihr das Mädchen geantwortet hatte, war er freudig überrascht. »Woher hat sie dieses Wissen?« fragte er. »Sie spricht ja wie ein großer Gelehrter, vor dem selbst ich mich verneigen muß.«

Von Stund an verliebte er sich in sie und wollte sie zu seiner Frau machen. Auch das Mädchen ließ erkennen, daß es bereit war, sich ihm für das ganze Leben anzuvertrauen. Frau Li aber fürchtete noch immer, daß die Hochzeit schließlich doch nicht stattfinden könnte.

Die Hausgenossinnen beeindruckte das Mädchen am meisten durch seinen stark ausgeprägten Charakter und durch seinen stets hellwachen Verstand. Obwohl sie, was ihr Auftreten betraf, ernst und ein wenig zurückhaltend war, hatte sie für alle ein mitfühlendes Herz und war nicht ungesellig, wenngleich sie selten mit den anderen Frauen des Hauses zu lachen und zu schwatzen pflegte. Gleichalterige suchten oft ihre Gesellschaft, doch sie zog es vor, alleine in ihrer Kammer zu bleiben, wo sie sich die meiste Zeit mit Stick- und Näharbeiten für ihre Aussteuer beschäftigte. Dort saß sie dann still und in sich gekehrt, und außer wenn Frau Li sie zu sich rief, zeigte sie sich selten vor den Leuten. Traf sie zuweilen Herrn Li im Hause, dann versuchte sie stets, ihm aus dem Weg zu gehen. So kam es, daß die beiden, obwohl sie nun schon ein ganzes Jahr unter dem gleichen Dach lebten, nur sehr selten ein paar Worte miteinander wechselten.

Da mein Freund, wie ich bereits erwähnte, bis über beide Ohren in das Mädchen verliebt war, bat er seine Frau, sie möge eine Zusammenkunft mit ihr arrangieren. Das Mädchen aber versuchte die Begegnung immer wieder hinauszuschieben, bis Frau Li sie herzlich darum bat.

»Mein Gatte verfolgt damit keine anderen Absichten«, erklärte sie. »Er möchte dich nur näher kennenlernen und ein oder zwei Becher Wein mit dir trinken.«

Als sie sich dann trafen, saß das Mädchen die ganze Zeit über in würdevoller Haltung stocksteif und mit ernstem Gesicht auf seinem Stuhl, die Augen starr geradeaus gerichtet. Und weil auch mein Freund nach Möglichkeit jeden Klatsch vermeiden wollte, wagte er es nicht, sie des öfteren zu solchen Begegnungen einzuladen. Außerdem war Frau Li stets anwesend. Wenn das Mädchen sprach, dann geschah es nur zögernd, hier ein Wort und da ein Wort, und die ganze Zeit schien es, als ob sie mit ihren Gedanken woanders wäre.

Manchmal geschah es auch, daß sie am Abend beim Mondenschein auf einer Bank saßen, oder bei Tage einen Spaziergang durch den Garten machten und sich an der Blütenpracht ergötzten. Doch das meiste, was sie bei solchen Gelegenheiten sagten, hatte nur den Zweck, den anderen zum Reden zu ermuntern. Von der tief-innigen Liebe, die sie beseelte, kam nie ein Wort über ihre Lippen.

So ging ein ganzes Jahr dahin, ohne daß einer je die Regeln des guten Benehmens verletzt hätte. Frau Li pflegte sich deshalb über sie lustig zu machen. »Warum«, spöttelte sie, »gebt ihr beide euch nach außen hin so kühl, obwohl euer Inneres von Liebe glüht? Habt ihr denn keine ›Wind-und-Mond‹-Gefühle?«

Die Schlafzimmer der beiden Liebenden waren nur durch eine dünne Holzwand getrennt, so daß sie sich stets einander nahe wußten. Wenn Herr Li am Abend mit klangvoller Stimme Gedichte rezitierte, dann wurden seine Worte vom Geklapper der Schere und des Metermaßes aus dem Nebenzimmer begleitet, wo das Mädchen emsig an seiner Aussteuer arbeitete.

»Was ich an Euch am meisten bewundere«, gestand sie ihm eines Tages, »sind Euer erstaunliches Talent und Euer dichterisches Genie. Deshalb fühle ich mich schon jetzt maßlos glücklich, wenn ich daran denke, daß ich einmal für Euer Wohlergehen und für Eure Garderobe persönlich sorgen darf, denn für immer die Gefährtin eines Gelehrten zu sein – das ist mehr, als ich je zu träumen wagte. Ich finde es aber sehr bedauerlich, daß ich selbst ungebildet bin. Dadurch erscheint es mir nahezu unmöglich, Euch auch in geistiger Hinsicht zur Seite zu stehen. Was kann man da machen?«

Herr Li lächelte glücklich. »Darüber brauchst du dir wirklich nicht den Kopf zu zerbrechen«, versuchte er ihre Bedenken zu zerstreuen. »Du bist doch ein ungewöhnlich kluges Mädchen. Wenn wir erst einmal verheiratet sind, wirst du meine Schülerin und ich dein Lehrer. Dann werde ich dich beim Schein der Lampe oder beim Licht des Mondes die ›Gespräche des Meisters‹, den ›Klassiker der kindlichen Pietät‹ sowie alte Gedichte und Lieder lehren. Was meinst du dazu?«

»Ihr müßt mich auch die berühmten buddhistischen Sutren lesen lehren«, sagte das Mädchen und nickte eifrig.

Wenig später lehrte er sie einige Oden aus dem ›Buch der Lieder‹ lesen und erklärte ihr nachher den Inhalt. Während er sprach, lag ein stilles Lächeln auf ihrem Gesicht. Offensichtlich bereitete ihr das Lernen Freude. Als er sie dann abfragte, wiederholte sie alles, Wort für Wort.

Wenn Herr Li nicht daheim war, ging sie oft zusammen mit seiner Frau in sein Studierzimmer. Dort staubte sie alles ab und ordnete die herumliegendn Bücher. Wenn sie sah, daß die Blumen im Haus kein Wasser mehr hatten, dann begoß sie sie. Auch Räucherwerk verbrannte sie gern, und sein Duft hing oft in ihren Kleidern. Obwohl sie nur einfache baumwollene Kleider trug und sich weder putzte noch schminkte, war alles an ihr stets blitzsauber. Sie wies Herrn Lis Geschenke an Schmuck und Parfüm zurück und nahm sie erst dann an, wenn seine Frau darauf bestand. Herr Li bat sie wiederholt, ihm einen Duftbeutel zu besticken, doch sie schlug seine Bitte immer wieder ab.

Als er sie eines Tages wieder dazu drängte, sagte sie: »Mit Vergnügen will ich Euch einen Duftbeutel besticken, aber erst in zwei Jahren, wenn wir beide Mann und Frau geworden sind.«

Sie war in der Tat eine vollkommene junge Dame, die sich in keiner Situation etwas vergab, sondern stets klug und besonnen blieb.

Ich habe bereits erwähnt, daß die Pflegeeltern das Mädchen, als es noch in ihrem Haus lebte, nicht ausstehen konnten und deshalb wie eine Sklavin behandelten. Als sie nun von ihrer Klugheit und von ihren mannigfaltigen Tugenden hörten, da bedauerten sie es lebhaft, daß sie sie hatten fortgehen lassen und behaupteten frech, das Mädchen sei nicht nur ihre Pflegetochter, sondern auch ihre künftige Schwiegertochter gewesen. Und um ihre dunklen Absichten auszuführen, bestachen sie einen Onkel und einen Neffen ihrer Mutter.

Nachdem sie sich derart die Dienste der beiden gesichert hatten, verleiteten sie den einen als Heiratsvermittler und den anderen als Zeugen aufzutreten. Zur gleichen Zeit brachten sie das Gerücht in Umlauf, das Mädchen sei ihnen bereits von ihrer Mutter, der Amme, als Schwiegertochter versprochen worden und Herr Li habe sie nur deshalb in sein Haus aufgenommen, weil er sie zu verführen beabsichtige. Ein Diener des Hauses war mit ihnen im Bunde. Dieser geldgierige Kerl hatte sich von ihnen in der Hoffnung auf einen angemessenen Gewinn kaufen lassen. Heimlich versuchte er die Amme zu überreden und gleichzeitig berichtete er den anderen alles, was im Hause vor sich ging. Außerdem gab er ihnen hinterlistige Ratschläge, wie sie am besten gegen seinen Herrn vorgehen könnten.

Mein Freund war ein Ehrenmann und zudem in allem, was er tat, auf Vorsicht bedacht. Als er merkte, daß man in seinem eigenen Haus Intrigen gegen ihn spann, verwirrte ihn das derart, daß er sich zu keinem Entschluß aufraffen konnte. Zu allem Unglück mußte er in diesen Tagen auch noch verreisen. Die anderen machten es sich sofort zunutze, indem sie den ›Heiratsvermittler‹ und den ›Zeugen‹ ins Haus schickten. Sie überredeten die Amme, das Brautgeschenk von fünfzig Unzen Silber anzunehmen und den Tag der Hochzeit zu bestimmen. Als Herr Li nach seiner Rückkehr davon erfuhr, war er sichtlich bestürzt und wußte nicht, was er dagegen tun sollte. »Ich habe geglaubt, deiner sicher zu sein«, sagte er eines Abends in Gegenwart seiner Frau zu dem Mädchen. »Nie hätte ich gedacht, daß unserer Liebe derartige Komplikationen erwachsen würden. Nach allem was geschehen ist, wird es uns schwerfallen, die Sache zu einem guten Abschluß zu bringen. Ich sehe keinen Ausweg mehr. Was sollen wir nur tun?«

»Mein Entschluß steht fest«, antwortete das Mädchen. »Wenn es zum Äußersten kommt, gehe ich entweder ins Kloster oder ich sterbe von eigener Hand. Etwas anderes kommt für mich nicht in Frage.«

»Wie kannst du nur vom Sterben reden!« rief Herr Li sehr erregt. »Liebe ich dich nicht mehr als mein eigenes Leben? Besteht zwischen uns beiden nicht eine tiefe seelische Zuneigung? Seitdem ich dich kenne – es sind nun drei Jahre – sind unsere Beziehungen stets korrekt geblieben. Doch jetzt geben sich schlechte Menschen alle Mühe, uns zu verleumden. Was werden die Leute denken, wenn du Selbstmord begehst? Auf diese Weise würdest du dich nie für die Schmach rächen, die man dir angetan hat, sondern nur meinen Kummer und mein Leid verdoppeln. Auch wenn du schon auf deine eigene Person keine Rücksicht nimmst, so ist noch immer deine Mutter da. – Aber vielleicht«, fuhr er nach einigem Überlegen fort, »würde der Eintritt ins Kloster deine Probleme lösen. Solltest du diesen Ausweg wählen, dann will ich dich mit allem, was du zum Leben benötigst, versorgen. Doch es würde mir großen Kummer bereiten, wenn du dein junges Leben dem strengen Klosterdienst zum Opfer brächtest.«

Als das Mädchen merkte, wie unentschlossen er war, rief es unter Tränen: »O weh, das ist das Ende!« Dann drehte sie ihr Gesicht zur Wand und schrie ihre Qual hinaus. Herr Li sprach sie wiederholt an, doch sie gab ihm keine Antwort mehr.

Am nächsten Abend – es war der zwölfte Tag des ersten Monats – bemerkten die Hausgenossinnen des Mädchens, daß sie Gift und eine Schere in ihrer Ärmeltasche verborgen hatte und nahmen ihr beides fort. Daraufhin ging sie in ihre Kammer und fing an, die Kutte und die Haube einer Nonne zu schneidern.

Drei Tage später, am Abend des Laternenfestes, drängte sie ihre Mutter, sie in das nahegelegene Nonnenkloster zu begleiten. Als sie sich bei Frau Li verabschiedete, brach diese fast zusammen. Sie weinte laut und wollte das Mädchen nicht fortgehen lassen. Selbst die Diener und Dienerinnen des Hauses konnten sich der Tränen nicht enthalten und schlichen mit hängenden Köpfen umher. Herr Li tat nichts; er schaute ihr nur nach, als sie zum Tor hinausging. Doch sein Schmerz läßt sich mit Worten nicht beschreiben.

Als die Äbtissin erfuhr, aus welchen Gründen das Mädchen in ihr Kloster eintreten wollte, weigerte sie sich, sie trotz alles Bittens und Flehens aufzunehmen. Die Flucht ins Kloster sprach sich natürlich mit Windeseile in der ganzen Stadt herum, und jene andere Familie gehörte zu den ersten, die davon erfuhr. Da sie befürchtete, das Mädchen könnte sich ein Leid antun, schickte sie auf der Stelle eine Schwägerin ihrer Mutter in das Kloster, um das Ärgste zu verhüten. Da erkannte das Mädchen, daß es für sie kein Entrinnen mehr gab. Mitten in der Nacht stand sie weinend auf und sagte zu ihrer Mutter: »Bitte, sage Herrn Li ...« Da erstickte ihre Stimme und nur noch hilfloses Schluchzen war zu hören.

Die Mutter nahm das Mädchen sofort in die Arme und fragte, was sie Herrn Li ausrichten solle. Da weinte sie noch lauter und fiel in Ohnmacht. Nachdem geraume Zeit verstrichen war und sie sich wieder beruhigt hatte, sagte sie: »Unserem Verhalten nach zu urteilen, mochte es wohl scheinen, als ob zwischen uns beiden nur eine herzliche Freundschaft bestünde, doch in Wirklichkeit verstanden wir einander aus tiefster Seele. Gerade darum waren unsere Beziehungen auch so rein und makellos wie das Licht der Sonne. – Ach, ich habe gehofft, durch meinen Tod die Schuld zu begleichen, in der ich bei ihm stehe. Doch meine Absicht ist vereitelt worden und die Bitte, Nonne zu werden, hat man mir abgeschlagen. Was für ein erbärmliches Leben ist mir doch bestimmt! Das ist ohne Zweifel der Wille des Himmels – welchen Menschen kann ich für mein trauriges Schicksal verantwortlich machen? Um seinetwillen habe ich mir die Augen trockengeweint, meine verstörte Seele ist längst aus dem Körper gewichen, doch ohne eine Rechtfertigung meines Tuns würde mein Tod nur ein Fall mehr im Fegefeuer der Liebestragödien sein. So muß auch meine Liebe zu ihm enden. Selbst wenn der Himmel und die Erde einstürzten, würden wir uns nicht wiedersehen. Übermittele der Herrin meinen untertänigen Dank für alles, was sie für mich getan hat und ihm ein Wort des Trostes. Die beiden sollen nicht mehr um mich trauern, sondern mich als gestorben betrachten.«

In tiefem seelischen Schmerz hielten Mutter und Tochter sich eng umklammert, bis beide ohnmächtig zu Füßen der großen Buddhastatue auf den Boden sanken. Im Morgengrauen des nächsten Tages erschienen die Leute der anderen Familie mit einem Boot und drangen wie ein Wespenschwarm in das Kloster ein. Sie packten das wehrlose Mädchen, schleppten es auf das Boot und fuhren davon.

Nachdem das Mädchen sein Haus verlassen hatte, kam Herr Li sich auf einmal sehr einsam vor. Sein Herz pochte bis zum Hals und seine Sinne waren ganz verwirrt. Als die

Amme am nächsten Morgen erschien und ihm erzählte, was ihre Tochter gesagt hatte, da verschlimmerte sich sein Zustand noch. Verstört wanderte er tage- und nächtelang mit starrem Blick im Haus umher, und es schien, als ob alle Kraft von ihm gewichen sei. Schließlich begann Frau Li ernsthaft um seine Gesundheit zu fürchten. Sie tat ihr Bestes, um ihn zu trösten und auf andere Gedanken zu bringen. Doch schließlich riß auch ihr die Geduld und sie schalt ihn einen unentschlossenen Charakter, der sich zu keinem Entschluß aufraffen könne.

»Trotz meiner guten und selbstlosen Absicht«, sagte sie, »dich mit dem Mädchen zu verheiraten, habe ich dir großes Leid zugefügt, denn ich war es ja, die euch beide zusammenbringen wollte. Doch das Schicksal hat es anders entschieden. Trotzdem hast du eine Gelegenheit nach der anderen versäumt und dich zu keinem Entschluß aufraffen können. Selbst dann, als die Schurken gegen uns zu intrigieren begannen, wäre es für dich ein Leichtes gewesen, sie kraft deines Ansehens und deiner gesellschaftlichen Stellung zum Schweigen zu bringen. Ja, wenn du in dieser Angelegenheit auch nur eine entschlossene Haltung gezeigt hättest, wäre es dir nicht schwer gefallen, eine Entscheidung zu deinen Gunsten herbeizuführen. Du aber hast nicht einmal den kleinen Finger gerührt. Die anderen wurden immer frecher und taten, was ihnen beliebte. Jetzt ist es dafür freilich zu spät und außerdem sinnlos, verpaßten Gelegenheiten nachzutrauern. Aber es gibt auf der Welt ja noch viele junge Mädchen, unter denen du nur zu wählen brauchst. Warum verzehrst du dich so sehr nach der einen?«

Herr Li schaute zum Himmel empor und seufzte tief. »Ich bitte dich«, sagte er, »sprich mir nicht mehr von ihr. Glaubst du vielleicht, ich sei ein sinnlicher Mensch? Ich habe dir geschworen, daß ich keine deiner Dienerinnen anrühren werde. Sicherlich bin ich keiner von denen, die am Abend eine Blaugerockte umarmen und am Morgen eine Rotgerockte. Seit ich sie kannte, fühlte ich mich mit meinem ganzen Wesen zu ihr hingezogen. Kannst du mir vielleicht ein Liebespaar nennen, das durch stärkere Liebesbande miteinander verkettet war? Hat je eine andere Frau eine so heiße Liebe in mir entfacht? Haben je zwei Herzen so wie die unsrigen im gleichen Takt geschlagen? Drei Jahre lang haben wir uns bezwungen, obwohl wir unter dem gleichen Dach lebten und mehr als eine Gelegenheit gehabt hätten, unser heißes Verlangen nach liebender Vereinigung zu stillen. Denn ich bin, auch wenn es nicht so scheinen mag, ein Mann, der zu tieferLeidenschaft fähig ist. Wir aber haben unsere Wünsche und Gefühle unterdrückt und uns gemäß der Sitte verhalten. Warum wohl? Weil wir beide wünschten, daß unser gemeinsames Leben ohne jeden Makel beginnen möge. Unglücklicherweise aber traf es sich aber, daß, noch bevor unsere Liebe Frucht tragen konnte, ein schrecklicher Sturm losbrach, und die bunten Wolken unserer Träume auseinanderwehten. Hätten wir uns von unseren Leidenschaften hinreißen lassen, dann würden wir auch nicht einen Augenblick lang gezögert haben, selbst unser Leben für das Glück der liebenden Vereinigung hinzugeben. Daß wir aber unsere Tränen hinunterschluckten und stumm blieben, als böse Menschen ihre Intrigen spannen, geschah deshalb, weil wir nichts anders konnten, als uns selbst treu zu bleiben. Hätten wir mit den Schurken in der gleichen Weise verfahren wie sie mit uns, dann hätten wir nicht nur Schmach über uns gebracht, sondern uns auch der Kritik der Öffentlichkeit preisgegeben. Deshalb wird auch die große Liebe, die ich verlor, mir den Tod bringen. Das Blut in meinen Adern ist eingetrocknet, meine Eingeweide sind vom Kummer zerrissen, meine Knochen sind weich geworden und mein ganzer Körper ist schlaff und müde. Der Kummer aber, der an mir zehrt, ist grenzenlos. Bitte, sprich nie wieder von einer zweiten Heirat. Denn meine Pein wird nie aufhören, auch dann nicht, wenn ich ein

Mädchen träfe, das so tugendhaft wie Lo Siu und so schön wie Grünperle wäre.«[2]

Von da an verlor mein Freund alle Lust am Leben. Oft saß er den ganzen Tag regungslos und mit starrem Blick da, ohne auch nur ein einziges Wort zu sprechen, oder aber er sang die ganze Nacht hindurch traurige Weisen vor sich hin. Schließlich verlor er den Verstand. Und als ich ihn in diesem Zustand erblickte, schmerzte es mich so sehr, daß ich, um ihn zu trösten, ein Bändchen Gedichte schrieb.

Die Liebe der beiden war in der Tat so hoch wie der Himmel und so tief wie das Meer, doch das Schicksal wollte es nicht, daß sie zueinander fanden. Es war eine schreckliche Tragödie, die es wohl verdient, aufgezeichnet zu werden. Denn die, die nicht mit allen Einzelheiten der Geschichte vertraut sind, geben gerne dem Mädchen die Schuld an dem Unglück, das meinen Freund befallen hat. Deshalb habe ich alles, was ich darüber weiß, aufgezeichnet.

UNBEKANNTER VERFASSER

Der gedemütigte General

Wang Yao-tschung stammte aus der Kreisstadt Lu-schan [1] in der Provinz Ho-nan, wo sein Vater damals das Tischlerhandwerk betrieb. Nun geschah es, daß der Vater sich aus irgendeinem Anlaß den Zorn eines Gürtelträgers [2] zuzog. Jener ließ ihn durch seine Leute festnehmen und schickte ihn mit einem Brief zum dortigen Landrat, damit er ihn mit dem leichten Bambus schlagen lasse.

Das Unglück wollte es, daß der Tischler zuvor mit einem Büttel des Landrats Streit gehabt hatte. Der Büttel erzählte es seinem Vorgesetzten, und dieser ließ den Unglücklichen in strengen Arrest setzen. Es verging kein Monat, da starb er im Gefängnis an den erlittenen Mißhandlungen.

Nun bekam der Gürtelträger es mit der Angst zu tun, denn er mußte befürchten, daß der junge Wang für seinen Vater Rache nehmen werde. Er brütete deshalb zusammen mit dem Landrat einen Plan zu seiner Beseitigung aus. Der Landrat schickte sofort seine Büttel hin und befahl ihnen, den jungen Mann tot oder lebendig zu fangen. Der aber bekam noch rechtzeitig Wind von der Sache und entwich tief in die Berge. Dort lebte er mit seiner Mutter in einem kleinen, halbzerfallenen buddhistischen Tempel und verbrachte seine Zeit mit dem Studium der konfuzianischen Klassiker. Da der Berg fern von jeder menschlichen Siedlung war, pflegten sich dort die Räuber auf ein Signal ihres Anführers hin zu versammeln. Wang machte sich an sie heran und erzählte ihnen, was für ein schreiendes Unrecht man ihm zugefügt hatte. Weinend und schluchzend redete er in einem fort, bis Tränen seine Stimme erstickten.

Die Räuber gingen der Sache nach und nahmen ihn aus Mitleid in ihre Bande auf. Von da an mußte er auf Befehl ihres Anführers Späherdienste verrichten. Sobald sich im Umkreis von hundert kleinen Meilen eine Kaufmannskarawane zeigte, hatte er dies sofort zu melden. Der Anführer stürmte dann mit seinen Mannen los, überfiel die Kaufleute und beraubte sie ihrer Waren.

Wang war nur deshalb der Bande beigetreten, weil er glaubte, daß er durch die Späherdienste eines Tages die Gelegenheit finden würde, sich an seinen Feinden zu rächen. Denn Rauben und Plündern lag nicht in seinem Sinn. Er aber war dermaßen erbittert über das, was der Gürtelträger und der Landrat ihm angetan hatten, daß er seine ganze Kraft daransetzte, um reich und mächtig zu werden. Schon bald häufte sich bei ihm das zusammengeraubte Edelmetall, er wurde selbst Räuberhauptmann und beschäftigte seine eigenen Späher. Die plünderten die Kaufleute nicht aus, sondern führten sie für eine gewisse Vergütung kreuz und quer durch das Gefahrengebiet, ohne daß ihnen dabei auch nur ein Haar gekrümmt worden wäre. Den ganz Armen aber schenkte er Geld, damit sie sich den eigenen Lebensunterhalt auf bescheidene Weise verdienen konnten.

So kam es, daß die Zahl seiner Anhänger immer größer wurde. Er bildete sie heimlich militärisch aus und hielt unter ihnen eiserne Disziplin aufrecht. Aus Furcht unterwarfen sich ihm auch die Räuber. Als ihr Anführer starb, wählten sie Wang offiziell zu ihrem Hauptmann, und sein Wort galt ihnen von nun an als Befehl.

Am Allerseelen-Fest schlich Wang sich mit einigen Todesmutigen zu den Ahnengräbern des Gürtelträgers, und sie legten sich dort auf beiden Seiten in den Hinterhalt. Wang hoffte, seinen persönlichen Feind auf diese Weise ohne große Mühe zu fangen. Doch jener erfuhr rechtzeitig davon und wagte es nicht, sich dem Orte persönlich zu nähern. Statt dessen schickte er seinen jüngeren Bruder hin, um an seiner Stelle das Totenopfer zu bringen. Außerdem gab er ihm eine Eskorte von tüchtigen Knechten mit.

Ungehindert kam der jüngere Bruder bei den Ahnengräbern an. Doch kaum hatte er sich hingekniet, um den Geistern der Abgeschiedenen seine Verehrung zu erweisen, da brachen die Räuber von beiden Seiten plötzlich aus dem Hinterhalt hervor. Bevor er noch einen klaren Gedanken fassen konnte, hatten sie ihn gefangengenommen und gefesselt. Die Knechte wagten keine Gegenwehr zu leisten. Sie rannten schnurstracks davon und versuchten sich in dem dichten Unterholz zu verbergen. Doch die Räuber rannten hinter ihnen her, und nach einem kurzen Handgemenge wurden sie gleichfalls überwältigt und in die Berge geschleppt.

Zwei Tage später bekam der jüngere Bruder des Gürtelträgers die gleiche Anzahl von Schlägen mit dem leichten Bambus übergezählt, die einst Tischler Wang auf Empfehlung des Gürtelträgers vom Landrat erhalten hatte. Dann wurden ihm mit einem rotglühenden Eisen einige Worte in Siegelschrift in die linke Backe eingebrannt, des Inhalts, daß er für seinen älteren Bruder die Strafe erhalten habe. Die vier Schriftzeichen stammten aus Wangs eigenem Pinsel; sie hatten einen kühnen, kraftvollen Duktus und zeugten von der unerbittlichen Härte seines Charakters. Der so Gestrafte glaubte bereits, seine letzte Stunde habe geschlagen; heulend und jammernd machte er einen Kotau nach dem anderen und bat, man möge sein Leben schonen. Daraufhin ließ Wang seine Begleiter frei.

Als der Gürtelträger von den Knechten erfuhr, was sich zugetragen hatte, machte er sich um seinen jüngeren Bruder große Sorgen, ja er fürchtete sogar, Wang wolle ihn ermorden. Schließlich gelang es ihm, den Unglücklichen freizukaufen. Als er aber die tief ins Fleisch eingebrannten Schriftzeichen sah, übermannten ihn Scham und Haß, und sein Haß war so stark, daß er den Brigadegeneral K'uo aus der Garnison in Nan-yang ersuchte, das Räubernest mit seinen Truppen anzugreifen und alle seine Bewohner zu liquidieren.

Der Brigadegeneral versprach es ihm. Doch zuallererst mußte das Räubernest ausfindig gemacht werden. Der Gürtelträger selbst drang an der Spitze einer ausgewählten Schar von Soldaten in die Berge ein und erkaufte sich die Dienste von Spionen, die ihm beim Aufspüren der Räuber helfen sollten. Jene aber machten an der einen Stelle unerwartete Überfälle und zogen sich an der anderen fluchtartig zurück, so daß die Soldaten kaum einen der Räuber auch nur zu Gesicht bekamen. Selbst eine ganze Abteilung von Polizisten, die bei der Suche mithalf, fing nur einige kleine Diebe.

Der Gürtelträger schnaubte vor Zorn. Sein ganzes Sinnen und Trachten war darauf gerichtet, die Schmach, die sein jüngerer Bruder erlitten hatte, zu tilgen. Mit allen Mitteln versuchte er Wang zu fangen und seinen Rachedurst an ihm zu stillen. Deshalb, und um den Brigadegeneral bei Laune zu halten, schenkte er diesem eine beträchtliche Menge Gold und Silber.

Brigadegeneral Kuo war ein Veteran der ›Tapferen Armee‹. Er hatte an vielen Kämpfen und Schlachten teilgenommen und dabei so manche Heldentat vollbracht. Außerdem stand er in dem Ruf, ein Meisterschütze zu sein. Nach seiner letzten Beförderung hatte er es verstanden, den ganzen nördlichen Teil der Provinz Ho-nan durch seine Wildheit und Brutalität in Angst und Schrecken zu versetzen. Doch als seine Kraft mit den Jahren dahinschwand, hatte auch sein Eifer nachgelassen, und seitdem war er nicht mehr so sehr darauf erpicht, Räuber und Rebellen zu fangen. Als er nun vom Gürtelträger die herrlichen Geschenke erhielt, deren bloßer Anblick seine alten Augen blendete, da erwachte in dem alten Haudegen noch einmal der Geist früerer Tage und er versprach, die Räuber umgehend zu fangen.

Daraufhin wählte er im Kalender einen glückverheißenden Tag für das Unternehmen und ließ seine ganze Brigade antreten. Nachdem er sie gemustert hatte, drang er an ihrer Spitze in die Berge ein und veranstaltete eine große Suchaktion nach den Räubern. Er mühte sich den ganzen Tag ab, ritt bergauf und bergab, doch von den Gesuchten fand sich keine Spur. Erst gegen Abend entdeckte er auf einem fernen Bergrücken einige verdächtige Gestalten, die sich scharf gegen den hellen Himmel abhoben. Es schien, als ob sie ihn und seine Leute beobachteten. Ohne lange zu zögern, ließ er eine Abteilung seiner Soldaten am Schluchteingang Posten fassen, um den Räubern den Rückweg zu verlegen. Dann ritt er, begleitet von den drei Dutzend Mann seiner Leibwache, den Hang hinauf.

Als er auf halber Bergeshöhe angekommen war, entdeckte er fünf oder sechs Reiter, die auf der anderen Seite des Berges in Richtung auf einen schmalen, gewundenen ›Schafsdarm-Paß‹ zuritten. Er gab seinem Pferd die Sporen und setzte ihnen nach. Der Abstand zwischen ihnen betrug ungefähr zwei kleine Meilen, doch er verringerte sich nicht. Denn die Räuber waren inzwischen auch auf ihn und seine Soldaten aufmerksam geworden und preschten nun in vollem Galopp dahin. Da keine Kugel so weit reichte, nahm Brigadegeneral K'uo die Peitsche in die Hand und schlug damit wütend auf sein Pferd ein, das gleich nach den ersten Schlägen, von Schmerzen gepeinigt, wie irr dahinschoß. Schon nach kurzer Zeit hatte er seine weniger gut berittene Leibwache hinter sich im Staub verloren.

Auf diese Weise kam er den Räubern langsam näher. Vor ihm, im engen Felsental, trommelten die eisenbeschlagenen Hufe der Räuberpferde ein wildes Stakkato im gleichen Takt wie der Hufschlag seines eigenen Pferdes, doch er erreichte sie nicht. Wenig später jagten sie auf ein einsames Kloster zu, von dem nach allen Seiten schmale Bergpfade ausgingen. Dort drehten sie sich nach ihm um, und es wollte ihm scheinen, als ob sie ihn höhnisch angrinsten.

Dann schwangen sie ihre Peitschen und preschten in verschiedene Richtungen davon. Brigadegeneral K'uo aber wußte nicht, wen er verfolgen sollte und blieb enttäuscht und verbittert zurück. Er brachte sein abgehetztes Pferd zum Stehen, stieg ab und band es an einen Baum. Dann ließ er sich erschöpft auf ein Felsstück nieder und ruhte sich eine Weile aus.

Inzwischen war bereits die Dämmerung hereingebrochen. Weil er auf seinem müden Pferd unmöglich zu seinen Soldaten zurückreiten konnte, überlegte er voller Sorgen, wo er die nächste Nacht verbringen sollte. Mit Unbehagen dachte er daran, was wohl geschähe, wenn er hier mitten in der Wildnis mit Räubern zusammenträfe. Dann schaute er sein Pferd an, dessen Weichen noch immer heftig arbeiteten und seufzte tief.

Plötzlich wurde das Klostertor von drinnen zur Hälfte aufgestoßen, und ein alter Mann in gelber Mönchsrobe kam mit langsamen Schritten herausgehumpelt. Dabei stützte er sich auf einen metallenen Stab, dem Zeichen seiner Abtswürde. Als er den niedergeschlagenen General auf dem Felsen sitzen sah, verneigte er sich mit zusammengelegten Händen und fragte: »Ist der edle Gast nicht der große General K'uo? Schon vor geraumer Zeit hat unser Wohltäter, Herr Wang, seinen Leuten den Befehl erteilt, Euch respektvoll aufzuwarten. Tretet bitte in unser armseliges Kloster ein, damit wir Euch eine Schale Tee anbieten können.«

Was blieb ihm anderes übrig als einzuwilligen? Doch als er hinter dem Abt den Klosterhof betrat, sah er vor der großen Andachtshalle hundertzehn Räuber in strammer Haltung stehen und alle hielten Gewehre in den Händen. Sie standen in mehreren Reihen hintereinander, die Unteren auf den Stufen, die Oberen auf dem Treppenabsatz. Wie ein Wald von Waffen sah das Ganze aus. In der Halle stand ein großer Richtertisch und rechts und links daneben vier stämmige, großgewachsene Männer, jeder mit einem Kurzschwert am Gürtel. Die Augen aller waren auf K'uo und auf den Abt gerichtet. Als K'uo und der Abt den Hof betraten, hoben die Räuber ihre Gewehre hoch und grüßten militärisch. Ganz verwirrt, erwiderte K'uo den Gruß. Der Abt stellte seinen Stab beiseite und bat K'uo, zur Andachtshalle hinaufzusteigen und hinter dem Tisch Platz zu nehmen. K'uo jedoch, der den ersten Schrecken noch nicht verwunden hatte, wußte nicht, was er davon halten sollte, und lehnte furchtsam ab. Doch der Abt bat ihn so eindringlich, daß er seinem Wunsch schließlich nachkam. Kaum hatte er Platz genommen, da ertönte in seiner Nähe ein lautes, donnerartiges Krachen. Das Herz sank ihm in die Hosen, verstört schaute er den Abt an und fragte, was das zu bedeuten habe. »Das war Herr Wang, unser Wohltäter«, belehrte ihn jener. »Er hat im voraus gewußt, daß Ihr, Herr General, unser entlegenes Kloster besuchen würdet. Deshalb befahl er seinen Kameraden, einen Ehrensalut zu schießen. Morgen früh wird er Euch bitten, seine Truppen beim Manöver zu inspizieren.«

Gleich darauf knieten die Räuber einer nach dem anderen vor ihm nieder und wünschten ihm höflich einen »Guten Abend«. Dann führten die Kurzschwertträger ihn in ein hinter der Andachtshalle gelegenes Zimmer zum Abendessen. Die Wände waren mit weißen Tapeten behangen[3] und auf dem Boden lag ein dicker Filzteppich. Kalligraphien aus der Kin- und Malereien aus der Sung-Zeit waren da zu sehen, alte Bronzetripoden und feines Craquelé-Porzellan standen hier und da, hübsch ausgerichtet, in Nischen oder auf hölzernen Gestellen. Auch ein Ruhelager mit herrlichweicher Bettwäsche war da. Alles zeugte von erlesenem Geschmack und war viel schöner als das Mobiliar und die Nippessachen in seiner eigenen Amtswohnung. Auf dem Tisch aus kostbarem Zedernholz standen zehn Kerzen in zwei schweren silbernen Leuchtern, daneben Schalen aus weißer Jade und Becher aus dunkelgrünem Glas. Dahinter stand ein Lehnsofa aus dem schwarzgesprenkelten Rohr des Siang-Bambus, das ganz entzückend aussah. Das Abendessen, das man ihm daraufhin servierte, bestand aus den erlesensten Gerichten der Bergwildnis, dazu Karpfen aus dem Gelben Fluß und Huhn aus der Provinz Schan-tung. Nichts, was Land und Meer hervorbrachten, fehlte, und außer den chinesischen gab es auch noch mandschurische Speisen. Jedesmal, wenn ein Diener ein Gericht auftrug, schlug die Militärkapelle einen Trommelwirbel, und im Hof krachte eine Ehrensalve, daß ihm schier die Trommelfelle platzten. K'uo wußte wohl, daß sie ihn durch diese militärische Demonstration einschüchtern und erschrecken wollten. Bestimmt, dachte er, tun sie das nur, um mir den bitteren Tod zu versüßen.

Nachdem die Tafel abgetragen worden war, verschwanden die Räuber einer nach dem anderen, und K'uo legte sich zum Schlafen nieder. Nur die vier Kurzschwertträger blieben zurück. Mit dem Gewehr in der Hand standen sie in kerzengerader Haltung vor seinem Bett Wache. Als wenig später das Schlagen des Holzfisches die Mönche zur Ruhe rief, krachte vor dem Zimmerfenster eine Salve. Das versetzte K'uo in eine solche Panik, daß er um sein Leben zitterte. Die ganze Nacht hindurch machte er kein Auge zu.

Als er sich kurz vor dem Hellwerden von seinem Lager erhob, wurden die Wachen hinausgerufen. Gleichzeitig krachten drei Kanonenschüsse mit einem derartigen Getöse, daß die Dachziegel klirrten. Damit wurde der Beginn des neuen Tages angekündigt. Nachdem K'uo ein opulentes Frühstück verzehrt hatte, kamen mehrere Uniformierte angeritten. Im Klosterhof zügelten sie ihre edlen Pferde, und einer von ihnen brachte K'uo einen Brief. Darin wurde er höflich gebeten, den Truppen beim Manöver zuzuschauen. Was blieb ihm da anderes übrig, als den Uniformierten zu folgen?

Nachdem sie das Kloster verlassen hatten und ungefähr

zwei kleine Meilen weiter geritten waren, erreichten sie ein weites, ebenes Gelände. Nur hier und dort stand eine knorrige alte Kiefer oder eine schlanke Zypresse. Doch die Pappeln und Weidenbäume am Rand boten hinreichend Schatten und schirmten das Feld gegen alle Sicht ab. Als sie dort ankamen, standen bereits das Fußvolk und die Kavallerie, gefolgt von der Artillerie, in strenger Marschordnung da, und die Militärkapelle spielte mit schmetternden Klängen einen Siegesmarsch. Vier starke Männer baten ihn, die Rüstung anzulegen und sich hinter den Tisch zu setzen. Daraufhin gab ein Kurzschwertträger den Befehl, mit dem Manöver zu beginnen. Ein ungewöhnlich großer Mann mit kühnen Gesichtszügen trat an den Tisch. Er trug eine gelbe Uniform. Nachdem er sich vor K'uo verbeugt hatte, sagte er: »Der Untergebene Wang Yao-tschung entbietet dem großen General seinen Gruß.«

K'uo erwiderte den Gruß mit einer respektvollen Verbeugung, worauf der andere seinen Offizieren zu verstehen gab, daß sie mit dem Manöver beginnen sollten. Auf ein Zeichen setzten sich die beiden Truppenkörper, jeweils mehr als tausend Mann, in Bewegung und exerzierten vorschriftsmäßig. Die einen griffen an, und die anderen verteidigten sich. Plötzlich liefen sie auseinander und dann vereinigten sie sich wieder. Raubvogelgleich und mit wunderbarer Schnelligkeit ritt die Kavallerie eine Attacke. Gleichzeitig brüllten die Kanonen auf, und das Echo widerhallte in Berg und Tal. K'uo beobachtete das nach Plan ablaufende Manöver unentwegt und seufzte mehrmals vor Bewunderung laut auf. Er mußte sich eingestehen – und dessen schämte er sich sehr – daß die Soldaten seiner eigenen Brigade nicht so gut waren.

Wenig später war das Manöver beendet, und Wang trat abermals an den Tisch. »Euer Untergebener«, sagte er und verbeugte sich leicht, »hat durch Gerüchte von Eurer großen Schießkunst gehört, doch leider ist es ihm bis heute nicht möglich gewesen, sein geringes Können mit der Schießkunst des Herrn zu messen. Ich wage es daher, Euch hier und jetzt um einen Vergleich zu bitten, und zwar auf die folgende Weise: Ein jeder soll dem anderen als Zielscheibe dienen, wobei drei Schüsse erlaubt sind. Ihr, Herr General, schießt bitte zuerst. Wenn Ihr mich trefft, soll mich der Tod aus der Hand eines solchen Meisterschützen nicht gereuen.«

K'uo war davon überzeugt, ein vortrefflicher Schütze zu sein. Er glaubte fest, daß er ihn gleich mit dem ersten Schuß tödlich treffen werde und sagte deshalb mit Freuden zu. Nachdem Wang sich in einem Abstand von ungefähr hundertzwanzig Schritten von ihm aufgestellt hatte, legte er das Gewehr, das man ihm anbot, an die Wange, zielte kurz und schoß. Er schoß dreimal hintereinander, doch keiner seiner Schüsse traf. Da lief sein Gesicht rot an, und er atmete keuchend. Er spürte, wie ihm das Herz bis zum Hals hinauf schlug,und von seinem Mißerfolg ganz benommen, richtete er sich wieder auf. Im gleichen Augenblick knallte es, und sein schöner, ziselierter Korallenknopf[4], das Abzeichen seines Ranges, zerbarst in lauter kleine Stücke. Die Räuber klatschten begeistert in die Hände, daß es wie Donnergrollen klang und ein frohes »Zehntausend Jahre« erscholl aus zweitausend Kehlen. K'uo hatte das Gefühl, als habe er einen Schlag auf den Scheitel erhalten, und sein Kopf brummte wie ein Bienenschwarm. Rote Schleier tanzten vor seinen Augen, doch er rührte sich nicht vom Fleck. Da traten die vier Kurzschwertträger vor und boten ihm respektvoll einen neuen Beamtenhut mit einem Korallenknopf an.

Nachdem er ihn aufgesetzt hatte, knallte Wangs Gewehr zum zweiten Mal. Er spürte, wie ein Luftzug an seiner Schläfe vorüberstrich und sah einige angesengte Haare auf seiner Schulter liegen. Beim dritten Schuß flog die Kugel zwischen seine Beine hindurch, einen knappen Zoll unterhalb der Hoden. K'uo kam sich wie ein Hampelmann vor; er konnte kaum noch aufrecht stehen und sah nur noch roten Nebel. Die Schießprobe war nun vorüber, er durfte wieder auf sein Pferd steigen und die vier Kurzschwertträger brachten ihn ins Kloster zurück. Nachdem er das Mittagsmahl verzehrt hatte, erschien Wang. In jeder Hand trug er ein Päckchen mit Silber. »Nehmt diese kleine Gabe bitte als Geschenk an, großer General«, sagte er mit einem spöttischen Unterton in der Stimme. »Sie ist überaus bescheiden und macht noch nicht einmal den zehnten Teil von dem aus, was Euch der Gürtelträger kürzlich gab. Verwendet die Kleinigkeit bitte für Eure persönlichen Bedürfnisse.«

K'uo weigerte sich, das Geschenk anzunehmen und meinte, es wäre besser, wenn Wang mit dem Silber seine eigenen Soldaten belohne. Der aber wollte von dem Vorschlag nichts wissen und hing die beiden Päckchen an den Sattelknauf von K'uo's Pferd. Dann setzte er sich an die Spitze seiner ganzen Truppe und begleitete K'uo mit Marschmusik bis zur halben Bergeshöhe zurück. Dort sah er in der Ferne ein Dutzend Reiter, die ihm entgegengaloppiert kamen. Sie schossen die Gewehre in die Luft, dann parierten sie ihre Pferde und sprengten in die entgegengesetzte Richtung davon. Gleich darauf waren sie hinter einem Bergrücken verschwunden.

Noch am gleichen Tag kehrte K'uo ziemlich verstört in sein Hauptquartier zurück. Von nun an schloß er sich in seine Privatgemächer ein und fand an der schönen Musik Zerstreuung. Er wagte es nicht mehr, von der Ausrottung der Räuber zu sprechen. Als die ihm vorgesetzten Zivilbeamten deshalb bei ihm vorsprachen, erging er sich in Ausflüchte und Entschuldigungen.

HAO KO-TSE

Das Kloster der weißgewandeten Göttin der Barmherzigkeit[1]

In Kuei-yang, der Hauptstadt der Provinz Kuei-tschou, lebte einst ein ›gekochter Miao‹[2] mit dem Rufnamen Ya-kiu und dem Geschlechtsnamen Ku. Er war besonders mutig, streitsüchtig und verwegen, kurz, ein ganz gefährlicher Typ von Eingeborenem. Dabei war seine Mutter gar keine Miao, sondern in Wirklichkeit eine registrierte Prostituierte aus der Provinz Kiang-si. Jemand, der als Beamter in der Provinz Kuei-tschou Dienst tat, hatte sie gekauft und auf seinen Posten mitgenommen. Doch die Hauptfrau, ein eifersüchtiges Weib, wollte das Geschöpf der ›Fanghaken-Balkone‹ nicht in ihrem Hause dulden und lag deshalb ihrem Mann Tag und Nacht in den Ohren, bis er, der Nörgeleien überdrüssig, die junge Frau an einen Miao wegschenkte. Nachher brachte sie einen Sohn zur Welt, und das war Ya-kiu. Er hatte keine Ähnlichkeit mit seinem Vater, sondern glich der Mutter wie aus dem Gesicht geschnitten. Als er das Jünglingsalter erreicht hatte, übertraf er alle Gleichaltrigen an gutem Aussehen, und seine Schönheit war weit und breit bekannt.

Um die gleiche Zeit lebte in Ta-li, in der Provinz Yün-nan, ein Beamter. Er war ein großer Freund des Theaters und besaß eine eigene berühmte Schauspieltruppe. Als er von dem schönen Jüngling hörte, köderte er seinen Vater und ließ ihn für viel Silber und Seide zu sich kommen. So wurde Ya-kiu in Yün-nan Schauspieler.

Weil er eine klangvolle Stimme und ein gutes Aussehen besaß, brachte er es als ›Schüler des Birnbaum-Gartens‹[3] schon bald zu einer gewissen Berühmtheit. Jedesmal, wenn er auf der Bühne eine Arie sang, stritten sich die

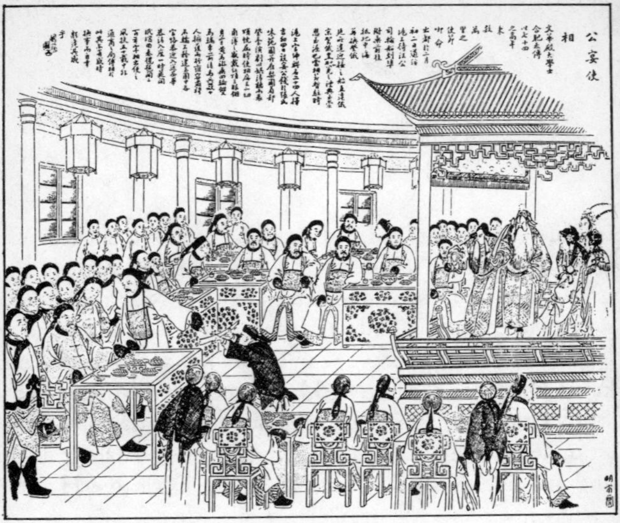

Theatervorstellung

männlichen Zuschauer darum, ihn als Lustknaben zu mieten. Das ging schließlich so weit, daß die anderen Schauspieler sich schämten, weil sie ihm weder an künstlerischem Talent noch an Beliebtheit gleichkamen.

Mit siebzehn Jahren besaß Ya-kiu trotz seines mädchenhaften Aussehens einen starken Willen und war aller Verweichlichung abhold. Als die Truppe eines Tages auf dem Lande eine Vorstellung des Stückes ›Das Weinen über die Fische‹ gab, spielte Ya-kiu die Rolle des Herrn von Lung-yang.[4] Dabei geschah es, daß ein neidischer Kollege, der den König von Tsch'u mimte, ihn auf der Bühne in Verlegenheit brachte. Ya-kiu geriet außer sich vor Zorn, und als der andere des nachts betrunken im Bett lag, nahm er die Gelegenheit wahr und tötete ihn mit den bloßen Händen. Er floh nach Norden in die Provinz Ssu-tsch'uan und von dort aus weiter nach Schen-si. »Was für ein stattlicher Mann«, pflegten die Leute zu sagen, mit denen er unterwegs zusammentraf. »Aber wie weibisch ist sein Benehmen!«

Wenn Ya-kiu solche und ähnliche Worte hörte, wurde er jedesmal wütend und schmähte den Betreffenden lauthals. Weil er merkte, daß sich keine Büttel an seine Fersen geheftet hatten, wurde er anmaßend und unverschämt. Doch weil er keine Arien mehr sang, wußte niemand, daß er ein Schauspieler war.

Nachdem sein Bargeld restlos aufgebraucht war, erbettelte er sich sein Essen auf den Märkten der Städte. Eines Tages kam ein Taoist vorbei. Als er ihn sah, erbleichte er und sagte: »Binnen kurzem wirst du in große Schwierigkeiten geraten. Warum forderst du dein Schicksal heraus und treibst dich auf den Marktplätzen herum? Wenn du mir folgst, wird es dir vielleicht möglich sein, dem Unglück zu entgehen.«

Ya-kiu aber glaubte ihm kein Wort. Er dachte daran, daß diese Gelbmützenträger alleine lebten. Wenn sie einen Burschen von jadegleicher Anmut trafen, versuchten gewiß alle, ihren Nutzen daraus zu ziehen und würden es ihm von hinten machen. Er gab ihm deshalb keine Antwort, sondern ging schweigend weiter.

Wenig später traf er mit einem Haufen Bettler zusammen. Sie freuten sich über den schmucken jungen Mann, der ihnen da unverhofft in die Hände fiel, und gaben ihm reichlich Wein zu trinken. Als er betrunken war, wollten sie sich über ihn hermachen und eine Kostprobe ›Männerwind‹ naschen. Doch Ya-kiu war, durch frühere Erfahrungen gewitzt, auf der Hut. Er geriet in großen Zorn und schlug auf der Stelle zwei von den Kerlen tot. Dann floh er im Schutz der Dunkelheit davon.

Kaum war es hell geworden, da liefen die übrigen Bettler zum Landrat und machten Anzeige. Der schickte sofort seine Büttel aus, die die Stadt und die nähere Umgebung nach dem Mörder absuchten. Da befiel Ya-kiu große Furcht, und er versteckte sich im Gestrüpp. Aus Angst entdeckt zu werden, wagte er sich nicht weiter, sondern blieb den ganzen Tag über dort liegen. Sein Magen knurrte, und vor Hunger und Durst wurde ihm so übel, daß er nachher kaum noch aufstehen konnte.

Als es Nacht geworden und der Mond aufgegangen war, raffte er sich auf und ging weiter. Auf einmal sah er den Taoisten, der ihm tags zuvor begegnet war. Mit heiterer Miene kam er auf ihn zu, noch bevor Ya-kiu sich verstekken konnte. Weil jener sein Unglück im voraus gewußt hatte, warf er sich vor ihm nieder und bat um sein Leben. Der Taoist schaute ihn an und sagte lachend: »Aufrichtig gemeinte Worte verletzten das Ohr. Du hast mir nicht glauben wollen und bist obendrein noch mißtrauisch geworden. Und jetzt flehst du mich an, dich rasch zu retten. – Nein, das kann ich nicht.«

Ya-kiu schlug unaufhörlich mit der Stirne auf den Erdboden und schließlich sagte der Taoist in feierlichem, würdevollen Ton: »Zwischen dir und mir bestehen Beziehungen aus einem früheren Leben. Es ist deshalb mein aufrichtiger Wunsch, dir in der Not zu helfen.«

Er hieß ihn aufstehen und führte ihn schnellen Schrittes zu einer Erdhöhle. Er hieß ihn eintreten und sagte: »Dort drinnen liegen Lebensmittel bereit. Du kannst sie nehmen und dir davon deine Mahlzeiten kochen. Warte hier, bis deine Haare über einen Fuß lang geworden sind.[5] Dann sehen wir uns wieder.« Als er dies gesagt hatte, ließ er ihn stehen und ging fort, ohne daß er ihn zum Bleiben gezwungen hätte.

Ya-kiu überlegte: »Wenn ich nicht tue, was er mir sagte, dann ist mir der Tod gewiß. Besser, ich bleibe eine Weile hier, wo ich mich wenigstens frei bewegen kann, als daß ich im Gefängnis mit gefesselten Händen auf die Hinrichtung warte.«

Er bückte sich und trat ein. Die Höhle war drinnen sehr

groß und geräumig; ein ganzes Haus hätte darin Platz gehabt. Auf der einen Seite befand sich ein aus Lehm gebautes Bett mit Matten und Decken und daneben eine Bank aus dem gleichen Material. Auf der anderen Seite entdeckte er eine kleine Türe, und als er sie öffnete und ins Dunkel hineinspähte, sah er, daß es die Vorratskammer war, angefüllt mit Reis und Weizen. Da freute er sich sehr.

Von da an aß er täglich drei Mahlzeiten, und wenn er nichts zu tun hatte, saß er still da. Weil der Taoist nicht kam und sich auch sonst niemand blicken ließ, wurde sein wildes Herz allmählich ruhiger. Er hoffte, daß seine Haare rascher wachsen würden, und um dies zu erreichen, wusch er sie jeden Tag in dem kleinen Teich, der sich hinten in der Höhle befand. Nach sechs Monaten war sein Haar ein Fuß lang, und nach einem Jahr hing es ihm über die Schultern herab. Endlich erschien auch der Taoist. Als er ihn sah, lachte er und sagte: »Jetzt kannst du mit mir überallhin wandern und brauchst keine Angst mehr zu haben, daß dir etwas zustößt.«

Dann trennte er den Rocksaum auf und zog aus den Falten seines weiten Gewandes eine Kutte hervor. Er befahl ihm, sie anzuziehen und gab ihm außerdem noch eine Palmfasermatte. Ya-kiu war damals knapp zwanzig Jahre alt. Durch die lange Ruhe und die gute Ernährung war sein Gesicht noch voller und sein Teint noch glänzender geworden. Auf ihrer Wanderung nach Osten durchschritten sie den Han-ku-Paß und wurden dann zur Ausübung irgendwelcher Kulthandlungen in die nächste Stadt gerufen. Als die Leute dort Ya-kiu sahen, argwöhnten sie, der Taoist lasse sich von einem Mädchen begleiten, und ein jeder kritisierte dies auf seine Weise. Der Taoist fühlte sich davon peinlich berührt, doch er sagte nichts, was zur Aufklärung des Irrtums hätte beitragen können. Szenen wie diese ereigneten sich noch oft. Als sie nach Schi-yang kamen, faßte der Taoist den Entschluß, sich von seinem Begleiter zu trennen. »Ich bin«, sagte er zu ihm, »zwar ein guter Physiognom und in der ›Windspiegel-Kunst‹[6] bewandert, doch in die Herzen der Menschen vermag auch ich nicht zu blicken. Sonst besitze ich keine außergewöhnlichen magischen Kräfte. Als wir uns zum ersten Male trafen, sah ich, daß du eine dunkle, unheilverkündende Aura[7] um dich hattest. Da wußte ich, daß dir ein Unglück drohte und aus einer plötzlichen Regung des Herzens heraus beschloß ich, dich aus der Gefahr zu retten. Ich habe dich zu meinem Begleiter gemacht, doch nun muß ich sehen, daß du überall Staunen und Aufsehen erregst. Das ist für mich eine schwere seelische Belastung. Es ist daher am besten, wenn wir uns wieder trennen.«

Ya-kiu erschrak gewaltig, als er diese Worte aus dem Munde des Taoisten vernahm. Er weinte laut und wollte nicht von ihm weichen. Da sagte jener lachend: »Ich sehe, daß du zwischen den Augenbrauen eine purpurrote Aura hast. Das bedeutet, daß dir eine seltsame Begegnung bevorsteht. Geh also und versäume die günstige Gelegenheit nicht.«

Er gab ihm tausend Kupferlinge Reisegeld, und am nächsten Morgen verließ er in aller Frühe die Herberge. Ya-kiu wußte, daß es sinnlos gewesen wäre, hinter ihm herzulaufen. Wenig später brach auch er auf und schlug die nach Norden führende Straße ein. Als er zum Ju-Fluß kam, war sein Geld restlos aufgebraucht und er fing, noch immer als Taoist verkleidet, wieder zu betteln an. Vom frühen Morgen bis in den späten Nachmittag hinein saß er in Ju-ning auf dem Marktplatz, doch die Vorübergehenden gaben ihm keinen einzigen Kupferling. Von Zeit zu Zeit versammelten sich mehrere Leute um ihn. Schweigend und voller Verwunderung starrten sie ihn an, und manche tuschelten oder deuteten mit dem Kinn auf ihn. Das machte ihn so zornig, daß er schon aufstehen und sich entfernen wollte.

In diesem Augenblick kam ein alter Mann über den Marktplatz gehumpelt. Im Vorübergehen schaute er ihn mehrmals an und es schien, als ob er sich für den schönen Jüngling interessiere. Er mochte ungefähr fünfzig Jahre alt sein, hatte ein weißes Gesicht und seltsamerweise auch ein glattes, bartloses Kinn. »Wird wohl der Diener irgendeines Beamten sein«, dachte Ya-kiu und stand auf. Als er vor ihm hintrat und um ein Almosen bat, glitt ein sparsames Lächeln über das runzelige Gesicht des Alten, und durch eine Geste gab er ihm zu verstehen, daß er eine Mahlzeit erhalten werde, falls er mit ihm gehe.

Ya-kiu's Freude war groß, und ohne sich lange zu bedenken, folgte er ihm. Sie verließen die Stadt in östlicher Richtung und nachdem sie ungefähr eine kleine Meile zurückgelegt hatten, war es bereits dunkel geworden. Jetzt erst sprach der alte Mann ihn an und fragte, wer er sei und woher er komme. Obwohl seine Stimme alt und brüchig war, klang sie in seinen Ohren wie die einer Greisin. Als der Weg sich zum Pfad verengte und sie hintereinander gehen mußten, bemerkte Ya-kiu den grauhaarigen Zopf, der auf dem Rücken des Alten hin- und herbaumelte. Trotzdem konnte er nicht feststellen, ob sein seltsamer Begleiter nun ein Mann oder eine Frau war, denn er wich allen direkten Fragen geschickt aus.

Nachdem sie weitere zwei kleine Meilen zurückgelegt hatten, waren sie am Ziel. Doch der Gebäudekomplex, der vor ihnen aus der Dunkelheit aufragte, war keine bürgerliche Wohnung, sondern ein Nonnenkloster. Im bleichen Mondlicht nahm Ya-kiu die Tafel wahr, die über dem Eingangstor hing. Darauf standen in großen Schriftzeichen die Worte ›Kloster der weißgewandeten Göttin der Barmherzigkeit‹. Als er dies las, erschrak er nicht wenig, doch er ließ sich nichts anmerken und trat ein, sowie der Alte ihn dazu aufforderte. In der Mitte des Hofes lag die Andachtshalle, in der sich wie üblich eine große Buddhastatue befand. Links und rechts davon verteilten sich die Nebenräume. Kaum hatte sich das Tor hinter ihm geschlossen, als die Alte – er hatte sie inzwischen als Frau erkannt – mit lauter Stimme rief: »Schwestern in Buddha! Ich habe wieder ein lebendes Juwel mitgebracht, mit dem wir uns die langen Nächte vertreiben können. Hei, das wird ein Spaß!«

Gleich darauf wurden die Türen aufgerissen, und fünf oder sechs Nonnen kamen lachend und schwatzend herbeigeeilt. Eine von ihnen nahm der Alten die Kappe vom Kopf und sagte: »Alte, du kennst wirklich keine Scham! Du gehst einfach auf Männerfang aus. Doch vor den Leuten tust du wer weiß wie fromm.«

Ya-kiu starrte sie entgeistert an. Ihr kahler Kopf mit den wenigen weißen Haaren im Nacken glich einem Kürbis. Natürlich war auch der Zopf falsch, den sie an der Innenseite der Kappe befestigt hatte. Erst jetzt wurde ihm bewußt, daß er sich an einem Ort befand, an dem die verboten-unzüchtige Liebe blühte. Doch er empfand keine Angst, ja er lachte sogar aus vollem Halse, nachdem er sich von der ersten Überraschung erholt hatte.

»Der Herr hat Hunger«, sagte die Alte zu den übrigen Nonnen. »Bereitet ihm rasch ein Abendessen!« Jene murmelten Zustimmung und eilten davon. Die Alte aber lud Ya-kiu in ihre eigene Zelle ein. Sie wechselte rasch die Kleider, dann ließ sie sich ihm gegenüber am Tisch nieder und versuchte eine Unterhaltung in Gang zu bringen. Wenig später wurden Wein und eine schmackhafte Mahlzeit aufgetragen. Nachdem er sich sattgegessen hatte, kamen auch die anderen Nonnen aus der Küche. Sie setzten sich gleichfalls an den Tisch und sprachen heiter gelaunt dem Wein zu.

Als Ya-kiu die einzelnen Nonnen mit heimlichen Seitenblicken musterte, stellte er fest, daß sie sehr gewöhnlich aussahen. Nur eine von ihnen, die Jüngste, war schön, und er nickte ihr in einem unbewachten Augenblick zu. Er war davon überzeugt, daß er nicht viel Manneskraft besitze. Deshalb überlegte er, während er ab und zu an seinem Becher nippte, hin und her, wie er sich wohl unbeschadet aus der Affäre ziehen könnte: »Wenn ich diese glatzköpfigen Huren jede Nacht abwechselnd befriedigen muß, dann dauert es bestimmt nicht lange, und sie verscharren mich hier im Kloster unter der Erde.« Schließlich kam er auf den Gedanken, daß er ihnen Respekt vor seiner Person einflößen müsse, um seine Unabhängigkeit unter allen Umständen zu bewahren.

Inzwischen war die dritte Nachtwache bereits angebrochen. Die Nonnen standen auf und baten ihn, sie mit seiner Gegenwart zu beglücken. Ohne sich zu sträuben, folgte er ihnen in eine der ›Wolkenkammern‹. Er fühlte sich zwar noch ziemlich erschöpft, trotzdem war er fest entschlossen, dieses eine Mal sein Bestes zu geben, und befriedigte sie der Reihe nach.

Am nächsten Morgen beriet die Alte sich mit den übrigen Nonnen. Weil er lange Haare hatte, mußte er auf ihr Geheiß Frauenkleider anlegen. Danach ließen sie verlauten, er sei eine eben erst eingetroffene taoistische Wandernonne. Nun, er hatte es ja gelernt, auf der Bühne Frauen darzustellen. Deshalb war es für ihn ein Leichtes, sich so vollkommen in seine neue Rolle hineinzufinden, daß niemand, der ihn gesehen hätte, auf den Gedanken gekom wäre, er könnte keine Frau sein. Als die Nonnen ihn in seiner neuen Verkleidung sahen, waren sie schier außer sich vor Freude und beglückwünschten einander, einen so kostbaren lebenden Edelstein gefunden zu haben.

Als es Abend wurde, war Ya-kiu auf der Hut. Er suchte sich einen kurzen, handlichen Knüppel und versteckte ihn in seinem weiten Ärmel. Als es Zeit war, ins Bett zu gehen, und die Nonnen ihn wieder aufforderten, sie mit seiner Gegenwart zu beglücken, sprang er plötzlich auf und schrie: »Ihr häßlichen Kreaturen! Glaubt ihr vielleicht, daß ich mit euch ins Bett gehe? Ich mag nicht! Wenn ihr wollt, daß ich bei euch bleibe, dann müßt ihr mir erlauben, einige Zeit mit dem Mädchen da zusammenzuleben.

Und jetzt verschwindet in eure Zellen! Wenn ihr nicht gehorcht, setzt es Prügel!«

Er packte die hübsche Nonne am Arm und gab den anderen durch einen Wink zu verstehen, daß sie verschwinden sollten. Sie wurden vor Schreck ganz blaß, doch ihre Blicke bewiesen, daß sie auf das Mädchen neidisch waren. Die Alte aber wollte sich nicht fügen und fing zu keifen und zu zanken an. Ohne ein Wort zu verlieren, zog er den Knüppel aus dem Ärmel hervor und ließ ihn auf ihre Schulter niedersausen. Sie fiel sofort hin und stand nicht mehr auf. Die anderen merkten jetzt, daß mit ihm nicht zu spaßen war, denn keine wagte es vorzutreten. Er hob den Knüppel abermals hoch und befahl ihnen, die Alte fortzutragen. Sie gehorchten ohne Widerspruch. Als er die Türe hinter ihnen schloß, lachte er, froh über seinen leichten Sieg, mehrmals auf. »Jetzt ist unser beider Unglück nicht mehr fern«, sagte die junge Nonne zu ihm und seufzte.

Bestürzt drehte er sich nach ihr um und fragte, was sie damit sagen wolle. »Die Alte«, antwortete sie, »ist ein eifersüchtiges und giftiges Weib. Bisher hat es noch keine ihrer Schülerinnen gewagt, ihren Befehlen zu trotzen. Jetzt, wo du sie geschlagen hast, sinnt sie bestimmt auf Rache. Sobald es Tag geworden ist, wird sie gewiß die Nachbarn zusammenrufen und ihnen erzählen, daß ich hinter ihrem Rücken schmutzige Liebe treibe und die reinen Ordensregeln verletze. Die Patrone unseres Klosters sind alles Leute von Macht und Einfluß. Bestimmt wird sich auch der Landrat auf ihre Seite schlagen, und wir beide werden unser Leben unter dem schweren Bambus aushauchen.«

»Das ist alles meine Schuld«, sagte Ya-kiu zerknirscht. »Doch ich allein wäre niemals in der Lage gewesen, die Lust dieser geilen Weiber auf die Dauer zu stillen.« Nachdem sie einander eine Weile ratlos angestarrt hatten, sagte er in spöttischem Ton: »Diese Nonnen haben das Keuschheitsgebot verletzt. Wenn ich sie dafür bestrafe, mache ich mich nicht schuldig.«

Er sprang auf und suchte den Raum nach einem scharfen Gegenstand ab. Schließlich fand er ein langes Küchenmesser, mit dem eine der Nonnen zuvor die Melonen zerteilt hatte. Er packte es am Griff, riß die Türe auf und stürmte hinaus. Das Mädchen ahnte nicht, was er vorhatte. Als sie plötzlich das Kreischen und die lauten Hilferufe hörte, erschrak sie einen Augenblick lang, dann sprang sie auf und warf rasch eine Kutte über. Sie wollte hinauslaufen und schauen, was dort passiert war, doch sie hatte den Fuß noch nicht über die Türschwelle gesetzt, als ihr Ya-kiu mit dem bluttriefenden Messer in der Hand entgegenkam. »Jetzt habe ich das Unheil von uns abgewendet«, sagte er mit heiterer Miene. »Wir können unbesorgt sein.«

Die schöne Nonne starrte ihn entgeistert an und fragte, was er damit sagen wolle. »Es war genauso«, antwortete er, »wie du vermutet hast, Schätzchen. Die glatzköpfigen Huren hatten sich gerade um die Alte versammelt. Sie berieten, was sie mit uns tun sollten. Eine von ihnen hatte bereits die hintere Pforte geöffnet; sicherlich wollte sie die Nachbarn zusammenrufen. Die hab' ich als erste getötet, dann bin ich ins Zimmer gesprungen und hab' auch die anderen umgebracht. Mir ist's, als sei mir ein Stein vom Herzen gefallen.«

Als die schöne Nonne diese Worte vernahm, fuhr ihr der Schreck in die Glieder. Sie fing an zu zittern, und ihre Stirne bedeckte sich mit Angstschweiß. Erst nach einer Weile fand sie die Sprache wieder. »Deine Gewalttat läßt mich erschauern«, stammelte sie verwirrt. »Morgen früh wird die Sache ruchbar. Was sollen wir nur tun?«

Er lachte. »Was gibt es da noch lange zu überlegen? Wir beide werden zusammen fliehen.«

»Das ist unmöglich«, gab sie zur Antwort und schüttelte den Kopf. »Wir beide zusammen würden sofort auffallen.«

Ya-kiu lachte abermals. »Ach, was bist du doch für ein

Dummerchen! Wie oft ist das alte Weib schon in ihrer Verkleidung durch die Stadt gelaufen, ohne daß man sie erkannt hätte? Die Sachen sind alle noch da. Du verkleidest dich als Mann und ich begleite dich in Frauengewändern. Wer wird uns erkennen, wer Verdacht schöpfen, wenn wir uns als Ehepaar ausgeben?«

Die schöne Nonne sah auch sofort ein, daß es keine andere Möglichkeit gab, als seinem Rat zu folgen. Sie brach die Kiste auf, in der sich die Männerkleidung der Alten befand und vertauschte sie gegen ihre Nonnentracht. Als sie dann vor ihm stand, und er seinen Blick prüfend über ihre Gestalt gleiten ließ, glaubte er fast, ein junger Mann stehe vor ihm und begeistert klatschte er in die Hände. Nur die Haarfarbe des Zopfes stimmte nicht, doch er wußte auch dafür eine Lösung. Er schnitt sich die Haare vom Scheitel ab und befestigte sie an der Innenseite der Kappe. Nachdem er den Zopf verbrannt hatte, sagte er zu ihr: »Achte darauf, daß nachher niemand etwas merkt! Flechte dir rasch den Zopf und binde ein Tuch um deinen Kopf. Dann brechen wir auf.«

Er raffte alle Wertsachen zusammen, die er in den Zellen der Nonnen fand und verschnürte sie zu einem Bündel. Im Kloster befanden sich auch einige alte, ausgediente Esel. Er belud einen mit dem Gepäck und sattelte zwei andere als Reittiere. Kurz vor Tagesanbruch verließen die beiden das Kloster. Die Nachbarn schliefen alle noch, und keiner ahnte etwas von der grausigen Tat. Schweigend ritten sie den ganzen Tag hintereinander her, und erst als sie am Abend in einer Herberge Rast machten, erzählte ihm das Mädchen, daß ihr Geschlechtsname Liu sei. »Meine Eltern«, fuhr sie fort,« stammen aus Ju-ning, und beide sind schon früh gestorben. Weil ich keine anderen Verwandten habe, gab man mich ins Kloster. Als ich das ›Alter der Haarnadel‹ erreicht hatte, wurde mir der Kopf zum ersten Male geschoren. – Ach, wie haßte ich das unzüchtige Treiben der Nonnen! Doch in dem Sündenpfuhl konnte ich nicht alleine rein bleiben. Ich verlor meine Jungfräulichkeit, doch habe ich nur wenige Male mit Männern geschlafen. Die Alte war ein sehr sinnlich veranlagtes Weib. Als sie zu altern begann und ihre Schönheit verblaßte, wollte sie sich nicht mit ihrem Schicksal abfinden. Oft schickte sie deshalb ihre Schülerinnen fort und befahl ihnen, unbedingt einen Mann herbeizuschaffen. Wenn sie einen fanden, und er ihre Lust gestillt hatte, durften auch die anderen an der Süßigkeit teilhaben. Doch von denen, die das erste Mal ahnungslos ins Kloster kamen, sind die meisten nicht mehr zurückgekehrt, oder sie haben uns, weil sie das Verbot kannten, nur gelegentlich besucht. Von da an verkleidete die Alte sich als Mann und ging, sobald es Abend wurde, in die Stadt. Wenn sie einen heimatlosen Fremdling traf wie dich, dann lockte sie ihn in ihr Kloster. Dort mußte er die Wollust der Nonnen solange befriedigen, bis er vor Erschöpfung starb. So ist es bereits neun Männern ergangen, und du wärst der zehnte gewesen, wenn du nichts davon gewußt hättest.«

Danach beriet er sich mit der geborenen Liu. Um möglichst schnell vorwärts zu kommen, beschlossen sie, täglich nur eine Mahlzeit einzunehmen und die Nächte in einsamen Herbergen zu verbringen. Nun hatte Ya-kiu es schon früher gelernt, verschämt zu tun und ein sanftmütiges Wesen zur Schau zu tragen. Nachdem er das Zimmer der Herberge betreten hatte, blieb er dort und verließ es erst am nächsten Morgen bei der Abreise. Die geborene Liu brachte ihm das Essen aufs Zimmer und achtete streng darauf, daß kein Hausknecht oder Aufwärter hineinging. Die Leute hielten das für eine Marotte, sie lächelten darüber im stillen, und niemand wäre auf den Gedanken gekommen, daß sie dies taten, um unentdeckt zu bleiben.

Am nächsten Morgen brach das Paar noch vor dem Hellwerden auf. Ya-kiu hatte den Unterrock ganz herabgelassen, so daß er die Füße vollkommen verdeckte. Dabei gab er sich den Anschein, wie wenn er als anständige Frau darum besorgt wäre, daß jemand sie sehen könnte.

Nachdem sie spät am Abend in der nächsten Herberge eingekehrt waren, befahl er der geborenen Liu, ihm ein Paar Frauenschuhe zu nähen. Während sie daran arbeitete, schnitt und schnipselte er an zwei Holzstücken herum, bis sie die Größe von Frauenfüßen[8] hatten. Dann band er sie sich unter die Hacken und befestigte sie mit Schnüren an den Unterschenkeln. Nachdem die geborene Liu noch die Schuhe darübergestreift hatte, sah das Ganze tatsächlich wie ein Paar Lotosfüße aus. Als er noch Schauspieler gewesen war, hatte er die Gangart der Frauen auf diese Weise oft üben müssen und es darin zur Meisterschaft gebracht. Deshalb war auch die geborene Liu, die davon nichts wußte, erstaunt, als sie ihn plötzlich mit kleinen, graziösen Schritten durch das Zimmer trippeln sah.

Weil sie nun nichts mehr zu befürchten hatten, reisten sie drauflos und zuweilen machten sie auch Umwege. In allen Weilern und Marktflecken, durch die der Weg sie führte, machten die Büttel, die der Landrat von Ju-ning ausgeschickt hatte, großen Lärm. Sie erzählten den Leuten, die Nonnen im ›Kloster der weißgewandeten Göttin der Barmherzigkeit‹ zu Ju-ning seien ermordet worden. Eine von ihnen habe alle Wertsachen gestohlen, und wahrscheinlich sei sie zusammen mit dem Mörder geflohen. Der Landrat habe ihnen unter Strafandrohung eine bestimmte Frist für die Verhaftung der beiden gesetzt, und nun würde man in der ganzen Provinz nach ihnen fahnden.

Als sie Ya-kiu und die geborene Liu erblickten, kam ihnen das seltsame Paar doch irgendwie verdächtig vor, denn es schien, als ob sie ihre Rollen vertauscht hätten. Doch sie erschienen ihnen harmlos und deshalb untersuchten sie sie nicht.

Daraufhin reisten die beiden zuerst in die Provinz Schan-tung und von dort aus weiter nach Schan-si. Sie berieten sich, wo sie sich niederlassen sollten. Die geborene Liu wollte sich wieder in eine Frau zurückverwandeln, doch Ya-kiu war dagegen. »Vor nicht allzu langer Zeit«, sagte er, »habe ich in der Nachbarprovinz ein Verbrechen begangen. Noch heute fahnden dort die Büttel nach mir. Deshalb darf ich mich noch nicht sehen lassen. Außerdem sind deine Haare noch nicht lang genug. Du würdest damit bei den Leuten nur Verdacht erregen. Am besten ist's, wir spielen unsere Rollen vorerst so weiter. Wenn deine Haare erst nachgewachsen sind, haben wir nichts mehr zu befürchten.«

Die geborene Liu mußte ihm recht geben. Sie blieben deshalb, was sie zu sein vorgaben, und nachdem sie das Los befragt hatten, mieteten sie sich am Fuß des Brokatberges eine Wohnung. Um in allen Dingen einer Frau vollkommen zu gleichen, ließ Ya-kiu sich die Ohrläppchen durchbohren und legte ein Paar Ohrringe an. Mit Hilfe von Puder und Schminke machte er tagtäglich sein Gesicht zurecht. Seine graziöse Körperhaltung ließ ihn als vornehme Dame erscheinen, ja selbst seine Stimme und sein Lachen hatten den typisch weiblichen Klang.

Die geborene Liu nahm das aus dem Kloster geraubte Geld – es waren nicht weniger als tausend Unzen Silber –, kaufte damit Waren ein und betrieb einen schwunghaften Handel. Draußen trug sie stets einen leichten Pelz und ritt auf einem Pferd, damit niemand ihren weiblichen Gang bemerkte. Ihr Kopf war stets bedeckt – selbst im Haus trug sie einen hohen Hut lässig aufgestülpt. Sie war, als sie noch im Kloster gelebt hatte, im Gefolge der Alten weit herumgekommen, denn oft hatten die Nonnen in den reichen und vornehmen Häusern Messen gelesen oder Hausgottesdienste abgehalten. Deshalb verstand sie es auch gut, sich mit den Leuten zu unterhalten, und war auch sonst schlagfertig und keineswegs verlegen. Weil sie keine normalen Kleider – enganliegende Jacke und Hose – tragen konnte, zog sie stets ein langes Akademikergewand an. Die Leute jedoch achteten nicht weiter darauf, sondern hielten sie für einen Bakkalaureus. Im übrigen war ihr Haar inzwischen soweit nachgewachsen, daß es niemandem auffiel, wenn der Wind ihr einmal den Hut vom Kopf wehte.

Auf diese Weise lebten sie mehrere Jahre lang in guten Verhältnissen, und die geborene Liu brachte zwei Knaben zur Welt. Sobald der Monat der Geburt herannahte, ließ sie jedesmal verlauten, sie sei krank. Die Leute glaubten deshalb, die ›Mutter‹ habe die Kinder geboren und niemand ahnte, daß es in Wirklichkeit der ›Vater‹ gewesen war. Da man in der Provinz Schan-si im allgemeinen sehr sparsam lebt, hielt auch Ya-kiu sich keine Magd, sondern beschäftigte nur ein oder zwei Tagelöhner, denen es oblag, grobe Arbeiten wie das Holzhacken und das Wassertragen zu verrichten. Auf diese Weise konnte niemand die inneren Gemächer des Hauses unverhofft betreten. Man kann wohl sagen, daß Ya-kiu alles tat, um seinen Aufenthaltsort geheimzuhalten. Da aber die Büttel aus Kuei-yang, Juning und aus der Provinz Schen-si ihn nicht fingen, konnten auch die einzelnen Fälle nicht abgeschlossen werden. Das führte dazu, daß mehrere Personen, die darin verwikkelt waren, in den Gefängnissen an Kälte und Hunger zugrunde gingen.[9] Doch vor dem Zorn des Himmels gibt es kein Entrinnen, und jeder Verbrecher gerät früher oder später in das Netz der irdischen Gerechtigkeit.

Inzwischen waren die beiden Knaben etwas größer geworden; und weil sie gerne lebhaft umhertollten, liefen sie manchmal vor das Tor und spielten auf der Straße. Ya-kui konnte ihnen nicht gut überallhin folgen, und weil er sie sehr liebte, wollte er es ihnen auch nicht verbieten. So kam es, daß er auf einmal alle Vorsicht vergaß und genau das tat, was später zu seiner Verhaftung führte: Er entschloß sich dazu, eine alte Frau anzustellen, die tagsüber nach den Kindern schauen sollte. Zufällig traf es sich, daß damals in dem Dorf, in dem sie lebten, eine alte Frau zu verkaufen war, und er erstand sie für zehn Unzen Silber. Die geborene Liu hatte ihm zwar davon abgeraten, doch er hatte nicht auf sie hören wollen. Nachts mußte die Alte in einem der vorderen Räume schlafen und er selbst verschloß jeden Abend die Doppeltüre, die zu den inneren Gemächern führte, so daß sie nicht hereinkommen konnte. Die Alte war jedoch eine noch rege Person; sie nahm an allem lebhaft Anteil und war obendrein neugierig. Deshalb erweckte diese Maßnahme bei ihr Staunen und Zweifel.

Eines Nachts wachte die Alte mit einem Druck in der Blase auf und stieg aus dem Bett, um draußen im Hof eine ›kleine Bequemlichkeit‹ zu verrichten. Als sie an der Türe zu den inneren Gemächern vorbeiging, sah sie, daß diese nicht verschlossen war. Da freute sie sich diebisch und trat auf leisen Sohlen ein. Im Schlafzimmer, durch dessen Fenster gerade der Vollmond schien, war es so hell, wie wenn mehrere Kerzen gebrannt hätten. Als sie die Augen auf das Bett richtete, sah sie, daß Mann und Frau gerade mit dem vergnüglichen ›Wolken-Regen-Spiel‹ beschäftigt waren. Dabei stöhnten und stammelten sie ohne Unterlaß Koseworte. Die Kinder aber lagen daneben und schliefen fest.

Nun war das Wetter den ganzen Tag über feucht und schwül gewesen, und in der Nacht hatte es sich nur wenig abgekühlt. Denn man befand sich gerade in der Erntezeit. Deshalb lagen alle nackt da und keiner hatte auch nur einen Faden Stoff am Leib. Zuerst achtete die Alte nicht darauf, doch als sie genauer hinschaute, mußte sie das Lachen verbeißen, denn der Mann war kein Mann und die Frau keine Frau. Jetzt wußte sie, weshalb ihre Herrschaften jede Nacht die Türe vor ihr verschlossen hatten. Ohne bemerkt zu werden, schlich sie auf Zehenspitzen wieder hinaus. Als sie wieder im Bett lag und darüber nachdachte, kamen ihr die ersten Zweifel. Am nächsten Morgen gab sie vor, krank zu sein und stand nicht auf. Doch Ya-kiu und die geborene Liu schöpften keinen Verdacht. Später ließ die Alte hier und da etwas verlauten, sie machte geheimnisvolle Andeutungen und gab gewisse Einzelheiten preis. Doch alle, die es hörten, waren der Meinung, das sei nichts weiter als dummes Geschwätz.

Dieses Gerücht kam auch dem Dorfältesten zu Ohren, und er erzählte es beiläufig einem seiner Verwandten weiter, der den Fall zufällig vom Hörensagen kannte. »Also hier, unter deinen Augen, lebt der große Bandit!«, rief er erschrocken aus. »Wenn du es nicht sofort meldest, werden dir später daraus Unannehmlichkeiten entstehen.« Daraufhin meldete der Dorfälteste es dem Landrat.

Ein weiterer Zufall wollte es, daß damals Herr Peng Ying-kuei,[10] der nachmals berühmte Kriminalist, in Kiehiu Landrat war. Er wußte, wie schwer alle diese Fälle wogen und ließ deshalb zuallererst die Alte unauffällig festnehmen. Nachdem er von ihr alle Einzelheiten erfahren hatte, schickte er am nächsten Morgen seine Büttel in besagtes Dorf. Sie versteckten sich in einem der Nachbarhäuser und warteten dort, bis die geborene Liu aus dem Haus kam und sich ein Stück weit entfernt hatte. Dann packten sie zu und schleppten die Überraschte zu Herrn Peng, der sich auch im Dorf aufhielt. Als sie ihr, um den Sachverhalt nachzuprüfen, die Kleider vom Leib rissen und Herr Peng die herabhängenden Brüste sah, wurde er sehr zornig und gab ihr zu verstehen, daß er sie dafür, daß sie mit einem vielfachen Mörder gemeinsame Sache gemacht hatte, schwer bestrafen werde. Daraufhin legte sie, vor Furcht zitternd, sogleich ein volles Geständnis ab.

Herr Peng überlegte, wie er den großen Banditen wohl am besten fangen könnte, und da er wußte, daß jener ein tapferer Mann war, ersann er eine List. Nachdem er die Büttel in seinen Plan eingeweiht hatte, befahl er ihnen, sofort hinzugehen und Ya-kiu zu verhaften.

»Ein gewisser Liu hat einen der Vorreiter unseres Landrats beleidigt!«, riefen sie und trommelten gleichzeitig mit den Fäusten gegen die Türe. »Der Landrat ist zornig geworden und hat ihn ins Gefängnis werfen lassen. Wir müssen dich sprechen, Frau, um die Sache ins Reine zu bringen.« So riefen sie und Ya-kiu glaubte, daß sie nur ein Bestechungsgeld von ihm wollten. Trotzdem erschrak er gewaltig, als er hörte, daß die geborene Liu sich im Gefängnis befinde und verlor den Kopf. Nach einer kleinen Weile kam er heraus, um zu erfahren, was die geborene Liu getan hatte.

Auf Herrn Pengs Geheiß hatte jeder Büttel einen Krug voll Öl mitgenommen. Kurz bevor Ya-kiu herauskam, kippten sie die Krüge um und der Ahnungslose tappte auch prompt in die Falle. Als er merkte, was gespielt wurde, drehte er sich blitzschnell um und wollte davonlaufen. Doch er fand auf seinen künstlichen Füßen keinen Halt, glitt aus und fiel zu Boden. Im gleichen Augenblick stürzten sich die Büttel auf ihn und hielten den wild um sich Schlagenden fest. Einer von ihnen riß ihm die Hosen auf, die er unter dem Rock trug und spähte hinein. Da war in der Tat ein Gemächt zu sehen! Als er es seinen Kameraden sagte, lachten sie laut.

Ya-kiu versuchte seine Kampfgriffe anzuwenden, doch bevor er dazu kam, renkten die Büttel ihm beide Schultern aus und brachen ihm ein Handgelenk. So konnte er nicht mehr wüten und wurde von ihnen gefesselt. Sie schleppten ihn zu Herrn Peng. Ya-kiu wußte, daß keine schriftlichen Beweismittel gegen ihn vorlagen und schrie deshalb aus vollem Halse, ihm geschehe Unrecht. Herr Peng ließ ihn trotzdem ins Gefängnis werfen. Dann mußten seine Schreiber eine Menge amtlicher Bekanntmachungen kopieren, die an allen belebten Punkten der Landstraßen angeklebt wurden. Es war noch kein ganzer Monat vergangen, da erschienen drei Amtsboten von den Orten, wo Ya-kiu seine Verbrechen begangen hatte, und jeder brachte amtliche Dokumente mit. Nachdem Herr Peng die Beweise nun in den Händen hatte, ließ er Ya-kiu foltern, um ihm ein Geständnis abzupressen. Schließlich brach er zusammen und bekannte sich zu seinen Verbrechen.

Das Gesetz verlangte in diesem Fall, daß der Täter bei lebendigem Leibe gevierteilt werde. Da aber die Ermordeten aus Wollust und Bösartigkeit an ihrem Tod mitschuldig waren, ersuchte Herr Peng die vorgesetzte Behörde in seinem Untersuchungsbericht, das Strafmaß für Ya-kiu zu mildern und beide, Ya-kiu und die geborene Liu, zur öffentlichen Hinrichtung mit dem Schwert zu verurteilen. Das geschah auch. Als der Fall dem Provinzgericht bekannt wurde, machten dort alle frohe Gesichter. Doch das Verdienst, den Mörder aufgespürt und verhaftet zu haben, fiel alleine Herrn Peng zu. Nach der Hinrichtung ihrer Eltern befanden sich die beiden Knaben noch immer in der Provinz Schan-si. Herr Peng schrieb ihnen daher Pässe aus und schickte sie mit dem nächsten Militärtransport nach Kuei-yang, wo Ya-kius Mutter noch lebte.

Das ›Kloster der weißgewandeten Göttin der Barmherzigkeit‹ in Ju-ning steht heute noch. Und alle, die daran vorübergehen und diese Geschichte kennen, deuten zur Warnung darauf.

UNBEKANNTER VERFASSER

Tigergeschichten

Einst trieb in der näheren Umgebung der Kreisstadt Ts'ing-te in der Provinz An-hui ein Tiger sein Unwesen. Er tötete oder verletzte mehrere Jäger, die ihm nachstellten, und niemand war imstande, ihn zu erlegen. Da wandten die Bewohner der Stadt sich mit der folgenden Bitte an den Landrat: »Wenn wir nicht den Herrn Wu aus Tschang-hua durch Geschenke zu uns einladen, dann läßt sich dieses Übel nicht beseitigen.«

Der Landrat kam der Bitte nach und schickte einen Boten mit Geschenken nach Tschang-hua. Einige Tage später erschien der berühmte Tigerjäger. Es war ein schon älterer Herr von mittelgroßer Gestalt. Er trug einen graumelierten Bart und wurde vom Husten geplagt. In seiner Begleitung befand sich ein junger Mann von sechzehn oder siebzehn Jahren. Er war hungrig und wollte etwas zu essen haben. »Ich habe gehört«, antwortete der alte Herr, »daß der Tiger sich keine fünf kleine Meilen von der Stadt aufhält. Laß uns zuerst hingehen und ihn erlegen. Für's Essen ist es nachher noch früh genug.«

Er sagte das leichthin, gerade so, als ob er jemand zu einem Spaziergang auffordern würde, und alle Anwesenden waren darüber erstaunt. Dann forderte der alte Herr die Polizisten auf, ihn zum Tiger zu führen. Als sie jedoch den Taleingang erreicht hatten, blieben die beiden Polizisten stehen und wagten sich nicht weiter. Der alte Herr grinste hämisch und machte eine spöttische Bemerkung über sie. Dann gingen er und der junge Mann alleine weiter. Als sie fast die Mitte des Tales erreicht hatten, schaute der alte Herr den jungen Mann an und sagte zu ihm: »Das Biest scheint noch zu schlafen. Weck es auf.«

Der junge Mann ahmte das Tigergebrüll nach. Tatsächlich kam wenig später ein Tiger aus dem Gebüsch hervor, der sofort den alten Herrn angriff. Der alte Herr hob die kurze Lanze mit der rasiermesserscharfen Klinge, die er die ganze Zeit über in der Hand getragen hatte, schräg empor und blieb wie ein Fels stehen. Als der Tiger ihn ansprang, ging er blitzschnell in die Knie und drehte den Kopf ein wenig zur Seite. Das erste Blut begann bereits zu fließen, als der Tiger über ihn hinwegflog. Als er den Boden berührte, zuckte er nur noch. Man schaute nach und stellte mit Erstaunen fest, daß der Tiger von der Kehle bis zur Schwanzwurzel aufgeschlitzt war.

Wenig später kehrte der berühmte Tigerjäger mit seiner Beute in die Stadt zurück und wurde gebührend gefeiert. Seine Tat war in aller Munde und man wollte wissen, wie er sie zustande gebracht hatte.

Er sagte, daß man dazu mehrere Jahre lang Arm und Auge üben müsse. Am Abend wurde ihm zu Ehren ein Festbankett gegeben. Als man ihn bat, von seinen Erlebnissen mit Tigern zu berichten, erzählte er die folgenden Geschichten:

»Ihr habt schon alle vom Tsch'ang-kuei gehört, von der Seele des Menschen, der von einem Tiger getötet wurde. Weil sie ihm dienen muß, stiftet sie ihn fortwährend zum Mord an, denn nur das Erscheinen eines neuen Tsch'ang-kuei kann sie von ihrem schrecklichen Schicksal befreien. Man sagt, daß sie es ist, die dem vom Tiger Getöteten den Gürtel löst und die Kleider auszieht. Doch das stimmt nicht. Hat der Tiger einen Menschen im Genick gepackt, dann empfindet dieser fürchterliche Schmerzen. Er versucht, solange er noch lebt, mit den Händen und Füßen einen Halt auf der Erde zu finden und strebt nach unten weg. Dadurch werden die Kleider meist von selbst abgestreift. Und hat der Tiger mit dem Menschen im Maul sein

Versteck erreicht, dann ist dieser in den meisten Fällen nackt. Einen solchen Fall habe ich in meiner Jugend erlebt. Eines Tages ging ich mit einem Begleiter auf die Jagd. Unversehens wurden wir von zwei Tigern, wohl einem Männchen und einem Weibchen, angefallen. Der eine Tiger sprang meinen Begleiter von hinten an, er packte ihn im Genick und schleifte ihn mit sich fort. Den anderen Tiger traf ich mit meiner Lanze, und verwundet entkam er mir. Das alles ging blitzschnell vor sich, und ich wußte nicht, ob ich den Tiger schwer oder nur leicht verwundet hatte. Weil ich fürchtete, daß er zurückkommen könnte, stieg ich als erstes auf einen hohen Baum, und als ich dort in Sicherheit war, schaute ich mich um. Da sah ich nun, wie der eine Tiger meinen Begleiter mit sich fortschleifte. Zuerst verlor er die Schuhe, dann die Strümpfe und schließlich auch die Hosen. Am nächsten Tag rief ich einige Genossen herbei, und wir gingen den Spuren nach und suchten die Leiche. Längs der Fährte fanden wir nach und nach die Schuhe und die Kleider. Die Leiche selbst lag fünf kleine Meilen von dem Ort entfernt, wo uns die Tiger angefallen hatten. Von ihr war nur noch die linke Schulter übrig, doch die Narben einer alten Wunde bewiesen mir, daß dies wirklich der Leichenrest meines Begleiters war. Auch die Eingeweide waren noch nicht ganz aufgefressen. Zwei oder drei kleine Meilen weiter fanden wir den Tiger, den ich mit der Lanze verwundet hatte. Er lag lang ausgesteckt da und war bereits steif.

Die Stimme des Tsch'ang-kuei klingt traurig und langgezogen und sie vermag nicht artikuliert zu sprechen. Doch in tiefer Nacht, wenn alles still ist, klingt sie manchmal wie die Stimme eines Menschen. Einmal machte ich mit einigen Begleitern einen Jagdausflug, und zwar mit dem Boot. Als es Abend wurde, ankerten wir in einem Flüßchen und legten uns im Boot schlafen. Dicht am Ufer war ein Weiler, der aus nur wenigen Hütten bestand. Ich konnte lange nicht einschlafen und auf einmal hörte ich, wie am Ufer an eine Tür geklopft wurde. Die Leute in der Hütte schliefen bereits, denn es dauerte lange, bis von drinnen eine Antwort kam. Der Mann, der mir dies nachher erzählte, wollte aufstehen und nachschauen, doch seine Frau hielt ihn zurück. Als das Klopfen dringlicher wurde, fragte die Frau vom Bett aus, wer da draußen sei. ›Der Nachbar‹, kam es zurück. ›Was wollt Ihr?‹, fragte die Frau. Und wieder kam die gleiche Antwort: ›Der Nachbar‹. Der Mann und die Frau blieben im Bett liegen und riefen, er solle morgen früh kommen. Doch das dringliche Klopfen hörte auch da nicht auf. Mich wunderte das, und ich spähte über den Bootsrand. Da sah ich ein Ding, so groß wie mehrere Kornsäcke, das die Haustüre versperrte. Im schräg einfallenden Mondlicht erkannte ich, daß es ein Tiger war, der mit dem Kopf gegen die Türe stieß. Die Stimme, die zweimal ›Der Nachbar‹ gesagt hatte, gehörte dem Tsch'ang-kuei. Heimlich weckte ich meine Jagdgenossen und erzählte es ihnen. Da bekamen sie es mit der Angst zu tun und versteckten sich unter den Bootsplanken. Ich aber stieg ans Ufer, schlich den Tiger von hinten an und schleuderte ihm meine Lanze in den Leib. Der Tiger erschrak gewaltig. Rasend vor Schmerz, biß er ein Stück von der Türe ab, dann sprang er senkrecht in die Höhe, zertrümmerte die Dachtraufe und verschwand. Am nächsten Morgen schauten wir nach. Unter der Türe, dort wo der Tiger gelegen und mit dem Kopf genickt hatte, hatte er mit den Pfoten zwei Löcher in den Sand gescharrt. Wir verfolgten die blutige Fährte zwei kleine Meilen weit und fanden den Tiger tot im Flußbett liegen. Er war achthundert Pfund schwer. Einer von meinen Jagdgenossen sagte, der schwer verwundete Tiger sei wahrscheinlich ins Wasser gefallen und habe, weil er sich nicht mehr aufrichten konnte, seinen Tod gefunden. Dank meiner jahrelangen Erfahrung mit Tigern wußte ich es besser. Die tödliche Wunde hatte den Tiger erhitzt, und er hatte im Wasser Kühlung gesucht. Dort war die Wunde dann aufgebrochen und hatte dem Tiger den Tod gebracht.

Der Anblick einer solchen Bestie flößt dem, der ihr noch nie begegnet ist, Furcht ein. Man sagt daher, daß der Tiger weder Betrunkene noch kleine Kinder anfällt. Es gibt natürlich Ausnahmen, doch im allgemeinen ist dem nicht so. Jemand muß schon ganz fürchterlich betrunken sein und von links nach rechts taumeln. Dann kann es vorkommen, daß der Tiger ihn nicht schlägt, weil er ihn nicht gleich beim ersten Angriff erwischt. Vielleicht wird der Tiger aber auch durch das Gröhlen des Betrunkenen abgehalten. Denn Tiger sind lärmempfindlich. Selbst Leuten, die nicht gerade furchtsamen Gemüts sind, kann der Anblick eines Tigers unter Umständen einen schweren Schock versetzen. Einst führte ein Quartiermeister der Armee mit dem Namen Wang einen Wagenzug mit Heeresbedarf aus der Provinz Kuang-tung in die Provinz Yün-nan. Während der Reise ließ er sich mit seiner Sänfte meist ein Stück voraustragen. Als sie in die Nähe von P'ing-i kamen, durchquerten sie ein Gebiet mit steilen Felswänden und üppig wucherndem Dschungel. Plötzlich kam ein heftiger Windstoß angefegt. Die Sänftenträger ließen die Sänfte fallen und liefen ohne ein Wort zu sagen weg. Wang blieb verwirrt zurück und wußte nicht, was er tun sollte. Als er sich umblickte, sah er einen gelbgestreiften Tiger. Mit zornigen Lichtern und aufgerissenem Maul kam er langsam auf ihn zu und fauchte dabei. Dann beschnüffelte er die Sänfte von allen Seiten. Wang, dem bereits das Herz in die Hose gefallen war, verhielt sich ganz still und sagte keinen Ton. Die Rute des Tigers peitschte hin und her, und er stieß ein lautes Gebrüll aus, das in Berg und Tal widerhallte. Dann verschwand er, und Wang blieb wie versteinert zurück. Wenig später erschienen die Sänftenträger. Sie waren sehr erstaunt, als sie ihn unverletzt fanden und sagten zueinander: »Der Herr Beamte ist zwar nicht zu Schaden gekommen, doch er hat einen schweren Schock erlitten. Wir müssen ihn rasch in das nächste Amtsgebäude tragen, wo man ihm eine Medizin einflößen kann. Erst dann wird er wieder zu sich kommen.‹ Wang mußte monatelang das Bett hüten, und sein Geisteszustand blieb lange verworren. Wenn er ein Geräusch hörte, dann brach er am ganzen Körper in kalten Angstschweiß aus.

Wenn ein Tiger gerade kein Großwild erbeuten kann, dann nimmt er auch mit Kleinwild vorlieb. Ein Hase ist für ihn nicht mehr als ein Happen. Erbeutet er Wildhühner oder Fasanen, dann zerbeißt er sie, streckt das Maul hoch und spuckt die Federreste aus. In einem Umkreis von mehr als einem Klafter ist es dann, als ginge dort ein Blütenregen nieder. Ein besonders schöner Anblick ist es, wenn bunte Fasanenfedern durch die Luft fliegen. Ist ein Tiger hungrig, dann frißt er selbst Gemüse. In einem Dorf in der Provinz Tsche-kiang röstete einmal eine Frau mit ihrer Schwägerin Süßkartoffeln in der Asche. Beim Essen warfen die beiden Frauen die Schalen der Süßkartoffeln durch das offene Fenster des Wohnturms hinaus. Als die Schwägerin sich zufällig an das Fenster lehnte und hinausschaute, sah sie, wie ein Tiger die ganzen Schalen vom Boden wegputzte. Dann schaute er hinauf und erwartete mehr. Die Schwägerin bekam es mit der Angst zu tun und warf eine ganze Menge Süßkartoffelstücke hinaus, an denen noch die Schalen hafteten. Weil sie fürchtete, daß der Tiger durch das Fenster springen könnte, wollte sie es schließen. Sie streckte zwar die Hand hinaus, doch weil sie Angst hatte, daß der Tiger sich aufrichten und ihre Hand packen könnte, unterließ sie es und setzte sich, der Ohnmacht nahe, auf einen Stuhl. Als die andere Frau das sah, versuchte sie es mit einer ganzen, noch dampfendheißen Süßkartoffel, und der Tiger schluckte auch sie hinunter. Da machte die Frau vor Erleichterung einen kleinen Hopser und rief: ›Ich hab's! Wenn der Tiger sich nicht vor heißen Süßkartoffeln scheut, dann können wir etwas gegen ihn unternehmen.‹ Sie erhitzte eines der eisernen Gewichte bis es glühend rot war und umwickelte es dann mit Süßkartoffelschalen. Weil das Eisen glühendheiß war, blieben sie sogleich kleben. Dann trat sie an das Fenster, hob die Hand und tat so, als ob sie werfen wolle. Der Tiger schaute sie mit erhobenem Kopf erwartungsvoll an. Da warf sie ihm das Ding zu, und der Tiger schlang es hinunter. Gleich darauf sprang er fort. Zwei Tage später fand man in der Nachbarschaft einen toten Tiger. Er hatte sich mit den eigenen Krallen die Brust derart aufgerissen, daß man die blanken Knochen sehen konnte.

Eines Tages nahm ich ein Gewehr und ging auf die Pirsch. Ich legte eine ziemliche Strecke zurück, ohne auch nur ein Stück Wild zu sehen. Schließlich entdeckte ich an einem Ort tief in den Bergen, im dichten Unterholz, zwei ausgewachsene Stachelschweine. Nun ist, wie ihr wohl wißt, deren Fleisch besonders zart und schmackhaft. Deshalb beschloß ich, sie zu erlegen. Wie eine Schlange kroch ich auf Händen und Füßen auf sie zu. Ich erreichte einen großen Felsen, der auf der einen Seite schräg abgeflacht war und auf der anderen einen steilen Überhang hatte. Dort blieb ich liegen und machte die Büchse schußfertig. Da tropfte Wasser auf meinen Kopf, und zur gleichen Zeit nahm meine Nase den penetranten Gestank wahr, den ein Tiger ausströmt. Da man diesen Gestank nur aus der Nähe wahrnehmen kann, wußte ich sofort Bescheid. Als ich den Kopf hob und nach oben schaute, da sah ich über mir auf dem Felsen einen Tiger sitzen. Das heißt, aus meiner Perspektive konnte ich wenig mehr als den Unterkiefer sehen. Offensichtlich gierte der Tiger nach den Stachelschweinen, und deshalb tropfte ihm der Geifer aus dem Maul. Ich überlegte: Wenn der Tiger mich sah, dann könnte es in diesem unübersichtlichen Gelände für mich gefährlich werden. Ich mußte also die Stachelschweine fahren lassen und den Tiger erschießen. Ganz sachte hob ich die Büchse hoch, zielte auf den Kopf des Tigers und gab Feuer. Die Büchse ging los, und wie ich später feststellte, traf die Kugel den Tiger in den Unterkiefer. Ich hörte sein lautes Gebrüll, er fuhr hoch und sprang über mich hinweg. Er fiel die Stachelschweine an, und sie kämpften einige Zeit miteinander. Als ich nachschaute, waren alle drei tot. So kam ich dennoch zu meinem Stachelschwein-Fleisch.«

Die Tafelgäste, die seinen Worten atemlos gelauscht hatten, spendeten Beifall, und am nächsten Tag verließ der alte Herr Ts'ing-te mit reichen Geschenken.

Als Wu bereits über die Siebzig hinaus war und das Jagen längst aufgegeben hatte, trug er, wenn er sein Haus verließ, zu seinem Schutz stets einen Regenschirm mit sich herum, dessen Stock aus solidem Schmiedeeisen bestand. Fragte man ihn, warum er das mache, dann pflegte er zu sagen: »Wenn ich einem einzigen Tiger begegne, dann warte ich, bis er mich angreift und weiche nach links und rechts aus. Dabei stoße ich ihm den Schirmstock in die Weichen, so daß er nicht wieder hochkommt und mich angreift. Wenn ich zwei oder drei Tiger treffe, dann spanne ich den Regenschirm auf und drehe ihn wie ein Rad. So kann ich es vielleicht dahin bringen, daß die Tiger mißtrauisch werden und mich nicht angreifen.«

Einige Jahre später ging Wu in das Nachbardorf und schaute sich eine Theatervorstellung an, die dort gegeben wurde. Als er mit dem Schirm auf der Schulter heimkehrte, wurde er unterwegs von der Dunkelheit überrascht. Plötzlich brach links vom Weg ein Tiger aus dem Gebüsch hervor, doch Wu wich ihm geistesgegenwärtig aus und der Tiger konnte ihn nicht erreichen. Dabei stürzte Wu den Abhang hinunter. So rasch es ging, setzte er sich hin und spannte den Schirm auf. Nun war aber auch der Tiger den Abhang hinuntergestürzt. Er hockte direkt vor Wu und schaute mißtrauisch auf den sich drehenden Regenschirm. Wu zog rasch das Messer hervor, das er an der Hüfte trug, und schnitt damit die Schwanzspitze des Tigers ab, die in seiner Reichweite war. Der Tiger, der eben noch mißtrauisch auf den Schirm geblickt hatte, sprang brüllend in die Höhe und verschwand.

Zum Glück kam gerade ein Haufen Nachbarn zurück, die sich auch die Theatervorstellung angeschaut hatten. Als sie droben vorbeigingen, rief Wu mit lauter Stimme um Hilfe. Einige Männer holten ihn herauf und brachten ihn in sein Heim zurück. Er war zwar unverletzt, doch die Begegnung mit dem Tiger hatte seine Kraft derart erschöpft, daß er zwei Tage später starb.

Sein Tod entsprach ganz der Familientradition. In der Ming-Zeit hatte ein gewisser Wu gelebt, der Ahnherr der Familie. Er hatte eben erst geheiratet, als ein Tiger ihn tötete. Hernach gebar seine Frau einen Sohn. Sie erzog ihn dazu, die Tiger zu hassen, und als er das Jünglingsalter erreicht hatte, schwor sie einen fürchterlichen Eid: »Wenn du nicht lernst, die Tiger zu töten, dann bist du nicht mehr mein Sohn. Das soll auch für alle kommenden Geschlechter gelten. Wenn meine Enkel und Urenkel keine Tiger töten können, dann sind sie nicht mehr meine Nachkommen.«

So kam es dazu, daß alle männlichen Nachkommen der Familie Wu es lernten, Tiger zu töten.

DER IN DER ZURÜCKGEZOGENHEIT PLAUDERNDE GELEHRTE

Der Geizhals und der Tiger

Im vierten Monat des Jahres ki-yu der Regierungsära ›Himmlische Prosperität‹ (1789 n. Chr.) geschah es, daß in den westlichen Randbezirken von Tsche-ning ein Tiger umherstreifte. Er hatte sich aus den Bergen verirrt und zog nun auf der Suche nach Beute im bebauten Flachland umher. Als die Leute in jener Gegend seine riesigen Tatzenabdrücke im Sand sahen – sie waren so groß wie Schüsseln – ergriff sie große Furcht.

Damals lebte in der Gegend am Topfsee ein gewisser Wang mit dem Rufnamen ›Ewiger Frühling‹. Die Leute dort hatten ihm den Spitznamen ›Ganze Stadt‹ gegeben. Denn sein geräumiger Gutshof war sowohl vorne wie auch hinten von einem Fluß umgeben und außerdem noch ringsherum von einer dichten grünen Bambushecke eingefaßt. Dieser Wang war ziemlich reich, doch ein knauseriger und hartherziger Geselle, den die Not seiner Mitmenschen nicht im geringsten kümmerte. Sein Haus war ein stattlicher Bau, doch alle seine Bewohner waren so geizig wie er selbst.

Nachdem Wang an diesem Morgen aufgestanden war, verließ er den Hof durch die hintere Bambuspforte und ging über die Brücke. Dort traf er mit jemandem zusammen, der auf die frischen Tatzenspuren im Erdreich deutete und zu ihm sagte, der Tiger sei bereits irgendwo in der Nähe. Wang machte auf diese alarmierende Nachricht hin sofort kehrt. Er rannte in den Hof zurück und verriegelte die Bambuspforte hinter sich. Dann stürzte er nach vorne und verschloß das Tor, damit der Tiger, falls er wirklich käme, nicht hereinkommen konnte.

Wer hätte gedacht, daß der Tiger wähnte, er sei in den heimatlichen Bergen, als er die grüne Bambushecke vor sich sah? Mit einiger Mühe zwängte er sich hindurch und schlich über den Hof auf das Haus zu. Dieses hatte im westlichen Trakt eine kleine Halle, in der die Bibliothek untergebracht war. Dort wohnte der Bakkalaureus Tschou, der Hauslehrer der Kinder. Längs der Mauer führte ein schmaler Pfad in den angrenzenden Raum, in dem die Kinder wohnten. Sie hatten gerade ihre Fibeln hervorgeholt und wollten sich auf den morgendlichen Unterricht vorbereiten, als plötzlich der Tiger durch die halbgeöffnete Türe hereingeschlichen kam. Als er die Kinder erblickte, stieß er ein zorniges Gebrüll aus und sprang auf sie zu.

Weil er sich aber kraftvoll wie eine Feder vom Boden weggeschnellt hatte, flog er über die Köpfe der Kinder hinweg, die vor Schreck von ihren Stühlen gepurzelt waren. Zufällig befand sich ein Mann in der Nähe. Als er den Tiger sah, packte er einen Knüppel und schlug mutig auf die Bestie ein. Doch der Tiger sprang ihn an und zerfetzte sein Gesicht und seinen Körper derartig mit seinen scharfen Krallen, daß das Blut in Strömen an ihm herablief. Wenig später war er tot. Dies alles spielte sich in Minutenschnelle ab.

Daraufhin lief der Tiger in die Bibliothek und ließ sich ausgerechnet vor dem Bett des Bakkalaureus nieder. Von dort aus beäugte er mißtrauisch die ihm fremde Umgebung. Tschou war bereits durch den schrecklichen Lärm aufgewacht und hatte gerade noch Zeit gehabt, sich die Bettdecke über den Kopf zu ziehen. Jetzt lag er halb wahnsinnig vor Angst da und wagte kaum zu atmen. Als der Tiger nach einer kleinen Weile verschwand, stürzte er, splitternackt wie er war, zum Fenster hinaus und floh davon.

Der Tiger hatte sich mittlerweile in einen Raum verirrt, in dem, dicht bei dicht, jeweils drei Reihen irdene Krüge mit Wein übereinander standen. Und weil ihn nichts und niemand störte und ihn das Ungeziefer im Pelz juckte, lehnte er sich gegen die Krüge, hob die Hinterpfote hoch und fing an sich zu kratzen. Da krachten schon die ersten Krüge auf den Steinboden, und der Lärm klang wie Kanonendonner. Erschreckt fuhr der Tiger herum und sprang hierhin und dorthin. Als er schließlich zur Türe hinauswischte, lagen über hundert Krüge zerschmettert am Boden. Und der Wein bildete große Lachen.

Verängstigt stürzte sich der Tiger in das Zimmer zur linken Hand, das dem Hausherrn als Arbeitszimmer diente. Als er die vielen glänzenden Dinge und das aufgestapelte Silber sah, kam ihm die Umgebung unheimlich vor, und er lief weiter. Dabei sprang er zufällig auf ein Bett, daß, weil es nur aus dünnem Rohrgeflecht bestand, unter seiner Last zusammenbrach. Rasend geworden, versuchte er, sich von dem Gestell, das wie ein Kranz um seinen Hals hing, zu befreien. Er sprang im Zimmer umher und schlug das Gestell links und rechts an die Wand, bis es auseinanderbrach und von seinem Hals herabfiel. Inzwischen hatte er aber auch die ganze Zimmereinrichtung zerschlagen. Wild geworden, raste er dann in den Hof hinaus, wo er gegen eine dünne Lehmmauer oder eine einfache Bretterwand sprang. Diese fielen mit Getöse in sich zusammen.

Als Wang aus sicherer Entfernung sah, wie der Tiger in seinem Haus herumwütete, da rannte er, so schnell ihn die Füße trugen, in die Stadt und bat den Landrat um Hilfe. Der schickte sofort zwei Unteroffiziere und sechzehn Mann aus dem nahegelegenen Militärlager und befahl ihnen, den Tiger zur Strecke zu bringen. Sie waren alle mit Musketen bewaffnet. Nachdem sie sich sichere Deckung verschafft hatten, begannen sie aus ziemlicher Entfernung auf den Tiger zu schießen. Doch die Kugeln streiften nur sein Fell, und keine verletzte[1] ihn ernstlich. Dann sprangen einige beherzte Männer auf das Dach, und nachdem sie einige Dachziegel abgehoben hatten, schauten sie hinunter. Sie berieten miteinander, wie man den Tiger von oben am besten erledigen könnte, doch niemand wußte Rat. Als die Bestie zufällig hinaufschaute und sie mit aufgerissenem Rachen anfauchte, ließ einer der Männer ein dünnes, angespitztes Stück Bambusrohr von ungefähr drei Zoll Länge herabfallen, doch der Tiger spuckte es wie ein Stückchen Zuckerrohr aus. Dann fingen die Männer an, Dachziegel herauszureißen und hinunterzuwerfen, doch der Tiger erschrak weder noch rührte er sich vom Fleck. Als es ihm zu bunt wurde, stieß er ein zorniges Gebrüll aus, das selbst die Dachsparren erzittern ließ. Sowie die Soldaten den Tiger drinnen brüllen hörten, nahmen sie allesamt Reißaus. Die Leute aber wußten sich nun nicht mehr zu helfen und ließen den Tiger vorerst ungeschoren.

Als der Tiger am Abend aus dem Haus kam und sich vor der Mauer niederließ, sprang einer der Männer leichtfüßig hinein, riß ein Langschwert von der Wand und stieß es ihm durch eine Mauerlücke in den Leib. Der Tiger stieß ein lautes Gebrüll aus und fuhr herum, um nach seinem Widersacher zu suchen. Im gleichen Augenblick kam ein Fleischer mit zwei, drei Sätzen angesprungen und schlug ihm seine Keule mit aller Kraft auf die Nase. Dem Tiger wurde es schwindlig, und er stürzte mit dem Kopf zu Boden. Bevor er sich noch aufraffen und zur Wehr setzen konnte, waren bereits andere Männer über ihm und schlugen solange mit ihren Knüppeln und Keulen auf ihn ein, bis er tot war. Den Tiger hatte man nun glücklich zur Strecke gebracht, doch das Wohnhaus der Wang-Familie war so gut wie zerstört.

Danach schleiften die Männer den Tiger in die Halle und vermaßen ihn. Sein Körper war neun Fuß lang und sein Schwanz sechseinhalb. Sein Gewicht betrug etwas über neunhundert Pfund. Nun drängten sich alle herbei, Männer, Frauen und Kinder, um das riesige Tier anzustaunen. Als es sich herumsprach, kamen die Besucher scharenweise wie Ameisen herbeigeströmt, bis schließlich das ganze Areal des Hofes – es maß zwei kleine Morgen – die nach Tausenden zählende Menge nicht mehr fassen konnte. Damit alle den Tiger sehen konnten, wurden zwei lange Fichtenstämme in den Boden gerammt und oben am Hausgiebel kreuzweise festgebunden. Dann zog man den Tiger an einem Strick hinauf. Nachts wurde er durch einige Laternen beleuchtet. Es ging zu wie auf einem Jahrmarkt.

Als nach drei Tagen und drei Nächten nur noch wenige Neugierige erschienen, wurde der Tiger heruntergeholt und abgehäutet. Wang brachte den Göttern ein Dankopfer dar und ließ sich aus dem Fell einige Sitzkissen nähen. Das Fleisch ließ er in Stücke schneiden und an die armen Nachbarn verteilen. Es hatte einen recht seltsamen Geschmack, roch scharf wie Tabak und war so grau wie Asche. Selbst nach langem Kauen und mit einer gehörigen Menge Salz genossen, blieb es zäh wie Leder, sodaß selbst jene, die noch scharfe Zähne hatten, auch nicht einen Bissen zerkauen konnten.

Nachher ließ Wang, um den Göttern zu danken, ein Schauspiel aufführen und gab jedem der Männer, die an der Erlegung des Tigers beteiligt gewesen waren, ein kleines Geschenk. Dann begann er mit der Reparatur des Hauses, die ihn mehr als tausend Unzen Silber kosten sollte.

Als die Familie Wang das Haus wieder bezog, erschien dort der Geist des Mannes, den der Tiger getötet und der jetzt, nachdem der Tiger erschlagen war, keine Bleibe mehr hatte. Er spukte Nacht für Nacht umher, und erst als man einen buddhistischen Mönch holte und dieser den Geist bannte, gab es Ruhe.

Wenige Tage später verlangte der Landrat die Tigerknochen[2]. Und als Wang sie ihm nicht gab, versprach er ihm dafür zweihundert Unzen Silber. Nun war Wang ein habgieriger Mensch. Er schickte ihm die Knochen, denn er ahnte nicht, daß der Landrat ihm das Geld nur deshalb versprochen hatte, weil er sie in die Hand bekommen wollte. Doch nachdem er ihn vor einer höheren Instanz verklagt hatte, wurde ihm das Recht zugesprochen, und der Landrat mußte zahlen.

Obschon dieser Wang ein nicht gerade sympathischer Zeitgenosse war, hatte er stets ein ruhiges Leben geführt und sein großes Vermögen durch Geiz und durch Wucher zusammengebracht. Er brauchte sich weder vor dem Landrat noch vor anderen Leuten zu fürchten, denn sein Besitz verlieh ihm große Macht. Nur der Tiger konnte ihn schädigen. Und darum war, was geschah, wohl auch eine Fügung des Schicksals.

WANG KING-K'I

Die Frauen von Rotsteinweiler

Am neunundzwanzigsten Tag des zweiten Monats brach ich noch vor dem Hellwerden aus der Kreisstadt Wen-hi auf und kam, nachdem ich vierzig kleine Meilen zurückgelegt hatte, um genau ein Viertel nach neun in ein Dorf namens Ta-schui-tou.

Daß mein Bruch um diese Zeit leicht zu schmerzen begann, muß ich wohl der morgendlichen Kälte zuschreiben. Nachdem ich gefrühstückt hatte, wurde es aber so schlimm, daß ich mich hinlegen mußte und eine Zeitlang nicht mehr aufstehen konnte. Als es mir wieder ein wenig besser ging, befahl ich den beiden Knechten mit dem Pferdewagen, auf dem sich mein ganzes Gepäck befand, langsam nachzukommen. Dann schwangen wir uns, ich und mein Leibdiener Hung Tschao, auf die Pferde und ritten weiter.

Wir hatten den Gasthof kaum verlassen, als sich ein mächtiger Sturmwind erhob und den feinen gelben Löß aufzuwirbeln begann. Er drang in unsere Ohren, Münder und Nasen ein und verklebte uns die Augen. Dadurch kamen wir unbemerkt vom richtigen Wege ab und ritten in südlicher Richtung weiter. Nach meiner Schätzung mochten wir ungefähr zwanzig kleine Meilen zurückgelegt haben, als die Schmerzen in der Leistengegend wieder mit aller Heftigkeit einsetzten. Außerdem fühlte ich, wie die Schwellung langsam nach oben stieg. Als der Sturm ein wenig abflaute, sah ich, ungefähr eine kleine Meile östlich von der Straße, ein kleines Dorf, das nur aus wenigen Häusern bestand. Ich fragte einen Passanten nach dem Namen, und er sagte mir, es heiße Rotsteinweiler. Da ließ ich dem Pferd die Zügel schießen und ritt darauf zu.

Als ich den Weiler erreicht hatte, konnte ich mich vor Schmerzen kaum noch im Sattel halten. Da sah ich durch die Staubschleier des wieder mächtiger werdenden Sturmes in südlicher Richtung ein Gehöft, dessen Hoftor halboffen stand. Mit letzter Kraft stieß ich den Torflügel zur Seite und ritt in den Hof. Fünf Räume lagen nach Süden zu, zwei nach Osten. Im Westen befand sich der Pferdestall; und da dessen Türe nicht geschlossen war, entdeckte ich darin vier Pferde. Im Hof standen drei Frauen. Als sie mich durch das Tor reiten sahen, verschwanden sie im Haus, und ich hörte, wie sie von drinnen laut und vernehmlich riefen: »Wie kommt es, daß wir einen Gast haben?«

Hung Tschao wollte ihnen gerade den Grund unseres Eindringens erklären, als hinter uns ein alter Mann von mehr als achtzig Jahren durch das Tor geschlurft kam. Mein Diener fragte ihn nach seinem Namen, und er antwortete, er heiße Li und sei der Herr des Hauses.

»Mein Herr ist unterwegs plötzlich erkrankt und kann nicht weiterreisen«, sagte Hung Tschao, als er den mißtrauischen Blick des Alten bemerkte. »Erlaubt, daß er in Eurem Haus ein wenig rastet. Ich werde mich unterdes auf die Suche nach dem Gepäckwagen machen.«

Der Alte musterte mich von Kopf bis Fuß und murmelte dann wie im Selbstgespräch: »Ein Herr aus dem Süden.«

Inzwischen waren auch die drei Frauen wieder zum Vorschein gekommen. »Der Herr ist krank?« fragte die eine. »Dann rasch in das Wohnzimmer mit ihm, damit er sich ein wenig ausruhen kann. Draußen tobt ein schwerer Sturm.«

Ich saß noch immer vornübergebeugt und die Hände um den Sattelknopf verkrampft auf meinem Pferd. Inzwischen fühlte ich mich so elend, daß ich nicht einmal mehr die Kraft besaß, um abzusteigen. Als der Alte meinen Zustand bemerkte, rief er hastig: »Alte, komm her und hilf dem Herrn aus dem Sattel!«

Da kamen alle drei Frauen herbeigeeilt und zogen mich vom Pferd. Auf ihre Arme gestützt, wankte ich ins Wohnzimmer. Ich wollte mich sofort auf den Bettofen legen, doch da sagte eine von den drei Frauen: »Jadeschönchen, bring dein Bettzeug her!«

»Ach«, wandte die Angesprochene ein, »vielleicht mag der Herr es nicht, weil es nicht mehr ganz sauber ist. Was soll ich nur machen?«

»Wenn das Bettzeug nicht sauber ist, wird der Herr seine Kleider beschmutzen, fürchte ich. Ach, und der Bettofen ist auch nicht angeheizt! Egal, bring dein Bettzeug her. Es ist immer noch besser als eine Binsenmatte.«

Als das Bettzeug schließlich ausgebreitet auf dem Bettofen lag, nahm ich alles nur noch wie durch einen dünnen Schleier wahr. Die drei Frauen halfen mir hinaufzusteigen, doch weil die Schmerzen so groß waren, beachtete ich sie überhaupt nicht. Der untere Teil des Rückens und die Gelenke der Hände und Füße taten mir so weh, daß der Schweiß in Strömen an meinem Körper herablief. Während ich stöhnend und hilflos dalag, fiel mir das Gepäck ein; und ich fragte Hung Taschao, ob er wisse, wo sich die Knechte mit dem Wagen befänden.

»Bei diesem Wetter«, meinte er, »kommen die Pferde nur langsam voran; sie können also noch nicht weit sein. Ich kann hinter ihnen herreiten und sie zurückholen. Das dauert nicht lange. Doch dann ist niemand da, der Euch massiert, Herr.«

»Oft spüre ich in den Lenden und Oberschenkeln ein schmerzhaftes Ziehen«, sagte der Alte. »Dann müssen sie mir«, und er deutete auf die beiden jungen Frauen, »die Lenden kneten und die Schenkel schlagen, bis die Schmerzen vorüber sind. Schnell ihr beiden! Kommt her und helft dem Herrn!« befahl er. Und zu Hung Tschao gewandt sagte er, daß er nun fortgehen könne.

Ich spürte großen Durst und verlangte Tee zu trinken. »Als ich vorhin draußen war«, schwatzte der Alte weiter, »sagte jemand zu mir, daß eben zwei Reiter in meinen Hof hineingeritten seien. Deshalb bin ich zurückgekommen. Ihr wollt also Tee, Herr? Gut, dann gehe ich rasch ein Öfchen borgen. Sobald das Wasser heiß ist, sollt Ihr einen Topf voll haben.«

»Bedenkt, Herr«, sagte Hung Tschao zu mir im heimatlichen Dialekt von Su-tschou, »daß Ihr hier nicht daheim seid. Die Frauen sind hübsch, und die Familie scheint auch anständig zu sein, dennoch rate ich Euch, auf Eure Worte zu achten. Hier im Westen sind die Leute bäuerisch und ohne Manieren.«

Ich nickte nur, worauf er den mitgebrachten ›Kriegsbarbaren-Tee‹ auf den Tisch stellte. Dann ging er zusammen mit dem Alten hinaus.

Inzwischen hatten die Schmerzen ein wenig nachgelassen, und da auch mein Kopf wieder klar war, sah ich mich im Zimmer um. Die älteste von den drei Frauen sah trotz ihrer zwei- oder dreiundvierzig Jahre noch recht gut aus. Sie hatte klare, scharfgezeichnete Gesichtszüge und nichts von der plumpen und vulgären Art an sich, die man so oft in den Bauernhäuschen antrifft. Auf dem Arm trug sie ein kleines Kind, dessen hübsches Gesichtchen mir wie gemalt erschien. Die zweite Frau mochte wohl zwanzig Jahre alt sein, die dritte war ein Mädchen von sechzehn oder siebzehn Jahren. Die Zwanzigjährige sah recht hübsch aus und hatte einen reinen weißen Teint. Die Jüngste dagegen war eine ausgesprochen faszinierende Erscheinung, eine jener weiblichen Gestalten, deren Anblick jedes Männerherz höher schlagen läßt. Und außerdem – auch dies stellte ich fest – hatte keine von den dreien Füße, die mehr als drei Zoll lang waren.

Ich hatte zuvor gehört, wie der Greis die Ältere mit ›Frau‹ angeredet hatte. Deshalb sprach ich sie mit ›Frau Li‹ an. Als ich sie fragte, wer die beiden anderen seien, deutete sie zuerst auf die Zwanzigjährige und sagte: »Das hier ist Jadeschönchen, die Frau meines Sohnes. Und das da ist Klein-Wolkenkind, meine eigene Tochter.«

Dann erkundigte sie sich eingehend nach meinen Leiden, doch ich antwortete nur, daß es ein Bruch sei, der mir Schmerzen bereite. »Wenn man ihn nicht massiert«, meinte sie, »dann geht er auch nicht zurück.« Und sie befahl den beiden jungen Frauen, mich zu pflegen.

Jadeschönchen setzte sich seitlich neben mich auf den Bettofen und ließ ihre Beine herunterbaumeln, während Klein-Wolkenkind sich hinter mir, den Rücken an die Wand gelehnt, auf untergeschlagenen Beinen niederhockte. Als ich die schmerzende Stelle leicht berührte, griffen die beiden nach meinen Händen und fingen an, mich zu massieren. Zwischendurch wischten sie mir immer wieder den Schweiß mit Handtüchern von der Stirne.

Da ging plötzlich die Türe auf, und der Alte schleppte ein tragbares Eisenöfchen herein. Nachdem er die Holzkohlen angezündet hatte, wartete er, bis sie glühten, dann stellte er einen großen irdenen Topf daneben und goß ihn voll Wasser. »Die gedämpften Brote sind noch nicht alle verkauft«, sagte er hierauf. »Ich werde eins für den Herrn holen. Ihr aber«, und dabei warf er den beiden jungen Frauen einen seltsamen Blick zu, »behandelt den Herrn ja nicht nachlässig.«

Nachdem er sich entfernt hatte, stellte Frau Li den irdenen Topf auf das Öfchen. »Wie lange mag es wohl dauern«, fragte ich in scherzhaftem Ton, »bis das Wasser in einem so großen Topf zum Kochen kommt?«

»Wundert Euch nicht, Herr«, antwortete sie lächelnd. »Aber hier in der Gegend gibt es keinen einzigen Mann, der nicht ein Tölpel oder Dummkopf wäre.«

Das zu hören, war mir ausgesprochen peinlich, und deshalb wechselte ich auch sofort das Thema und fragte: »Ich welcher verwandtschaftlichen Beziehung steht das Kind zu Euch, das Ihr da auf dem Arm haltet?«

»Sie hat es geboren«, sagte Frau Li und deutete auf ihre Schwiegertochter.

»Ist es ein Enkel oder eine Enkelin?«

Sie seufzte laut auf. »Eine Enkelin. Wenn in diesem Dorf ein Knabe geboren wird, dann ist er stets häßlich. Ein Mädchen dagegen ist immer schön.«

Eine alte Sage erzählt, daß einst Lü Tung-pin[2], einer der acht taoistischen Unsterblichen, unerkannt in dieses Dorf gekommen sein soll. Als er etwas zu trinken verlangte, und niemand ihm auch nur einen Becher Wasser reichte, soll er den folgenden Schwur getan haben: »Wenn in diesem Dorf fortan ein Knabe geboren wird, dann soll er so häßlich wie ein Nachtgespenst sein. Ist es dagegen ein Mädchen, dann soll es so schön sein wie die Mondgöttin Tsch'ang-o.«

Und so geschah es auch. Später kamen einige weibliche Unsterbliche vorbei. Sie waren entsetzt über die Zustände, die in dem Dorf herrschten und riefen: »Wenn das so weitergeht, dann wird es hier bald keine einzige keusche Frau mehr geben!« Dann schworen sie, daß alle Frauen dieses Dorfes bis an ihr Lebensende die Keuschheit bewahren sollten. Was aber die Häßlichkeit und die Schönheit beträfe, so könnten sie nichts ausrichten.

Deshalb hat es in diesem Dorf seit einigen hundert Jahren keine einzige Frau gegeben, die ihre Keuschheit durch Ehebruch oder durch einen zweiten Mann verloren hätte.

Frau Li war eine recht kluge Frau. Sie schien zwar nichts von dem verstanden zu haben, was Hung Tschao vorhin zu mir gesagt hatte, doch die Worte ›liang kia‹, ›anständige Familie‹, waren ihr geläufig. »Was Euer Diener vorhin sagte«, bemerkte sie, »stimmt ganz und gar nicht. Wir sind keine anständige Familie.«

Ihr Eingeständnis verwirrte mich einen Augenblick lang, und bestürzt starrte ich sie an. Da auch die beiden jüngeren Frauen inzwischen gesprächiger geworden waren, fragte ich sie, wo ihr Sohn und ihr Schwiegersohn seien.

»Mein Sohn«, antwortete sie, »ist in der Kreisstadt Ansi als Tagelöhner beschäftigt. Er kommt erst in ein paar Tagen heim. Mein Schwiegersohn fährt zusammen mit seinem ältesten Bruder Frachtwagen nach Hao-tschou.« Sie zögerte einen Augenblick und fuhr dann fort: »Jedesmal, wenn ich meinen Sohn sehe, empfinde ich insgeheim Abscheu vor seinem häßlichen Gesicht. Und Jadeschönchen geht es nicht anders. Auch sie kann ihren bäuerischen Tropf von einem Mann nicht ausstehen.«

»Ihr seid doch ein Mann aus dem Süden, Herr«, mischte sich Jadeschönchen ein. »Wart Ihr auch schon einmal mit der Falschen verheiratet?«

»Ach, das große Glück ist so selten«, antwortete ich. »In einer meiner früheren Existenzen hat der Mann im Mond wohl auch mir den roten Faden der Heiratsbestimmung um den Fuß geschlungen. Nun, wenn es Frauen gibt, die mit einem Tölpel von Mann verheiratet sind, warum sollte es dann nicht auch das Gegenteil geben?«

»Ihr habt recht, Herr«, meinte Frau Li. »Einst, es sind schon Jahre her, weilte bei uns ein Herr Tschen, auch ein Mann aus dem Süden. Er war Sekretär des Präfekten von Pin-yang und hatte sich unterwegs hierher verirrt. Ich sprach mit ihm über das gleiche Thema, und er war der Ansicht, daß eine kluge Frau nicht einen Tölpel von Mann heiraten, sondern eine andere Eheverbindung eingehen sollte.«

Plötzlich schauten die beiden jungen Frauen einander an und riefen wie aus einem Mund: »Wie weich doch die Hände des Herrn sind!« Gleichzeitig hob jede einer meiner Hände hoch und zeigten sie der Frau Li. »Der Herr hat ein Paar sehr weiche Hände«, sagten sie.

»Die Händchen der jungen Damen sind auch nicht gerade hart und schwielig«, antwortete ich und lächelte geschmeichelt.

»Nein, was für bäuerische Manieren die Kinder haben!«

Der Unsterbliche Lü Tung-pin

tadelte Frau Li die beiden. »Darüber kann der Herr doch nur lächeln.«

Auf diese Art plauderten und lachten wir miteinander. Schließlich kam Hung Tschao herein und meldete, daß er den Gepäckwagen hergebracht habe. Dieser stünde am Dorfausgang zur Weiterfahrt bereit. Als er bemerkte, mit welchem Eifer die beiden jungen Frauen mich umhegten und umpflegten, sagte er in merklich kühlem Ton zu ihnen: »Das da ist meine Aufgabe. Die jungen Damen verschwenden damit nur ihre Zeit.«

Über die Gesichter der beiden glitt ein kleines Lächeln, doch sie gaben ihm keine Antwort. Da stand Frau Li hastig auf. Nachdem sie eine Schale voll Tee eingeschenkt hatte, gab sie Hung Tschao einen Wink; er schien verstanden zu haben und folgte ihr ins Nebenzimmer. Durch die offenstehende Türe konnte ich sehen, wie sie einander am Tisch gegenübersaßen und sich höflich unterhielten. Es wollte mir scheinen, als ob Frau Li sich bei ihm erkundigte, was für eine Art von Mensch ich sei.

»Hat es nicht auch seine Vorteile«, fragte ich Jadeschönchen im neckischen Ton, »wenn eine kluge Frau mit einem Tölpel von Mann verheiratet ist? Für einen solchen ist es doch ein Leichtes, sie die ganze Nacht hindurch mit Liebeswonnen zu beglücken. Oder etwa nicht?«

»Ach«, antwortete sie, »jedesmal, wenn mein Mann heimkommt, spüre ich eine Art heimlichen Groll gegen ihn – von dem anderen gar nicht zu reden. Wenn er seine tierische Lust an mir gestillt hat, komme ich mir wie ein Stück Dreck vor und empfinde Ekel vor mir selbst. Alles, was uns miteinander verbindet, sind die Angelegenheiten von Tisch und Bett. Unsere Mutter hat uns oft von den liebenswürdigen Männern aus dem Süden erzählt. Wenn man den einschmeichelnden Ton ihrer Stimme hört und in ihr sanft lächelndes Gesicht blickt, dann möchte man sich am liebsten gar nicht mehr von ihnen trennen. Heute haben wir, meine kleine Schwägerin und ich, Euch ganz unerwartet getroffen. Wir wissen jetzt, daß unsere Mutter nicht übertrieben hat.«

»Wo hat Eure Mutter denn einen Mann aus dem Süden kennengelernt?«

»Sie erzählte uns, daß einst ein Herr Tschen – er stammte aus Kiahing in der Provinz Tsche-kiang und war Sekretär beim Präfekten von Pin-yang – sich auf dem Weg nach Si-an verirrte und zu Beginn der ersten Nachtwache hierher kam. Er klopfte ans Tor und bat um ein Nachtlager. Unser Vater ließ ihn ein und gab ihm dieses Zimmer, in dem wir jetzt sitzen. Er führte mit unserer Mutter recht anzügliche Gespräche und machte unseren Vater mit Wein betrunken. Als alles schlief, schlich er zum Schlafzimmer der Eltern und klopfte leise an die Türe. Das Herz unserer Mutter geriet in gewaltige Erregung. Sie stand auf, streifte rasch ein Kleid über und öffnete die Türe einen Spalt breit. Doch als sie das helle Gefunkel der Sterne sah, schämte sie sich sehr und schloß die Türe wieder. Gelegentlich erzählt sie uns diese Geschichte und fügt hinzu, wir würden unseren guten Ruf und unsere Keuschheit verlieren, wenn wir in einer ähnlichen Situation nicht genauso handelten. Das liegt nun schon zwanzig Jahre zurück, doch unsere Mutter denkt immer noch an ihn.«

»Aber es ist doch nichts weiter zwischen ihnen vorgefallen«, antwortete ich verwundert. »Weshalb denkt sie denn immer noch an ihn?«

»Wozu hätte es dessen bedurft? Wenn wir Frauen einen Mann wie Euch begegnen, Herr, dann können wir ihn einfach nicht vergessen.«

Klein-Wolkenkind saß hinter dem Bettofen und nippte an ihrer Teeschale. Währenddessen spielte ich an Jadeschönchens Brüsten herum. »Das ist nicht recht, Herr«, sagte sie in leise tadelndem Ton.

»Blauer Himmel, lichter Tag«, tönte es hinter dem Bettofen hervor. »Ihr beide kennt Euch doch gar nicht. Was sollte daran schon Unrecht sein?«

Gleich darauf kam sie aus der Ecke hervorgekrochen und setzte sich wieder auf den alten Platz. Jadeschönchen stand sofort auf und blies mit vollen Backen in die Glut des Holzkohlenfeuers. Mir schien es, als käme diese taktische Veränderung nicht von ungefähr. Ich nahm die Gelegenheit wahr und tätschelte an Klein-Wolkenkinds Oberschenkel herum. Als ich jedoch an ihren Beinen zu ziehen anfing, spannte sie die Muskeln derart an, daß sie hart wie Eisen wurden. »Unverhofft habe ich dich getroffen, mein Schatz«, flüsterte ich ihr zu. »Mich verzehrt heißes Verlangen nach dir. Wie kommt es nur, daß du schier übermenschliche Kräfte aufwendest, um dich meiner Zärtlichkeiten zu erwehren?«

Sofort entspannten sich ihre Muskeln, und sie legte sogar ihre Beine über mein Knie. Doch als ich ihr mit einem raschen Griff die Schuhe von den Füßen[3] streifte, runzelte sie die Stirne und sagte unwirsch: »Herr, fürchtet Ihr nicht, daß ich schelten könnte?«

»Blauer Himmel, lichter Tag!«, rief Jadeschönchen vom Holzkohlenofen her. »Ihr beide kennt Euch doch gar nicht. Weshalb sollte der Herr sich fürchten?« Da schauten wir drei uns an und kicherten belustigt.

»Ihr beide möchtet gerne im Süden leben, nicht wahr?«

»So ist es!«, rief Klein-Wolkenkind und Jadeschönchen fügte hinzu: »Was für ein Glück, wenn es uns im kommenden Leben vergönnt sein würde, Nebenfrau oder Magd des Herrn zu sein!«

»Wie könnten wir es wagen, zum Herrn emporzublikken?« meinte Klein-Wolkenkind. »Es wäre schon genug, wenn wir in seinem Haus leben dürften.«

»Bei mir altem Kerl sind die Bart- und die Kopfhaare bereits schlohweiß. Wie kommt es nur, daß die jungen Damen ihre Gefühle an einen Unwürdigen verschwenden?«

»Wenn wir mit einem Mann aus der hiesigen Gegend zusammentreffen«, sagte Jadeschönchen, »dann kommt er uns wie ein Schwein oder Hund vor. Wie werden nie vergessen, daß es uns heute vergönnt war, mit Euch zu plaudern, Herr.«

»Nicht nur uns beiden geht es so«, fügte Klein-Wolkenkind hinzu. »Wenn Ihr erst fort seid, wird auch unsere Mutter an Euch denken und gelegentlich darüber mit uns sprechen.« Kaum hatte sie dies gesagt, da trat Frau Li ins Zimmer.

»Der Tag geht bereits zur Neige, Herr«, mahnte sie. »Bei uns könnt Ihr die Nacht nicht verbringen. Wie ich sehe, geht es Euch ein wenig besser. Wenn Ihr schon nicht reiten wollt, warum fahrt Ihr dann nicht im Wagen weiter?«

Ich antwortete, daß ich es tun werde, doch ich machte keine Anstalten, mich zu erheben. »Der Tee ist alle!«, riefen die beiden jungen Frauen wie aus einem Munde. »Wir holen gleich nochmal Wasser. Wenn der Tee ausgetrunken ist, müßt Ihr unverzüglich weiterfahren!«

Frau Li schüttete Wasser in den Topf und stellte ihn auf das Öfchen. Dann ging sie, gefolgt von Jadeschönchen, wieder hinaus.

Als ich mit Klein-Wolkenkind alleine im Zimmer war, zwang ich sie, sich neben mich zu legen. Dann schmuste ich mit ihr auf jede nur mögliche Weise herum, und sie zeigte sich gar nicht schüchtern. Nur als ich ihr mit der Hand zwischen die Beine greifen wollte, wehrte sie meine Zudringlichkeit ab. »Das geht entschieden zu weit«, flüsterte sie, doch es klang gar nicht entrüstet. Und im gleichen Atemzug: »Verzeiht, daß meine Hand so schwer ist.«

»Warum will deine Mutter mich vertreiben?«, fragte ich.

»Sie will es ja gar nicht«, flüsterte sie mir ins Ohr. »In unserer Gegend hat es in den letzten Jahren durch Dürren wiederholt Mißernten und Hungersnöte gegeben, und nun treiben sich hier viele Räuber herum. Vergeßt nicht, daß Ihr einen Wagen voll Gepäck mit Euch führt, Herr!

Wenn Ihr über Nacht hierbleiben würdet, dann stünde zu befürchten, daß Euch das nicht zum Glück ausschlüge. Unsere Mutter möchte Euch eigentlich gerne dabehalten. Sie drängt nur deshalb zum Aufbruch, weil dies zu Eurem eigenen Besten ist.«

Ich zog aus dem Stiefel einen kleinen Silberbarren hervor und wollte ihn ihr schenken. Doch da stand sie rasch auf, nahm das Silber und steckte es mir in den Brustlatz. »Wir Frauen hier im Dorf«, sagte sie, »haben dafür keine Verwendung. Ich müßte stets befürchten, daß jemand das Silber entdeckt und dadurch auf schlimme Gedanken kommt.« Dann strich sie mir tröstend über das Gesicht und fuhr fort: »Ich glaube nicht, Herr, daß wir uns noch einmal wiedersehen werden. Ach, das ist unser schlimmes Schicksal! Doch ich werde stets an Euch denken, in der Hoffnung, mit Euch im nächsten Leben eine schicksalhafte Bindung einzugehen.«

Als sie dies gesagt hatte – ihre letzten Worte waren nur noch geflüstert –, erstarb ihr der Laut in der Kehle, und es schien mir, als ob die Gefühle sie überwältigt hätten. In diesem Augenblick betrat Jadeschönchen das Zimmer.

»Was soll das heißen, kleine Schwägerin?«, rief sie sichtlich erregt. »Kannst du dich denn gar nicht von dem Herrn trennen?«

Klein-Wolkenkind gab ihr keine Antwort. Daraufhin wandte sie sich mir zu und sagte in traurigem Ton: »Ich habe eben mit unserer Mutter gesprochen, denn ich hätte Euch gerne über Nacht dabehalten. Doch sie meinte, das ginge nicht. Sie befürchtet, daß Euch etwas zustoßen könnte, wenn mein Mann noch heute abend zurückkommt!«

»Was soll mir denn zustoßen?«, fragte ich neugierig.

»Ach, Ihr seid ein vornehmer Herr, und ich darf wohl mit Eurer Verschwiegenheit rechnen. Deshalb macht es nichts aus, wenn ich Euch sage, daß mein Schwiegervater einst Pferdedieb war und daß mein Mann dieses Gewerbe heute weiterbetreibt. In unserem Weiler gibt es neun Frauen und Mädchen, drei davon alleine in unserem Haus. Wir alle verstehen etwas von der Kriegskunst. Als vor einigen Jahren in dieser Gegend eine Hungersnot herrschte, und wir nicht mehr wußten, wovon wir leben sollten, haben einige Männer uns geraten, unser Lächeln zu verkaufen. Doch unsere Mutter war dagegen. Sie überredete die anderen Frauen, und alle schworen, es niemals zu tun. Deshalb ziehen wir zuweilen die Kleider der Männer an und rauben unterwegs die Reisenden aus. Doch wir haben einander versprochen, daß wir, falls uns ein Mann aus dem Süden begegnet, ihn verschonen und ungehindert ziehen lassen werden. Seitdem wir das tun, hat auch mein Mann das Räuberhandwerk aufgegeben. Unsere Mutter möchte Euch gerne über Nacht dabehalten, doch sie glaubt, daß mein Mann noch heute heimkehrt, und fürchtet, er könnte sich vergessen, wenn er Euer Gepäck sieht. Würdet Ihr nicht schweren Schaden erleiden, falls er sein Versprechen nicht hält?«

Während sie dies sagte, begann mein Herz plötzlich laut zu pochen. »Hab' Dank für den Hinweis«, antwortete ich. »Ich werde sofort aufbrechen. Aber ach, wie schwer fällt mir der Abschied von Euch!«

»Ihr seid doch nicht zehntausend kleine Meilen weit gereist, nur weil es Euch nach uns beiden gelüstet«, sagte Klein-Wolkenkind.

»Wenn Ihr das«, meinte Jadeschönchen, »was ich Euch eben sagte, anderen Leuten erzählt, dann wird man uns drei Frauen über kurz oder lang köpfen.«

Ich versprach ihr, Stillschweigen zu bewahren. Einen Augenblick später kam Frau Li herein. Sie goß mir eine Schale Tee ein und sagte zu ihrer Schwiegertochter: »Geh' und mach ein Bündel Weintrauben zurecht, damit der Herr etwas für unterwegs hat!« Dann schaute sie ihre Tochter an und sagte zu ihr, sie solle auch hinausgehen. Die beiden jungen Frauen versuchten ihr Lächeln hinter dem vorgehaltenen Ärmel zu verbergen und verließen das Zimmer.

»Sie«, sagte Frau Li, als wir beide alleine waren, »möchten Euch gerne dabehalten und auch Ihr scheint nicht fortgehen zu wollen. Ach, ich bin eine Frau in mittleren Jahren, mein Körper gleicht einem dürren Stecken und mein Herz toter Asche und doch... Als ich Euch vorhin mit den beiden plaudern und lachen hörte, da konnte auch ich mich nur mit Mühe beherrschen. Wie mag wohl erst den beiden jungen Dingern zumute sein?«

Schweigend hatte ich ihr zugehört. Und als sie zu reden aufhörte, blieb ich liegen und rührte mich nicht. Da trat sie auf mich zu, umfaßte mich mit ihren Armen und richtete mich auf.

»Findest du sie reizend«, fragte sie und schaute mir tief in die Augen. »Die beiden haben schon, ohne mit der Wimper zu zucken, so manchen Mann getötet. Angenommen, du würdest heute nacht mit ihnen schlafen. Glaubst du, daß sie dich dann vergessen könnten? Vielleicht würden sie dich unterwegs überfallen und hierher zurückbringen. Würdest du ihnen in diesem Fall Widerstand leisten?«

Beschämt schlug ich die Augen nieder und murmelte ein paar Dankesworte. Gleich darauf kamen die beiden jungen Frauen herein; und Jadeschönchen reichte ihrer Schwiegermutter das Bündel mit den Weintrauben. Sie nahm es und ging hinaus, um es Hung Tschao zu geben. In der Türe blieb sie stehen, drehte sich noch einmal um und sagte, während sie mich mit einem seltsamen Blick bedachte: »Ihr solltet wirklich zeitig aufbrechen.«

»Unsere Mutter wagt es nicht, unhöflich zu sein«, sagte Jadeschönchen, kaum daß jene die Tür hinter sich geschlossen hatte. »Wenn Ihr über Nacht hierbleibt, würden wir beide der Versuchung sicherlich nicht widerstehen können und Euch unsere Kissen und Matten anbieten. Weil aber bis zum heutigen Tag noch keine Frau aus unserem Weiler ihre Keuschheit verloren hat, geht es nicht an, daß ausgerechnet in unserer Familie so etwas zum ersten Mal passiert. Ich weiß ja«, und dabei strich sie mir zärtlich über das Gesicht, »daß Ihr uns beiden sehr zugetan seid. Doch die Umstände lassen es nicht zu, daß Ihr über Nacht bei uns bleibt.«

»Ihr müßt sofort aufbrechen, Herr!«, rief Klein-Wolkenkind. »Wir werden uns am Wagen von Euch verabschieden.«

Ich war inzwischen vom Bettofen heruntergeklettert und hatte mich fertig angezogen. Als ich hinausgehen wollte, kam Frau Li zur Türe herein. »Ihr seid zwar krank, Herr«, sagte sie zu mir, »doch ich rate Euch, noch heute ohne Aufenthalt bis nach Niu-pu durchzufahren und erst dort zu übernachten. Unterwegs ist eine gefährliche Gegend. Gebt acht! Gebt acht!«

Nachdem ich auf den Wagen gestiegen war, stellten die drei Frauen sich zur Linken am Wegrand auf und nahmen mit einem »Gebt gut auf Euch acht!« von mir Abschied. Klein-Wolkenkind zupfte nervös an der Wagenplane herum und sagte: »Sollte der Weg Euch wieder einmal in unser Dorf führen, Herr, dann... dann müßt Ihr unbedingt zum Teetrinken bei uns einkehren!«

Ich war derart gerührt, daß ich kein einziges Wort hervorbrachte. Als der Wagen sich in Bewegung setzte, hörte ich noch, wie Frau Li zu den beiden jungen Frauen folgendes sagte: »Ich habe Euch oft von einem Mann aus dem Süden erzählt. Jetzt habt ihr selbst einen getroffen, und ich glaube, daß ihr Tag und Nacht an ihn denken werdet.«

Dann gingen sie ins Haus. Ich aber sagte zum Knecht, daß er die Pferde zur Eile antreiben solle.

Eine Stunde später erreichten wir Niu-pu. Erst da fiel mein Blick auf das Bündel, und als ich es aufgeknotet hatte, sah ich, daß es ungefähr eineinhalb Pfund Weintrauben enthielt. Dazwischen lag, eingewickelt in ein Stückchen roter Seide, ein goldener Ring. Welche von den drei Frauen mochte ihn mir wohl geschenkt haben? Ich zog den Lampendocht etwas höher und lehnte mich überrascht in die Kissen zurück. Denn das, was ich vor wenigen Stunden erlebt hatte, kam mir jetzt wie ein Traum vor.

TS'ING-LIANG TAO-JEN

Die gestohlene Frau

In einem bestimmten Dorf, das man von der Kreisstadt Schao-hing aus durch das ›Tor des prosperierenden Friedens‹ erreicht, lebte vor einigen Jahren ein gewisser Tschang Schi-tschang. Er hatte keinen eigentlichen Beruf, sondern zog im Land umher und verkaufte gebrauchte Kleider. Wenn er auf Geschäftsreise ging, dann dauerte es meist mehrere Monate, bis er wieder zurückkam. In seiner bescheidenen Hütte lebte außer der alten Mutter, einer geborenen Wei, nur noch seine junge Frau, die zugleich eine Nichte der Alten war.

In einem bestimmten Jahr – Schi-tschang war im Frühling mit seinem Geschäftspartner auf Reisen gegangen, aber bis in den Hochsommer hinein noch nicht zurückgekehrt – erkrankte die alte Frau eines Tages plötzlich, und weil sie Appetit auf weichgekochtes Hühnerfleisch hatte, sagte sie es ihrer Schwiegertochter. Diese schlachtete sofort ein Huhn, und nachdem sie es gerupft und ausgenommen hatte, legte sie es in das bereits kochende Wasser. Als das Huhn gargekocht war, nahm sie es heraus und fing an, das Fleisch in lauter kleine Stücke zu zerschneiden.

Während sie schnitt und schnipselte, fiel ihr plötzlich ein, daß die alte Frau keine Zähne mehr hatte. Und weil sie nicht mit Bestimmtheit sagen konnte, ob das Fleisch nun wirklich weichgekocht war, nahm sie einen Happen und steckte ihn in den Mund. Der Zufall wollte es, daß die alte Frau gerade in diesem Augenblick nach ihr rief. Die Schwiegertochter wollte antworten, doch dabei rutschte ihr der Fleischbrocken in die Luftröhre, und sie brachte nur einen leisen, krächzenden Ton hervor. Im Handumdrehen erkaltete ihr Atem, und sie fiel bewußtlos auf den Küchenboden.

Als die alte Frau trotz wiederholten Rufens keine Antwort bekam, kroch sie auf allen Vieren aus dem Bett, denn sie wollte wissen, warum jene schwieg. Da sah sie ihre Schwiegertochter mit dem wachsbleichen Gesicht einer Toten auf dem Küchenboden liegen. Zuerst vermutete sie, die junge Frau habe einen Hitzschlag erlitten. Doch als sie nach einigen Wiederbelebungsversuchen noch immer kein Lebenszeichen von sich gab, hielt sie sie für tot und ließ sie liegen.

Weil die Eltern der jungen Frau in einem mehr als hundert kleine Meilen weit entfernten Dorf lebten, wartete sie bis zur Einsargung nicht erst bis zu deren Ankunft. Denn es stand zu befürchten, daß die hochsommerliche Hitze den Leichnam bis dahin längst zersetzt haben würde. Außerdem war ihr Sohn im Augenblick weit fort und die Haushaltskasse knapp bemessen. Da die alte Frau kaum aufrecht stehen konnte, bat sie die Nachbarin, beim Sarghändler einen der billigsten Särge auf Kredit zu kaufen und die Tote einzusargen. Nachdem dies geschehen war, stellte es sich heraus, daß weder in der Hütte noch in dem engen Hofraum Platz für den Sarg war. Sie bat deshalb die Nachbarn, ihn noch am gleichen Tag zu den Ahnengräbern zu tragen, die fünf oder sechs kleine Meilen außerhalb des Dorfes lagen. Dies geschah auch.

Aber die junge Frau war ja gar nicht tot. Beim Einsargen durch die Nachbarin und vor allem nachher, auf dem holprigen Weg zu den Ahnengräbern, wurde ihr Körper weidlich durchgeschüttelt. Dabei rutschte allmählich auch der Fleischbrocken aus ihrer Luftröhre heraus, und sie fing wieder zu atmen an.

Es dunkelte bereits, als sie plötzlich aus ihrer tiefen Ohnmacht erwachte. Wer vermag ihr Entsetzen zu beschreiben, als sie merkte, daß sie in einem Sarg lag? Da die Bolzen noch nicht befestigt waren, gelang es ihr ohne große Mühe, den Sargdeckel zurückzuschlagen und hinauszukriechen. Doch als sie sich umblickte, sah sie weit und breit nur Einöde; nirgendwo gab es eine Menschenseele, nirgendwo schimmerte das Licht einer menschlichen Behausung. Da sie nicht wußte, wo sie war, ließ sie sich verängstigt neben dem Sarg auf der Erde nieder und weinte laut.

Zufällig traf es sich, daß ein Mönch auf dem Heimweg war. Er trug den Tempelnamen ›Einzig-Vervollkommneter‹ und lebte in der Klause eines ziemlich weit entfernten Dorfes. Er wurde von einem Knecht namens Ma-si Hui-tse begleitet, und da die Dunkelheit sie überrascht hatte, schritt der Knecht mit einer Stocklaterne voran. Der Weg führte sie an jenem Totenacker vorbei, und als sie von dorther schluchzende Laute vernahmen, blieben sie verwundert stehen, und der Mönch fragte, wer dort sei.

Gleich darauf kam eine junge Frau angelaufen und erzählte ihnen unter Tränen, was ihr zugestoßen war. Erstaunt lauschten die beiden ihren Worten. Dann nahm der neugierige Mönch seinem Knecht die Stocklaterne aus der Hand und beleuchtete das Gesicht der jungen Frau. Als er sah, daß sie noch jung und hübsch war, faßte er sogleich die Absicht, sie in seine Klause zu entführen und dort zu mißbrauchen. Er beriet sich eine Weile mit dem Knecht im Flüsterton. Nachdem jener seinen Vorschlag gebilligt hatte, wandte der Mönch sich wieder der jungen Frau zu und sagte zu ihr: »Der Weg führt uns bei deiner Familie vorbei. Willst du mit uns kommen?«

Die junge Frau ahnte nichts von der Niedertracht der beiden Kerle. Sie sagte mit Freuden zu und schloß sich ihnen an.

Nachdem sie ungefähr zwei kleine Meilen zurückgelegt hatten, kamen sie in das Dorf, in dem Ma-si Hui-tses älterer Bruder lebte. Der Knecht wußte, daß er an diesem Morgen mit seiner ganzen Familie fortgegangen war, um den Geburtstag der Mutter zu feiern. Und weil er dem

Mönch die junge Frau ausspannen wollte, hatte er sofort einen schurkischen Plan zur Hand. Er gab vor, Hunger und Durst zu verspüren, und meinte, nach einem kleinen Imbiß im Haus des Bruders könne man sich wieder auf den Weg machen. Als er die Türe verschlossen fand, brach er sie kurzerhand auf, und alle drei traten ein. Inzwischen war Mitternacht bereits vorüber. Die Nachbarn hörten zwar den Lärm, sie glaubten aber, der älteste Ma-si sei soeben mit seiner Familie zurückgekehrt. Aus diesem Grund schöpfte niemand Verdacht.

Nachdem die drei eingetreten waren, sagte Ma-si zu dem Mönch, er solle im Herd ein Feuer anzünden. Dann ging er in den Vorratsraum und holte Reis. Er wusch und siebte ihn, dann schüttete er ihn in den Kochtopf und ging in die Küche zurück. Als er den Mönch vor dem Ofenloch knien sah, schlich er sich von hinten an ihn heran, hob das Beil hoch und schlug ihm den stumpfen Teil mit aller Kraft auf den blanken Schädel. Ohne einen Laut von sich zu geben, sank der Mönch betäubt zu Boden. Dann schlug er mit dem scharfen Teil so lange auf ihn ein, bis er tot war. Mit dem bluttriefenden Mordwerkzeug in der Hand ging er sodann auf die junge Frau zu und fragte sie mit leiser Stimme, in der ein drohender Unterton mitschwang: »Folgst du mir jetzt? Wenn du dich verweigerst, bekommst auch du das Beil zu spüren.«

Die junge Frau, die den Mord aus nächster Nähe hatte mitansehen müssen, zitterte am ganzen Leibe und, von Entsetzen gepackt, sagte sie, daß sie alles tun wolle, was er von ihr verlange. Da ließ er von ihr ab, setzte den Reis aufs Feuer und wartete, bis er gar gekocht war. Nachdem er in aller Eile ein, zwei Schalen hinuntergeschlungen hatte – die junge Frau dagegen brachte keinen Bissen hinab –, rollte er die wenigen Habseligkeiten seines älteren Bruders in eine Matte und verließ mit ihr das Haus.

Als einer der Nachbarn am nächsten Morgen die aufgebrochene Türe bemerkte, glaubte er zuerst, ein paar Landstreicher hätten in dem leerstehenden Haus übernachtet. Er rief mehrere Male, doch von drinnen kam keine Antwort. Da glaubte er, daß Diebe dort in der Nacht am Werk gewesen seien. Er wollte jedoch nicht alleine eintreten, sondern holte noch einige Männer als Zeugen herbei. An ihrer Spitze betrat er dann vorsichtig das Haus. Das erste, das er sah, war der erschlagene Mönch vor dem Ofenloch. Als er weitersuchte, entdeckte er, daß auch alle einigermaßen gute Kleider fehlten. Er lief sofort zu seiner Frau und erzählte ihr von seiner grausigen Entdeckung. Sie riet ihm, den Mord sogleich dem Landrat zu melden, was er dann auch tat. Der Landrat erschien im Laufe des Tages, und nachdem er die Leiche hatte untersuchen lassen, verhörte er sämtliche Nachbarn. Sie sagten übereinstimmend alle das gleiche aus, nämlich daß Ma-sis älterer Bruder und seine Familie die Nacht anderswo verbracht hätten; und die Beweisaufnahme bestätigte dies.

Als der Schüler des Mönches erfuhr, daß sein Meister ermordet worden war und dessen Knecht sich davongemacht hatte, da vermutete er, daß jener ihn aus Geldgier umgebracht habe, und erhob gegen ihn Anklage wegen Mordverdacht. Der Landrat ließ zwar sogleich nach ihm fahnden, doch die Büttel konnten ihn nirgendwo aufspüren, und so blieb auch dieser Fall zunächst ungelöst.

Inzwischen war auch Herr Wei, der Vater der jungen Frau, vom plötzlichen Tod seiner Tochter unterrichtet worden. Er hatte sich sofort aufs Pferd geschwungen und kam angaloppiert, um am Sarg der Toten zu weinen. Wer beschreibt sein Erstaunen, als er ihn leer fand? Sofort unterbreitete er den Fall dem zuständigen Landrat. Dieser ließ zwar sofort alles untersuchen, doch er fand keine Spur, die über das Verschwinden der Leiche hätte Aufschluß geben können. Da der Sarg und seine Ausstattung einfach, ja geradezu ärmlich war, kam er zu dem Schluß, daß in diesem Fall wohl kaum Leichenräuber ihr ruchloses Handwerk ausgeübt hätten. Zum Schein befahl er den

Bütteln noch, hier und dort zu suchen, dann verschwand er mit seinem Gefolge und ließ die Sache auf sich beruhen.

Wenige Tage später kehrte Schi-tschang heim. Als er hörte, daß seine Frau inzwischen gestorben, ihre Leiche aber auf unerklärliche Weise verschwunden war, da suchte er nach ihr an allen möglichen Orten, doch natürlich fand auch er nicht die geringste Spur.

Als der Herbst ins Land gekommen war, wollte sein Geschäftspartner Li Mou-yüan wieder mit ihm hinausziehen. Schi-tschang aber lehnte ab, denn er konnte seine alte, gebrechliche Mutter nicht gut alleine lassen. So zog denn Mou-yüan bis zum nächsten Frühling allein umher und verkaufte weiter Kleider aus zweiter Hand. Der Weg führte ihn schließlich auch nach Ning-hai im Regierungsbezirk T'ai-tschou. Als er dort die Straße entlangging, sah er etwas außerhalb der Stadt ein kleines Haus, und eine junge Frau, die am Arm einen Korb mit gewaschenem Reis trug, ging eben durch die Tür. Es wollte ihm scheinen, als ob sie große Ähnlichkeit mit Schi-tschangs verstorbener Frau habe, und dieser Umstand machte ihn stutzig.

Am nächsten Morgen ging er nochmals hin, und nachdem er sich an einem geeigneten Ort versteckt hatte, beobachtete er das Haus so lange, bis sie herauskam. Kein Zweifel, sie war es wirklich! Hierauf erkundigte er sich vorsichtig bei den Nachbarn, und sie erzählten ihm, daß dort der Wachtmeister Sü Pao-kien wohne. Da machte er sich sofort auf den Heimweg und erzählte Schi-tschang, was er in Ning-hai gesehen und gehört hatte.

Schi-tschang ging sofort zum Landrat, erzählte ihm die Angelegenheit und bat darum, ihm einen Haftbefehl auszustellen. Nachdem er ihn erhalten hatte, bestiegen er, sein Schwiegervater und Li Mou-yüan die Pferde und ritten nach Ning-hai. Dort versteckten sie sich vor dem Hause des Wachmeisters und warteten, bis die junge Frau herauskam. Dann packten sie die Unglückliche, warfen sie aufs Pferd und ritten mit ihr zum Landrat von Ninghai, wo Schi-tschang sie wegen Ehebruchs verklagte. Außerdem legte er den in Schao-hing ausgestellten Haftbefehl vor. Als der Landrat die junge Frau verhörte, berichtete sie zuerst von den Ereignissen des letzten Sommers und wie Ma-si Hui-tse sie gezwungen hatte, mit ihm nach T'ien-tai zu fliehen. »Dort«, fuhr sie fort, »wollte er bei Verwandten einstweilen Unterschlupf finden, doch er traf sie nicht an und deshalb reisten wir hierher. Nachdem das Geld restlos aufgebraucht war, verdingte er sich bei Wachtmeister Sü als Hilfspolizist. Der Wachtmeister versuchte wiederholt, sich mir in unzweideutiger Absicht zu nähern, doch ich wies ihn immer wieder zurück. Eines Tages bekam Ma-si Hui-tse von ihm den Befehl, mit in die Berge zu gehen. Es galt angeblich, dort ein paar Banditen zu verhaften. Doch nach zwei Tagen kam Wachtmeister Sü allein zurück.Er erzählte mir, Ma-si Hui-tse sei bei einem Flußübergang ertrunken und er habe seine Leiche am Ufer begraben. Ich zweifelte zwar an seinen Worten, doch wagte ich es nicht, ihn nach Einzelheiten zu fragen oder seine Behauptung in Abrede zu stellen. In der darauffolgenden Nacht fesselte er mich und tat mir Gewalt an. Er drohte mich totzuschlagen, falls ich mich nicht füge, und aus Furcht tat ich alles, was er von mir verlangte. Das liegt jetzt schon mehrere Monate zurück.«

Dann kam Wachtmeister Sü an die Reihe. Beim Verhör bestätigte er zwar weitgehend die Aussage der jungen Frau, doch als der Landrat von ihm Einzelheiten über Ma-si Hui-tses Tod wissen wollte, erging er sich in Ausflüchten. Erst unter der Folter legte er ein volles Geständnis ab. Jener, so sagte er, sei in dieser Gegend ein Fremder gewesen, dessen Verschwinden niemandem auffallen würde. Deshalb habe er ihn in eine einsame Gegend gelockt und dort in einem günstigen Augenblick hinterrücks erschlagen. Dann habe er die Leiche verscharrt und sich der jungen Frau bemächtigt.

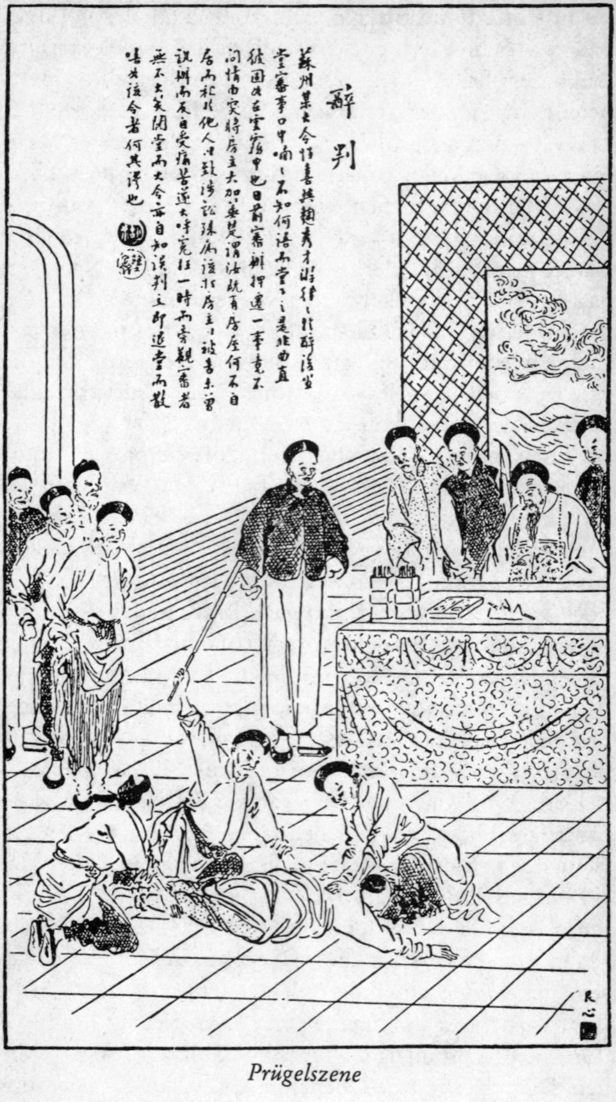

Prügelszene

Der Landrat begab sich daraufhin persönlich an den Tatort und ließ die Leiche ausgraben. Die schweren Hiebwunden waren an ihr noch zu erkennen. Wachtmeister Sü wurde zum Tode durch das Richtschwert verurteilt, die junge Frau aber von der Mitschuld freigesprochen. In der Urteilsbegründung hieß es, sie habe sich den Männern nicht freiwillig hingegeben, sondern sei von ihnen vielmehr unter schweren Androhungen auf Leib und Leben zur Unzucht gezwungen worden. Deshalb müsse man mit ihrem bösen Schicksal Mitleid haben.

Der Landrat legte es ihr jedoch zur Last, daß sie die ganze Zeit über geschwiegen hatte, und verurteilte sie zur leichten Prügelstrafe. Nachdem sie sich davon freigekauft hatte, wurde sie auf freien Fuß gesetzt, und der Fall war abgeschlossen. Schi-tschang erinnerte sich, daß sie früher stets ein keusches und geziemendes Leben geführt hatte und nur deshalb entehrt worden war, weil die Männer sie unter schweren Drohungen dazu gezwungen hatten. Deshalb nahm er sie, nachdem auch seine alte Mutter sich damit einverstanden erklärt hatte, wieder in die Familie auf.

Als ich im sechsten Monat des Jahres Kia-kia zu Schaohing in der ›Halle des ewigen Lebens‹ als Gast weilte, erzählte mir ein Herr Tsch'en diese Geschichte. Er sagte auch, zu welcher Zeit sich das alles abgespielt hatte und nannte den Namen des Dorfes, doch ich vermag mich an beides nicht mehr zu erinnern. Während es draußen vor dem Fenster regnet und ich müßig im Zimmer sitze, habe ich diese Geschichte aufgezeichnet.

KIEN YUNG

Die Geschichte von Tschou, dem pietätvollen Sohn

Tschou Fang-yung mit dem Höflichkeitsnamen T'ie-yen, besser bekannt als Tschou, der pietätvolle Sohn, stammte aus Hua-ting[1] in der Provinz Kiang-su. Sein Vater Wen-yung war, damals noch jung an Jahren, als Sekretär[2] eines höheren Beamten nach Hu-pei gegangen. Mit achtundzwanzig Jahren kehrte er in die Heimat zurück und heiratete. Ein Jahr später wurde Fang-yung geboren, und im nächsten Jahr reiste der Vater wieder nach Hu-pei zurück.

Erst fünf Jahre später bekam er abermals Urlaub, um seine alten Eltern zu besuchen, doch er blieb nur wenige Monate daheim. Fang-yung, der damals sechs Jahre alt war, konnte sich deshalb nur sehr ungenau an seinen Vater erinnern, denn acht Jahre später kam der offizielle Bescheid, daß Tschou Wen-yung am siebzehnten Tag des neunten Monats im achtundfünfzigsten Jahr der Regierungsära ›Himmlische Prosperität‹ (1794 n. Chr.) zu Kuei-tschou[3] in der Provinz Hu-pei verstorben sei. Fang-yung zählte damals vierzehn Jahre.

Durch den Tod ihres Ernährers verlor die ohnehin in sehr bescheidenen Verhältnissen lebende Familie ihre schmale Existenzgrundlage; und nur dank der hart arbeitenden Mutter, die durch Spinnen und Weben einiges Geld verdiente, konnten die alten Eltern und Fang-yung ihr Leben fristen. Die Verwandtschaft war völlig verarmt und konnte ihnen in keiner Weise helfen. Als sie die Nachricht von Wen-yungs Tod hörten, weinten und klagten sie laut. Da es angesichts dieser Verhältnisse außer Frage stand, den Leichnam des Verstorbenen in die Heimat zu überführen, wurde nur seine Seele während der Totenfeier zur Heimkehr aufgefordert. Dem alten Brauch war damit jedoch nicht Genüge getan, und deshalb beschloß der Familienrat, die Gebeine des Toten zu einem späteren Zeitpunkt heimzuholen.

Dann starben die Großeltern kurz hintereinander. Als der Großvater sein Ende herannahen fühlte, rief er Fang-yung an sein Sterbelager. Er strich ihm zärtlich über das Gesicht und sagte seufzend: »Ach wie sehr wünsche ich, daß du als pietätvoller Sohn die Gebeine deines Vaters heimholen möchtest! Dann könnte ich beruhigt die Augen schließen und zu den neun Quellen hinabsteigen.«

Weinend versprach Fang-yung es ihm und bewahrte die Worte in seinem Herzen.

Der Gedanke an das einmal gegebene Versprechen verließ ihn zwar nie, doch eine Reihe von Krankheits- und Todesfällen in der Verwandtschaft warfen ihn immer wieder an den Rand bitterster Armut zurück. Denn was er für seine Arbeit des ›Pinselpflügens‹ als Schreiber und Kopist erhielt, reichte nicht einmal für die billige Gemüsekost, von der er und seine Mutter sich ernährten. Trotzdem unternahm er, durch Not und Elend in keiner Weise entmutigt, wiederholt Versuche, die lange Reise trotz aller Schwierigkeiten und Hindernissen anzutreten, doch sein Vorhaben scheiterte immer wieder an mißlichen Umständen.

Als er einmal bei dem jedes Jahr stattfindenden Totenopfer hörte, wie seine Mutter herzzerreißend weinte und wehklagte, da mußte er daran denken, daß er nun ein erwachsener Mann und durchaus imstande war, die Gefahren und Strapazen einer langen Reise auf sich zu nehmen. »Wie kann ich mich als Mann betrachten«, dachte er, »solange die Gebeine meines Vaters noch in fremder Erde ruhen?«

Von Stund an nahm er keine Fleischspeisen mehr zu sich, sondern lebte nur noch von vegetarischer Kost und trug die allereinfachsten Baumwollgewänder. So gelang es ihm tatsächlich, durch äußerste Sparsamkeit etwas Geld zurückzulegen, das dazu bestimmt war, der Mutter während seiner langen Abwesenheit als Zehrpfennig zu dienen. Dann verbrannte er im Ahnenschrein Weihrauch und legte einen feierlichen Eid ab. Er schwor, nie wieder in die Heimat zurückzukehren, falls es ihm nicht gelingen sollte, die Gebeine seines Vaters zu finden.

Als er die ganze Angelegenheit noch einmal überdachte, sagte er sich, daß der Weg lang und die Reisekosten sicherlich nicht klein sein würden. Wie konnte er, ein armer Lohnschreiber, es wagen, ohne Geld abzureisen? Nach langem Überlegen faßte er den Entschluß, zuerst in die Hauptstadt zu reisen, denn dort, davon war er überzeugt, würde er bestimmt einen Beamten treffen, in dessen Gefolge er die Reise nach Hu-pei antreten könnte.

Gedacht, getan. Im zweiten Monat des siebenten Jahres der Regierungsära ›Großes Glück‹ (1802 n. Chr.) schiffte er sich auf einer mit Tributreis beladenen Dschunke ein. Es sei noch erwähnt, daß er zuvor an verschiedenen Stellen als Hauslehrer gearbeitet hatte. Dabei war er mit jemandem zusammengekommen, der sich auf die Kunst der Orchideen- und Bambusmalerei verstand; und durch bloßes Zuschauen hatte er viel von ihm gelernt. Weil er oft amtliche Schrifstücke hatte kopieren müssen, kannte er sich auch in den verschiedenen Schriftarten aus und war ein guter Kalligraph. Auf der Dschunke setzte er diese Studien fort. Nebenher lernte er noch, wie man Briefe und Erlässe im Amtsstil schreibt. Er übte sich darin vom frühen Morgen bis zum späten Abend, denn er war der Meinung, daß ihm vor allem diese Kenntnisse als Sekretär eines nach Hu-pei reisenden Beamten von allergrößtem Nutzen sein würden.

Vier Monate später kam er in Pe-king an und stieg dort in einer kleinen Herberge ab. Reihum besuchte er alle Beamten, die aus Sung-kiang, seinem Heimatbezirk, gebürtig waren. Mit Tränen in den Augen erzählte er ihnen, was ihn hergeführt hatte. Alle bekundeten ihm seufzend ihr tiefes Mitleid und versprachen, ihm einen Sekretärsposten bei dem nächsten nach Hu-pei reisenden Beamten zu besorgen. Sie versicherten ihm, daß Wu-tschang, die Hauptstadt der Provinz, eine bedeutende Metropole und ein Durchgangszentrum erster Ordnung sei; hunderte von Beamte würden alljährlich in jene Richtung auf ihren Posten reisen, und alle benötigten unterwegs einen Sekretär. Wenn er keine hohen Gehaltsansprüche stelle, wäre es ein Leichtes, ihm einen solchen Posten zu besorgen. Doch obwohl er lange Zeit darauf wartete, bot sich ihm keine solche Gelegenheit.

»Wenn ich«, sagte er sich, »hier am Fleck kleben bleibe und nur darauf warte, als Privatsekretär irgendeines Beamten nach Hu-pei zu reisen, dann kann es unter Umständen noch Jahre dauern, bis sich mir eine solche Gelegenheit bietet. Schließlich habe ich mir vorgenommen, die sterblichen Überreste meines Vaters zu finden. Da kann es mir eigentlich gleich sein, wie ich dort hinkomme, sei es als Gehilfe und Rechnungsführer eines Kaufmanns oder nur als einfacher Diener.«

Dann erzählte er seinen Landsleuten von seinem neugefaßten Entschluß, denn er hoffte, wenigstens auf diese Weise fortzukommen. Doch obwohl alle seinen Plan mit leidenschaftlichem Eifer unterstützten, konnte ihm keiner auch nur eine Dienerstelle besorgen. Da entschloß er sich, als Bettler nach Hu-pei zu reisen.

Inzwischen weilte er bereits sechs Monate in der Hauptstadt. Da er mit sehr bescheidenen Mitteln angereist war, hatte er sich schon bald gezwungen gesehen, seine Kleider nach und nach in die Pfandleihe zu tragen, um überhaupt sein Leben fristen zu können. Darüberhinaus schuldete er dem Herbergswirt bereits eine beträchtliche Summe, die dieser nun einforderte[4], denn das Neujahrsfest stand vor der Tür.

Zufällig weilte ein gewisser Herr Keng als Lückenwarter in der Hauptstadt und hoffte auf eine amtliche Anstellung. Auch er war aus Hua-ting gebürtig, und mit Fang-yung verband ihn eine aufrichtige Freundschaft. An diesen Mann wandte er sich und erzählte ihm, in welchem Dilemma er sich befand. Gleichzeitig bat er um eine bestimmte Geldsumme, damit er wenigstens seine Schulden beim Herbergswirt bezahlen und aus der Hauptstadt abreisen könne. Herr Keng versprach, seine Bitte erfüllen zu wollen. Weil aber auch er, kurz vor dem Jahresende, über keine größere Barschaft verfügte, sagte er zu ihm, er solle im ersten Monat des neuen Jahres wiederkommen.

Als er dann, wie verabredet, ein zweites Mal hinging, weilte gerade ein Hofbeamter bei Herrn Keng zu Besuch. Der Torwächter führte ihn deshalb in einen Pavillon, wo er mehrere alte Bekannte aus seiner Heimat antraf. Unter ihnen befand sich auch ein Herr namens Tai Pao-te. Er war bereits über die Sechzig hinaus und hatte einst als Amtsbruder von Fang-yungs Vater in Kuei-tschou gedient. Weinend warf Fung-yang sich vor ihm nieder und machte einen Kotau. Dann bat er ihn flehentlich, er möge ihm den Ort nennen, wo die Gebeine seines Vaters ruhten. In diesem Augenblick kam Herr Keng zur Türe herein und erzählte allen Anwesenden die Geschichte des jungen Mannes.

»Du bist also der Sohn meines verstorbenen Amtsbruders Tschou Wen-yung«, sagte der alte Herr Tai und half ihm wieder auf die Beine. »Es ist in der Tat sehr pietätvoll von dir und ein Zeugnis deines trefflichen Charakters, daß du dich entschlossen hast, nach Hu-pei zu reisen, um die sterblichen Überreste deines Vaters heimzuholen. Bedenke jedoch: Wer von hier aus nach Kuei-tschou reisen will, muß etliche tausend kleine Meilen zu Lande und zu Wasser zurücklegen. Wie ich jedoch an deinem Äußeren sehe, scheinst du nichts weiter als ein armer Bücherwurm zu sein. Willst du die Reise etwa in diesem Zustand, ohne Geld und mit leerem Magen, antreten? Das ist die erste

Schwierigkeit. In den Jahren Wu-wu und Su-wei (1798 bis 1799 n. Chr.) tobte in jener Gegend der Aufstand der weißen Lotos-Sekte[5]. Kuei-tschou wurde damals fast vollständig verwüstet, und die Stadtmauer wie auch der größte Teil der Häuser wurden dem Erdboden gleichgemacht. Deshalb besteht die heutige Bevölkerung zum größten Teil aus Flüchtlingen und Zugewanderten. Zudem wurde dein Vater damals in aller Hast beigesetzt. Wie willst du heute, nach all den Jahren des Krieges und der Zerstörung, sein Grab wiederfinden? Das ist die zweite Schwierigkeit. Sodann ist es als Halbwaise deine Pflicht, daheim zubleiben und für das Wohlergehen deiner Mutter Sorge zu tragen. Oberhalb von I-tschang ist der Große Strom sehr gefährlich. Schon der kleinste Unfall des Bootes würde dazu führen, daß du als Nahrung der Fische und Schildkröten auf dem Flußgrund endest. Denk doch an deine Mutter, die vor der Türe steht und sehnsuchtsvoll nach dir Ausschau hält, während du, der Gefahren für Leib und Leben nicht achtend, nur den Eingebungen deines Herzen folgst. Das ist die dritte Schwierigkeit. Deshalb halte ich es unter den gegebenen Umständen für das beste, wenn du dein Vorhaben auf später verschiebst und einstweilen in die Heimat zurückkehrst, um weiter deine Sohnespflichten zu erfüllen. Ich habe als Beamter viele Jahre in jener Gegend zugebracht und kenne dort eine Menge Leute. Oft besuchen mich auch Freunde und Bekannte aus Kuei-tschou. Ich werde sie deinetwegen nach den dort herrschenden Verhältnissen fragen; und wenn ich etwas bestimmtes erfahre, dann teile ich es dir mit. Auch wenn bis dahin noch einige Jahre vergehen, dürfte es für dein Vorhaben dann noch immer nicht zu spät sein.«

Doch Fang-yungs einzige Antwort war unaufhörliches Schluchzen. Daraufhin erwähnte Herr Keng, daß er entschlossen sei, notfalls auch als Bettler nach Kuei-tschou zu reisen. Da seufzte der alte Herr tiefbewegt auf und rief: »Welch eine Torheit! Welch eine Torheit! Doch ich meine, daß dies eine Art von Torheit ist, die man nur bewundern kann. Da du also, wie ich sehe, fest entschlossen bist, deine pietätvolle Tat zu vollbringen, will ich dir meine Hilfe nicht verweigern. Herr Ning, der amtierende Polizeimeister von Kuei-tschou, ist ein alter Freund von mir. Ich werde dir einen Empfehlungsbrief schreiben, den du ihm nach deiner Ankunft übergibst. Herr Ning ist in jeder Beziehung ein Ehrenmann und wird dich auf keine Weise übervorteilen.«

Noch am gleichen Tag schlug Herr Keng seinen Gästen vor, eine Geldsammlung für den pietätvollen Sohn zu veranstalten. Er selbst leistete den ersten Beitrag, und alle anderen folgten seinem Beispiel. Die nicht sehr große Summe erlaubte es Fang-yung wenigstens, den Herbergswirt zu bezahlen und sich einige für die Reise dringend notwendige Dinge zu kaufen. Am nächsten Tag brachte Herr Tai ihm den versprochenen Empfehlungsbrief nebst einer genauen Beschreibung der Reiseroute. »Von Hankou westwärts«, sagte er, »enthält die Beschreibung genaue Einzelheiten, sodaß du dir keine Sorgen zu machen brauchst, du könntest vom Weg abirren.«

Vor einiger Zeit hatte Herr Tai die dafür zuständige Behörde ersucht, ihn seiner alten Eltern wegen in einen heimatnahen Bezirk zu versetzen. Er gab deshalb Fang-yung zu verstehen, daß er die Hoffnung hege, ihn nach seiner Rückkehr in die Heimat wiederzusehen. Nachdem er ihm nochmals Mut zugesprochen hatte, verabschiedete er sich und ging fort. Wenig später nahm Fang-yung von Herrn Keng Abschied. Dann kehrte er in die Herberge zurück und schnürte sein Bündel.

In der gleichen Herberge logierte auch ein Mann namens Tschang, der in Nan-king beheimatet war. Er hatte einmal längere Zeit in einem Präfekturamt als Torwächter Dienst getan und kannte in Schan-tung, wo er viel herumgekommen war, sämtliche Amtsstuben. Ein Zufall hatte ihn nach Pe-king verschlagen. Und weil auch er im Augenblick knapp bei Kasse war, machte er Fang-yang den Vorschlag, zusammen nach Nan-king zu reisen. »Du bist zwar ein guter Kalligraph und Maler«, sagte er zu ihm, »doch zwischen der Nördlichen und der Südlichen Hauptstadt hast du so gut wie keine Verwandten und Bekannten. Ich dagegen bin viel im Land herumgekommen und habe viele Bekanntschaften angeknüpft. Doch ich besitze keine Geschenke, die ich ihnen anbieten könnte und habe auch kein künstlerisches Talent. Tun wir uns zusammen und reisen wir gemeinsam nach dem Süden! So kann ein jeder dem anderen helfen. Im übrigen wirst du in Nanking viele Boote aus der Provinz Hu-pei antreffen und in wenigen Tagen kannst du dein Ziel erreichen.«

Dieser Vorschlag gefiel Fang-yung, und so brachen sie am vierundzwanzigsten Tag des ersten Monats von Peking auf. Ihre täglichen Ausgaben bestritten sie von dem, was Fang-yungs Pinsel ihnen einbrachte. Manchmal reichte es kaum für eine einzige Mahlzeit am Tag. Als sie die Zollstation von Lin-huai erreicht hatten, ging Tschang fort, um einen seiner Freunde zu besuchen. Fang-yung blieb allein in der Herberge zurück und gab sich trüben Gedanken hin. Da fiel ihm ein, daß ein aus Sung-kiang stammender Herr Schi in der Nachbarschaft als Lehrer tätig war. Warum, sagte er sich, soll ich nicht hingehen und ihn besuchen? Bei dieser Gelegenheit kann ich ihn auch gleich nach der besten Reiseroute fragen. Er brach sofort auf und trennte sich damit von seinem Reisegefährten.

Seit der Abreise aus der Hauptstadt hatte er sehr unter den Beschwernissen der winterlichen Reise gelitten. Fast jeden Tag war er Wind, Frost und Regen ausgesetzt gewesen. Der zuweilen abrupte Klimawechsel, der ständige Hunger und die Erschöpfung nach den langen Fußmärschen hatten seine Gesundheit untergraben. Von Lin-huai bis zur Zollstation Tscheng-yang[6] verbrachte er weitere vier Tage in einem kleinen, offenen Boot. Als er dort in einer Herberge einkehrte, erlitt er einen Schwindelanfall, und sein ganzer Körper brannte wie Feuer. Zur gleichen Zeit verspürte er großen Durst. Nachdem er etliche Schöpfer Brunnenwasser getrunken hatte, fühlte er sich etwas besser. Doch schon am nächsten Morgen hatte sich seine Krankheit derart verschlimmert, daß er nicht mehr aufstehen konnte.

Der erste Sommermonat hatte gerade begonnen; und zu allem Unglück wütete in der Gegend die Pest. Die Menschen starben wie die Fliegen. Der Herbergswirt erschrak deshalb nicht wenig, als er am Morgen den Schwerkranken in seinem Haus entdeckte. Da er sich vor der Ansteckungsgefahr fürchtete, wollte er ihn nicht länger bei sich behalten und beschloß, ihn in einen benachbarten Tempel zu schaffen. Der Tempel war unbewohnt. Dorthin trug man gewöhnlich die Reisenden, die unterwegs krank geworden waren und überließ sie ihrem Schicksal.

Als Fang-yung hörte, was ihm bevorstand, sagte er zum Wirt: »Ich mache Euch gewiß keinen Vorwurf daraus, daß Ihr mich, einen kranken und alleinstehenden Gast loswerden wollt. Meine Krankheit ist zwar ernster Natur, doch wie Ihr seht, bin ich noch bei vollem Bewußtsein. Wenn mir die richtige Pflege zuteil wird, werde ich auch bestimmt wieder gesund. Es ist nicht so, daß ich sehr an meinem Leben hänge. Aber ich habe eine wichtige Aufgabe zu erfüllen. Ruft bitte den Stadtviertel-Obmann her, damit ich ihm meine Angelegenheiten anvertrauen kann.«

Als jener kurz darauf erschien, erzählte ihm Fang-yung, daß er sich auf dem Weg nach Kuei-tschou befinde, um die sterblichen Überreste seines Vaters zu suchen. Eben habe er einen Abstecher zu einem in der Nähe wohnenden Freund machen wollen, da sei er durch eine unerwartete Krankheit niedergeworfen worden. Dann zog er den Empfehlungsbrief des Herrn Tai aus der Tasche und dazu zwei kleine Stücke Silber aus seinem Reisegepäck. »Bitte nehmt diesen Brief, von dem mein Leben abhängt«, sagte er. »Denn ich fürchte, er könnte mir, während ich hier liege, abhanden kommen.« Er deutete auf die beiden Silberbrocken und fuhr fort: »Verwendet bitte dieses Geld zur Bestreitung der Arztkosten, oder, falls ich von diesem Lager nicht mehr aufstehe, für meinen Sarg. Sollte später einmal jemand aus Sung-kiang hier vorbeikommen, dann zeigt ihm bitte diesen Brief. Sicherlich wird er es nicht von sich weisen, meine Gebeine in die Heimat zurückzubringen.«

Als der Stadtviertel-Obmann den Brief las, wurde er vor Staunen ganz blaß. Er sorgte dafür, daß ein in der Nachbarschaft wohnender Arzt sich seiner annahm. Der junge Arzt, ein Bakkalaureus aus Schou-tschou, war zufällig ein Schüler von Fang-yungs väterlichem Freund. Nachdem er den Empfehlungsbrief gelesen hatte, war er erstaunt und sagte: »Da mein Patient ein pietätvoller Sohn und zudem ein Freund meines alten Lehrers ist, werde ich tun, was in meinen Kräften steht, um seine Gesundheit wiederherzustellen, Ihr aber«, schärfte er dem Herbergswirt ein, »dürft seine Pflege keineswegs nachlässig betreiben.«

Inzwischen hatte sich Fang-yungs Geschichte in der Stadt herumgesprochen und viele Neugierige herbeigelockt. Alle ergriffen für ihn Partei und setzten dem Wirt solange zu, bis er ihnen versprach, ihn in seinem Haus zu behalten. Um seines Lehrers willen gab sich der junge Arzt alle Mühe, den Kranken zu heilen, und besuchte ihn täglich zwei- bis dreimal. Am siebenten Tag ging das Fieber zurück und Fang-yung konnte wieder Reisbrei essen. Nach weiteren sieben Tagen war er leidlich wiederhergestellt. Er wollte rasch weiterreisen und ließ sich deshalb den Kopf scheren. Da erlitt er durch Zugluft einen schweren Rückfall. Wenn er aß oder sich auch nur ein wenig anstrengte, stellte sich die Krankheit aufs Neue ein. Nachdem er volle zwei Monate in Tscheng-yang zugebracht hatte, war er wieder soweit bei Kräften, daß er es wagen konnte, die Reise zu Fuß fortzusetzen. Doch sein Geld war restlos aufgebraucht, und um überhaupt leben zu können, hatte er seine Kleider ins Pfandhaus tragen müssen. In diesem Zustand, halbnackt und ohne ein Kupferstück im Beutel, kam er schließlich bei seinem väterlichen Freund in Ying-schang an.

Als dieser sein von der Krankheit ausgezehrtes Gesicht, seine magere Gestalt und sein zerlumptes Äußeres sah, riet er ihm dringend davon ab, die Reise fortzusetzen. »Mein zweiter Sohn Hi-wen«, sagte er zu ihm, »wird in Kürze zur Testprüfung[7] nach Kiang-ning reisen. Wenn du dich ihm anschließt, kannst du bequem nach Sung-kiang zurückkehren. Es ist keineswegs pietätvoll von dir, wenn du dich um deines toten Vaters willen der Sorge um deine noch lebende Mutter entziehst.«

Doch Fang-yung ließ sich nicht umstimmen. Da ließ Herr Schi ihn, von tiefem Mitleid bewegt, einige Dutzend Kalligraphien und Rollbilder anfertigen und schickte sie, mit seinen eigenen Visitenkarten versehen, durch seinen Famulus an alle seine ehemaligen Schüler, die es zum Bakkalaureus gebracht hatten. Von denen, die antworteten, spendeten die einen drei oder vier Scherf Silber und manche auch fünf oder sechs, sodaß insgesamt mehr als zwanzig Unzen zusammenkamen. Von einem Teil des Geldes kaufte sich Fang-yung neue Kleider und Schuhe. Dann nahm er von seinem väterlichen Freund Abschied und setzte die Reise fort.

Han-k'ou war sein nächstes Etappenziel. Doch der Weg dorthin führte durch ein wildes, fast unbewohntes Bergland[8], das sich ohne Unterbrechung über mehr als tausend kleine Meilen erstreckte. Dabei galt es, schwindelerregende Abgründe und gewaltige Bergzüge zu überwinden. Diese Gegend konnte man weder auf dem Wagen durchqueren noch auf dem Rücken eines Pferdes. Das einzige Beförderungsmittel dort ist eine leichte Bambussänfte, doch deren Benutzung kostete täglich nicht weniger als tausend Kupferstücke. Solche Ausgaben aber konnte sich

Fang-yung nicht leisten. Zu allem Unglück hielt die spätsommerliche Hitze noch immer an; und das führte dazu, daß die in jener Gegend üppig wuchernde Vegetation malariaverseucht war und dem Boden giftige Dämpfe entströmten. Den ganzen Tag über hellte sich der Himmel nicht auf. Außerdem hatte in dem Landkreis Huo-hien eine taoistische Geheimsekte einen Aufstand entfacht. Die wenigen Straßen, die durch jene Gegend führten, wurden von allerlei Gesindel umlagert. Es gab nur wenige Herbergen, aber viele Hindernisse.

In kurzer Dienerkleidung und mit Bastsandalen an den Füßen, legte Fang-yung täglich dreißig bis vierzig kleine Meilen zurück, und wo er weder eine Herberge noch sonst ein Obdach fand, nächtigte er an einen Stein oder Baum gelehnt, unter dem freien Himmel mitten im Gras. Wenn dann auch noch, was um diese Jahreszeit häufig geschah, ein Gewitterregen niederging, dann wurde er bis auf die Haut durchnäßt und erwartete zähneklappernd den Anbruch des neuen Tages.

Als er einmal unter dem Vordach einer Holzfällerhütte übernachtete, geschah es, daß er plötzlich durch irgend etwas aus dem Schlaf aufgeschreckt wurde. Als er hinschaute, erkannte er eine lange schwarze Schlange mit weißen Ringen, die sich gerade an seinem Hals entlangwand. Zu Tode erschrocken, wagte er sich nicht zu bewegen, als sie am Halsausschnitt seines Kittels hineinkroch und aus dem Ärmel wieder zum Vorschein kam. Als er in einer anderen Nacht vom Blaufelsgebirge herabstieg, sah er vor sich auf halber Bergeshöhe zwei Lichter schimmern und meinte, es seien Stocklaternen. In dem Glauben, er habe Mitreisende vor sich, rief er sie an. Da verschwanden sie plötzlich, und ein riesiger Tiger sprang mit lautem Gebrüll auf den Pfad und versperrte ihm den Weg. Entsetzt rannte Fang-yung davon. Er rettete sich nur deshalb, weil er sich in eine Schlucht fallen ließ, und der Tiger ihn nicht mehr sehen konnte. Zudem waren die Bergpfade durch die anhaltenden Regenfälle aufgeweicht und schlüpfrig geworden, so daß seine nackten Fußsohlen sich immer wieder an den scharfkantigen Felsbrocken schnitten, die das Wasser freigelegt hatte. Das führte zu Blutungen, die manchmal kaum zu stillen waren.

In diesen Tagen reiste er in der Gesellschaft einiger Hausierer, die mit Strohhüten Handel trieben. Sie kamen an einen berüchtigten Ort, an dem sich die Wegelagerer zu versammeln pflegten. Als sie sich ihm näherten, wollte Fang-yung nicht weitergehen. Mehrere seiner Begleiter taten es dennoch. Nach einer Stunde kamen zwei von ihnen eilig zurückgelaufen und berichteten: »Acht oder neun kleine Meilen von hier macht der Weg eine Biegung um eine Felsnase. Dahinter kam plötzlich ein gutes Dutzend Männer mit Keulen und Messern zum Vorschein und versperrte uns den Weg. Sie raubten alles, was wir hatten und brachten einen von uns um. Nachdem die Räuber abgezogen waren, haben die anderen sich hier und dort versteckt. Wir aber sind zurückgelaufen, um euch zu warnen und um beim nächsten Beamten Anklage zu erheben.«

Fang-yung und die anderen Zurückgebliebenen waren entsetzt, als sie diese Schreckensbotschaft vernahmen. Erst als am nächsten Tag weitere Reisende zu ihnen stießen, wagten sie den Marsch fortzusetzen. Solche und ähnliche Zwischenfälle waren auf dem Weg durch das wilde Bergland an der Tagesordnung, und als Fang-yung schließlich Han-k'ou[9] erreichte, verkündeten bereits kühle Winde den nahenden Herbst.

Die Reisebeschreibung, die Herr Tai ihm in Pe-king mit auf den Weg gegeben hatte, war, wie er nun feststellen konnte, in der Tat sehr ausführlich und genau. In ihr waren nicht nur alle Flüsse und Straßen, Berge und Ebenen, Städte und Marktflecken angegeben, sondern auch die Entfernungen zwischen den Orten, die Plätze, wo die Boote anlegten und wo er das Boot wechseln mußte, und die Herbergen, in denen er zu nächtigen gezwungen war.

Gemäß den Angaben belegte er einen Platz auf einer Handelsdschunke, die auch Passagiere beförderte, und reiste ab. Doch wegen der Überflutungen[10] bei Kung-an konnten sie die direkte Route nicht befahren, und der Kapitän sah sich gezwungen, einen Umweg über den Tung-t'ing-See zu machen. Während der ganzen Fahrt saß Fang-yung abseits. Wenn die Essenszeit herannahte, dann seufzte er, und oft liefen ihm Tränen über das Gesicht. Manchmal konnte er die ganze Nacht kein Auge schließen und führte lange Selbstgespräche. Den Mitreisenden erschien sein Benehmen seltsam, doch wenn der eine oder der andere fragte, was ihn bedrückte, dann erfand er irgendwelche Ausflüchte. Die Wahrheit erzählte er keinem.

Als er in I-tschang ankam, war sein Beutel wieder einmal so leer, als sei er ausgewischt. Er hatte nichts mehr zu essen und alles, was er noch bei sich führte, hatte den Wert von einem Scherf Silber und einem halben Strang Kupfergeld. Er verkaufte seine wenigen Habseligkeiten und erhielt dafür den Gegenwert von über tausend Kupfermünzen. Diese Summe ermöglichte ihm die Weiterfahrt auf einer anderen Dschunke. In der darauffolgenden Nacht erschien ihm sein Vater im Traum. Er sah genauso aus, wie er ihn seit den Tagen der Kindheit in Erinnerung hatte. »Morgen beginnen die Stromschnellen«, sagte er. »Sei vorsichtig!« Dann verschwand die Erscheinung.

Gleich hinter I-tschang verengt sich der gewaltige Strom auf ein Viertel seiner Breite und schießt ungestüm brausend aus einem langen, tiefen Spalt in den westlichen Bergen herab. Von den Treidlern gezogen, schien die Dschunke bergauf zu klettern. Ungeheure Steilwände stiegen auf beiden Seiten senkrecht empor, die Ufer waren mit Felstrümmern übersät, und wo sich ein Spalt in den Felsmauern öffnete, sah man nur wildgezackte Klippen, auf denen kein Baum und kaum ein Grashalm wuchs. Als sie in die Lu-kan-Schlucht einfuhren, aus der der Strom wie aus einem Trichter hervorschießt, umgab sie tiefes

Getreideltes Boot in den Yang-tse-Schnellen

Dunkel. Riesenhafte Felswände stiegen zu beiden Seiten senkrecht empor, gekrönt von tafelförmigen Platten, die über den Rand der Klippen hinausragten und von denen lange, spitze Stalaktiten herabhingen.

Als sie die Blau-Schnelle passierten, schäumten die Wasser wild und furchterregend, und zeitweilig waren Felsspitzen in der Gischt zu sehen. Als das Treidelseil riß, verlor die Besatzung die Herrschaft über die Dschunke; laut krachend schlug sie gegen eine der Felsspitzen und bekam ein Leck. Um ein Haar wären alle ertrunken; doch wie durch ein Wunder entgingen sie der Gefahr im letzten Augenblick. Nachher beglückwünschte einer der anderen, weil ein gnädiges Schicksal ihnen das Leben wiedergeschenkt hatte. Am ersten Tag des neunten Monats legte die Dschunke unterhalb von Kuei-tschou an.

Von I-tschang aufwärts folgen die Stromschnellen einander wie die Sprossen einer Leiter, und der Strom hat das Aussehen einer Reihe von übereinandergelegten Hohlpfannen auf dem Dach. Die am Ufer des Stromes gelegene Stadt Kuei-tschou befindet sich auf einem steilen Berg. Wenn man von unten her die Hähne und Hunde in der Stadt krähen und bellen hört, dann könnte man meinen, die Laute kämen aus den Wolken.

Die mächtigen Mauern der Stadt mit ihren Bastionen waren in den Anfängen der Ming-Dynastie errichtet und später vom ›Gelben Tiger‹, dem Rebellen Tschang Hientschung, zerstört worden. Die Palisadenzäune, mit denen man später die wichtigsten Bauwerke umgeben hatte, waren vor wenigen Jahren beim Aufstand der weißen Lotos-Sekte in Flammen aufgegangen. Der Wiederaufbau der völlig zerstörten Stadt stand noch in seinen Anfängen. Die Beamten hatten gerade damit begonnen, die Flüchtlinge und Versprengten zurückzuführen. Alles sah noch roh und behelfsmäßig aus. Doch jetzt, wo das Volk sich wieder versammelte, nahm auch die Stadt wieder ihre Konturen an und hier und da zeigten sich bereits die ersten Anzeichen eines bescheidenen Wohlstandes.

Fang-yung quartierte sich in einer Herberge ein, die dicht neben dem Bezirksamt lag. Dann nahm er den Empfehlungsbrief, den Herr Tai ihm gegeben hatte, und ging damit zu Polizeimeister Ning. Dieser war, als er ihn las, so erstaunt, daß er seinen Augen nicht traute. Er las ihn ein zweites Mal durch und sagte dann ganz unvermittelt: »Seit dem Aufstand der Rebellen hat sich nicht nur die Bevölkerung der Stadt, sondern auch deren ursprünglicher Bebauungsplan völlig verändert. Aus diesem Grund gibt es bei uns nur noch wenige Leute, die sich an das erinnern können, was zehn Jahre zurückliegt. Jemanden zu finden, der zwanzig Jahre hier gelebt hat, dürfte noch viel schwieriger sein. Denn inzwischen sind sogar die Friedhöfe und die Familienbegräbnisse eingeebnet worden. Wie soll man da einen Sarg finden – und gar noch den eines Fremden? Da du nun hier bist, so schlage ich vor, daß du dich erst einmal ein wenig ausruhst und dir die Gegend anschaust. Dann gehen wir beide gemeinsam aufs Feld hinaus. Dort kannst du einen Klumpen Erde einpacken und die Seele deines Vaters zur Rückkehr in die Heimat auffordern. Damit hast du deinen Pflichten als pietätvoller Sohn mehr als Genüge getan. Solltest du trotzdem die Absicht haben, nach den echten Gebeinen deines Vaters zu suchen, dann befürchte ich, daß deine Arbeit vergeblich bleibt und dir keinen Nutzen bringt.«

Fang-yung war von den Worten des Polizeimeisters keineswegs entmutigt. Im Gegenteil, er bat ihn inständig, Nachforschungen anzustellen. Herr Ning gab nach und tat, was er von ihm verlangte. Er befragte alle Polizisten, die schon seit längerer Zeit in der Stadt Dienst taten und ließ in allen buddhistischen Klöstern und Tempeln innerhalb und außerhalb der Stadt nachforschen, doch niemand wußte etwas von dem Grab.

Nun lebte im gleichen Bezirk auch ein alter Polizeiwachtmeister mit Namen Sü. Als der Aufstand losbrach, war er mit seiner ganzen Familie geflüchtet und lebte jetzt zwischen Pa und Wu. Doch kehrte er selbst immer wieder nach Kuei-tschou zurück und versah dort seinen Dienst. Als er an einem dieser Tage die Amtsstube von Polizeimeister Ning betrat, fragte dieser ihn in Fang-yungs Gegenwart, ob er sich noch an den Präfekten Huang erinnere. Er sei aus der Provinz Tschekiang gebürtig und vor rund zwanzig Jahren nach Kuei-tschou versetzt worden.

»Freilich«, erwiderte der Alte, »ich kann mich noch gut an ihn erinnern.«

»Dann«, fuhr Herr Ning fort, »kanntest du wohl auch einen seiner Sekretäre mit Namen Tschou Wen-yung. Er starb später an einer Krankheit und wurde hier begraben.«

»Ja, ich kannte ihn. Ich war in jenem Jahr gerade zum Wachtmeister befördert worden und hatte das Kommando über alle Polizisten übernommen, als Herr Huang im sechsten Monat von drei Sekretären begleitet hier eintraf. Der erste hieß Tai, der zweite Sü und der dritte war eben jener Herr Tschou. Er kränkelte bereits bei seiner Ankunft, und ein Dienerknabe besorgte ihm die Medizinen. Eines Abends rief der Dienerknabe mich plötzlich ins Zimmer. Als ich eintrat, sah ich Herrn Tschou auf dem Bett liegen, doch er war bereits tot. In der verkrampften Hand hielt er noch eine Medizinflasche. Da Präfekt Huang und Sekretär Tai von ihrer Dienstreise in die Provinzhauptstadt noch nicht zurückgekehrt waren, trug Herr Sü für das Begräbnis Sorge. Obwohl diese Sache nun schon mehr als zwanzig Jahre zurückliegt, kann ich mich doch noch ein wenig an das Aussehen des Herrn Tschou erinnern.«

Als Fang-yung diese Worte hörte, konnte er seine Rührung nicht länger verbergen und fing an zu weinen. Überhastet erkundigte er sich, wo man den Sarg seines Vaters begraben habe.

»Soweit ich mich erinnern kann«, fuhr der Alte fort, »hat man ihn auf dem Friedhof draußen vor der östlichen

Zollstation beigesetzt, und zwar ein wenig zur Linken. Doch ich zweifle, ob das Grab nach all den Jahren des Aufruhrs und der Zerstörung noch zu finden sein wird.«

»Da du nun eine ungefähre Vorstellung davon hast, wo dein Vater begraben liegt«, sagte daraufhin Polizeimeister Ning zu Fang-yung, »solltest du deinen Wohnort in die Nähe jenes Friedhofs verlegen. Außerhalb der östlichen Zollstation liegt die ›Klause des Großen Friedens‹. Dort kannst du einstweilen wohnen. Morgen schicke ich dir Herrn Sü als Führer. Er wird dir helfen, das Grab zu finden.«

Fang-yung befolgte den Rat des Herrn Ning und verlegte seinen Wohnsitz in die Klause. Am nächsten Morgen bat er Herrn Sü, ihn zu führen. Der Friedhof lag ein oder zwei kleine Meilen außerhalb der Stadt auf einem öden, unkrautüberwucherten Berggelände, und sein Areal war nur durch einige Grenzsteine gekennzeichnet. Hier hatte man einst die Fremden und durchreisenden Kaufleute begraben, die der Tod in Kuei-tschou ereilt hatte.

Obwohl Fang-yung den ganzen Tag mit gekrümmtem Rücken und schmerzenden Gliedern in dem üppig wuchernden Unkraut suchte und die Inschriften der moosüberwucherten und teilweise bereits in den Boden versunkenen Grabsteine entzifferte, fand er das Gewünschte nicht.

Am nächsten Morgen ging er abermals hin und suchte weiter. Er suchte bis gegen Abend, ohne das Grab seines Vaters zu finden. Da blieb er stehen und überlegte: »Auf diesem Gräberfeld von vier oder fünf kleinen Quadratmeilen liegen die gebleichten Knochen wie Unkraut umher. Wenn es sich als notwendig erweisen sollte, werde ich einen halben Monat drangeben, um die Gebeine meines Vaters zu finden. Ich bin zehntausend kleine Meilen weit hergereist. Sollte es mir am Ende doch nicht gelingen, dann springe ich in den Fluß und mache meinem Leben ein Ende.«

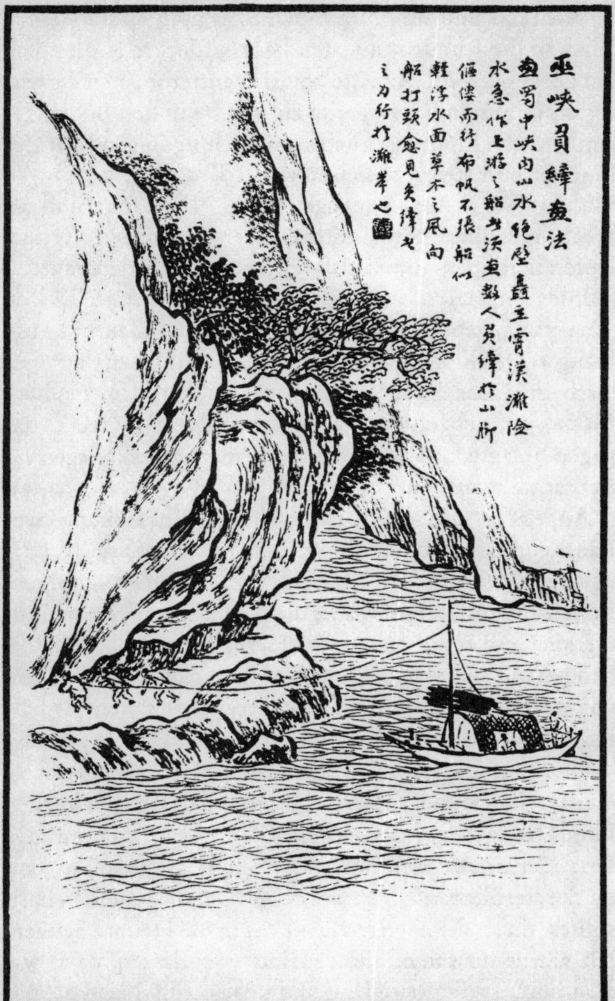

Landschaft bei Kuei-tschou

Während ihm dies durch den Sinn ging und er seinen Blick in die Runde schweifen ließ, entdeckte er plötzlich ein gutes Dutzend Schritte von sich entfernt einen verwitterten Grabstein, der bereits zur Hälfte in den Boden gesunken war. Einer plötzlichen Eingebung folgend, ging er hinüber und stemmte sich mit aller Kraft dagegen, bis er ihn aus dem Erdreich gezogen hatte. Nachdem er ihn ein wenig gesäubert hatte, entdeckte er darauf drei vertikal laufende Reihen von Schriftzeichen. Die mittlere lautete: »Unter der Herrschaft der Ts'ing-Dynastie starb Tschou Wen-yung, gebürtig aus Hua-ting in der Präfektur Sungkiang.« Die linke gab die Zeit seines Ablebens an: »Er starb im Jahre kuei-tsch'ou (1794 n. Chr.), im neunten Monat, am siebzehnten Tag in der Frühe.« Die rechte dagegen besagte, daß der Stein von seinen Amtskollegen errichtet worden war.

Angesichts dieser überraschenden Entdeckung war Fang-yung zugleich freudig erregt und tieftraurig, und das in einem Maße, daß die Glieder ihm den Dienst versagten. Er heulte lauthals und wollte die Nacht unter freiem Himmel am Grab verbringen. Doch Herr Sü zog den Widerstrebenden mit sich fort und erzählte ihm, daß der Ort nachts von wilden Tieren wimmele. Schon am hellichten Tag hätten Leoparden und Tiger die Menschen hier angefallen.

Gleich am nächsten Morgen eilte Fang-yung zu Polizeimeister Ning und erzählte ihm von seinem glücklichen Fund. Jener freute sich gleichfalls und sagte zu ihm: »Da dein Herzenswunsch nun in Erfüllung gegangen ist und du die sterblichen Überreste deines Vaters gefunden hast, solltest du an die baldige Rückkehr in die Heimat denken. Ich würde dir raten, die Gebeine hierzulassen, denn wie du weißt, ist die Reise lang und kostspielig. Nach meiner Schätzung würden sich die Transportkosten alleine auf mehr als zweihundert Unzen Silber belaufen. Und warum willst du die Gebeine auch ausgraben, die nun schon so lange in fremder Erde ruhen? Zur Zeit der Südlichen

Sung-Dynastie (1127–1279 n. Chr.) gab es viele große Gelehrte und hohe Beamte, die ihre Eltern in fremder Erde begruben. Und seitdem hat diese Sitte sich bei uns eingebürgert.«

Fang-yung aber wollte nichts davon wissen, denn er hatte sich schon längst dazu entschlossen, die Gebeine seines Vaters auf dem Rücken heimzutragen. Als Herr Ning erkannte, daß er ihn nicht überreden konnte, sagte er, daß er dem Präfekten darüber berichten wolle. Dieser, ein gewisser Herr Liu, zeigte reges Interesse an dem Vorhaben des pietätvollen Sohnes und befahl dem Obmann des nächstliegenden Stadtviertels, ihm mit fünf Männern an die Hand zu gehen. Auch Herr Ning versprach, jemanden zu schicken.

Ausgerüstet mit zwei Wasserkrügen, einem großen gelben Stoffbeutel, Öl- und Seidenpapier, sowie Seide, Pinsel, Tusche, einigen Ellen grobem Stoff, einem kleinen Messer und anderen Dingen, begab Fang-yung sich am Doppelneun-Fest[11] auf den Friedhof, um seine pietätvolle Aufgabe zu vollenden. Es war ein klarer, wolkenloser Tag, und ein frischer Wind blies über die öde Stätte des Todes.

Zwei gemietete Totengräber, die die Opfergaben trugen, begleiteten ihn. Als sie zum Friedhof kamen, waren der Stadtviertel-Obmann mit seinen Leuten und ein Polizist, den Herr Ning geschickt hatte, bereits anwesend. Nachdem Fang-yung vor dem Grabhügel das Opfer dargebracht hatte, wurde die Erde abgehoben, und der bereits ganz verfaulte Sarg kam zum Vorschein. Als die Männer den Deckel entfernt hatten und Fang-yung die sterblichen Überreste seines Vaters erblickte, war er so gerührt, daß er mit den Füßen auf die Erde stampfte und sich mit den Fäusten auf die Brust schlug. Dazu weinte und jammerte er lauthals. Von wilder Entschlossenheit beseelt, schnitt er sich einen großen Hautfetzen vom Unterarm ab und versiegelte damit die auseinanderklaffende Mundhöhle seines Vaters. Dabei tropfte das Blut von seinem

Arm auf die Knochen. Es lief aber nicht herunter, sondern wurde von ihnen aufgesogen.[12]

Nachdem er die stark blutende Wunde mit etwas Erde gestillt und mit einem groben Tuch verbunden hatte, legte er sich bäuchlings auf den Boden und fing an, die einzelnen Knochen sorgfältig aufzuheben. Inzwischen hatten die Männer aus dem nächstgelegenen Stadtviertel das Ölpapier am Grabrand ausgebreitet, und die beiden Totengräber legten auf jedes Stück ein Stück Seide und ein Stück Seidenpapier. Jeder Knochen wurde sorgfältig eingewikkelt, dann beschriftete Fang-yung die einzelnen Päckchen mit blutvermischter Tusche. Dann wurde alles feierlich in den großen gelben Beutel gelegt und dieser am Schluß noch in ein grobes Tuch eingeschlagen. Mit dem Rest der Tusche fertigte er einen Abdruck der Grabinschrift an, den er später daheim als Beweis vorlegen wollte. Dann schaufelten die beiden Totengräber das Grab wieder zu und setzten den Stein an seinen alten Platz zurück.

Kuei-tschou ist seiner herrlichen Landschaft wegen berühmt, und die Szenerie außerhalb der Oststadt ist es ganz besonders. Und weil es seit alters her Sitte ist, daß die Leute am Doppelneun-Fest Bergwanderungen machen, spazierten zu dieser Stunde viele Stadtbewohner in der Nähe des Friedhofs umher. Als sie hörten, daß dort eine Leiche exhumiert werde, kamen sie in Scharen herbeigeströmt und bildeten einen großen Kreis rings um das Grab. Unter ihnen gab es keinen, der nicht vor Rührung geweint und den pietätvollen Sohn mit leisen Seufzern bewundert hätte.

Gegen Abend kehrte Fang-yung mit den Gebeinen seines Vaters auf dem Rücken in die ›Klause des Großen Friedens‹ zurück und fing sofort an, Rückkehrpläne zu schmieden. Er hoffte, daß es ihm auch in Kuei-tschou gelingen werde, durch den Verkauf von Rollbildern und Kalligraphien das nötige Geld zusammenzubringen. Doch schon bald mußte er erkennen, daß dies ein Irrtum war. Die Bevölkerung hatte sehr unter dem Aufstand gelitten, und überall herrschte noch große Armut. Zufällig traf er mit einem Kaufmann aus Hu-tschou zusammen, und dieser erbot sich, ihn bei Herrn Tschang, dem General der Plänklertruppen, einzuführen. Der General war gleichfalls aus Sung-kiang gebürtig, und nachdem er den Kaufmann angehört hatte, versprach er, Fang-yung zu helfen.

Am nächsten Tag kam ihm Herr Ning freudestrahlend entgegen und rief: »Welch ein Glück, junger Freund! Welch ein Glück! Gestern nahm ich an einem Festbankett teil, zu dem sich alle Zivil- und Militärbeamten der Präfektur eingefunden hatten. General Tschang erzählte dem Präfekten deine Geschichte, und er meinte, daß in erster Linie ihn selbst die Schuld treffen würde, wenn ein so pietätvoller Sohn wie du seine heilige Pflicht aus Geldmangel nicht erfüllen kann. Er spendete deshalb als erster fünf Unzen Silber. Die anderen Beamten gaben je drei und die Sekretäre je zwei Unzen. Auf diese Weise kamen mehr als zwanzig Unzen Silber zusammen. General Tschang legte zehn Schnüre Kupfergeld dazu und versprach außerdem, daß er dich auf einem seiner Meldeboote bis nach Hank'ou mitnehmen werde. In drei Tagen soll die Reise beginnen. Welch ein Glück für dich!«

Fang-yung war von dem Gehörten so überrascht, daß er im Augenblick nicht wußte, was er darauf antworten sollte. Herr Ning gab ihm einen seiner Diener mit, der ihn zuerst zu Herrn Liu, dem Präfekten, führte. Nachdem er sich bei ihm in geziemender Weise für das Geldgeschenk bedankt hatte, lud jener ihn in seine Bibliothek ein und bat ihn dort, einige Kapitel aus dem ›Buch der kindlichen Pietät‹ für ihn in altertümlicher Kurialschrift zu kopieren. »Diese Abschrift werde ich«, sagte er, nachdem Fang-yung ihm den Wunsch erfüllt hatte, »stets als das Werk eines pietätvollen Sohnes in Ehren halten und an meine Kinder und Kindeskinder zur Erbauung weiterreichen.«

Dann erstattete Fang-yung den anderen Zivil- und Militärbeamten Dankbesuche ab. Kurz vor der Abreise ließ der Präfekt ihm durch Polizeimeister Ning einen versiegelten Brief zugehen, den er nach seiner Ankunft in Huatung dem Landrat übergeben sollte. Er enthielt einen ausführlichen Bericht über seinen Aufenthalt in Kuei-tschou und schilderte die glückliche Beendigung seiner Mission in allen Einzelheiten.

Angetan mit einem weißen Trauergewand und einer Kappe von gleicher Farbe, ging er dann, mit den sterblichen Überresten seines Vaters auf dem Rücken, zum Hafen hinab. Die Leute kamen in Massen herbeigeströmt. Sie verstopften alle Straßen, die zum Flußufer hinabführten und stritten sich darum, ihn sehen zu dürfen. Dies geschah am zwanzigsten Tag im neunten Monat des achtzehnten Jahres der Regierungsära ›Freudebringender Segen‹ (1813 n. Chr.). Mit günstigem Wind und von einer schnellen Strömung getrieben, kam das Boot schon nach wenigen Tagen in Han-k'ou an. Dort schrieb Fang-yung einen Dankesbrief an den General. Nachdem er ihn seinem Adjudanten übergeben hatte, stieg er auf eine Dschunke um, die weiter nach Osten segelte. Vor der Abfahrt brachte die versammelte Mannschaft dem ›Goldenen Drachengott‹ im Ruderhaus ein feierliches Opfer. Während der Reise verbrannte Fang-yung morgens und abends Weihrauch und erflehte mit inbrünstigen Kotaus den Beistand dieses mächtigen Nothelfers. Drei Wochen später war er wieder daheim. Die Mutter hatte sich zwar wegen seiner langen Abwesenheit große Sorgen um ihn gemacht und hatte täglich nach ihm Ausschau gehalten, doch sie war noch so gesund und rüstig wie zuvor.

Die Gebeine wurden zuerst in einem buddhistischen Kloster vor der Oststadt untergebracht. Vor dem Sarg hängte Fang-yung den Abdruck der Grabinschrift an einer Säule auf. Dann brachten er und seine laut weinende Mutter ein Totenopfer dar, und alle, die davon hörten, waren zutiefst bewegt. Schließlich wurde durch Orakelbefragung noch der günstigste Ort für das Grab – er lag dicht neben den Ahnengräbern – ermittelt. Am neunten Tag des elften Monats fanden die sterblichen Überreste des Tschou Wen-yung ihre letzte Ruhe.

Inzwischen hatte auch Herr Tai seinen Posten in der Zivilverwaltung aufgegeben und war zum Stadtkommandanten von Kin-hua ernannt worden. Als er sich Urlaub erbat, um seine alten Eltern zu sehen, wurde ihm die Bitte gnädig gewährt. Er weilte gerade daheim, als Fang-yung mit den Gebeinen seines Vaters auf dem Rücken von seiner langen Reise zurückkehrte. Es war deshalb für ihn eine Selbstverständlichkeit, daß er am Begräbnis seines ehemaligen Amtsbruders teilnahm.

Kurz nach seiner Ankunft hatte Fang-yung auch dem Landrat seiner Heimatstadt den versiegelten Brief des Präfekten von Kuei-tschou übergeben, und dieser ließ ihn ein paar Tage nach dem Begräbnis zu sich kommen. Als Fang-yung ihm von seiner langen und gefährlichen Reise erzählte, seufzte auch er unaufhörlich vor Bewunderung und sparte nicht mit Lob. Diese Geschichte sprach sich schließlich auch bei Hofe herum, und der Kaiser erfuhr davon. Er widmete dem pietätvollen Sohn eine Ehrentafel und machte ihn zum Beamten.

Auf diese Weise gelang es Fang-yung, den letzten Willen seines Großvaters zu erfüllen, der im Tod die Gebeine seines Sohnes bei sich haben wollte. Fang-yungs Mutter, eine geborene Wang, war eine keusche und tugendhafte Frau. Doch ihrem höchst pietätvollen Sohn, dessen Tat ohne Beispiel in der ganzen Geschichte ist, gebührt größerer Respekt. Man kann ihn mit jenem Huang Hiang-kien aus Su-tschou vergleichen, der zehntausend kleine Meilen weit bis in das ferne Yün-nan reiste, um seine Eltern zu finden. Ich, Kien Yung, habe diese Geschichte im dritten Monat des dritten Jahres der Regierungsära ›Glanz des Tao‹ (1823 n. Chr.) aufgezeichnet, damit sie der Nachwelt überliefert wird.

YÜ YÜE

Die seltsamen Mieter des Herrn Tung

Herr Tung P'o-ki, ein Mann aus meiner Heimatstadt, war ein schon älterer, begüterter Herr, der zu der Zeit, als diese Geschichte sich zutrug, in Neumarktsweiler lebte. Er wohnte dort in einem großen und geräumigen Heim, das aus zwei Häusern bestand, die durch einen Innenhof voneinander getrennt waren. Sowohl das Vorder- wie auch das Hinterhaus hatten zwei Stockwerke und in jedem Stockwerk gab es fünf Räume. Da Herrn Tungs Familie aus nur wenigen Personen bestand, bewohnte sie nur das Vorderhaus, während das Hinterhaus für Lagerzwecke benutzt wurde.

Eines Abends vernahm Herr Tung aus dem Hinterhaus Geräusche, doch er schenkte ihnen weiter keine Bedeutung. Am darauffolgenden Abend hörte er, wie dort laute Gespräche geführt und Geräusche gemacht wurden, die sich wie Möbelrücken anhörten, und dies währte bis in den frühen Morgen hinein. Nun entschloß er sich aber doch zum Hingehen, denn er wollte sehen, was sich dort zutrage. Als er den Hof überschritten hatte und gerade die Stufen zur Veranda emporstieg, hörte er, wie drinnen jemand rief: »Der Hausbesitzer kommt!«

Gleich darauf öffnete sich die Türe des mittleren Raumes, und ein alter Herr kam heraus. Sein frisches, rosiges Gesicht stand in einem seltsamen Gegensatz zu seinen bereits schlohweißen Haaren. Er war tadellos gekleidet, und nachdem er sich höflich verneigt hatte, forderte er Herrn Tung zum Eintreten auf. Dieser erkannte sofort, daß der alte Herr ein übernatürliches Wesen war, doch da er ein mutiger Mann war, zeigte er keine Furcht.

Als er im Zimmer stand, besah er sich die Einrichtung. Er bemerkte, daß es seine eigenen Möbel waren, doch alles war neu und recht geschmackvoll aufgestellt. Außerdem hatte man das Zimmer mit alten Bronzetripoden geschmückt, an den Wänden hingen Rollbilder, und in einer Ecke stand ein Bücherregal mit vielen Büchern. Ein dicker Filzteppich bedeckte den Boden. Auf den Tischen und Stühlen lagen reizvolle Seidenbrokatdecken und -kissen, und in der Mitte des Zimmers hingen vier Palastlaternen mit zinnoberroten Fransen von der Decke herab.

Nachdem beide Platz genommen hatten, stellte der alte Herr sich als Tschung Tse-hia vor, gebürtig aus Hua-yin in der Provinz Schen-si. Vor einigen Monaten, so erzählte er, sei er mit seiner ganzen Familie zu einer Reise in die schönsten Gegenden des Reiches aufgebrochen. Vorgestern sei er auf dem Tigerhügel[1] in Su-tschou gewesen und von dort aus weiter zum Westsee bei Hang-tschou gereist. Er habe auch das Himmelsterrassen- und das Wildgansteich-Gebirge besteigen wollen, doch leider sei seine Frau plötzlich erkrankt. Deshalb habe er sich gezwungen gesehen, Herrn Tungs leerstehendes Hinterhaus für einige Zeit in Beschlag zu nehmen. Das solle jedoch sein Schaden nicht sein, denn zu gegebener Zeit werde er ihm den Mietzins entrichten. Zum Schluß bat er noch, Herr Tung möge keinem Außenstehenden etwas davon erzählen. Er sprach in der gewählten Ausdrucksweise der Gelehrten und gab sich sehr freundlich, sodaß Herr Tung ihm die Bitte nicht gut abschlagen konnte.

Am übernächsten Tag zog Herr Tung seine besten Kleider an und machte dem alten Herrn einen Höflichkeitsbesuch. Dieser ließ ihm durch einen Dienerknaben Tee servieren. Obwohl sich niemand sonst aus der Familie blicken ließ, war aus dem oberen Stockwerk ein leises Stimmengewirr zu hören, und es hatte den Anschein, als ob sich dort ein gutes Dutzend Menschen aufhalte. Der alte Herr bedauerte lebhaft, daß es ihm nicht möglich sei, einen Gegenbesuch zu machen, obwohl dies der Höflichkeit widerspräche. »Denn«, so fuhr er fort, »ich bin kein Mensch, der dieser Welt angehört und habe längst allen Annehmlichkeiten und Genüssen des Lebens entsagt. Dennoch hoffe ich, daß Ihr Euch durch meine Weigerung, einen Gegenbesuch zu machen, nicht verletzt fühlt.«

Dieser Besuch blieb indes nicht der einzige. Wenn Herr Tung gerade keine Geschäfte zu erledigen hatte und müßig war, dann suchte er seinen seltsamen Mieter im Hinterhaus manchmal auf. Sie pflegten dann Tee zu trinken und über allerlei Dinge zu plaudern. Oft zogen diese Besuche sich den ganzen Tag hin, und Herr Tung wurde zu einem Becher Wein eingeladen. Wenn der Wein ihre Zungen gelöst hatte, begann der alte Herr mit großer Gelehrsamkeit, und aus tiefem Wissen schöpfend, über die klassischen Werke der Literatur und der Geschichtsschreibung zu sprechen. Wenn er über Ereignisse sprach, die sich in der Zeit der Südlichen Sung-, der Mongolen- und der Ming-Dynastie abgespielt hatten, dann pflegte er darüber zu plaudern, als ob er selbst dabei gewesen wäre. Handelte es sich aber um Geschehnisse, die weiter als die Zeit der Nördlichen Sung-Dynastie (960–1126 n. Chr.) zurücklagen, dann erging auch er sich nur in Allgemeinheiten.

Manchmal versuchte Herr Tung ihn über solche Probleme wie Heil und Unheil, Glück und Unglück auszuforschen, doch der alte Herr vermied es stets, ihm darauf eine direkte Antwort zu geben. Er wies vielmehr darauf hin, daß in solchen Fällen Vermutungen und Prophezeiungen sinnlos seien. Man müsse sich vielmehr von dem Grundsatz leiten lassen, daß Güte und Gerechtigkeit zum Glück, Gemeinheit und Schlechtigkeit aber ins Unglück führten.

Schon bald konnte Herr Tung sich auch davon überzeugen, daß der alte Herr ein trefflicher Kalligraph und guter Maler war. Einmal schenkte er ihm einen von ihm selbst bemalten Fächer. Auf der einen Seite war er mit der ›Plauderei am Orchideen-Pavillon‹ beschrieben, während die andere Seite die Kopie einer Landschaft des berühmten impressionistischen Malers Nan Kung in der ›gebrochenen-Tusche-Manier‹ zierte. Herr Tung schätzte diese künstlerisch wertvolle Gabe hoch.

Es war im Frühsommer, zu der Zeit, als im Hof die Blumen in voller Blüte standen. Da ging eines Tages Herrn Tungs kleine Tochter – sie hieß Schlaumädchen und war damals neun Jahre alt – alleine in den Hof und wollte Blumen pflücken. Auf der Veranda des Hinterhauses sah sie eine schöne Dame stehen, die sich mit den Händen auf das Geländer stützte. Sie trug ein schwarzes Kopftuch, ein purpurfarbenes Kleid und darunter einen langen weißen Unterrock, der ihr bis zu den Knöcheln reichte. Eine kleine Dienerin, deren Haar noch nicht aufgebunden war, stand neben ihr. Die schöne Dame gab Schlaumädchen durch einen Wink zu verstehen, daß sie zu ihr kommen solle, doch sie zögerte noch. Da kam sie ihr entgegen, nahm sie bei der Hand und führte sie ins Haus. Drinnen saß der alte Herr in würdevoller Haltung auf dem Stuhl und las in einem Buch. Als er das Mädchen erblickte, sagte er lächelnd zu ihr: »Schlaumädchen ist zu uns gekommen. Geh nur hinauf und setze dich hin.«

Als Schlaumädchen nach oben kam, sah sie, daß die Räume des oberen Stockwerks besser eingerichtet waren als das Arbeitszimmer des alten Herrn. Sie bemerkte eine ganze Anzahl von kleinen Dienerinnen, die nur wenig älter waren als sie selbst. Sie alle sprachen ihre Begleiterin mit ›Erste Dame‹ an, und diese führte sie sogleich in ihr eigenes Schlafzimmer, das sich im östlichen Teil des Hauses befand. Drinnen saß ein kleines Mädchen, dessen Füße Schlaumädchen im Vergleich zu ihren eigenen geradezu winzig erschienen. »Dies«, sagte die schöne Dame zu ihr, »ist meine kleine Tochter. Sie ist ein Jahr jünger als du. Betrachte sie hinfort als deine jüngere Schwester.«

Dann gingen sie in ein anderes, nach Westen zu gelegenes Zimmer, in dem ein hübscher junger Mann beim Bücherstudium saß. Die schöne Dame stellte ihn Schlaumädchen als ihren Sohn vor und sagte, sie solle ihn hinfort als ihren älteren Bruder betrachten. Gleich darauf erschien aus den hinteren Räumen eine junge Frau, und die schöne Dame sagte zu Schlaumädchen, sie solle sie hinfort mit ›Schwägerin‹ anreden. Sie befahl der jungen Frau, Kuchen zu bringen, und nachdem Schlaumädchen ihn gegessen hatte, gab sie ihr ein mit Früchten gefülltes Körbchen, und eine kleine Dienerin mußte sie bis in den Hof hinunterbegleiten.

Als Frau Tung das Körbchen von allen Seiten betrachtete, stellte sie mit Verwunderung fest, daß es weder aus Rattan noch aus Bambus geflochten war, sondern aus einem feinen, ihr unbekannten Material. Sie öffnete das Körbchen und fand darin vier große Äpfel und mehrere Dolden purpurroter Weintrauben, die nur aus dem fernen Westen, aus Turfan, stammen konnten. Sie wunderte sich darüber und fragte ihren Gatten, wie zu dieser Jahreszeit diese Früchte hierher kommen konnten. Herr Tung wußte darauf keine Antwort. Doch jedesmal, wenn er einige besonders jahreszeitliche Früchte fand, schickte er sie durch seine Tochter an das kleine Mädchen. Worauf die schöne Dame das Geschenk stets durch seltene Blumen und Früchte erwiderte.

Eines Tages, kurz nachdem Schlaumädchens Füße zum ersten Male eingebunden worden waren, machte sie wieder einen Besuch im Hinterhaus. Weil sie ziemliche Schmerzen hatte, konnte sie nur humpeln. Als die schöne Dame es bemerkte, sagte sie lächelnd: »Kind, deine Mutter versteht es nicht, dir die Füße richtig einzubinden. Laß mich es tun. Du wirst sehen, daß meine Methode nicht bloß schmerzlos ist, sondern auch zu raschem Erfolg führt.«

Sie entfernte die Doppelbandagen, nahm Schlaumädchens Füße in die Hände und hauchte sie mit ihrem Atem an, der so warm wie Dampf war. Er drang ihr bis ins Mark und machte ihre Fußknochen weich und geschmeidig. Dann band sie ihr die Füße mit Binden aus doppelgezwirnter, elastischer Seide ein und im Nu waren auch die Schmerzen wie weggeblasen. Einen Monat später hatte auch sie solch winzige Füßchen wie ihr ›jüngeres Schwesterchen‹ aus dem Hinterhaus. Die Mutter wickelte ihr die Binden heimlich ab und schaute nach. Zu ihrem nicht geringen Erstaunen stellte sie fest, daß die schöne Dame statt des üblichen Alaunpulvers weißen Puderzucker genommen hatte.

Die ›Schwägerin‹ brachte Schlaumädchen das Sticken bei, und am Tag des Drachenboot-Festes schenkte sie ihr zwei aus Artemisia[2] geflochtene Miniaturtiger nebst Amuletten aus bunten Seidenfäden, die unten mit langen Fransen verziert waren. Diese Sachen waren mit soviel Geschick und Kunstfertigkeit gemacht, daß man kaum glauben konnte, Menschenhände hätten sie hergestellt.

Mehr als ein halbes Jahr lang sah Herr Tung bei allen seinen Besuchen nur den alten Herrn und den kleinen Dienerknaben, während seine Tochter auch mit den anderen Familienmitgliedern verkehrte. Oft gingen Herr Tung und Schlaumädchen zusammen ins Hinterhaus, doch der alte Herr und die schöne Dame kamen nie zu einem Gegenbesuch ins Vorderhaus. Selbst wenn sie nur den Hof betraten – und dies geschah nicht allzu oft – blieben sie in der Mitte stehen.

Obwohl Herr Tung zu einem Außenstehenden nie auch nur ein einziges Wort über seine seltsamen Mieter sprach, konnten die Diener und Dienerinnen sich nicht enthalten, darüber mit den Nachbarn zu klatschen. Nach einiger Zeit wußten viele Leute davon, und alle waren der Ansicht, daß dies nichts Gutes für Herrn Tung und seine Familie zu bedeuten habe. Nichtsdestoweniger wurde das Verhältnis zwischen ihm und dem alten Herrn in dieser Zeit immer inniger und vertrauter.

Einer seiner Freunde, Sü Schu-an geheißen, ein Mann, der für seinen Mut bekannt war und immer das zu sagen pflegte, was er gerade dachte, warnte ihn nach seiner Rückkehr aus der Provinz Schan-tung vor möglichen Gefahren. »Dein Haus«, sagte er, »ist zu einer Höhle von Unholden geworden. Doch was mich am meisten wundert, ist, daß es dich überhaupt nicht stört.«

Herr Tung gab ihm keine Antwort. Daraufhin ging er zu einem seiner Bekannten, der gut in der Magie bewandert war, und erzählte ihm, was er von den seltsamen Mietern seines Freundes wußte. Jener schloß die Augen und meditierte eine Weile. Dann sagte er, daß es tatsächlich Fuchsgeister seien, die sich dort eingenistet hätten, doch sie seien nicht bösartig und würden niemandem einen Schaden zufügen. In kurzer Zeit würden sie von selbst verschwinden. Deshalb sei es nicht notwendig, sie durch Beschwörungen zu vertreiben.

Wenig später traf es sich, daß ein Taoist an Herrn Tungs Haus vorüberging. Sein von Sonne, Wind und Regen gebräuntes Gesicht war von einem zottigen Bart umgeben und auf dem Rücken trug er ein ›Geisterschwert‹. »Euer Haus«, sagte er zum Torwächter, »ist von einer dichten Gespensteraura umgeben. Doch steht es in meiner Macht, euch davon zu befreien. Ich will dafür auch weiter nichts verlangen, als daß ihr mir erlaubt, die Fuchsbälge zu behalten, wenn ich diesen üblen Kreaturen den Garaus gemacht habe.«

Zufällig war Herr Tung abwesend, und der Torwächter führte ihn, ohne zuvor die Erlaubnis seiner Herrin eingeholt zu haben, sofort in den Hof. Dort blieb der Taoist stehen und nahm sein ›Geisterschwert‹[3] in die Hand. Während er damit mystische Zeichen in die Luft schrieb, hielt er in der anderen Hand eine Schale mit Wasser, aus der er von Zeit zu Zeit einen Schluck nahm und ihn dann in Richtung auf das Hinterhaus ausspie.

»Im Hof führt jemand ein Schauspiel auf!«, rief eine

laute Stimme aus dem oberen Stockwerk. »Sollen wir hinausgehen und es uns anschauen?«

Plötzlich fielen Schwert und Schale aus den Händen des Taoisten, und die Schale zerbarst in lauter kleine Stücke. Der Taoist wurde von großer Furcht ergriffen. Gleichzeitig schien es, als ob jemand ihm mit einem Knüppel auf dem Kopf schlage. Entsetzt rannte er davon, gefolgt von dem Torwächter, der über der Schwelle stolperte und sich am Oberarm verletzte. Aus dem oberen Stockwerk des Hinterhauses aber scholl lautes und spöttisches Gelächter hinter den beiden her.

Nun gab es da einen gewissen Tsch'en Tun-schan. Er war aus Kiang-yin gebürtig, mit Herrn Tung verschwägert und galt in gewissen Kreisen als ein Experte in der ›Magie der fünf Donner‹. Als er auf seinem Weg von Su-tschou nach Hang-tschou Herrn Tung besuchte, lud dieser ihn zum Mittagessen ein. Zufällig kam auch Sü vorbei. Während des Essens erzählte er ihm, was sein in der Magie bewanderter Freund ihm über die seltsamen Bewohner des Hinterhauses gesagt hatte. Herr Tung gab ihm durch heimliche Winke mehrmals zu verstehen, daß er schweigen solle, doch er konnte nicht verhindern, daß Tsch'en alles erfuhr. »Bitte, laß es mich einmal versuchen, die Unholde zu vertreiben«, sagte er zu Herrn Tung.

Kurz vor Mitternacht ließ er zwei Kerzen anzünden. Dann öffnete er eine Schachtel und holte daraus fünf aus buntem Papier geschnittene Menschenfiguren hervor. Nachdem er sie in einer bestimmten Ordnung auf den Tisch gelegt hatte, schrieb er einige mystische Zeichen dazu und hauchte die Figuren an, wobei er sie unentwegt anstarrte. Nach einer Weile richteten sie sich auf und marschierten auf dem Tisch umher. Ihre Bewegungen erschienen Tsch'en noch zu langsam, denn er blies sie weiter an, bis sie sich schneller bewegten und in der Ferne lautes Donnergrollen zu vernehmen war. »Jetzt«, sagte Tsch'en zu Beginn der fünften Nachtwache, »sind die Unholde fort.« Dann schlug er mit der flachen Hand auf den Tisch, die Figuren fielen um, und er steckte sie wieder in die Schachtel.

In der gleichen Nacht hörten Herr Tung und seine Familie laute Geräusche aus dem Hinterhaus, ähnlich wie in der ersten Nacht, als seine seltsamen Mieter sich dort einquartiert hatten. Und als sie durch die Fenster verstohlen in den Hof blickten, sahen sie, daß das ganze Hinterhaus ringsum von einem roten Lichtschein umgeben war. »Ich«, hörten sie den alten Herrn zu der schönen Dame sagen, »wollte mit der Abreise solange warten, bis du wieder vollkommen gesund bist. Doch jetzt bedrängt dieser Tsch'en uns mit seinen Donnern und Blitzen, so daß wir nicht länger bleiben können. Es tut mir aufrichtig leid, daß ich mich von unserem werten Hausherrn nicht verabschieden kann.«

Um die fünfte Nachtwache verstummten die Geräusche, und als Herr Tung am Morgen das Hinterhaus betrat, fand er zwar sein Mobiliar vollzählig vor, doch der Boden war nicht gefegt, und die Nippessachen und andere Kleinigkeiten, die seine seltsamen Mieter mitgebracht hatten, fehlten gleichfalls. Auf dem Tisch stand ein Kästchen. Als er es öffnete, fand er darin einen Abschiedsbrief des alten Herrn. Der Brief war in aufrichtigen, dankbaren Worten abgefaßt, enthielt aber auch die leise Andeutung einer Beschwerde gegen Sü. Als Herr Tung dies las, wurde er sehr traurig.

Außerdem hatten seine seltsamen Mieter eine hervorragende Kalligraphie – das Original jenes Schriftsatzes, der auf dem Fächer kopiert war – sowie ein Rollbild zurückgelassen. Letzteres war eine Landschaftsmalerei des Meisters K'uo Tschang-sü. Und außerdem den Mietzins in Höhe von achtzig Unzen Silber. Die schöne Dame hatte Schlaumädchen mit einer korallenen Haarnadel, zwei Jadeornamenten, vier wunderschönen Perlen und acht Edelsteinen beschenkt, alles für ihre spätere Aussteuer.

Nachdem Herr Tsch'en das Hinterhaus betreten und sich darin umgesehen hatte, rief er erstaunt: »Meine Donner und Blitze haben die Fuchsgeister vertrieben. Trotzdem waren sie imstande, das Haus ohne große Eile zu verlassen. Das beweist, daß sie große magische Kräfte besitzen. Zu unserem Glück sind sie bereits Unsterbliche, die ihr Tao vollendet haben. Deshalb lag es ihnen auch fern, ihren ursprünglich bösartigen Charakter zu enthüllen. Hätten sie das getan – ich weiß nicht, ob es mir dann möglich gewesen wäre, ihnen zu widerstehen.«

Dann ließ er vom Schmied zwei eiserne Plaketten anfertigen, auf die er mit Zinnober einige mystische Zahlen schrieb. Die eine nagelte er an das Vorder- und die andere an das Hinterhaus an. Damit sollte die Rückkehr der Fuchsgeister verhindert werden. Doch von da an blieb alles ruhig.

Dieser Vorfall ereignete sich in den ersten Jahren der Regierungsära ›Himmlische Prosperität‹ (um 1740 n. Chr.) und Herr Sü Hui-tang, ein Mann aus meiner Heimatstadt, schrieb darüber einen längeren, ins einzelne gehenden Bericht. Ich dagegen habe mich hier nur auf das wesentlichste beschränkt.

Wie in unseren Chroniken zu lesen ist, geschah es oft, daß Fuchsgeister sich in Privatwohnungen eingenistet haben. Doch ich kann mich an keinen Fall erinnern, wo sie so höflich und bescheiden aufgetreten sind wie hier. Am meisten bewundere ich die vornehme Art, wie der alte Herr von Herrn Tung Abschied nahm. Bis zuletzt hielt er sich an die Sitten des edlen Mannes, indem er sich keiner unhöflichen Sprache bediente, auch dann nicht, als die Freundschaft zerbrach. War er nur ein Fuchsgeist oder ein Fuchsgeist und ein Unsterblicher zugleich? Das hätte ich gerne erfahren.

YÜ YÜE

Der Doppelmord von Po-yang

Im Kreise Po-yang in der Provinz Kiang-si lebte vor einigen Jahren ein Mann mit Namen Ye Tso-en. Er heiratete eine Witwe namens Sü, eine geborene Tschen, die aus dem gleichen Landkreis gebürtig war. Sie gebar ihm einen Sohn und nannte ihn Fu-lai (›Glück komm‹). Dann starb ihr Mann, und sie brachte einen zweiten Knaben zur Welt, den sie Fu-te (›Glück erlangt‹) nannte. Da sie aber aus wirtschaftlichen Gründen ihre Witwenschaft nicht wahren konnte, heiratete sie nach Ablauf der vorgeschriebenen Trauerzeit ein drittes Mal. Der Mann, mit dem sie sich ehelich verband, hieß Yen Mo-scheng und zog zu ihr auf den Hof, den Ye hinterlassen hatte. Dort lebte er fünf Jahre mit ihr zusammen; danach siedelte er sich mit ihr und seinen beiden Stiefsöhnen in seinem Heimatdorf an.

Das Land, das Ye nach seinem Tod hinterlassen hatte – es waren nicht mehr als zwei kleine Morgen – wurde von Yen mitbearbeitet, und der Ertrag, den er daraus zog, wurde für den Unterhalt seiner beiden Stiefsöhne verwandt. Weil es aber in mehreren Jahren hintereinander große Überschwemmungen gab, reichte das Geld weder vorne noch hinten. Deshalb entschlossen die Eltern sich, Fu-lai, der damals neun Jahre zählte, zu einem Schneider in K'eng-hia-tsun (›das Dorf im Loch‹) in die Lehre zu geben, damit er bei ihm das Schneiderhandwerk erlerne. Der Schneider erklärte sich bereit, dem Jungen außer Kost und Logis jedes Jahr auch dreitausendvierhundert Stücke Kupfergeld zu geben. Wenig später wurde auch der jüngere Fu-te zu einem reichen Bauern in das gleiche Dorf geschickt, um bei ihm die Kühe zu hüten. Dieses Dorf war von dem Ort, in dem Yen mit seiner Frau lebte, vierzig kleine Meilen entfernt.

Am fünfundzwanzigsten Tag des zwölften Monats im dritten Jahr der Regierungsära ›Glänzende Fortführung‹ (1877 n. Chr.) ging Mo-scheng in das besagte Dorf, um die beiden Knaben zum Neujahrsfest heimzuholen. Am nächsten Morgen standen die drei in aller Frühe auf, frühstückten am Bettrand und gingen dann los. Fu-lai trug einen blauen Leinenbeutel auf dem Rücken, in dem sich ein Silberdollar und tausend Kupfermünzen befanden. Fu-te trug einen weißen Leinenbeutel auf dem Rücken, in dem sich einige Pinten Reis befanden. Kurz bevor sie zum Pavillon auf dem Deich kamen, fing es an zu regnen, und so suchten sie dort einstweilen Unterschlupf. Dann bekam Mo-scheng einen seiner asthmatischen Anfälle, und so warteten sie, bis der Regen etwas nachgelassen hatte.

Um diese Zeit kam zufällig ein gewisser Lei Si-mao vorbei, der an einer Tragstange zwei große, offene Körbe trug. Er arbeitete als Knecht bei jenem reichen Bauern namens Liu, bei dem auch Fu-te beschäftigt war. Auch er kehrte zum Neujahrsfest zu seiner Familie zurück, und da sein Elternhaus nicht weit von Mo-schengs Hof entfernt war, bat dieser ihn, seine beiden Stiefsöhne mitzunehmen. »Ich bin krank und kann nicht weiter«, sagte er zu ihm. »Deshalb bitte ich dich, mit meinen beiden Stiefsöhnen vorauszugehen. Sobald es mir etwas besser geht, komme ich nach.« Er legte die Beutel mit dem Reis und dem Geld in Leis Körbe, und dieser ging mit den beiden Knaben weiter.

Als sie zum sogenannten ›Grab des Mandarinenenten-Pärchens‹ kamen, blieb Lei stehen und sagte zu den beiden Knaben: »Hier trennen sich unsere Wege. Ihr könnt euch hinsetzen und hier auf euren Vater warten.« Er gab ihnen die Beutel mit dem Reis und dem Geld zurück und ging fort.

Mo-scheng lag zu dieser Zeit immer noch im Pavillon, und es dauerte lange, bis er sich erholt und der Regen vollends aufgehört hatte. Als er aufbrach, ging es bereits auf den Abend zu. Auf Nebenwegen marschierte er heim und kam dort um die Zeit der zweiten Nachtwache an. Doch als er sich bei seiner Frau nach den beiden Knaben erkundigte, erfuhr er, daß sie noch nicht da seien.

Von verständlicher Unruhe befallen, drängte seine Frau ihn am nächsten Morgen zu Lei Si-mao zu gehen und ihn zu fragen, wo die beiden Knaben geblieben seien. Er tat es und erfuhr von ihm, daß sie sich am ›Grab des Mandarinenenten-Pärchens‹ getrennt hatten. Er eilte dorthin und suchte die ganze Umgebung nach ihnen ab, ohne sie zu finden. Schließlich traf er in Schang-wan-lin, einem in der Nähe gelegenen Dorf, einen gewissen Ou-yang Liumao. Dieser sagte, in der Frühe habe er zwei Jungen getroffen, die ihn nach dem Weg fragten. Er habe ihnen Bescheid gegeben, doch er könne nicht sagen, wohin sie sich dann gewandt hätten. Ein zweiter Mann – er hieß Wang und hatte am Straßenrand einen Stand mit Stoffwaren aufgeschlagen – erzählte, in der Frühe seien zwei hungrige Knaben bei ihm erschienen und hätten ihn um Essen angebettelt. Er habe ihnen eine Schale Reis gegeben. Dann seien sie fortgegangen, doch er wisse nicht wohin. Als Mo-scheng ihn fragte, ob sonst noch jemand sie gesehen habe, antwortete er, ein gewisser Ou-yang Fu-le sei an seinem Stand gewesen, als die beiden Knaben erschienen. Er sei kurz nach ihnen fortgegangen und habe sie wahrscheinlich unterwegs eingeholt.

Am nächsten Tag, dem Achtundzwanzigsten, wurden die beiden Knaben am Abhang der Exzellenz Tschen tot aufgefunden. Fu-lais Leiche wies an den Backen, an den Ohren und an der Kehle Wundmale auf, während sein jüngerer Bruder Fu-te Unterleibsverletzungen hatte. Seltsamerweise waren das Geld wie auch der Reis noch da, es fehlte nichts. Dieser Abhang ist vom Osttor-See, dem

Dorf, in dem die Familie der beiden Knaben lebte, knapp zwei Meilen entfernt.

Der Mörder der beiden Knaben war zwar unbekannt, doch die Leute verdächtigten sogleich den Tuchhändler und jenen Ou-yang Fa-le, der damals an seinem Stand gewesen war. Und weil Mo-scheng den gleichen Verdacht hegte, verklagte er die beiden wegen Mordes beim Landrat. Die Angehörigen der Ye-Familie behaupteten dagegen, Mo-scheng selbst sei der Mörder. Denn, so begründeten sie ihren Verdacht, er sei scharf auf das Land, daß der Vater den beiden Knaben als Erbe hinterlassen hatte. Auch sie verklagten ihn beim Landrat. Die beiden Prozesse zogen sich endlos hin, ohne daß es zu einer Entscheidung gekommen wäre.

Im darauffolgenden Jahr kam mein Schwiegervater, Herr P'eng Süe-kin, der damals in der Hauptstadt das Amt eines Vizepräsidenten im Justizministerium bekleidete, auf einer Inspektionsreise auch in die Präfektur Jao-tschou, zu der der Kreis Po-yang gehört. Die beiden Klägerparteien bersuchten, ihn durch Eingaben und vorgelegte Dokumente dazu zu bewegen, Recht zu sprechen; doch er wies sie, wie es bei uns seit langem üblich ist, an den Präfekten und erteilte diesem den Auftrag, den Doppelmord aufzuklären. Doch die Bemühungen blieben erfolglos.

Zwei Jahre später, im Sommer des sechsten Jahres der Regierungsära ›Glänzende Fortführung‹ (1880 n. Chr.) besuchte Herr P'eng Nan-tschang, die Hauptstadt der Provinz Kiang-si. Alle Beamten vom Provinzgouverneur abwärts empfingen ihn an der Anlegestelle beim Pavillon des Prinzen Teng. Mo-schengs Frau machte sich diese günstige Gelegenheit zunutze und versuchte ihn an das unaufgeklärte Verbrechen zu erinnern, doch die berittene Eskorte jagte sie unter Flüchen fort. Da stürzte sich die verzweifelte Frau in den Fluß und wollte ihrem Leben ein Ende machen. Herr P'eng aber gab auf der Stelle den Befehl, sie herauszuholen, und so wurde sie gerettet. Nachdem er ihr Bittgesuch angenommen hatte, sprach er mit dem Provinzgouverneur über diesen Fall.

Inzwischen war das Verbrechen weithin bekannt geworden, und alle höheren Beamten in der Provinzregierung waren darüber informiert. Sie vermuteten einhellig, daß Mo-scheng der Täter sei. Denn, so folgerten sie, da die beiden Knaben noch sehr jung gewesen seien, könne sie unmöglich ein persönlicher Feind erschlagen haben. Wenn aber ein Verdacht auf Raubmord vorliege, wie erkläre man sich dann den Umstand, daß sowohl das Geld wie auch der Reis nicht gestohlen worden seien? Darum könne nur der Stiefvater den Doppelmord begangen haben. Da der Fall sich nun schon über drei Jahre hingeschleppt hatte und die Tat ein ruchloser Mord an zwei unschuldigen Knaben war, hatte man ihn noch vor der Ankunft des Herrn P'eng in Nan-tschang dem Provinzial-Gerichtshof übergeben.

Nun traf es sich, daß Herr Wang, der neue Landrat von Po-yang, ein überaus gescheiter Mann war. Nachdem er sein Amt angetreten hatte, bedauerte er es tief, daß sich ein solch schwerwiegender Fall jahrelang habe hinschleppen können, ohne daß man den Mörder ausfindig machte. Dies bereitete auch dem Präfekten großen Kummer. Wang beschloß daher, die Aufklärung mit allen Mitteln voranzutreiben, und schickte Spitzel in das Gefängnis, die sowohl die Angeklagten der beiden Parteien wie auch die Zeugen auf Schritt und Tritt beobachteten. So erfuhr er alles, was sie sagten und taten.

Im fünften Monat des darauffolgenden Jahres ging unter dem Volk das Gerücht um, daß Herr P'eng auf seiner Inspektionsreise auch nach Jao-tschou kommen und dort die Leitung der Gerichtsverhandlung persönlich übernehmen werde. Diese Nachricht drang auch in das Gefängnis. Als Ou-yang Fa-le davon erfuhr, der Mann, der den Stand des Tuchhändlers nach den beiden Knaben verlassen hatte, da schien es, als ob er sich Sorgen mache. Außerdem erkundigte er sich bei den Gefängniswärtern wiederholt nach Neuigkeiten. Am sechzehnten Tag des gleichen Monats traf dann Herr P'eng in Jao-tschou ein.

Zufällig war kurz vorher ein Mann verhaftet worden, der mit nachgemachten Siegeln falsche Pässe ausgestellt hatte. Er gab vor, im Dienste des stellvertretenden Justizministers zu stehen. Doch als Herr P'eng ihn persönlich verhörte, kam der Schwindel heraus. Er wurde für schuldig befunden und noch am gleichen Tag auf dem Marktplatz enthauptet. Als Fa-le davon hörte, machte er ein sehr besorgtes Gesicht. »Meine Aussichten stehen schlecht«, murmelte er in der darauf folgenden Nacht im Schlaf mehrmals vor sich hin.

Als der Landrat durch seine Spitzel davon erfuhr, war es ihm klar, daß nur Fa-le der Mörder der beiden Knaben sein konnte. Er stellte deshalb in einem seiner Privaträume eine Statue des Stadtgottes auf und betete lange Zeit vor ihm kniend um Erleuchtung. In der darauffolgenden Nacht sah er sich im Traum an jenem Ort versetzt, wo man die beiden Knaben ermordet aufgefunden hatte. Er nahm sogar den penetranten Verwesungsgeruch wahr, doch die Leichen sah er nicht. Da bemerkte er einen Mann, der die Leichen mit seinem Körper zu verdecken suchte, und als er genauer hinschaute, sah er, daß es Fa-le war.

Am nächsten Morgen ließ er alle Angeklagten zum Tempel des Stadtgottes bringen und verhörte sie dort der Reihe nach. Als er zu Fa-le kam, sagte er zu ihm: »Du bist der Mörder der beiden Knaben. Der Stadtgott selbst hat es mir verkündet.«

Fa-le blieb stumm und legte kein Geständnis ab, doch alle Anwesenden bemerkten, wie sein Gesicht alle Farbe verlor. Als das Verhör am darauffolgenden Tag am gleichen Ort fortgesetzt wurde, weinten und wehklagten alle anderen und flehten den Stadtgott inbrünstig an, er möge den Schuldigen bestrafen. Nur Fa-le sprach kein einziges

Wort. Doch in der darauffolgenden Nacht rief er im Schlaf mit lauter Stimme: »Ich wage es nicht länger, den Stadtgott zu täuschen, und bekenne mich des Mordes schuldig!«

Als er am nächsten Morgen ein Geständnis ablegte, kam folgendes heraus: Nachdem die beiden Knaben sich am ›Grab des Mandarinenenten-Pärchens‹ von dem Knecht getrennt hatten, waren sie noch dreißig kleine Meilen von ihrem Elternhaus entfernt gewesen. Als ihr Stiefvater nicht kam, verbrachten sie die Nacht in einem in der Nähe gelegenen Tempel. Am nächsten Morgen setzten sie ihren Weg fort und trafen Ou-yang Si-mao, bei dem sie sich nach dem Weg erkundigten. Dann erbettelten sie sich bei dem Tuchhändler etwas zu essen. Dort erblickte sie auch Fa-le. Angezogen von soviel kindlicher Unschuld, kam er auf den Gedanken, sie zu entführen, um sie später irgendwohin zu verkaufen. Er eilte hinter ihnen her, und nachdem er sie eingeholt hatte, erbot er sich, sie zu ihren Eltern zu führen. Ohne Argwohn zu schöpfen, sagten die beiden Knaben mit Freuden zu. Doch statt zu ihren Eltern brachte Fa-le sie zu einem von seiner Familie bewirtschafteten Bauernhof, wo er sie eine Nacht lang in einem unter der Erde gelegenen Kellerspeicher außerhalb des Hofes verbarg, so daß nicht einmal seine eigenen Leute etwas von der Anwesenheit der beiden Knaben erfuhren.

Am nächsten Tag führte er sie beim Morgengrauen fort. Als sie die Kuppe des nächsten Hügels erreicht hatten, erblickte Fu-lai in einiger Entfernung das Haus seiner Eltern und weigerte sich weiterzugehen. Fa-le versuchte, ihn einzuschüchtern, zuerst mit Drohungen, dann mit Gewalt, und als auch dies nichts nützte, schlug er ihm mehrmals mit aller Kraft ins Gesicht. Dann stürzte er sich auf ihn und erwürgte ihn. Als der jüngere Fu-te dies sah, schrie er laut: »Er hat meinen Bruder ermordet!« und fing an, um sein Leben zu laufen. Doch Fa-le holte ihn schon nach wenigen Schritten ein. Er gab ihm ein paar Fußtritte, und als er am Boden lag, trat er ihm solange in den Unterleib, bis auch er tot war. Erst dann öffnete er die beiden Beutel. Als er sah, daß sie nur ein wenig Geld und etwas Reis enthielten, ließ er sie liegen. Denn er war schlau genug, um zu wissen, daß man ihn durch diese beiden Beweisstücke als Täter hätte entlarven können.

Nachdem der Landrat das Verbrechen auf diese Weise aufgeklärt hatte, schickte er durch einen Boten sofort einen ausführlichen Bericht an Herrn P'eng, der sich zu diesem Zeitpunkt in der ›Klause der Natürlichkeit‹ auf dem Verbrannten Berg aufhielt, einem im Mündungsgebiet des Yang-tse-kiang gelegenen Inselchen. Nachdem Herr P'eng den Bericht gelesen hatte, war er außer sich vor Freude. Er griff zum Pinsel und setzte das folgende Antwortschreiben auf:

»Meine Ungewißheit und mein großes Unbehagen darüber, daß der furchtbare Doppelmord Jahre hindurch unaufgeklärt blieb, sind nun beseitigt. Ich beglückwünsche Euch, weiser Landrat, und danke Euch anstelle der Seelen der beiden Knaben dafür, daß Ihr den Mörder endlich zur Rechenschaft gezogen habt. Ich wünschte, daß es im ganzen Reich mehr solche gewissenhafte Beamte wie Euch gäbe, weil dann der Tod vieler unschuldiger Menschen gesühnt würde, wie Ihr es in dem vorliegenden Fall getan habt.«

Im gleichen Jahr kam Herr P'eng, mein Schwiegervater, auch nach Su-tschou. Weil er wußte, daß ich mich mit dem Aufzeichnen von vergangenen und gegenwärtigen Ereignissen befasse, gab er mir in die Akten des Doppelmordes von Po-yang Einblick. Diese habe ich dann als Grundlage für die vorliegende Geschichte benutzt.

YÜ YÜE

Eine Geiselnahme

In der Provinz Ho-nan gibt es einen Landkreis – der, der mir diese Geschichte erzählte, hatte den Namen vergessen –, in dem es ein gern geübter Brauch ist, die noch jugendlichen Söhne mit bereits erwachsenen Frauen zu verheiraten. Man braucht ihre Arbeitskraft im Haushalt, zum Wasserholen und zum Reisenthülsen und zur Unterstützung der Familie im allgemeinen. Nun gab es da einen Bauernsohn, der kaum dreizehn oder vierzehn Jahre zählte. Doch die Frau, mit der man ihn verheiratete, war bereits doppelt so alt wie er.

Nachdem die versammelten Gäste den Brauteltern am Tage nach dem Hochzeitsabend gratuliert hatten, gingen sie wieder auseinander. Es hatte bereits zu dämmern begonnen, doch die Türe zum Brautgemach war noch nicht verschlossen. Die Eltern des Jungen standen draußen und riefen ihm etwas zu. Sie hörten zwar, wie er Antwort gab, doch sie sahen ihn nicht herauskommen. Das verwunderte sie sehr, und so bohrten sie mit den Fingern Löcher in die Fensterbespannung und spähten hinein. Da sahen sie, daß ihr Junge an den Fuß des Bettes gefesselt war. Sie erschraken und fragten ihn nach der Ursache. Der Sohn antwortete: »Gestern abend nach der Hochzeit kam ein Mann unter dem Bett hervorgekrochen. Er fesselte mich hier und drängte die Braut, mit ihm ins Bett zu steigen. Ich fragte ihn, warum er das tue, doch er sagte es mir nicht. Er drohte vielmehr, mich zu töten, falls ich es jemandem erzähle.«

Der Sohn hatte noch nicht ausgesprochen, als der Bettvorhang zur Seite geschoben wurde und ein Mann und eine Frau zum Vorschein kamen. In zänkischem Ton rief der Mann: »Ich habe mit deiner Braut von Jugend auf verkehrt! Gestern machte ich mir das Durcheinander zunutze und drang in dieses Zimmer ein. Ich will die Freuden des Geschlechtsverkehrs bis zur Erschöpfung genießen, dann gehe ich von selbst fort. Wenn ihr es aber wagt, die Türe aufzubrechen und hier einzudringen, dann« – und er zog ein blankes Messer aus dem Ärmel und deutete damit auf den Sohn – »steche ich dem da dieses Messer in den Bauch.«

Die ganze Familie erschrak bei diesen Worten, und keiner wußte, was man dagegen tun konnte. Der Mann im Zimmer forderte Wein und Fleisch, er forderte Reis und Klößchen und fügte die Drohung hinzu: »Wenn ihr mir nicht gebt, was ich verlange, dann töte ich euren Sohn. Und ist das, was ihr mir gebt, nicht gut und reichlich, dann töte ich ihn ebenfalls.«

Die Familie konnte nicht umhin, als ihm das Gewünschte, Gericht um Gericht, zu geben, und zwar mußten sie es auf den Tisch stellen, den der Mann unter das geöffnete Fenster geschoben hatte. Er löste die Fesseln des Sohnes, hieß ihn aufstehen und band ihn dann mit einem langen Seil im Zimmer an. Der Sohn mußte die Speisen vom Fenster holen und dieses schließen. Anschließend bekam er den Befehl, die einzelnen Speisen zu kosten. Danach erst aßen der Mann und die Frau, und was noch übrig war, durfte der Sohn zu sich nehmen.

Nach dem Essen stieß der Mann blutrünstige Drohungen aus, die im Nu die Runde durch das ganze Dorf machten. Das führte dazu, daß die neugierigen Zuschauer gleich den Wolken herbeiströmten. Alle fürchteten, daß der Mann dem Sohn etwas antun könnte, doch keiner wußte zu sagen, wie man den Sohn befreien könnte.

Dieser Zustand währte bereits drei volle Tage, als der Beamte in der nächstgelegenen Stadt davon erfuhr. Auch er war darüber in höchstem Maße verwundert und ging sogleich hin, um sich die Lage anzuschauen. Erst da glaubte er es auch. Er fragte die Anwesenden, ob die Braut noch Vater und Mutter habe, und als man dies bejahte, befahl er, sie herbeizuschaffen. Er befahl ihnen dann, ihre Tochter zu rufen. Sie taten es zwar, doch die Tochter antwortete nicht. Da gab der Beamte den Polizisten, die ihn begleitet hatten, einen Befehl. Er befahl ihnen, den Vater mit dem Bambusrohr auf die Oberschenkel zu schlagen und die Mutter zu ohrfeigen. Die Polizisten befolgten den Befehl und schlugen drauflos. Da erhoben die Eltern der Braut ein lautes Wehgeschrei und jammerten, so laut sie nur konnten. Der Beamte ließ sie abermals nach ihrer Tochter rufen, doch diese antwortete wieder nicht. Nach dem dritten erfolglosen Versuch befahl der verärgerte Beamte den Polizisten, der Mutter bis zu hundertmal ins Gesicht zu schlagen und dem Vater bis zu zweihundert Prügelschläge zu verabreichen. Sie taten es solange, bis Blut floß und die beiden alten Leute völlig erschöpft waren. Sie knieten vor dem Fenster nieder und flehten ihre Tochter an, die Türe zu öffnen. Wenn sie es nicht tue, wüßten sie nicht, wie weit der Beamte noch gehen würde.

Als auch diese Szene keinen Erfolg brachte, befahl der Beamte, das Haus durch Patrouillen zu bewachen und ließ die Eltern der Braut gefesselt wegführen. Zu dieser Zeit gab es im Gefängnis einen Einbrecher, der sich vortrefflich darauf verstand, ohne Lärm Löcher in die Lehmwände der Häuser zu machen und durch sie einzusteigen. Der Beamte versprach ihm Strafmilderung und befahl ihm, zu jener Familie zu gehen. Dort mußte er sich – denn es war noch Tag – außerhalb des Hauses verstecken und warten, bis der Mann und das Mädchen fest eingeschlafen waren. Dann ging er an die Arbeit. Er brach im hinteren Teil des Zimmers ein Loch in die Lehmwand und kroch hinein. Heimlich und still schnitt er mit einem Messer das Seil durch, mit dem der Sohn gefesselt war, und schleifte ihn hinaus. Vor der Türe hatten sich einige Männer versteckt.

Als der Einbrecher ihnen ein Zeichen gab, brachen sie die Türe auf und stürmten hinein. Der Mann und die Frau wurden gefesselt, und als es Tag geworden war, brachte man sie zum Landratsamt.

Diese Angelegenheit versetzte die ganze Stadt in helle Aufregung. Zu der Gerichtsverhandlung kamen so viele Menschen herbeigeströmt, daß die Gerichtshalle sie gar nicht alle fassen konnte. Dichtgedrängt standen sie auf dem Weg vom großen Tor bis zur Gerichtshalle. In würdevoller Haltung saß der Beamte hinter seinem Richtertisch und verhörte die Angeklagten. Der Mann war ein Fleischer von Beruf. Er hatte ein dunkles, pockennarbiges Gesicht und trug einen Bart. Außerdem war er von einer geradezu abstoßenden Häßlichkeit. Die Frau dagegen war anmutig und zierlich von Gestalt. Sie besaß einen hellen Teint, hatte zarte Hüften und gut eingebundene Füße. Außerdem war sie ziemlich temperamentvoll.

Der Beamte rief die junge Frau zu sich, und als sie vor dem Richtertisch hingekniet war, deutete er voller Zorn und Verachtung mit dem Finger auf sie und beschimpfte sie mit einer lauten, scharf klingenden Stimme. »Ich«, rief er, »habe in meinem Leben schon viele Menschen gesehen. Doch noch nie ist mir ein solch schamloses Subjekt wie du begegnet, noch nie habe ich einen solch pietätlosen Menschen wie dich gesehen! Selbst die Hunde und Schweine sind besser als du! Denn das, was du getrieben hast, ist nicht mehr Menschenart! Nach dem Gesetz verdient eine Frau, die willentlich Unzucht getrieben hat, daß man sie nackend auszieht und vor der Öffentlichkeit verprügelt. Doch wie kann man mit einem Wesen, wie du es bist, vernünftig diskutieren?«

Er befahl den Bütteln, die links und rechts von ihm standen, sie völlig zu entkleiden und auch nicht einen Faden Stoff an ihr zu lassen. Dann fällte er das Urteil: Zuerst sollte sie genausoviel Ohrfeigen wie ihre Mutter bekommen, dann sollte sie so oft auf die Schenkel geschlagen

督學部院示

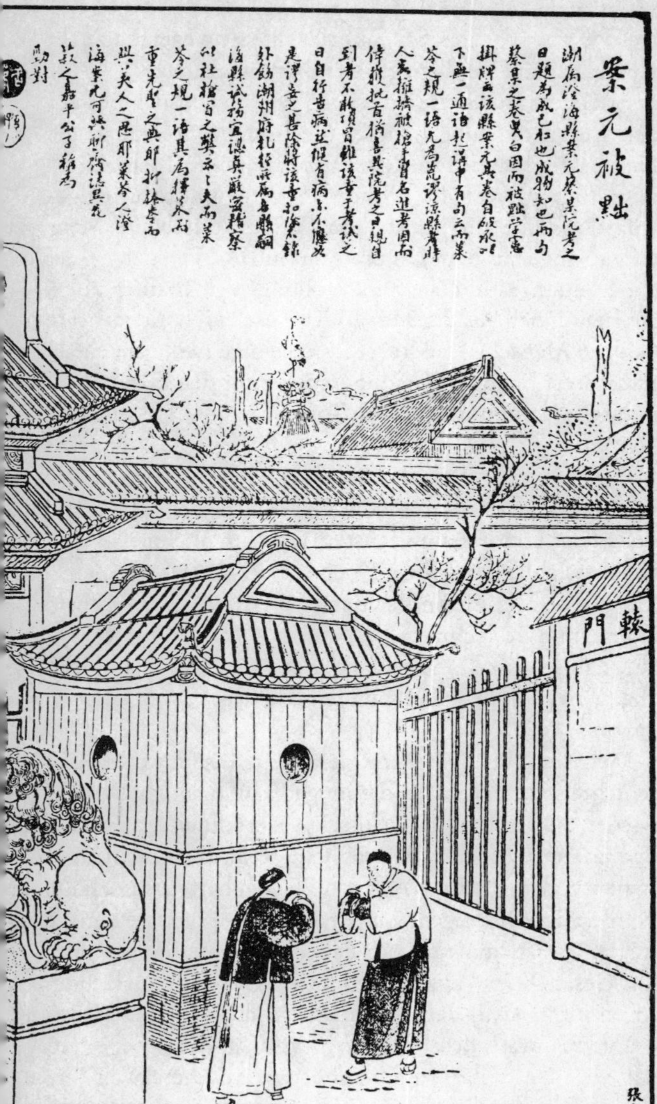

Doppelseite: Vor dem Amtsgebäude

werden wie ihr Vater. Schließlich sollte sie wegen Unzucht vierzig Schläge mit dem großen Bambus erhalten.

Nachdem die Strafe vollzogen war, befahl der Beamte den Eltern der jungen Frau, die Brautgeschenke an die Familie des Mannes zurückzugeben und ihre Tochter hinauszuführen. Auf die Arme von Vater und Mutter gestützt, wankte die nackte Frau mitten durch die Menschenmenge aus dem Landratsamt hinaus. Dort zog jeder ein Kleidungsstück aus und wollte es der Tochter überstreifen. Doch aus der Menge der Zuschauer, die mehrere tausend Menschen zählte, stürzten einige Leute auf sie zu und rissen ihnen die Kleidungsstücke aus den Händen. So mußten sie mit ihrer nackten Tochter in das Dorf zurückkehren.

Der Fleischer bekam zweitausend Schläge mit dem Bambus übergezählt. Und als er dann immer noch lebte, befahl der Landrat am nächsten Tag, ihm nochmals zweitausend Schläge zu geben. Doch er starb, bevor man damit fertig war. Die Eltern der jungen Frau schämten sich in Grund und Boden und regten sich derart über den Vorfall auf, daß sie kurz hintereinander starben. Die junge Frau aber genas von den Hiebwunden und trug keinen Schaden davon.

Mehrere Jahre später traf der Mann, der mir diese Geschichte später erzählte, die junge Frau in einem Gasthof wieder. Sie war dort als Kellnerin angestellt und kredenzte den Gästen den Wein. Sie war noch so hübsch und temperamentvoll wie früher. Auf den Backen hatte sie noch die Narben der Ohrfeigen. Als jemand darauf deutete und sie fragte, was es damit auf sich habe, berichtete sie die früheren Geschehnisse ausführlich und verschwieg nur wenig. Ihren Zustand in der Gerichtshalle, als sie die Schmach erdulden mußte, beschrieb sie gar in allen Einzelheiten, so daß viele Gäste ihr freudig zuhörten. Auf diese Weise ermunterte sie die Gäste zum Spiel und zur Prostitution und verdiente sich dadurch ihren Lebensunterhalt.

Anmerkungen

Die Wiedergeburt des alten Gelehrten

Der alte Gelehrte, von dem in dieser Novelle die Rede ist, gehörte sicherlich zu jener Klasse von Bakkalaurei, die monatlich vom Staat eine bestimmte Zuwendung an Geld und Lebensmittel erhielten. Sein Schicksal war typisch für jene Zeit. Viele bedeutende Geister haben es damals nicht weiter gebracht als er, weil ihr Talent sich nicht auf das Prokrustes-Bett des ›achtfüßigen Essays‹ spannen ließ. Dieser aber war der einzige Schlüssel zur Beamtenkarriere. Das erklärt, warum man die Essays des Oberexaminators in der Provinz Fu-kien so eifrig studierte und warum der alte Gelehrte sich den seinigen gegenüber so hysterisch verhielt. Die in dem Band vereinigten Essays waren sozusagen sein ›Schicksal‹.

1 Der Pinselwald-Akademie (Han-lin-yüan) gehörten die hervorragendsten literarischen Talente unter den höheren Beamten an. In der Regel übten sie jedoch, wie der Held unserer Novelle, ein anderes Amt ›hauptberuflich‹ aus. In der Pinselwald-Akademie wurden u. a. die Kaiserlichen Erlasse stilistisch bearbeitet und die amtlichen Geschichtswerke redigiert und kompiliert.

Zwei Betrugsfälle

1 Singmädchen-Familien (lo-hu) wurden die weiblichen Familienangehörigen (und deren Nachkommen) genannt, deren Männer für staatspolitische Verbrechen hingerichtet oder verbannt und deren Besitz vom Staat konfisziert worden war. Die Betreffenden durften nur niederen und unehrenhaften Beschäftigungen nachgehen. Dieser für die Ming-Zeit typische Stand wurde 1723 durch ein Gesetz aufgehoben.

2 Die Kaiserliche Akademie (kuo-tse-kien) war eine Art von Adels-Universität. Sie befand sich in Peking und hatte ein Zweiginstitut in Nan-king.

3 Eine alte Sage berichtet, daß die Mondgöttin Tsch'ang-o einst eine sterbliche Frau von außerordentlicher Schönheit gewesen sein soll. Sie stahl ihrem Gatten das Unsterblichkeits-Elixier und floh damit auf den Mond.

4 Bei der Namensbefragung wurden die beiden Horoskope der künftigen Ehepartner miteinander verglichen.

5 Die Pfandleihen, von denen es im alten China drei Arten gab, ersetzten zum Teil das fehlende Bankwesen. Die staatlich lizenzierten Pfandleihen waren nicht nur irgendwelche Ladenlokale, sondern, vor allem in Mittel- und Süd-China, turmartig-hohe Gebäude aus festen Backsteinen. Ihre Räume bargen manchmal Werte, die sich auf zehntausende von Unzen Silber beliefen. Wer ein solches Geschäft betrieb, konnte in ruhigen Zeiten mit einem guten Gewinn rechnen. Die monatlichen Zinsen betrugen zwei bis drei Prozent, und in einer so leichtlebigen Stadt wie Yang-tschou war der Zulauf besonders stark. Die Pfandscheine wurden dort auf den Straßen zum Verkauf angeboten.

6 Trockener Vater = Adoptivvater

7 Das mandschurische Heer setzte sich aus acht Bannern zusammen, die damals aus je fünf Abteilungen zu je fünf Kompanien bestanden. Die ersten drei versahen später den Dienst als Palastgarden in und um Peking, die übrigen wurden in den Provinzen stationiert. Ähnlich waren auch die chinesischen und mongolischen Banner organisiert.

8 Am 25. Tag des 4. Monats eroberten die Mandschuren Yang-tschou. Dem Massaker, das daraufhin folgte und bis zum Monatsende anhielt, fielen, wie wir aus der nächsten Novelle erfahren, 800000 Menschen zum Opfer. Wenn es in dieser Novelle weiter unten heißt, daß die Bewohner ›in hellen Scharen‹ zurückkehrten, so steht das nicht im Widerspruch zum oben gesagten. Fast alle reichen Familien – und Yang-tschou war damals eine der reichsten Städte in China – hatten die Stadt schon während der vorangegangenen Unruhen verlassen. Die hohe Zahl der Toten erklärt sich durch die vielen Flüchtlinge, die, wie die Nachbarn des alten Kiang, in Yang-tschou eine Zuflucht zu finden gehofft hatten.

9 Man-tse, Südbarbar, war ein Schimpfwort, das die Mandschuren von den Nordchinesen übernommen hatten.

10 ›Grüner Wohnturm‹ war die chinesische Bezeichnung für ein

bessergestelltes Bordell. Vergleiche damit unser ›Haus mit der roten Laterne‹.

Zehn Tage in Yang-tschou

1 Schi Ko-fa (1602–1645 n. Chr.), einer der großen Ming-Patrioten, wird uns als ein kleiner, doch sehr agiler Mann von dunkler Gesichtsfarbe und mit funkelnden Augen geschildert. Er war kein überragender Geist, wohl aber ein großartiger Charakter.

2 Seine angebliche Flucht, die der Verfasser beobachtet haben will, beruht wahrscheinlich auf einer optischen Täuschung. Über seinen Tod sind verschiedene Geschichten im Umlauf. Die wahrscheinliche Version ist diese: Als Schi Ko-fa sah, daß die Stadt verloren war, machte er einen verunglückten Selbstmordversuch. Schwerverletzt fiel er den Mandschuren in die Hände und starb kurz darauf. Dann begrub man ihn, wie er es sich gewünscht hatte, auf dem Pflaumenblütenhügel.

3 Korea, ein chinesischer Vasallenstaat, wurde 1626/27 von den Mandschuren erobert.

Der Geschichtenerzähler

Henri Borel schreibt über diesen Berufsstand: »Man kann in China jeden Tag auf vielen Plätzen in den Städten einen Erzähler auf einem Stuhl sitzen sehen; davor ein paar Holzbänke für die Vornehmeren, während die armen Chinesen stehen und ein etwas schäbiges, aber wohlerzogenes und andächtiges Publikum bilden. Jeder Chinese ist ein Genie im Erzählen. Er besitzt von Natur jene Leichtbeweglichkeit im Gebärdenspiel, welche bei uns die besten Schauspieler nie lernen. Der Erzähler lebt das mit, was er erzählt, beschreibt Gemütsbewegungen mit seinem einfach-großartigen Mienenspiel und deutet ganze Landschaften mit Bergen, Meeren und Horizonten durch eine kostbare Handbewegung an.« (›Weisheit und Schönheit aus China‹ Halle/Saale 1898, S. 11).

1 Tschang Tai, ein zeitgenössischer Schriftsteller, erlebte den auch politisch ehrgeizigen Liu in Nan-king. Er beschreibt ihn als einen Mann mit gelblich-dunklem Teint, dessen ganzes Gesicht voller Pusteln war. Er war seltsam-häßlich, hatte lebhafte, scharfe Augen und vernachlässigte sein Äußeres (betrachtete seinen Körper wie Lehm oder Holz). Für jedes Ka-

pitel verlangte er den festen Preis von einer Unze Silber. »Ich hörte, wie er die Geschichte ›Wu Sung tötet den Tiger‹ in der Umgangssprache erzählte, und zwar in einer Fassung, die sehr vom überlieferten Text abwich. Er tat dies in einem gedrechselten Stil (sein Stil war geschnitzt und gemalt) und vergaß dabei auch die Details nicht (...) Dabei klang es gar nicht geschwätzig. Manchmal dröhnte seine Stimme wie eine große Glocke, daß es den Zuhörern durch Mark und Bein ging; zornige Schreie und lautes Gebrüll erschollen. Er machte einen Lärm, daß das ganze Haus zusammenzufallen drohte.«

2 Es mag unverständlich erscheinen, wenn gesagt wird, daß die Zuhörer den imaginären Hintergrund der Geschichte bereits in ihrem Geist festhielten, noch bevor er mit dem Erzählen begann. Die Erklärung dafür ist einfach: Wie die Theaterstücke waren auch die Themen der Geschichtenerzähler den Zuhörern in der Regel längst bekannt. Die Geschichte vom Tigertöter Wu Sung zum Beispiel kannte in China jedes Kind.

3 Mit den Banditen sind die Mandschuren gemeint. Von hier ab umfaßt die Geschichte den Zeitraum vom Sommer 1644 bis zum Sommer 1645 n. Chr., also vom Selbstmord des letzten Ming-Kaisers in Pe-king bis zur Eroberung von Nan-king durch die Mandschuren.

4 General Tso war eine historische Gestalt, und die Geschichte hat sich wirklich zugetragen, wie sie hier dargestellt ist. Die ›Deserteure‹ waren ehemalige Rebellen und Marodeure, die sich dem General in großer Zahl angeschlossen hatten, über die er aber praktisch keine Befehlsgewalt besaß.

Biographie eines Patrioten

Auch diese Novelle ist historisch. Wie ihr Verfasser in einem kurzen Nachwort angibt, stellt sie einen Auszug aus einem größeren Werk dar. Über die Verteidigung von Kiang-yin sind mehrere Bücher geschrieben worden. Im Zuge ihrer Versöhnungspolitik haben die Mandschuren dem großen Helden und Ming-Patrioten später einen Tempel errichtet und ihm den Ehrentitel ›Tapfer und treu‹ verliehen. Wie schon der Name der Stadt besagt (kiang = Strom, yin = die Südseite eines Flusses) liegt Kiang-yin am Südufer des Yang-tse, und zwar auf halbem Wege zwischen Nanking und Schang-hai. Das Massaker nach der Eroberung der

Stadt dauerte drei Tage. Nach amtlichen Angaben kamen in der Stadt siebenundneunzigtausend Menschen um und außerhalb der Stadt weitere fünfundsiebzigtausend ums Leben – nur auf chinesischer Seite wohlgemerkt. Der Verfasser der Novelle erwähnt die umfangreichen Aktivitäten der Freischärler nicht. Sie haben es überhaupt erst möglich gemacht, daß die Stadt sich so lange halten konnte.

1 Hung-kuang, Gewaltiger Glanz, war die Regierungsdevise – hier als Name gebraucht – des ersten Thronprätendenten der sogenannten Südlichen Ming-Dynastie.

2 Die chinesischen Männer trugen die Haare seit jeher lang. Deshalb wurden auch die T'ai-p'ing, die sich als Nachfolger der Ming verstanden, vom Volk ›langhaarige Rebellen‹ genannt. Die Mandschuren verlangten unerbittlich, daß jeder Chinese zum Zeichen seiner Unterwerfung ihre Haartracht annehme. Nur die Taoisten und die Buddhisten waren davon ausgenommen. Der Widerstand gegen diese aufgezwungene Sitte hörte erst auf, als Kaiser Kang-hi (1662–1722 n. Chr.) bestimmte, daß nur Verbrecher zum Zeichen ihrer Schande keinen Zopf tragen sollten.

3 Die chinesischen Särge waren eigentlich ausgehöhlte Baumstämme. Ihr Holz war besonders hart und ca. 10–12 cm dick.

4 Tatsächlich wäre es den Mandschuren mit ihren geringen Kräften niemals gelungen, ganz China zu erobern, wenn sich ihnen nicht schon von Anfang an viele Chinesen angeschlossen hätten. Diese Leute wurden später in den chinesischen Bannern zusammengefaßt. General Liu, der Befehlshaber der Belagerungstruppen, hatte sich zuvor den Mandschuren ergeben und gehörte später dem gelbgeborteten ersten Banner an.

5 Am Mittherbst-Fest war es in China üblich, Bergwanderungen zu machen. Deshalb stieg die ganze Bevölkerung auf die Stadtmauer. Das vorgetragene Lied hatte den folgenden Wortlaut:

»Von den Leuten aus I-hing setzte sich nur ein Einziger zur Wehr.
Die Leute von Wu-i entzündeten in hellen Haufen Weihrauch vor den Siegern.
Die Leute aus King-kiang knieten unverzüglich am sandigen Ufer nieder.

Die Leute von Tsch'ang-tschou boten den Siegern zuerst ihre Töchter und dann ihre Frauen an.
Die Leute von Kiang-yin aber kämpfen seit mehr als achtzig Tagen.
Sie wollen lieber sterben als sich ergeben.«

6 Das Mittherbst-Fest wurde deshalb mit besonderer Emphase gefeiert, weil ein jeder in der Stadt wußte, daß ihm der Tod gewiß war: »In jeder Familie aß und trank man fröhlich und nach Herzenslust, als ob man den noch Lebenden ein Totenopfer bringe.«

7 Die Kannonade von rund zwei Dutzend großkalibrigen Geschützen – ein jedes Geschoß wog ohne Pulver etwa 30 Pfund – verschlang soviel Munition, daß der Nachschub zum Problem wurde. General Liu ließ deshalb in der Umgebung alles Eisen requirieren und daraus Kugeln gießen.

Die Geschichte von Huang, dem pietätvollen Sohn

1 Die kindliche Pietät war die Grundlage der chinesischen Kultur. Pietätvoller Sohn (hiao-tse) war deshalb nicht nur eine allgemeine Bezeichnung, sondern auch ein vom Kaiser verliehener Ehrentitel. Siehe hierzu den Schluß der Novelle von Tschou, dem pietätvollen Sohn.

2 Die Miao und die Lao sind Ureinwohner, die heute noch leben. Anders als in den küstennahen Provinzen, die bereits in der Han-Zeit kolonisiert worden waren, war Kuei-tschou noch in der Ming-Zeit ein von Chinesen nur spärlich besiedeltes Kolonialgebiet, in dem es häufig zu Kämpfen mit den Ureinwohnern kam. Das erklärt auch, warum dem pietätvollen Sohn diese Gegend un-chinesisch erschien.

3 Kuei-tschou war schon immer ein Tigerland. Die Tigerplage in diesen Jahren, von denen auch die Annalen der Südlichen Ming-Dynastie berichten, erklärt sich aus den vielen Toten, die unbeerdigt liegen blieben. Hat ein Tiger (oder Leopard) sich erst einmal an Menschenfleisch gewöhnt, dann scheut er auch nicht mehr davor zurück, lebende Menschen anzufallen. Übrigens wurden die Tiger in diesen Jahren auch in anderen Provinzen zur Plage, und zwar überall dort, wo gekämpft worden war. Weil man die wirkliche Ursache nicht kannte, hat man sich dieses Phänomen durch zum Teil ganz phantastische Theorien erklärt.

4 Der Würdenträger Sun Ko-wang, der damals in Kuei-yang residierte, war einer der Unterführer des berüchtigten ›gelben Tigers‹ Tschang Hien-tschung, eines blutrünstigen Rebellenführers, der die ganze Provinz Sse-tsch'uan in eine Wüstenei verwandelt hatte.

Eine Liebestragödie

1 Die Trauerzeit betrug für Eltern und Ehegatten 27 Monate, für die Großeltern 12 Monate und für Geschwister 9 Monate. Wurde zum Beispiel dem Sohn ein Jahr nach dem Tode des Vaters ein Kind geboren oder nahm er sich eine Nebenfrau, dann galt dies als ein strafwürdiges Verbrechen.

2 Grünperle ist eine sagenhafte Gestalt, bekannt durch die gleichnamige Novelle von Yo Schi, dem Verfasser der Geschichte der Yang Kuei-fei. Der reiche Schi Tsch'ung soll Grünperle für zwei Maß Perlen in Annam eingehandelt haben. Als er sie einem anderen Mann schenken wollte, beging sie Selbstmord.

Der gedemütigte General

1 Die Kreisstadt Lu-schan liegt in der Nähe des Fu-niu-schan (Gebirge des liegenden Rindes), wo sich diese Geschichte so zugetragen haben soll. Ho-nan war schon immer eine Provinz, in der das Brigantentum blühte.

2 Gürtelträger (schen-schi) ist die Bezeichnung für den Beamten.

3 Die alten Chinesen klebten ihre Tapeten nicht an die Wände an. Weil es sich um zumeist wertvolles Material handelte, hängten sie sie auf, so wie in Europa im Mittelalter die Fürsten ihre Gobelins. Deshalb findet man bei manchen China-Reisenden des vorigen Jahrhunderts zuweilen die irrige Ansicht, daß die Chinesen bei einem Auszug aus der Wohnung »sogar die Tapeten von den Wänden kratzten«.

4 Der Korallenknopf auf dem Hut weist den General als zur zweiten militärischen Rangklasse gehörend aus. Diese trug einen ziselierten Korallenknopf auf dem Hut und einen gestickten indischen Löwen auf dem Brustschild.

Das Kloster der weißgewandeten Göttin der Barmherzigkeit

1 Die weißgewandete Kuan-yin war die Göttin des Kindersegens. Deshalb wurden die ihr geweihten Tempel und Klöster auch hauptsächlich von Frauen besucht.

2 Gekocht steht hier im Gegensatz zu roh und bedeutet zivilisiert.

3 Die Schauspieler wurden auch ›Schüler des Birnbaumgartens‹ genannt, weil diese Kunst unter T'ang-Kaiser Hüan-tsung – siehe Die Geschichte der Yang Kuei-fei – erstmals in einem Birnbaumgarten ausgeübt wurde. Die Schauspieler waren alle Männer; Homosexualität in diesen Kreisen besonders stark verbreitet. Vor allem die jugendlichen Darsteller von Frauenrollen wurden von den reichen Päderasten sehr geschätzt.

4 Das Wort hat in China die gleiche Bedeutung wie ›warmer Bruder‹. Der Herr von Lung-yang war im vierten vorchristlichen Jahrhundert der Günstling und Buhlknabe von einem der Fürsten des Staates Wei.

5 Die Taoisten trugen auch in der Mandschu-Zeit ihre Haare im alten Stil.

6 »Die Physiognomik ist in China zu einer unglaublichen Sicherheit entwickelt worden. Aus Gesichtszügen, Handlinien, Gestalt und Bewegungen wird Charakter und Schicksal von manchen begabten Physiognomen mit großer Genauigkeit abgelesen.« (Richard Wilhelm, ›Chinesische Lebensweisheit‹, Tübingen 1950, S. 89)

7 Dieses Phänomen erklärt sich wohl durch die Hellsichtigkeit, d. h. durch die Wahrnehmung der Aura, die in der Geschichte mehrfach erwähnt wird.

8 Das Tragen von solchen falschen Füßen war im alten China nichts Ungewöhnliches. Es wurde vor allem von Frauen praktiziert, deren ›Goldlotosse‹ nicht dem strengen Schönheitsideal entsprachen. Diese Sitte war vor allem bei den Mandschu-Frauen sehr beliebt, weil deren Füße nicht eingebunden waren. Die Füße wurden dadurch in eine Schräglage gebracht und wirkten deshalb, wie beim modernen Stöckelschuh, optisch kleiner.

9 Es ensprach der Gepflogenheit der chinesischen Justiz, daß nicht nur der oder die Täter eines Gewaltverbrechens in das Gefängnis gesteckt wurden, sondern alle Leute, die daran irgendwie beteiligt waren.

10 Peng Ying-kuei war ein berühmter Kriminalist. Er lebte in der zweiten Hälfte des 17. Jahrhunderts und begann seine Beamtenlaufbahn als Landrat. Später wurde er zum Gouverneur der Provinz Ho-nan berufen und hat dort, vor allem aber in der Hauptstadt, mehrere schwierige Fälle gelöst. Für die Nachwelt wurde er zu einer legendären Gestalt. 1891 erschien unter einem Pseudonym ein voluminöser Roman über ihn. Er trägt den Titel Peng Kung-an, Die Fälle des Herrn Peng.

Der Geizhals und der Tiger

1 Die Kugeln der damals in China gebräuchlichen Vorderlader hatten eine so geringe Durchschlagskraft, daß sie nur auf relativ geringe Entfernung Schaden anrichteten.

2 Die Knochen der Tiger wurden zu Pulver zermahlen und stellten ein beliebtes Heilmittel dar.

Die Frauen von Rotsteinweiler

Auch diese Novelle ist, was der Verfasser extra vermerkt, eine wahre Geschichte. Wang machte 1724, damals ein Anfangsfünfziger, eine Reise durch die Provinzen Schan-si und Schen-si. Seine Erlebnisse hat er später in einem dreibändigen Werk mit dem Titel »Randnotizen einer Reise in den Westen aus der Studienhalle« niedergelegt. In einem nicht übersetzten Nachwort zu der Novelle läßt er den Leser wissen, daß er diese Begebenheit nicht etwa deshalb aufgezeichnet habe, weil er mit seinen Amouren prahlen wolle, sondern weil er aus tiefster Seele bereut, daß er sich von seiner unseligen Leidenschaft hat hinreißen lassen. Dann zählt er zwölf Fehler auf, die er seiner Ansicht nach begangen hat, und denkt mit Schaudern daran zurück, was ihm wohl zugestoßen wäre, wenn er mit den beiden jungen Frauen geschlafen hätte.

1 Vor allem in Nordchina war es auf Reisen üblich, daß man seinen eigenen Tee mit sich führte. Denn in den einfachen Teestuben und Herbergen bekam man zumeist nur heißes Wasser vorgesetzt. Die hier genannte Sorte ist der sogenannte Bohea-Tee, eine Art von Schwarztee. Wu-i, von den Engländern in Bohea verfälscht, ist ein Gebirge in der Provinz Fukien.

2 Lü Tung-pin ist einer der acht taoistischen Unsterblichen.

Das Phänomen Schönheit–Häßlichkeit ist keine Erfindung des Verfassers. Schon in der Ming-Zeit war diese Gegend für ihre schönen Frauen berühmt. Einem Deutschen, der um die Jahrhundertwende China bereiste, ist dieses Phänomen auch aufgefallen. Er schreibt darüber: »Überhaupt ist die ländliche und Schiffahrt oder Fischerei treibende männliche Bevölkerung im östlichen Teile der Provinz Kan-su und im angrenzenden Teil von Schen-si von mitunter geradezu entsetzlicher Häßlichkeit, während sich unter dem weiblichen Geschlecht zuweilen recht anmutige Gesichter und Gestalten bemerkbar machen. Am auffälligsten ist, daß die Füße aller Mädchen – auch derjenigen, welche der dienenden Klasse angehören – verkrüppelt und vielfach so klein sind, daß die Sohle in einer Kaffeetasse Platz hätte.« / J. Scheibert, ›Krieg in China 1900 bis 1901‹, Berlin 1903; Bd. I, S. 123

3 Die chinesischen Frauen trugen selbst im Bett sogenannte Bettschuhe. Das Ausziehen der Schuhe war selbst für den Ehemann eine unfeine Handlung, denn die Füße der Frauen besaßen in China eine extrem erotische Bedeutung. Der Sinologe R. H. van Gulik schreibt darüber: »Die kleinen Füße der Frauen wurden nun (seit der Sung-Zeit) als der intimste Teil ihres Körpers betrachtet, als das wahrhafte Symbol der Weiblichkeit und der stärkste Mittelpunkt des Sex-appeals. Erotische Darstellungen der Sung-Zeit und späterer Epochen zeigen die Frauen splitternackt und mit dem Geschlechtsteil in allen Einzelheiten, doch ich habe nie ein Bild gesehen oder darüber gelesen, welches die eingebundenen Füße der Frau unbedeckt gezeigt hätte.« ›Sexual Life in Ancient China‹, Leiden 1961, S. 218

Die Geschichte von Tschou, dem pietätvollen Sohn

Den Drang der Chinesen, in der heimatlichen Erde begraben zu werden, erklärt R. Wilhelm wie folgt: »Der Kreislauf des Lebens nährt sich von den abgebauten Resten des Todes, und auf diese Weise gehen die organischen Bestandteile in neues Leben wieder über. Das bringt nun mit sich, daß in China die Vorstellung herrscht, daß die Seele des Landes es ist, die den Menschen durchdringt. In diesen Lebensbestandteilen, die in die Erde gehen und aus der Erde wieder hervorkommen, sind Kräfte, die auch die Bildung der Menschen beeinflussen. Es ist wie ein Le-

bensreservoir (...) Daher auch der Aberglaube, daß der Chinese in seiner Heimat beerdigt werden will. Wo er herstammt, nicht nur in seiner körperlichen Gestaltung, sondern auch in seinem psychischen Aufbau, dahin will er wieder zurückkehren. Und so sehen wir, daß selbst solche Chinesen, die alles Chinesentum abgestreift haben und im Ausland Dienste tun, ihren letzten Groschen ersparen, damit ihre Leiche in die alte Heimat zurückgebracht werden kann.«
›Botschafter zweier Welten‹, Düsseldorf/Köln 1973, S. 120

1 Hua-ting liegt in der Nähe von Schang-hai.
2 Die Sekretäre waren die Gehilfen der höheren Beamten vom Landrat aufwärts. Ein Landrat hatte z. B. sechs solcher Gehilfen, die den verschiedenen Ressorts vorstanden. Die Sekretäre rekrutierten sich zumeist aus jenen Leuten, die nach Ablegung der ersten Staatsprüfung für die höheren Prüfungen weder hinreichend begabt waren, noch auch die zur Fortsetzung des Studiums notwendigen Mittel besaßen.
3 Das hier gemeinte Kuei-tschou, auch Tse-kuei geheißen, liegt oberhalb von I-tschang und gehört zur Provinz Hu-pei. Es ist weder mit dem K'uei-tschou (Feng-kie) in der Provinz Ssetschuan zu verwechseln noch mit dem Provinznamen Kueitschou.
4 Vor Neujahr, vor dem Drachenboot-Fest und vor dem Mittherbst-Fest war es in China üblich, die Schulden zu bezahlen.
5 Die Sekte vom Weißen Lotos war ursprünglich eine buddhistische Religionsgemeinschaft. Unter taoistischen Einflüssen wandelte sie sich im Kampf gegen die mongolischen Eroberer zu einer Geheimgesellschaft um. Die kämpfte gegen die Mandschu für eine Restauration der Ming und zettelte mehrmals in verschiedenen Provinzen größere und kleinere Aufstände an, die alle blutig unterdrückt wurden.
6 Tscheng-yang-kuan liegt östlich von Huai-nan in der Provinz An-hui. Nordwestlich davon befindet sich das am Ying-Fluß gelegene Ying-schang.
7 Die Bakkalaurei mußten sich alle drei Jahre einer Testprüfung unterziehen.
8 Das wilde Bergland ist das Ta-pie-Gebirge. In seiner Mitte liegt das Blaufels-Gebirge als höchste Erhebung.
9 Abbé Huc, der die Stadt ein Jahrzehnt später besuchte, zeich-

net ein anschauliches Bild von ihr: »Es war bereits Nacht geworden, als wir den Platz erreichten, wo der Fluß völlig mit Schiffen von jeder Form und Größe bedeckt ist, die sich hier aus allen Häfen versammeln. Ich glaube, daß es auf der Welt kaum einen anderen Hafen gibt, der so oft angelaufen wird wie dieser, der auch zu den größten Umschlagplätzen des Reiches gehört. Wir fuhren durch eine der offenen Fahrrinnen, eine Art von Straße, die auf jeder Seite von schwimmenden Läden begrenzt wird. Nach vier Stunden mühsamer Navigation durch das schwierige Labyrinth, kamen wir endlich an den Ort, wo wir uns ausschifften. Über eine Strecke von zwanzig Kilometer kann man nur die Häuser an der Küste sehen, und auf dem Fluß befindet sich eine unermeßliche Zahl von seltsam aussehenden Fahrzeugen; die einen liegen vor Anker, während die anderen zu jeder Tag- und Nachtzeit flußauf- und flußabwärts fahren.«

10 Die Überschwemmungen rühren vom jährlichen Hochwasser des Yang-tse her. Die Seen an seinem Mittellauf sind alle Auffangbecken. Bei niedrigem Wasserstand ist z. B. der riesige Tung-ting-See nur eine von vielen Kanälen durchschnittene, weite Sandfläche.

11 Das Doppelneun-Fest wurde am neunten Tag des neunten chinesischen Mondmonats gefeiert. Daher der Name. An diesem Tag pflegte man Bergwanderungen zu machen.

12 Wenn die Knochen das Blut aufsogen, dann galt das als ein unumstößlicher Beweis für die verwandtschaftliche Beziehung zwischen dem Lebenden und dem Toten.

Die seltsamen Mieter des Herrn Tung

1 Der Tigerhügel in Su-tschou ist eine der berühmtesten Sehenswürdigkeiten in China. Das Himmelsterrassen-Gebirge liegt südlich von Ning-po. Südlich davon liegt das Wildgans-Gebirge.

2 Zum Drachenboot-Fest hing man aus Artemisia geflochtene Tiger und andere Amulette auf, weil der fünfte Monat als böse und pestbringend galt.

3 Die Geisterschwerter waren aus Pfirsichholz, dem man eine Dämonen-abschreckende Wirkung zuschrieb.

Nachwort

In der Novelle* ›Der Geschichtenerzähler‹ wird von Liu alias Tsao gesagt, daß er nicht schreiben gelernt habe: ku pu tschi schu. Wenn man das wortwörtlich nimmt, erscheint es widersinnig. Denn erstens mußte ein so bedeutender Geschichtenerzähler, wie er einer war, lesen und folglich auch schreiben können. Und zweitens wird gleich am Anfang der Novelle erzählt, wie er, nur mit einem Buch unter dem Arm, in die Nachbarstadt floh. Gemeint ist etwas anderes: daß Liu nicht im halbklassischen Stil der Gelehrten schreiben konnte, weil er keine höhere Bildung besaß.

Die halb- oder nachklassische Schriftsprache, das sogenannte Wen-li, hat in China, bis in die zwanziger Jahre unseres Jahrhunderts hinein, ungefähr die gleiche Rolle gespielt wie bei uns im Mittelalter das Latein. Doch im Unterschied zu diesem war es eine Sprache, die man aufgrund ihres knappen, prägnanten Ausdrucks und der Lautarmut des Chinesischen nur mit dem Auge lesen,

* Der Begriff ›Novelle‹ wurde von Wolfram Eberhard geprägt. Siehe hierzu seine Arbeit »Die chinesische Novelle des 17. bis 19. Jahrhunderts. Eine soziologische Untersuchung«, Ascona 1948. Literaturwissenschaftlich betrachtet, ist die Begriffsprägung nicht ganz zutreffend. Denn nur sehr wenige der schriftsprachlichen Erzählungen besitzen den Charakter einer Kunst-Novelle, wie sie zum Beispiel bei Storm vorkommt. Der Begriff ›Kurzgeschichte‹ dürfte treffender sein. Denn erstens handelt es sich hierbei in der Regel um kurze Erzählungen, die kaum mehr als drei bis vier Druckseiten ausmachen. Und zweitens verbindet sich die Novellen-Literatur derart mit der Pi-ki-Literatur, daß zwischen beiden oft kaum ein Unterschied besteht. Pi-ki, Pinselaufzeichnungen, sind Randnotizen zu irgendwelchen Themen.

nicht aber mit dem Ohr verstehen konnte. Die Korrespondenzen der Regierungsämter wurden im Wen-li abgefaßt, und auch die gesamte chinesische Literatur mit Ausnahme der Erzählungen und Romane. Seine Beherrschung war deshalb das Sine qua non für höhere Bildung wie auch für Beamtenkarrieren. Da das Wen-li sich von der gesprochenen Sprache stark unterscheidet, war es auch für die Chinesen nicht leicht zu erlernen. Wo immer von der sprichwörtlichen Schwierigkeit der chinesischen Sprache die Rede ist, ist damit stets das Wen-li gemeint.

Die in diesen beiden Bänden versammelten Novellen sind in diesem Stil geschrieben und stellen eine Auswahl aus der Hiao-schuo-(Kleine Geschichten)-Literatur dar. Man könnte hier im Gegensatz zu den in der Umgangssprache abgefaßten Erzählungen und Romanen auch von einer ›Gelehrtenliteratur‹ sprechen. Denn die Verfasser dieser Geschichten waren durchweg Männer, die sich durch ihre lebenslange Beschäftigung mit der klassischen Literatur ein Höchstmaß an Bildung angeeignet hatten, auch wenn sie niemals zu Amt und Würde gelangten und ihr Dasein in einer elenden Hütte fristen mußten, wie jener arme Mann in der Novelle ›Die Wiedergeburt des alten Gelehrten‹. Oft aber entstammten sie den höchsten Gesellschaftsschichten; und einige von ihnen waren zu ihrer Zeit bedeutende Persönlichkeiten, deren Leistungen, sei es auf literarischem oder politischem Gebiet, von der Nachwelt so hoch eingeschätzt wurde, daß man ihre Biographien in die Annalen der betreffenden Dynastien einfügte.

Ihre Leserschaft war entsprechend. Sie beschränkte sich praktisch auf jenen Personenkreis, der, wie sie, das Studium und die nachfolgende Ämterlaufbahn zu seinem Lebenszweck erkoren hatte. Denn außer ihnen gab es kaum jemanden, der genügend gebildet gewesen wäre, um die Feinheiten und Schwierigkeiten dieser höchst komplizierten Sprachgebilde zu verstehen. Aus diesem Grund spielte die Novelle in der chinesischen Literatur eine ziemlich exklusive Rolle. Sie war nie so populär wie die späteren Erzählungen, Romane und Theaterstücke, die auch die des Lesens und Schreibens völlig unkundige Masse aus dem Munde des Erzählers oder von der Theaterbühne her oft erstaunlich gut kannte.* Natürlich gab es auch hier Ausnahmen, wie zum Beispiel jene T'ang- und Sung-Novellen, die die Grundlage für Singspiele hergaben.

Der Begriff Hiao-schuo umgrenzt nicht nur erlebte und erdichtete Geschichten, wie der Leser vielleicht vermutet. Der Begriff ist viel weiter gefaßt, ja eigentlich sind seine Grenzen nach allen Seiten hin verschwommen und undefinierbar. Wie der Chinese nie auf den Gedanken kam, seine Sprache in grammatikalische Regeln zu zwingen, so hat er sich auch nie darüber Gedanken gemacht, diese eine Unzahl von Themen umfassende Literatur, nach irgendwelchen Gesichtspunkten zu ordnen. Denn Hiao-schuo war gerade das, was aus chinesischer Sicht nicht zur Literatur zählte, eine Art von literarischer Rumpelkammer. So wurde sie einmal unter dem Genre »Philosophische Schriften«, ein anderes Mal wieder unter der Rubrik »Vermischte Arbeiten« geführt. Seit dem Aufkommen der Volksliteratur sind dann auch noch die Erzählungen und Romane unter diesem Sammelbegriff rubriziert worden, so daß der Chinese heute vor allem Letzteres darunter versteht.

* Anders als in Europa war das Theater im alten China eine der populärsten Kunstformen, an der selbst die Ärmsten teilhatten. Aus zwei Gründen: Erstens die Theaterleidenschaft, ja -besessenheit, die allen Chinesen eigen ist; und zweitens das bescheidene Ambiente. Gespielt wurde in der Regel draußen auf einer offenen, rasch aufgeschlagenen Bühne, vorzugsweise in der Nähe der Tempel. Das Eintrittsgeld entfiel, weil die Unkosten zumeist durch die Subskription eines ganzen Dorfes oder Stadtbezirks aufgebracht wurden. In vielen Fällen rechneten die reichen Leute es sich als eine Ehre an, dem Volke ein Schauspiel zu geben. Oder aber sie betrachteten es als eine Art von Dankopfer, wie Ex-Gouverneur Wang in dem Roman ›Die Jadelibelle‹, nachdem seine Mutter von einer schweren Krankheit genesen war. (›Die Jadelibelle‹, unbekannter Verfasser, aus dem Chinesischen von Franz Kühn, Zürich 1952.)

Hieraus erklärt sich folgendes: Zwar ist die schriftsprachliche Literatur der Novellen und Pinselaufzeichnungen ungeheuer groß, doch hat man Mühe, darunter auch solche Stücke zu finden, die den europäischen Leser ansprechen und den Tatbestand der Kunst-Novelle, wie wir sie verstehen, erfüllen.* Weil die Hiao-schuo-Literatur aus chinesischer Sicht Nicht-Literatur war, tendiert sie größtenteils zwischen den Polen des Banalen und des Übernatürlich-Phantastischen, beides ist für den europäischen Leser schwer verdaulich. In der Novelle, wie wir sie verstehen, werden diese beiden Pole durch die Kunst überbrückt beziehungsweise zusammengefügt, was hier fast nie der Fall ist.

Wie Lu Sün in seinem grundlegenden Werk ›A Brief History of Chinese Fiction‹** gezeigt hat, gab es bereits in der ausgehenden Tschou-Zeit (4. bis 3. Jh. v. Chr.) beträchtliche Sammlungen dieser Literaturgattung. Der größte Teil davon fiel Bücherverbrennungen und anderen Katastrophen zum Opfer, so daß wir in vielen Fällen heute nur noch die Titel kennen.*** Diese ersten, noch recht ru-

* Das wird am T'ai-p'ing Kuang-ki, dem ersten und zugleich bedeutendsten Sammelwerk dieser Art, deutlich. Dieses Werk besteht aus nicht weniger als 500 chinesischen Bänden und enthält eine Auswahl aus 344 Werken, die die Zeit von den beiden Han-Dynastien bis zu den Fünf Dynastien (dem ›Interregnum‹ zwischen der T'ang- und der Sung-Dynastie) umfaßt. Sie enthält unter anderem 55 Bücher mit Geschichten über Unsterbliche, vierzig handeln von Gespenstern, neun von Monstern ect. Selbst die acht Bücher mit Tigergeschichten oder die neun Bücher mit Fuchsgeschichten enthalten keine Tiergeschichten in unserem Sinne, sondern Geschichten von Menschen, die sich in Tiger verwandelten – das chinesische Werwolf-Thema – oder von Füchsen, die menschliche Gestalt annahmen. Und von dieser ganzen, riesigen Sammlung, eignet sich nicht einmal der hundertste Teil zur Übersetzung!

** Das Werk ist 1981 auch in deutscher Sprache unter dem Titel ›Kurze Geschichte der chinesischen Romandichtung‹ im Verlag für fremdsprachliche Literatur in Peking erschienen.

*** Eine Ausnahme hiervon ist die Novelle ›Prinz Tan von Yen‹, übersetzt von H. Franke, Zürich 1969.

dimentären Formen, die ihren Ursprung wohl in der Sagen- und Fabelwelt des hohen Altertums und dem Alltagsleben des gemeinen Volkes hatten, darf man aber nicht mit den späteren Novellen gleichsetzen, wie sie zum Beispiel die T'ang-Zeit hervorgebracht hat. Vielmehr waren es kleine, anspruchslose Geschichten, die der literarischen Vollkommenheit entbehrten und in oft anekdotenhafter Kürze von irgendwelchen phantastischen oder trivialen Ereignissen berichteten.

Die Ursache lag nicht etwa darin, daß das Papier damals noch nicht erfunden war. Vielmehr gab es damals die Gentry, die landbesitzende Gutsherrenschicht noch nicht, aus der sich das Beamten-Literatentum rekrutierte. Erbadel und Rittertum aber, die Führungsschichten der frühen Gesellschaft, neigten eher zum Kampf und zur Politik und interessierten sich nur wenig für die Kunst um ihrer selbst willen. Jene Geister aber, die damals die Menge überragten, spornte die Not der Zeit dazu an, nach neuen Lösungen für die sich in der Krise befindende Gesellschaft zu suchen.

Als mit dem Niedergang der feudalen Gesellschaftsordnung und mit der Errichtung der Han-Dynastie eine neue Führungsschicht aus dem bürgerlichen Mittelstand emporwuchs, die stark literarisch interessiert war, begann auch die ›Unterhaltungsliteratur‹ ihre ersten Blüten zu treiben. Weil sie aber von Anfang an nichts Selbständiges war, verwundert es nicht, daß sie sich angesichts der Vormachtstellung, die die klassische Schriftsprache im Literaturleben einnahm, in Inhalt, Form und Rhythmus eng an deren Vorbilder anlehnte. Nicht selten stammte auch ihr Material aus Biographien oder Geschichtswerken und wurde in anekdotenhafter oder mehr ausmalender Form zu kurzen Skizzen oder längeren Geschichten verarbeitet. Wie eindeutig die historische Biographie auch noch den späteren Novellen als Vorbild diente, zeigt sich an den Einleitungen, die oft mit den Floskeln A mit dem Höflichkeitsnamen B war ein Mann aus C in D beginnen.

Der zweite Grundtyp der Novelle handelt von übernatürlichen Dingen, die damals zweifellos, etwa wie bei uns im Mittelalter, einen integralen Bestandteil des Lebens ausmachten. Auch hier finden wir in der Regel kleine, anspruchslose Geschichten, die jedoch zuweilen von einer so starken Originalität sind, daß sich manche Novellisten der T'ang-Zeit von ihnen inspirieren ließen. So geht zum Beispiel die Novelle ›Die Geschichte vom Kopfkissen‹ auf eine ganz kurze Geschichte aus den ›Aufzeichnungen über Hell und Dunkel‹ zurück. Auch Li Kung-tso hat sich von ihr zu seiner Novelle ›Das geträumte Leben‹ inspirieren lassen.

In der T'ang-Zeit erreichte die Novelle den Gipfel künstlerischer Vollkommenheit und wurde für alle späteren Epochen zum exemplarischen Vorbild. Bewirkt wurde dies vor allem durch den ungeheuren zivilisatorischen Aufschwung, den die Reichseinigung mit sich brachte, und der unter anderem zur Verfeinerung des Lebensstils der oberen Gesellschaftsschichten führte. Das zeigt sich deutlich an den Novellen, die sich stilistisch von den Vorbildern der Geschichtsschreibung loslösen und künstlerische Eigenständigkeit gewinnen. Unter dem Einfluß der buddhistischen Weltanschauung formte sich jenes magisch-animistische Element der chinesischen Geisteswelt, das in den frühen Novellen oft bizarre oder gar erschreckende Gestalt annimmt, zu einer von milden, vermenschlichten Geistern beherrschten Traumlandschaft um.

Die T'ang-Zeit war eine romantische Glaubenswelt und ein Zeitalter der Dichtung gewesen. Für sie waren die großen, intellektuellen Probleme, die erst später durch die Weiterentwicklung der Gesellschaft entstanden sind, noch nicht spruchreif. Deshalb war sie auch nicht, wie die nachfolgende Sung-Zeit, sozusagen von des Gedankens Blässe angekränkelt. Deshalb besitzen wir auch aus dieser Epoche, die durch viele andere Leistungen glänzte, nur wenige gute Novellen, obwohl sie auch in dieser Hinsicht viel produktiver als andere Epochen gewesen ist.* ›Die Geschichte der Yang Kuei-fei‹, ›Der Kaiser und die Kurtisane‹ und ›Eine tapfere Nebenfrau‹ sind typische Sung-Novellen. Das übernatürliche Moment und mit ihm die dichterische Phantasie werden hier von der Intellektualität verdrängt, während die ersten patriotischen Töne leise, aber unüberhörbar, angeschlagen werden.

In den Anfängen der Ming-Dynastie leitete K'ü Yu (1341–1424) mit seinen ›Neuen Gesprächen beim Putzen der Lampe‹ die Renaissance der Novellen-Dichtung ein. Der Erfolg seines Buches war zeitweilig so groß, daß es nicht nur, wie in China üblich, zahlreiche Nachahmer fand, sondern schließlich sogar von Amts wegen mit der Begründung verboten wurde, daß solche Lektüre die Gebildeten vom Studium abhalte. Diese Stilrichtung der Kunst-Novelle erreichte schließlich mit Pu Sung-lings ›Seltsamen Geschichten aus dem Studierzimmer der Muße‹ (Liao-tschai tschi-i) ihren Höhepunkt. Man darf Pu Sung-ling, der auch in Europa seit langem bekannt ist, einen der bedeutendsten chinesischen Novellen-Dichter nennen.

Ich habe diese Stilrichtung in meiner Novellen-Sammlung nicht besonders betont. Sie enthält nur zwei Novellen von K'ü Yu, eine von Li Tsch'ang-k'i und gar keine von Pu Sung-ling. Dafür habe ich mich im zweiten Band vor allem auf jene wirklichkeitsnahen Geschichten konzentriert, die für diese Zeit typisch sind. Denn um die

* Eine für diese Epoche charakteristische Sammlung stellen die ›Aufzeichnungen aus I-kien‹ von Hung Mai (1096–1175) dar. Das voluminöse Werk umfaßt nicht weniger als 420 chinesische Bände (Kapitel) und besteht aus lauter Kurzgeschichten. Doch auf den 1800 Seiten einer modernen Ausgabe fand ich auch nicht eine Geschichte, die mich zum Übersetzen gereizt hätte.

Mitte des siebzehnten Jahrhunderts setzte die Reaktion gegen die Kunst-Novelle ein. Sie richtete sich vor allem gegen den altertümlich gezierten Stil ihrer Autoren, deren Literaturprodukte oft nichts weiter als sklavische Nachahmungen der T'ang-Novellen waren, und forderte neue, der Zeit angepaßte Formen der Aussage.

Die Wandlung war grundlegend und beschränkte sich nicht nur auf die Stiltechnik. Wie in fast allen Bereichen des geistigen Lebens, kam der rationalistische Zeitgeist auch hier zum Durchbruch. Das Übernatürliche wurde zugunsten des Realistischen in den Hintergrund gedrängt. Deshalb haben wir aus dieser Zeit, die eigentlich eine Epoche des Niedergangs war, eine große Zahl von kulturhistorisch wertvollen Beschreibungen des Alltagslebens, die fast schon moderne Züge aufweisen. Sie zeigen uns, wie der Chinese sich selbst und die Welt, in der er lebte, gesehen hat. Und sie zeigen auch, daß die fernöstliche Welt von vorgestern keineswegs trist und eintönig war, wie unsere Vorväter behaupteten – »lieber in Europa fünfzig, als in China tausend Jahr'« –, sondern selbst noch in ihrer Stagnation eine Fülle von geistigen und sozialen Facettierungen besaß, die die im zweiten Band vereinigten Novellen leider nur andeuten können.

München, im Sommer 1985 F. K. ENGLER